Ulrich Magin

Der Fisch

Ulrich Magin, Jahrgang 1962, ist Sprachwissenschaftler und lebt in Stuttgart. Seit vielen Jahren beschäftigt er sich mit Geschichten über Seeungeheuer, mit der Historie des Bodensees und den Veränderungen des Öko-Systems.

Als Carl Ghuimin, der an einer Doktorarbeit über vorgeschichtliche Tsunamis im Bodensee schreibt, mit seinem Forschungsschiff hinausfährt, wird es von einer ungewöhnlich heftigen Welle erschüttert. Zur selben Zeit verschwindet eine Frau im See, und eine Fähre sinkt. Wenig später zieht Militär an den Ufern auf. Carl selbst glaubt ein riesiges Fischwesen im See gesichtet zu haben, aber als er damit an die Öffentlichkeit will, wird er suspendiert. Gemeinsam mit einer Journalistin macht er sich trotzdem daran, die Wahrheit herauszufinden. Was geht im See vor? Als Ufer einstürzen und immer mehr Menschen melden, dass sie Seeungeheuer gesichtet haben, beschließt Carl, den See auf eigene Faust zu erforschen.

Ulrich Magin

Der Fisch

Thriller

aufbau taschenbuch
AUFBAU VERLAGSGRUPPE

ISBN 978-3-7466-2410-5

Aufbau Taschenbuch ist eine Marke
der Aufbau Verlagsgruppe GmbH

2. Auflage 2008

Umschlaggestaltung Mediabureau Di Stefano, Berlin
unter Verwendung eines Fotos von Bradley Mason, iStockphoto
Druck und Binden CPI Moravia Books, Pohořelice
Printed in Czech Republic

www.aufbau-taschenbuch.de

Für Susanne
und meine Eltern
in Liebe

Prolog

Oder die völlige Finsternis des tiefen Meeres: eine Woge über der anderen bedeckt sie, und über der Woge ist die Wolke; eine Schicht Finsternis über der anderen; wenn man die Hand ausstreckt, kann man sie fast nicht mehr sehen.

Sure 24, 40

8. September

Schon seit Stunden hatte kein Fisch angebissen. Der Angler streckte sich und verschränkte die Arme hinter seinem Kopf. Vor ihm stand die Büchse mit den Ködern, daneben der immer noch leere Plastikeimer für den Fang. Er sog die kühle Morgenluft ein, schloss die Augen und genoss die Ruhe. Nebel verdeckte das gegenüberliegende Ufer, schwebte über das Wasser auf ihn und sein Boot zu, färbte sich erst rosa, dann orange, schließlich karmesinrot: Die Sonne war aufgegangen, und ihr noch fahles Licht kroch über den See. Die Wellen waren kaum mehr als träge Schlieren, der Kahn schaukelte sanft. Der Angler fasste wieder nach der Rute.

Plötzlich zog es an der Leine. Hart, fest, ruckartig.

Die Schnur war in Sekundenbruchteilen angespannt und riss fast. Da musste ein kapitaler Bursche angebissen haben! Der Angler erinnerte sich, dass er an fast der gleichen Stelle vor ein paar Jahren einmal einen Riesenhecht geangelt hatte. Über eine Dreiviertelstunde lang hatte er mit dem Raubfisch gekämpft, doch es war all die Mühe wert gewesen. Mehr als einen Meter und sechzehn Zentimeter maß der schuppige Bursche von der spitzen Schnauze bis zum Ende der Schwanzflosse, fast vierundzwanzig Pfund brachte er auf die Waage. Und doch – als der Hecht damals anbiss, war das nur ein zaghaftes Zupfen an der Leine gewesen.

Dann ein neuer Ruck, die Leine spannte sich bis zum Zerreißen, die Rute bog sich durch.

Das musste ein Hecht sein, ein starker Kerl, ein Rekordexemplar!

Immer noch straff gespannt, zeigte die Schnur langsam nach vorn, zog die Rute mit sich. Der Angler musste sein Gerät fest umklammern, damit es ihm nicht entglitt. Er fluchte, als er sich dabei an der Hand verletzte.

Was war das nur für ein Fisch? Welcher Fisch hatte eine solche Kraft?

Das Ruderboot knarzte und drehte sich langsam, dann setzte es sich in Bewegung, erst zögerlich und gemächlich, bald immer schneller.

Links und rechts des Bootes schäumten Wellen auf, das Boot begann über das Wasser zu rasen. Der Angler kniete sich hinter die Ruderbank, um einen besseren Halt zu haben. Er fühlte sich, als zöge ihn ein Motorboot.

Die Angelrute fest an sich geklammert, sah der Mann über seine Schulter. Der Wind zerrte an seinen Haaren. Das Boot durchfurchte die Oberfläche des Sees und ließ einen breiten Streifen schäumendes und aufgewühltes Wasser hinter sich. Das Ufer war schon weit entfernt und entfernte sich mit jedem Augenblick weiter von ihm – es glich nur noch einem undeutlichen Strich. Der Angler überlegte, ob er die straff gespannte Leine kappen sollte. Aber dann würde die wild um sich schlagende Schnur ihn vielleicht schwer verletzen.

Wie viel Zeit mochte vergangen sein? Drei Minuten? Fünf Minuten? Er wusste es nicht zu sagen, er brauchte all seine Kraft, um die Angel zu halten. Was immer es war, das ihn zog, kam für Sekundenbruchteile nahe an die Oberfläche: ein grauer, länglicher Schatten, mindestens doppelt so lang wie sein Boot!

Den Angler übermannte Panik.

Was hatte er da gefangen?

Jetzt schrie er laut um Hilfe, aus einem uralten, ererbten

Instinkt heraus, doch er war längst zu weit draußen auf dem See, als dass ihn jemand an Land hätte hören können. Das Rauschen des Wassers übertönte sein Rufen.

Schließlich riss die Angelschnur mit einem lauten Knall. Die Wucht schleuderte ihn nach vorn, er stolperte über die Ruderbank und rammte die Seitenwand des Kahns gegen seinen Magen. Er verlor das Gleichgewicht, dann fiel er über Bord.

Der kalte See schlug über ihm zusammen, er strampelte an die Oberfläche zurück und spuckte hustend Wasser aus. Neben ihm stand schräg das Boot im Wasser. Über die Schlagseite füllte es sich, dann drehte es sich und versank. Das alles geschah schneller, als er es für möglich gehalten hätte.

Dann sah er zum Ufer hin, das zu weit entfernt war, um es schwimmend zu erreichen. Er spürte, wie die Kälte in seinem Körper hochkroch. Eine Welle erfasste ihn, hob ihn an – die Bugwelle einer Fähre.

Der Angler griff nach dem Rettungsring, der ihm zugeworfen wurde. Dann zogen ihn mehrere Leute an Bord des Schiffes.

Sie wollten wissen, was mit ihm geschehen war. Er erzählte, sein Boot sei von einer Welle getroffen worden und dann gesunken. Über den riesigen Fisch, der ihn gezogen hatte, sagte er lieber nichts.

Wegen des Vollbartes, der ihm nach einer Woche Urlaub gewachsen war, erkannte ihn niemand. Es war besser so, dass niemand wusste, dass er Innenminster dieses Landes war, verantworlich für die Sicherheit. Schlagzeilen konnte er nicht gebrauchen.

4. Oktober

Seit sechs Wochen registrierte der Fühler 252 Meter unter der Seeoberfläche die Temperatur des Tiefenwassers und meldete seine Messung über eine Glasfaserverbindung nach oben: 8,5 °C, 8,7 °C, 9,5 °C.

Er tat das automatisch alle fünf Minuten. Tagaus, tagein.

Bis zu diesem Tag.

Um 6.05 Uhr übermittelte das Instrument noch Daten an den Computer, um 6.10 Uhr blieb es stumm, um 6.15 Uhr und um 6.20 Uhr ebenfalls und um 6.25 Uhr desgleichen. Es meldete an diesem Tag und den folgenden Tagen nichts mehr – ob es noch maß, konnte niemand sagen. Dieser Ausfall des Fühlers beunruhigte die Forscher im Institut jedoch nicht sehr. In den letzten sechs Monaten waren nach und nach drei Fühler ausgefallen, sechs funktionierten noch. Gründe für einen Ausfall konnte es viele geben: Vielleicht waren die Geräte fehleranfälliger als gedacht, vielleicht hatten kleine unterseeische Erdrutsche die Verbindungskabel gekappt. Das Budget war jedenfalls nicht hoch genug, um die defekten Instrumente zu ersetzen.

»Verdammter Mist, jetzt auch noch das!«, fluchte der Techniker, als er den Ausfall bemerkte. Ihm war klar, dass nun wieder der Papierkram losging: Antragsformulare für Fördergelder mussten ausgefüllt werden, er musste die Reparaturzeit einschätzen, die Mitwirkung von Fremdfirmen begründen und so weiter.

Er hatte Nachtschicht. So was passierte immer nur kurz vor Feierabend. Seufzend ließ er sich auf seinen Stuhl fallen.

Moment! Da war ja noch die Kamera mit Restlichtverstärker, welche die Entnahme der Wasserproben überwachte. Sie befand sich auf dem Seegrund keine fünfzig Meter vom Temperaturfühler entfernt. In Intervallen von zwanzig Sekunden schoss sie ein Bild, das auf dem Zentralrechner des Instituts gespeichert wurde.

Der Techniker kramte nach der Bedienungsanleitung für das Aufzeichnungsgerät, das die Aufnahmen digital speicherte. Hier war sie ja! Er klickte das Icon auf dem Schirm an und bediente manuell die Rückspulfunktion.

Endlich erschien das Video auf dem Monitor. Die Kamera hatte tatsächlich etwas aufgenommen.

Zuerst war das Bild klar. In der rechten unteren Ecke wurde die Zeit gezählt. 6.06 Uhr. 6.07 Uhr. Nun schaukelte die Kamera, erst nur leicht von Seite zu Seite, dann heftig und immer stärker. Seltsam, dort unten, an dieser Stelle, sollte das Wasser ziemlich ruhig sein. Plötzliche Turbulenzen gab es hier eigentlich nicht. Dann stieg aufgewühlter Schlamm hoch und trübte den Blick, und dann … näherte sich etwas … im Schlammnebel … eine schwarze, fette, vierfingrige Hand.

Das konnte nicht sein!

Der Techniker spulte zurück, fror die Aufnahme als Standbild ein. Was beim ersten Hinschauen klar und deutlich erschienen war, wirkte nun verzerrt und unscharf. Er war sich unsicher: War das wirklich eine Hand oder nur eine vage Form, in die sein Gehirn Muster hineininterpretierte? War es nur eine optische Täuschung, nur dunkle Stellen im trüben Wasser?

Sollten sich doch die Wissenschaftler darum kümmern, die auch sonst für alles eine Erklärung hatten, dachte er. Ihm klang noch ihr Lachen in den Ohren, weil er erzählt hatte, dass er morgens beim Joggen einen Wal vor sich aus dem See auftauchen gesehen hatte. Sicher, er wusste selbst, dass es keine Wale im Bodensee gab – nur: Was er gesehen hatte, hatte er gesehen! Eine nackte Hand in 252 Meter Tiefe war allerdings tatsächlich lächerlich!

Er bestellte einen neuen Temperaturfühler, den ein ferngesteuertes Mini-U-Boot dann, wenn sie wieder über die Mittel verfügten, auf den Seegrund bringen würde.

Jetzt war erst einmal Feierabend. Raus aus dem Keller!

Sie nannten ihn Joe – Joe den Frosch.

Er stand auf einem Fensterbrett und blickte mit seinen Glubschaugen auf das Schaubild, das mit einer Stecknadel an der Wand befestigt war und das zwei Linien zeigte, die in einem scharfen Zickzack nach oben kletterten, wie das Diagramm einer Serpentinenstraße hinauf zu einem Alpenpass. Daneben befanden sich ein Karton Salz und verschiedene Gläser voll Lebensmittelfarbe, mit denen Experimente durchgeführt werden konnten.

Die Kinder starrten alle auf den Frosch. Carl Ghuimin war das gewohnt – es war nicht die erste Klasse, der er im Institut die komplexen Verhältnisse im See, die Auswirkung des Treibhauseffekts auf die unteren Seeschichten und den Gedanken der ökologischen Verantwortung vermittelte.

Die Vorträge fanden in der Bibliothek des Instituts statt. Carl wartete, bis alle sich hingesetzt hatten. Er fuhr sich mit der Hand durch seine struppigen, kurzen Haare und rückte sein Jackett zurecht. Institutsführungen und Referate gehörten zum Job eines Doktoranden. Er mochte Kinder eigentlich nicht, doch er liebte das Lehren. Carl richtete den roten Laserpunkt seines Pointers auf das vom Weltraum aus aufgenommene Foto der Erde, das der Beamer auf die Leinwand warf.

»Weiß jemand von euch, wo der Nordatlantik liegt?« Mit dieser Frage konnte man sie immer kriegen.

Ein Dutzend Hände streckte sich in die Höhe. So war das mit Zwölfjährigen – jetzt wollten sie noch was lernen, in ein paar Monaten kämpften sie bereits mit der Pubertät.

»Der Nordatlantik ist wichtig für den Bodensee, denn unser See ist an dieses große Meer gekoppelt, genauer: an die NAO. Das ist kein Fremdwort und hat nichts mit einem verdrehten Noah zu tun, auch wenn wir den und seine Arche vielleicht bald brauchen könnten. NAO ist eine Abkürzung, ein Fachwort, und meint die nordatlantische Oszillation. Das klingt komplizierter, als es ist. Einfach gesagt, benennt NAO den Unterschied im Luftdruck zwischen zwei Stellen im Nordatlantik. Forscher messen nämlich den Luftdruck in Reykjavik und in Lissabon. Je stärker die Unterschiede im Druck sind – ihr kennt das von der Wetterkarte als Islandtief oder Azorenhoch –, desto größere Stürme entstehen. Im Winter sorgen dann die Stürme für milderes Klima, weil sie die kalte Luft wegpusten. Je höher also der Druckunterschied ist ...«, Carl zeigte mit dem roten Laserpunkt des Pointers erst auf Island, dann auf Portugal, »desto mehr Stürme gibt es, desto milder werden die Winter, desto wärmer wird das Erdklima.«

Ein Blick auf die Klasse zeigte Carl, dass nicht jeder der jungen Schüler seinen Ausführungen folgen konnte. Er wollte sich deshalb auf den See konzentrieren – um den ging es schließlich.

»Wenn ihr auf dieses Bild schaut«, nun drehte sich Carl zu den Zickzackkurven an der Wand um, »dann seht ihr zwei aufsteigende Linien. Die eine zeigt den Anstieg der Luftdruckunterschiede im Nordatlantik, die andere die Erhöhung der Durchschnittstemperatur des Wassers im Bodensee. Ihr könnt erkennen, dass das alles ziemlich klettert – die durchschnittliche Temperatur des Seewassers von 4,5 °C 1960 um eineinhalb Grad auf 6 °C im Jahre 2000.

Das scheint nicht viel, ist es aber. Man nennt das die globale Erwärmung oder den Treibhauseffekt. Wenn ihr genau hinschaut, bemerkt ihr, dass die Kurve, die die Temperatur des Bodensees anzeigt, etwa ein Jahr der des Nordatlantiks hinterherhinkt. Das kommt daher …«

Carl wechselte das Bild auf dem Beamer. Jetzt war er in seinem Element. Auf der Leinwand konnte man nun eine Art Trog sehen, der durch farbige Striche in drei horizontale Bereiche getrennt war.

»Hier seht ihr einen Querschnitt durch den Bodensee. Oben ist eine rote Schicht Wasser, darunter eine grüne, und das Wasser unten am Seegrund ist blau eingezeichnet.«

Carl blickte auf die Jungen und Mädchen. Er war ein souveräner Redner; gleichwohl genoss er auch die bewundernden Blicke. In vier bis sechs Jahren würden die Schüler ihre Lehre beginnen oder für das Abitur büffeln, würden Sachbearbeiter oder Bankangestellte werden. Ob sich wohl auch zukünftige Wissenschaftler unter ihnen befanden? Oder – so wie er, als er achtzehn Jahre alt war – Punks, die ihr eigenes Ding durchzogen, die sich nicht um die Meinung der anderen scherten? Würden sie sich, so wie er damals, als Greenpeace-Aktivist engagieren oder nur nach Geld gieren?

Carl liebte den See. Als sich die anderen Jungen für Sport, Autos oder Dinosaurier interessierten, wollte er nur Bücher über Seen lesen. Nicht über das Meer: Haie und Wale ließen ihn kalt. Seen faszinierten ihn, ausschließlich Seen und vielleicht noch große Flüsse. Seen waren das Gedächtnis der Erde, sie steckten voller Geheimnisse.

»Was bedeuten die Farben?«, fragte ein Junge, der wirklich interessiert zu sein schien.

Carl musste schmunzeln. Gut so!

»Nun, diese Farben zeigen Schichten von unterschiedlich warmem Wasser. Das ist wie bei dem Wasserhahn an eurer Badewanne – Blau ist kalt, Rot ist warm, das grüne Wasser ist – sagen wir mal – lauwarm. Unten im See ist das Wasser kalt – oder sollte es zumindest sein. Aber gerade da unten wird es immer wärmer. Ein See ist nämlich nur scheinbar in Ruhe. Tatsächlich toben darin Gewalten, von denen ihr nichts ahnt.«

Carl erklärte Schülern gern die Arbeit von Seenforschern. Er verzichtete dabei auf komplizierte Worte wie Phytoplankton, Zooplankton, Hypolimnion oder Holomixis und versuchte, die komplizierten Verhältnisse im See in einfachen Worten zu schildern. Trotzdem: Er hatte nicht immer bei allen Erfolg.

Ein dickes Mädchen etwa, das in der zweiten Reihe saß, blickte aus dem Fenster auf den Bodensee, der in vielen kleinen Glitzerflecken im Sonnenlicht blinkte. Ihre Wangen waren wie vor Aufregung gerötet, aber Carl war sich bewusst, dass es sicherlich nicht sein Vortrag war, der sie so beschäftigte.

Er ließ sich nicht stören und fuhr fort: »Kaltes Wasser ist schwerer als warmes. Am Ende des Winters sinkt das abgekühlte Oberflächenwasser deswegen bis auf den Seegrund. Und das ist ganz schön viel Wasser. Ihr müsst euch das wie einen riesigen Wasserfall vorstellen. Ungeheure Massen von kaltem Wasser donnern in die Tiefe des Sees. Auch wenn hier die Oberfläche völlig ruhig wirkt, rast dieses kalte Wasser in gewaltigen Wasserfällen die steilen Uferwände innerhalb des Sees hinab und drückt wärmeres Wasser vom Seegrund hoch. Alles wird durcheinandergequirlt. Das ist, wie wenn man mit einem Paddel die Badewanne umrührt. Durch diesen Vorgang kommt frisches Wasser auf den Seegrund, der ganze See hat nur noch eine Temperatur, bis im Frühjahr und Sommer die Hitze eine erneute Schichtung schafft. Unten bleibt es kalt, oben erwärmt es sich erneut. Nun sind aber die Winter zu mild geworden, die Wasserfälle bleiben aus, und der ganze See erwärmt sich allmählich bis in die tiefsten Tiefen. Denn je wärmer das Oberflächenwasser im Winter ist, desto weniger sinkt es. Normalerweise bringt aber das kalte Wasser Sauerstoff in die tiefen Schichten, und ohne Sauerstoff können auch die Fische nicht atmen. Und wenn das Wasser an der Oberfläche immer wärmer wird, begünstigt das das Algenwachstum – ihr kennt das schmierige grüne Zeug am Ufer, das da wuchert, wo es seicht und warm ist.« Er machte eine kurze Pause und schaute in die Runde, bevor er fortfuhr.

»Für gewöhnlich erfolgt an großen Seen so ein *complete mixing* oder *full turnover*, die vollständige Umwälzung, die die Wissenschaftler Vollzirkulation nennen, diese völlige Durchmischung des Wassers, ein- oder zweimal im Jahr. Diese Durchmischung des Sees bestimmt – wie gesagt – die Gesamttemperatur des Wassers, das Algenwachstum und die Sauerstoffzufuhr für das Tiefenwasser. Aber hier, am Bodensee, ist die Zirkulation jetzt im 16. Jahr in Folge ausgeblieben. Der ganze See ist also gestört.«

Einige der Schüler schienen schon erstaunt zu sein. Wenn man gerade knapp über ein Jahrzehnt alt war, mussten sechzehn Jahre astronomisch lang klingen.

»Vom Sauerstoff und von vielem anderen ist jedoch das Wachstum von Plankton abhängig. Plankton – das sind winzige Tiere und Pflanzen, die man nur unter dem Mikroskop sehen kann.«

Das dicke Mädchen stierte immer noch gebannt aus dem Fenster auf den glitzernden See. Wie eine Pantomimin zeigte sie plötzlich mit ausgestrecktem Finger auf das Wasser und wackelte nervös auf ihrem Stuhl. Ihr Mund schnappte auf und zu wie bei einem Fisch, der auf dem Trockenen nach Luft japst. Ein paar Schüler sahen sie an und begannen zu feixen.

Dicke Kinder sind nie beliebt, dachte Carl, aber er ließ sich von den Grimassen der Schüler nicht beirren. »Manche Fische können nur leben, wenn eine bestimmte Sorte Plankton da ist. Jetzt haben wir festgestellt, dass sich durch die Erwärmung des Seewassers die Zusammensetzung des Planktons ständig ändert: Arten, die vor zehn Jahren noch zahlreich waren, sind fast ausgestorben, andere Arten, die vor zehn Jahren ganz selten waren, nehmen überhand. Das führt dazu, dass ganze Fischarten im See vom Aussterben bedroht sind – könnt ihr euch das vorstellen?«

Die Schüler zeigten sich weniger beunruhigt, als Carl erwartet hatte. Ihn erschreckte die Vorstellung, dass eine nur minimale Veränderung der Wassertemperatur ganze Fischarten ausrotten konnte – mit unabwägbaren Konsequenzen für das gesamte Ökosystem. Den Kindern schien es gleichgültig zu sein, aus welcher Sorte Fisch man ihre Fischstäbchen formte.

»Aber es ist doch egal!«, schrie ein vorwitziger Junge, offenbar der Coole in der Klasse, der sich schon mehr herausnahm als die anderen, »ist doch egal, welcher Fisch überlebt – es gibt dann immer noch andere Fische!«

»Das stimmt schon«, erklärte Carl. »Aber stell dir einfach mal vor, es geht nicht um zwei Sorten Fische, sondern um Fische und Menschen. Einer stirbt aus, der andere überlebt.«

»Dann würde ich zu den Menschen halten!«

»Ja, doch was ist, wenn die Fische gewinnen?«

Der Junge blickte ihn ratlos an, und Carl nutzte die pädagogische Chance: »Genau deshalb müssen wir etwas für den Schutz und die Erhaltung unserer Umwelt, vor allem aber unserer Seen, und gegen ihre fortschreitende Verschmutzung und Erwärmung tun. Denn glaubt mir: Jeder von uns kann etwas dagegen tun.«

»Wir können nichts dagegen tun!«

General Bilderberger starrte auf den Monitor. Der Schirm blieb schwarz. Es gab nichts zu sehen, die Verbindung war tot. Das ganze System hatte Unsummen gekostet, und nun funktionierte nichts mehr!

Für dieses ganze Computerzeug bin ich zu alt, dachte der General.

Der hochgewachsene Mann mit dem kurz geschnittenen grauen Haar wollte Informationen. Und er wollte sie schnell – schnell und präzise, wie er es gewohnt war. »Was soll das heißen, wir können nichts tun?«

Der Raum lag in Dunkelheit, das einzige Licht stammte von zwölf flackernden Monitoren, die an einer Wand gestapelt standen. Oberflächlich betrachtet zeigten die Bildschirme nur statisches Rauschen, in Wirklichkeit handelte es sich um die von restlichtverstärkenden Spezialkameras übertragenen Videobilder des Grundes, die den unablässig rieselnden Seeschnee zeigten: Staub, Plankton und Reste kleiner Fische, die von oben herabregneten. Stundenlang betrachteten eigens ausgebildete Posten dieses ermüdende Flimmern, tagaus, tagein, in der vagen Hoffnung, den Feind vor die Linse zu bekommen. Bisher vergebens. Es hatte sich noch keiner von den erwarteten fremden Wesen gezeigt. Und nun waren zwei der Augen in die Tiefe blind.

»Die beiden Überwachungskameras«, entgegnete der untergebene Offizier hastig und sah General Bilderberger direkt an, »sind heute vom Netz gegangen. Eine bei minus 80 Metern auf der Mainau-Schwelle, die andere bei minus 120 Metern vor Langenargen.«

»Die Gründe des Ausfalls!«, verlangte Bilderberger.

»Noch nicht bekannt.« Der Offizier ließ sich keine Unsicherheit anmerken. »Ein mechanisches Versagen ist möglich, aber nicht sehr wahrscheinlich. Vermutlich wurden die Kabel durchtrennt. Und …«

»Was und?«, hakte der General sofort nach. Seine Ungeduld war ihm deutlich anzumerken. Bilderberger mochte und erwartete Effizienz. Das hier war ineffizient.

»Wir haben Meldung vom Limnologischen Institut für die Erforschung des Bodensees. Zur selben Zeit stellte der untere Fühler ihrer Thermistor-Kette die Funktion ein.«

Bilderberger hob fragend eine Augenbraue. Er kannte sich in der militärischen, nicht aber unbedingt in der zivilen Technik im See aus.

»Es handelt sich um Ketten von Temperaturmessgeräten. Das Institut hat sie in den ersten 30 Metern alle drei Meter angebracht, dann alle zehn Meter bis hinunter nach minus 252 Meter. Sie hängen von einer Boje herab, senden die Messungen kontinuierlich per Funk an das Institut. Normalerweise geschah das alle zwanzig Minuten, auf unseren Wunsch hin dann alle fünf Minuten.«

»Gibt es einen Zusammenhang mit unseren technischen Problemen?« Bilderberger mochte keine ausufernden Erklärungen, es sei denn, sie stammten von ihm selbst.

»Ein Zusammenhang kann beim derzeitigen Wissensstand weder bestätigt noch verneint werden.«

»Dann schauen Sie nach!« Bilderberger wirkte ungehalten. »Man muss die Kameras doch reparieren können!«, zischte er.

»Das geht nicht auf die Schnelle. Wir können da ja nicht einfach einen Elektriker runterschicken! Zudem …«

Bilderberger sah den Offizier scharf an.

»Wir müssen auch das hier noch analysieren«, sagte der Techniker hilflos, dann drückte er einen Knopf.

Es blubberte und piepte im Lautsprecher, so regelmäßig und präzise, dass es tatsächlich intelligente Signale sein konnten. Das Piepen, ein harter, hochfrequenter Ton, wurde stärker, dann wieder schwächer. General Bilderberger sah auf die Uhr: Der Ton wiederholte sich exakt alle fünf Sekunden. Ein Sonarpeilton wie bei einem U-Boot oder einem Delphin. Ein Delphin im Bodensee? Ausgeschlossen. Ein U-Boot – von wem?

Das Blubbern mochte schon von einem an den Unterwassermikrofonen vorbeiziehenden U-Boot stammen, und doch fehlten die typischen Geräusche der Schrauben.

Bilderberger blickte den Offizier an.

Der Techniker zuckte ratlos mit den Schultern. »Wir sind dran, aber wir können noch nichts Genaues sagen. Das kann alles sein – von einem Fisch bis zu einem ferngelenkten Miniatur-U-Boot.«

»Es geht nicht darum«, stellte Bilderberger klar, »was es sein könnte. Es geht darum, was es ist. Es werden wohl kaum Fische sein! Fische stellen keine Mikrofone ab.«

General Bilderberger war nicht an den See gekommen, um gemocht zu werden, und er saß nicht in diesem winzigen Betonbunker mit all diesen Geräten und blinkenden Konsolen, um sich Freunde zu machen. Er war hier, weil er eine Mission hatte. Aber noch konnte er den anderen nicht sagen, was er bereits wusste. Er war jedoch froh, Mittel in der Hand zu halten, die ihm seine schwierige Arbeit überhaupt ermöglichten. Etwas geschah am Seeboden, und zwar schon seit Jahren. Man hatte Mikro-Erdbeben registriert, die so ungewöhnlich waren, dass das Militär aufmerksam geworden war. Alles wirkte, als führte jemand auf dem Seegrund Bauarbeiten aus – und von dort unterirdisch unter die Uferzone. Bilderberger hatte Gelder erhalten, um den See mit Kameras und Mikrofonen zu überwachen.

Nun aber wurden die Kameras zerstört, und die Mikrofone fielen aus.

Bilderberger hätte nur zu gern gewusst, wer sein Feind war. Es konnten ja wohl kaum kleine grüne Männchen sein.

»Uns könnte es«, beendete Carl seine Führung durch das Institut für die Erforschung des Bodensees, »also leicht so gehen wie unserem Freund da!« Er zeigte auf das Poster, das neben dem Frosch im Wasserglas und neben der Fieberkurve der Nordatlantikerwärmung hing und einen Monstermolch zeigte, unter dem in großen Buchstaben *Andrias scheuchzeri* stand, die lateinische Bezeichnung für einen längst ausgestorbenen Riesensalamander. »Wir könnten eines Tages von der Erde verschwinden wie dieses Fossil.«

Manche der Kinder sahen ihn mit offenem Mund und erschrockenem Blick an, andere kicherten. Ihm reichte es schon, wenn er sehen konnte, dass er niemanden gelangweilt hatte.

Carl knipste den Beamer aus. »Habt ihr noch Fragen?«

»Das da«, sagte das dicke Mädchen, das so unaufmerksam gewesen war, und zeigte auf das Bild, »das ist ein hässliches Tier. Warum unternimmt niemand etwas dagegen? Das habe ich öfter im Untersee zwischen der Höri und der Schweiz gesehen. Der Molch war so groß wie ein Schiff!«

Carl musste lachen. »Erstens: Kein Tier ist hässlich. Tiere sind anders als wir Menschen optimal an ihre Umgebung angepasst. Und zweitens: Das Tier ist schon lange tot. Vor Millionen von Jahren bereits ausgestorben.«

»Das stimmt nicht!«, erwiderte das Mädchen. »Ich habe es gesehen!«

»Wann denn?«

»Na eben, als Sie gesprochen haben. Das war die ganze Zeit vorm Fenster. Und«, sie hielt inne, drehte den Kopf und deutete mit ihrem dicken Zeigefinger nach draußen, »da ist es schon wieder!«

Die anderen Kinder lachten und stürzten zum Fenster.

»Passt auf Joe auf!«, rief Carl, als er das Glas mit dem Frosch schwanken sah. Es gab Gerangel, dann weiteres Gelächter.

»Du dumme, fette Kuh!«, platzte ein fast genauso dickes Mädchen heraus. »Da ist nichts zu sehen!«

»Tanja ist doof! Tanja ist doof!«, brüllte ein anderes Kind.

Endlich waren die Schüler alle aus der Tür. Schulklassen hinterließen immer Chaos – man konnte schon froh sein, wenn sie keine pubertären Botschaften in die Institutsbänke schnitzten. Carl machte sich daran, zerknülltes Papier (ein Diagramm des Wasserkreislaufs, das er ausgeteilt hatte) vom Boden aufzulesen und von den Tischen zu fegen. Plötzlich fiel ihm die eigentümliche Stille auf.

Es war nicht die Stille, die entsteht, wenn plötzlich Ruhe herrscht in einem überfüllten Raum, sondern die andere Art Stille – das plötzliche Fehlen eines vertrauten Geräusches.

Wo war das Kwaak-kwaak, das Joe gewöhnlich von sich gab?

Carl sah zu dem Glas mit dem Frosch.

Joe war tot! Er lag auf dem Rücken, den Körper im Todeskampf verzerrt, ausgetrocknet. Daneben ein Haufen weißer Körner.

Einer der Schüler musste eine ganze Tüte Salz in das Becken gekippt haben, und das arme Tier war qualvoll verendet. Lurche können nur im Süßwasser existieren, in Salzwasser gehen sie jämmerlich ein.

Waren Menschen so?, fragte sich Carl. Mussten sie alles ablehnen, was irgendwie anders war? War ein Molch denn immer hässlich, ein fettes Mädchen immer nur dumm? Weshalb war es lustig, einen harmlosen Frosch in Todesqualen zucken zu sehen?

1. Teil
Fische

Und Gott schuf die großen Seeungeheuer …
Genesis 1, 21

1

21. März

Carls klamme Finger pressten sich an den Styroporbecher mit Kaffee. »Hast du die letzte Schicht gehabt?«, fragte er seinen Kollegen Gabriel Iff, der sich im ölverschmierten Overall müde an die Reling lehnte.

»Ja!«

»Und?«

»Gut war es. Acht Kerne, jeder mehrere Meter lang.«

»Alter?«

»Wir sind im postglazialen Bereich. Wir dürften die Sequenz jetzt fast vollständig vorliegen haben.«

»Was Besonderes?«

»Wissen wir erst nach der Analyse.« Wissenschaftler sind immer vorsichtig.

»Aber?« Carl hatte einen seltsamen Ton in der Stimme des Forschers bemerkt.

»Seltsame Fragmente in den Boundary-Bereichen.«

»Meteorisch?«

»Kaum möglich. Scheint eine Art Tiefengestein zu sein.«

»Tiefengestein? Wie kommt das dorthin?«

»Keine Ahnung«, antwortete Carls Kollege und sah hinüber zu der Fähre, die von Konstanz in Richtung Nordufer pflügte, »vielleicht haben die Bodensee-Nixen dort unten ein Bergwerk!«

Das Schiff hob und senkte sich in der Dünung. Es war noch kalt, und der See lag grau da. Andere Forscher hätten bei diesen Wetterverhältnissen vielleicht das Gleichgewicht verloren, aber nicht Carl. Er stand fest. Er kannte diesen Rhythmus und bemerkte ihn kaum noch.

Sie dürften die Sequenz jetzt fast vollständig haben. Das war gut so. Dann konnte er bald mit seiner Arbeit beginnen, die Schichten zu kartieren, die Bruchstellen zu suchen – Bruchstellen, die auf gewaltige Katastrophen hindeuteten.

Seine Arbeitsschicht würde sechs Stunden dauern und hart werden. Die neuen Kerne wurden weiter draußen gewonnen, an den Stellen, an denen der See bereits tief war. Hier dümpelte das Schiff. Nach der Arbeit, am Abend, würde Carl nach Hause fahren, in seine kleine Wohnung, eine Dose Ravioli öffnen und in einem Topf aufwärmen oder einen Pizza-Lieferservice anrufen, duschen und versuchen, den italienischen Zeitungsartikel zu lesen, der von einer großen Welle im Gardasee sprach, die 2001 mit zerstörerischer Gewalt gegen Riva geprallt war und dabei ein Boot zertrümmert und die Uferbefestigung unterspült hatte.

Das dreimalige laute Dröhnen einer Sirene erklang und zeigte an, dass der Entnahmezeitpunkt erreicht war. Wenige Minuten später krächzte der Lautsprecher: »Achtung! Vorsicht! Er kommt!« Carl gähnte und sah dann auf die Uhr: genau acht Uhr am Morgen.

Carl Ghuimin, der »Herr Doktor«, wie ihn die Arbeiter nannten, fuhr sich durch die kurzen blonden Haare und streifte sich die schweren Lederhandschuhe über, die ihn vor Verletzungen schützen sollten. Bald war es so weit, bald musste er zupacken. Er kannte jeden Handgriff.

Die »Langenargen II« glich einem Schiff, auf dessen Deck man einen Miniatur-Eiffelturm oder einen Strommast montiert hatte. Das Gebilde war ein Bohrturm. Vor den Aufbauten, auf dem Heck, lagen zahllose, rund zehn Meter lange Metallröhren. Man setzte sie zusammen und fertigte daraus den Bohrstrang, der unterhalb des 20 Meter hohen Turms eingesetzt und dann durch ein Loch mittschiffs in den See hinabgelassen wurde, bis der Strang lang genug war, um den Seeboden zu erreichen. Dort bohrte sich die Röhre innerhalb einer Stunde in die Ablagerungen auf dem Grund, dann wurde die Sedimentprobe nach oben geholt. Carl arbeitete als wissenschaftliche Kraft mit den Technikern zusammen, die Schichten dauerten sechs Stunden, und die Analyse der Sedimentablagerungen sollte der Inhalt von Carls Doktorarbeit werden. Man holte die Metallröhre mit den Proben aufs Schiff, öffnete sie – und heraus kam der schlammige Zeuge unserer Vergangenheit, der Hunderte oder gar Tausende Jahre Geschichte enthielt, Angaben über Klima und Vegetation.

Denn Seen, so erklärte es Carl den Schülern, die er durch das Institut führte, legen jedes Jahr eine neue Schicht von Sedimenten an – so wie die Bäume Ringe. Sand und Schlamm, den die Zuflüsse, vor allem der Rhein, in den Bodensee tragen, Mutterboden, den der Regen hineinschwemmt, die Reste von Fischen, Pflanzen und Mikroorganismen, die auf den Boden hinabregnen, schließlich Dinge, die Menschen aus Booten fallen lassen – so entstehen kleine Landkarten einer präzise bestimmbaren Zeit. Die Analyse der Kalkskelette der Mikroorganismen ermöglicht es den Forschern sogar, die Temperatur eines bestimmten Jahres herauszufinden.

Wenn man ihn nach seinem Beruf fragte und Carl »Limnologe« antwortete, war die Reaktion darauf stets ein ratloser Blick. »Limno… was?«

»Limnologie«, erklärte Carl dann geduldig, »ist die Wissenschaft von den Binnengewässern, von Flüssen und Seen.« Man sah ihn dann meist mitleidig an – was sollte schon interessant sein an heimischen Tümpeln, Wasserflöhen und Bachforellen?

Nur um zu beeindrucken, erklärte Carl dann gewöhnlich, dass seine erste Expedition ihn an den Loch Ness geführt hatte. Er erzählte nicht, dass damals paläoklimatische Untersuchungen durchgeführt wurden, Studien über das Klima vergangener Erdepochen. Für die Universität Edinburgh, für die Carl noch als Austauschstudent tätig gewesen war, hatte er ein Tauchboot auf den Grund des schottischen Sees gesteuert, um Bodenproben von dort zurück an die Oberfläche zu bringen.

Schon zu dieser Zeit waren schwankende Schiffsdecks sein Arbeitsplatz gewesen. Ein Deck sah im Grunde wie das andere aus: Metall, mit dicken Schichten grüner Farbe überzogen und voller Pfützen. Sein Beruf hatte nichts mit Segelschiffromantik zu tun. Die Analyse der Proben hatte damals gezeigt, dass der Loch einmal ein Meeresarm gewesen war – für die Wissenschaftler kaum überraschend, für die Weltpresse eine Sensation, die genüsslich aufgebauscht worden war. Zumindest Carl konnte seine Zuhörer immer noch mit der Geschichte seiner U-Boot-Fahrt beeindrucken. So klang seine Wissenschaft schon etwas aufregender.

Warum hatte er sich überhaupt entschieden, Limnologe zu werden? Die Ursache lag weniger in wissenschaftlicher Neugier als vielmehr in einem Kindertraum. Im Regal seines Vaters hatte das dicke Buch eines amerikanischen Arztes gestanden, der Beweise für eine weltweite katastrophale Sintflut gesammelt hatte. Der Band war in einer ungemein poetischen Sprache geschrieben, mit Bergen, Meeren und Gletschern als handelnden Personen. Heute wusste Carl, dass der Autor nicht viel mehr war als ein Phantast, aber als Kind hatte ihn das Werk über alle Maßen beeindruckt – besonders die Stelle, wo von einer zehn Meter hohen Welle die Rede war, die entstand, als der Bodensee plötzlich gekippt war und fast ausgelaufen wäre. Carl hatte sich sogar über die Fernleihe der Bücherei die verstaubte Originalquelle des Arztes besorgt, Helmut Gams' und Rolf Nordhagens »Postglaziale Klimaänderungen und Erdkrustenbewegungen in Mitteleuropa« von 1923. Noch heute hatte er die betreffende Seite eingerahmt in seiner Wohnung hängen. Später war dann sein Engagement für die Umwelt hinzugekommen.

Carl sah tatsächlich nicht so aus, wie man sich einen Forscher vorstellte. Er war muskulös, aber er trug keinen Zottelbart und auch kein langes Haar, und in ausgeleierte Sweatshirts schlüpfte er nur für die Bohrarbeit.

»Aaachtung!«

Der harte Seewind zerrte an Carl, dessen Gesicht schon ganz rot war von der Kälte. Das einzige Warme hier draußen war der Bohrstrang, der ständig geölt werden musste. Carl trug, um sich nicht zu verletzen oder zu verbrennen, dicke Handschuhe mit sich. So spürte er die Kälte nicht. Er nahm auch den penetranten Ölgeruch längst nicht mehr wahr – er hatte wohl schon Hunderte von Bohrproben aus europäischen Seen geholt. Wenn er etwas fühlte bei seiner Arbeit, dann war es, seinem Traum nahe zu sein. Er hatte sein Leben lang davon geträumt, etwas von Bedeutung zu entdecken, und nun spürte er, dass er knapp davor war, etwas wirklich Wichtiges zu finden.

Das Schiff hob und senkte sich leicht mit den Wellen. Carl blickte auf den Turm, der etwas aus dem Wasser unterhalb des Schiffes zog – eine Art überlanger Zahnstocher aus dumpfem Metall. Das Tuckern des Motors, das Knirschen des Metalls erinnerten ihn an eine Fabrik; es klang nicht wie die Arbeitsstätte eines Wissenschaftlers, der sich mit dem Wetter vor 10 000 Jahren beschäftigt.

»Achtung, neuer Kern!«

Carl ging in Position. Ein zweiter Bohrkern. Seine Untersuchung sollte Aufschluss geben über die postglaziale

Geschichte des Sees, die Zeit nach der Eiszeit. Was war geschehen, als sich die Gletscher zurückzogen? Lag der Seegrund frei, bildete sich eine Savanne, durch die große Tierherden zogen, oder schmolz der Gletscher an Ort und Stelle, füllte er gleich das Becken, das er ausgehobelt hatte – gab es hier gleich einen eiskalten, arktischen See? Schließlich: Wie hatten sich die Temperatur, die Luft, die Vegetation entwickelt? Die Analyse all der Daten konnte auch Aufschluss geben über die modernen Ansichten zu Klimakatastrophe, Treibhauseffekt und Erderwärmung. Und eine Frage stand im Mittelpunkt: Waren die Übergänge kontinuierlich oder abrupt geschehen?

Carl streifte die schweren Schutzhandschuhe erneut über. Er konnte sie brauchen, wenn er das Gehäuse, das den Bohrkern enthielt, eine lange Schichtung aus Schlick und Sand, die aus der Tiefe des Seebodens stammte, packte, es drehte, auf Deck legte und dann öffnete.

Es roch nach Öl.

»Der Bohrkern!«

Bevor Carl zugreifen konnte, schlingerte und schaukelte das Boot. Der Ausleger, der das Schiff stabilisieren sollte, tauchte unter Wasser, das Bohrgehäuse pendelte gefährlich hin und her. Das Metall knarzte. Carl zog unweigerlich den Kopf ein. Ein Eisensplitter raste knapp an seiner Schläfe vorbei und schlug mit einem lauten Knall auf dem Deck auf.

Carl forschte zurzeit besonders nach Belegen für vorzeitliche Tsunamis im See, obschon gemeinhin angenommen wurde, der Bodensee sei vor Tsunamis sicher. Weder stießen an seinem Grunde zwei Kontinentalplatten zusammen, noch gab es dort Unterwasservulkane. Gleichwohl hatten verschiedene Geologen Hinweise auf Unterwasser-Erdrutsche gefunden, aber im Allgemeinen ging man davon aus, dass diese nicht so viel Terrainverlust bringen konnten, um ein verheerendes Absinken des Wassers mit anschließender Tsunamiwelle zu verursachen. Trotzdem: Carl wusste, dass die Uferzone des Sees sehr weit und sehr eben in das Wasser hineinlief. Beim großen Niedrigwasser in den Jahre 2005 und 2006 hatten große Flächen plötzlich trocken gelegen. Mitten im See hatten sich neue Inseln gebildet. Das aber machte Tsunamiwellen, die im Meer nur wenige Zentimeter hoch sind, so gefährlich: An seichten Uferpartien stauten sie sich zu meterhohen Wellenmauern.

Die Vorstellung eines Tsunamis am stillen, so gemütlichen Bodensee schien absurd. Andererseits kannte Carl die Untersuchungen vom Comer See und Vierwaldstättersee, die für ihre Tsunamis gefürchtet waren. Vom Bodensee gab es Berichte, die von unerklärlichen Wellen an sonst völlig schönen Tagen erzählten, vom Aufwallen des Sees, von donnernden und rumpelnden Geräuschen unter dem Seespiegel, von versunkenen Dörfern. Beruhte manches davon auf realen Ereignissen? Sosehr Carl auch suchte, bisher hatte er keine wirklich überzeugenden Indizien für Tsunamis gefunden. Es gab keine Aufzeichnungen, wenigstens keine, die er kannte, aber vielleicht deckten die geologischen Untersuchungen ja solche Ereignisse in der Vorzeit auf. Die Erde ist nicht immer geduldig, und sie formt sich noch immer. Vor Erdbeben gab es keine Sicherheit. Wusste man, ob ein Risiko vorlag, konnte man auch handeln, und die sich drastisch verändernden Bedingungen tief im See – die Erwärmung des Wassers, die fehlende Durchmischung – mussten auch die Geologie des Sees beeinflussen.

Da ihn die Geschichte vom kippenden Bodensee so fasziniert hatte, entschied sich Carl bei seiner Doktorarbeit für das Thema: »Holozänzeitliche Naturkatastrophen in postglazialen Alpennordrandseen und ihr Nachweis durch die Analyse von Sedimenten in Bohrproben«. Im letzten Vierteljahr waren – aus welchem Grund auch immer – Forschungsgelder viel stärker als zuvor geflossen. Wer weiß? Vielleicht gelang ihm bald eine wichtige Entdeckung, und er würde durch die Talkshows tingeln und in drastischen Worten ausmalen, wie die Killerwelle von Konstanz vor 8000 Jahren das Leben am Ufer des Schwäbischen Meeres ausgelöscht hatte. Bei der Tsunami-Geschichte war auch eine Menge Sensationslust mit dabei! Eine Wasserwand, die über den See rast, mit einem donnernden Geräusch, und dann das Steilufer hochschwappt und das Kloster Birnau mit sich in die Tiefe reißt – das klang schon nach Special effects aus Hollywood. Da konnte selbst ein Student, der im Schlamm wühlte, in Gedanken zum Indiana Jones der Süßwassergeologie werden!

»Verdammt!« Sein Kollege starrte fassungslos auf den See. »Pass auf!«

Plötzlich war da nicht mehr nur der Geruch von Öl. Das war Gestank! Faule Eier? Schwefel? Schwefel! Carl ging zur Reling und beugte sich hinunter.

Das Schiff schwamm in einer milchigen Brühe. Das Wasser schien zu kochen, überall stiegen Bläschen auf, wie Kohlensäure in Mineralwasser. Erst kleine, dann größere. Die letzen Gasblasen maßen über einen halben Meter im Durchmesser.

Nach wenigen Sekunden war der Spuk vorbei.

Als hätten wir die Tore zur Hölle geöffnet, dachte Carl.

Rund 50000 Boote sind auf dem Bodensee registriert, vom kleinen Segelboot bis zur luxuriösen Jacht aus poliertem schwarzen Holz, die jeden erdenklichen technischen Schnickschnack aufweist, den zwar niemand braucht, der aber die Nachbarn neidisch macht. 30000 Segel- und 20000 Motorboote – 33 davon sind Fähren der sogenannten Weißen Flotte. Fünf Millionen Passagiere befördert die Flotte jährlich, und das, obwohl die Saison nur von der offiziellen Eröffnung der Fährfahrt am 21. März bis zum Oktober dauert.

Die Saisoneröffnung kümmerte Kapitän Ove Spoor jedoch nicht. Sein Katamaran fuhr rund ums Jahr, selbst im Winter. Jeden Tag, von fünf bis zwanzig Uhr.

Das Schiff war 34 Meter lang – etwa ebenso lang wie ein ausgewachsener Blauwal –, siebeneinhalb Meter breit und mit seinen beiden Dieselmotoren mit modernster Common-Rail-Einspritzung 22 Knoten schnell, das sind rund 40 Stundenkilometer. Der Katamaran lag nicht tief im Wasser – beladen hatte er einen Tiefgang von eineinhalb Metern –, weil er aus Aluminium bestand. Das ideale Boot, um auch in Ufernähe zu navigieren.

Aber nun lag nur der tiefe See unter ihm.

Ein kühler, frischer Wind, der schon nach Frühjahr roch, jagte über die Wasserfläche und schob kleine Rippel vor sich her. Möwen zogen kreischend ihre Kreise und warteten darauf, von den Passagieren gefüttert zu werden. Spoor stand am Steuer des großen Katamarans. Der Kapitän fühlte das leichte Schaukeln des Schiffes, hörte das gleichförmige Brummen und Stampfen der Motoren und das leise Klirren der Tassen und Gläser unter Deck, er fühlte den frischen Wind. Der Uferstreifen lag grau vor ihm und verschwamm fast unmerklich mit dem trüben Himmel. Eine der Möwen stand wie festgezurrt über seiner Brücke und drehte nur hin und wieder den Kopf, um nach Brotstückchen Ausschau zu halten.

Keine 50 Minuten würde Kapitän Spoor für die 24 Kilometer lange Strecke von Konstanz nach Friedrichshafen benötigen. Vor ihm breitete sich, blau, plan und weit, der See aus. Unter ihm lagen mehr als 200 Meter bis zum Grund. Hinter ihm durchzog eine lange gerade weiße Schaumspur die Wasseroberfläche. Das Schiff fuhr rasch nach Osten.

Mittlerweile war sogar der graue Morgenhimmel einem Azurblau gewichen, das einen schönen Tag versprach.

Spoor pfiff vor sich hin. Alles war gut.

Plötzlich war da ein Knirschen, nicht das Knirschen von Stahl auf Stahl, sondern ein geschmeidiges, fast gleitendes Knirschen. Die Fahrgäste horchten dennoch auf, denn durch den Katamaran ging ein Ruck, ein Stoß, der ihnen den Boden unter den Füßen wegzureißen drohte.

Kapitän Spoor spürte den harten Schlag in demselben Moment, in dem seine Passagiere aufschrien. Es waren spitze, überraschte, besorgte Schreie. Der Kapitän hätte den Aufprall verschlafen können, er hätte trotzdem gehört, dass etwas Schreckliches geschehen war.

Einen Moment später wurden die Menschen durcheinandergewirbelt und fielen zu Boden. Ein Mädchen drückte es gegen die scharfe Kante des Tresens. Sie schrie auf, als sie sich den Arm brach.

Nach dem Schlag kam das Zittern. Der Rumpf des Katamarans zitterte. Die Vorhänge an den Bullaugen flatterten erschreckt. Die Theke im Gastraum bebte. Die Gläser auf den Tischen klirrten, erst leise, dann laut und lauter. Der Motor im Maschinenraum bebte. Die Teller klapperten, einige sprangen von den Tischen und gingen auf dem Boden zu Bruch. Die Reling vibrierte heftig. Selbst das Wasser um das Schiff herum zitterte.

Das ganze große Boot schüttelte sich wie ein verwundeter Wal, der von einer Harpune getroffen worden war. Die Metallplatten des Bootskörpers rieben an den aufgerissenen Schweißnähten aneinander und gaben ein bösartiges Brüllen von sich.

Dann herrschte plötzlich eine unheimliche, alles durchdringende Stille. Nichts klirrte mehr. Nichts zitterte.

Das Seewasser war trüb und braun, als sei der Katamaran auf eine Untiefe aufgelaufen.

Das Schiff steckte fest. Es legte sich zur Seite, aber es ging nicht unter. Ein Katamaran ist so konstruiert, dass er nicht sinken kann, eigentlich niemals und unter keinen Umständen.

Da lag er nun, ein gestrandeter Riese auf einer Sandbank.

Stille. Dann Klagen. Dann noch mehr Klagen. Weinen, Schreie. Und Hilferufe.

Ove Spoor ging zu dem Funkgerät.

Es war 8.02 Uhr.

Unter einem strahlend blauen Himmel mit hübschen weißen Wolken schaukelten in Richtung Konstanz bereits einige Boote mit lustig bunten Segeln friedlich auf den Wellen.

»SOS«, sprach Spoor in das Funkgerät, »wir sind auf Grund gelaufen.«

Bei einer Grabung in einem Pfahlbaudorf der Bronzezeit fanden Forscher im Jahr 1872 bei Hagnau eine knapp fünfeinhalb Zentimeter lange Metallfigur aus der Zeit um 1000 v. Chr. Sie zeigt ein Mischwesen. Auf einem Giraffenhals sitzt ein runder Kopf mit einem langen Entenschnabel. Zwei riesige Stierhörner ragen über den Augen empor. Das Tier hat einen länglichen, schlangenartigen Körper. Er läuft in einen waagrechten Schwanz mit zwei Fluken aus. Es ist der Schwanz eines Wals.

Sämtliche Tierdarstellungen, die man in den Pfahlbauten des Bodensees gefunden hat, sind realistisch.

Die Menschen dieser Dörfer bildeten nur die Tiere ab, die es wirklich gab.

»Pass auf!«

Was soll dieser Ausruf? dachte Carl. Ich habe meine erste Schicht, ich bin wach. Er riss sich von dem Anblick des Sees los, der eben noch gebrodelt hatte.

Dann geschah es.

Er eilte zum Bohrturm des Schiffs des Limnologischen Instituts für die Erforschung des Bodensees zurück.

»Achtung!«

Der nächste Bohrstrang wurde langsam nach oben gebracht. Die Maschinen pumpten. Die Techniker klinkten das letzte Segment aus dem knarzenden Turm und legten es auf den Arbeitstisch. Carl hatte das schon Hunderte Male getan – er öffnete die Kartusche, klappte sie auf, um den vom Seegrund geholten Sedimentkern auf eine Plane zu rollen, damit er verpackt und nach Tübingen zur Analyse gebracht werden konnte.

Carl verlor den Boden unter den Füßen. Der Horizont stand schräg, er rutschte zur Seite, Meersburg hob sich schief aus den Wellen. Das Schiff tanzte hoch – und sackte abrupt wieder ab.

Vom Tisch rollten tausend Jahre Geschichte auf den Deckboden, rutschten zur Seite und sanken zurück in den See.

Es war eine lange, niedrige, über die ganze Seebreite sich erstreckende Welle, die das Schiff sanft um einen halben Meter hob und gleich wieder fallen ließ, bevor sie weiter rollte in Richtung Bregenz, wobei sie an Höhe und Kraft verlor. Nach weiteren Minuten erreichte die Welle Friedrichshafen, nur noch halb so hoch, dann Wasserburg, wo sie kaum noch zu sehen war. In Lindau hatte der normale Wellengang sie schon fast zerschlagen – bis sie 20 Minuten später dort, wo der Alpenrhein in den Bodensee einmündet, nur noch als leichtes Gekräusel anschwappte, das niemand mehr bemerkte.

Da hatte Carl seinen Tsunami. Es konnte nichts anderes gewesen sein. Sein Kopf raste – er musste unbedingt die Daten der Erdbebenwarten abfragen. Diese Erschütterung konnte nur ein unterseeischer Erdrutsch verursacht haben.

Er musste einen Kameraroboter runterschicken und den Rutsch dokumentieren. Ja, er musste das unbedingt dokumentieren.

Da hatte er in alten Schichten den Nachweis erbringen wollen, dass es am Bodensee ähnliche Katastrophen geben konnte wie an den italienischen und Schweizer Alpenseen, und dann wurde er selbst Augenzeuge eines Tsunamis!

Gott sei Dank war niemandem etwas passiert!

Er blickte auf das Ufer bei Langenargen, das sich allmählich näherte. Der Bohrturm war in sich verdreht, die Bohrstange gebogen, die Befestigung des Turms war unsicher, die Schrauben herausgehobelt von der Kraft, die das Schiff durchgeschüttelt hatte – die Welle hatte ganze Arbeit geleistet.

Carl schüttete sich Kaffee in den Becher. Er war wach, aber er musste konzentriert bleiben. Es gab noch viel für ihn zu tun.

»Bist du schon wach, Heike?« Der junge Mann hörte seine Frau im Kleiderschrank wühlen.

»Ja.«

»Du bist schon auf?«

»Ja.«

»Was machst du?«

»Ich gehe schwimmen.«

Er öffnete müde die Augen. »Ist das Wasser nicht viel zu kalt?«

»Ach was!« Sie lachte nur. Sie genoss es, am Morgen durch das frische Wasser ein paar hundert Meter hinaus auf den See zu kraulen, zu wenden und dann, das Ufer und das Haus vor Augen, mit kräftigen Stößen zurückzuschwimmen, sich dann in warme Handtücher zu wickeln und einen Kaffee zu trinken.

Ihr Mann sah sie, wie sie den Schlafanzug abstreifte. Das

Licht kam von der tiefstehenden Morgensonne und zeichnete alles in milden Farben. Er liebte diesen Rücken, die makellose Haut, den Schwung von ihrer Taille zu ihrer Hüfte. Sie faszinierte ihn noch genauso wie vor sechs Jahren, als er sie kennengelernt hatte. Schon damals war sie sportlich gewesen und er ein Sportmuffel. Sie zog ihren Bikini an.

Ihn fröstelte. »Ich bleibe noch liegen«, murmelte er, aber sie hörte ihn nicht mehr, sie war schon unten, schlug die Terrassentür zu und ging zum Ufer. Barfuß lief sie über den Rasen, der den Bungalow vom See trennte.

Im Halbschlaf nahm er nur noch wahr, wie die Wellen im immergleichen, trägen Rhythmus fast zärtlich über den Uferkies spülten.

Sie stand neben dem Bootssteg bis zu den Knöcheln im Wasser. Es war kühl, aber nicht unangenehm. Sie ging einen Schritt weiter, die Kälte des Sees umspülte ihre Knie. Sie holte Luft und sprang. Dann schwamm sie mit klaren, deutlichen Zügen vom Ufer weg, drehte sich auf den Rücken und blinzelte in die müde Frühlingssonne. Der Himmel war blau und voll kleiner weißer Wolken.

Sie spürte die Urangst vor der Tiefe. Sie fühlte, dass sich unter ihr hundert Meter Wasser befanden und dann erst ein steiniger und schlammiger Grund. Kleine Wellen zogen sie weiter auf den See hinaus.

Bald trug sie das Wasser. Es war nicht mehr kalt. Jetzt spürte sie einen Sog von unten. Das war ungewöhnlich. Sie stieß mit ihren Beinen wie ein Frosch und machte wieder Schwimmbewegungen. Der Sog verlor sie. Dann setzte er wieder ein. Sie schwamm energischer. Der Sog wurde stärker. Es brauchte immer größere Kraft, um sich der Strömung zu entziehen, immer gewaltigere Stöße der Arme. Schließlich konnte sie nur noch auf der Stelle bleiben.

Dann wusste sie, dass sie verloren war. Etwas zog sie tiefer, ruckartig. Sie fühlte die Kälte, die Anspannung, auch die Angst. Sie hatte nur noch wenig Kraft. Sie strampelte. Die Strömung packte sie und riss sie unter Wasser. Sie wollte schreien, aber sie konnte nicht. Unter der Oberfläche lief ihr das Wasser in den Mund.

Als sie wieder auftauchte, ließ sie der angeborene Instinkt des Menschen ausspucken und nach Luft schnappen, aber sie hatte längst keine Kraft mehr zu schreien oder nach Hilfe zu rufen.

Dann riss es sie erneut hinab, endgültig. Jetzt schrie sie, wieder instinktiv, und Wasser füllte ihre Lungen. Während es sie nach unten zog, schnell und immer schneller, als rutsche sie die steilen Wände eines Trichters hinab, erlosch das letzte Licht, das von der Oberfläche herabrieselte.

Dann war es dunkel. Dann starb sie.

Sie war längst ertrunken, als das Wesen von unten auf sie zukam und sie zerfleischte.

»Nur mit der Ruhe«, sagte Makhmut Sefirot, seines Zeichens Angehöriger der Wasserschutzpolizei. Mit seinen kurz geschnittenen Haaren, der Uniform, der kräftigen, selbstsicheren Haltung verbreitete er tatsächlich ein Gefühl von Ordnung und Sicherheit. »Also, ganz ruhig. Jeder kommt dran. Einer nach dem anderen.«

Die Metallbrücke hob und senkte sich mit den Wellen. Ein Ende lag auf dem Ausstieg des Katamarans, das andere auf dem Schiff der Wasserschutzpolizei. Zwei der blauen Polizeischiffe waren aus Konstanz herbeigeeilt, bald nachdem Kapitän Spoors Notruf in der Zentrale des Seerettungsdienstes eingegangen war. Aus der Schweiz stießen drei Schiffe der Seepolizei hinzu. Nun lagen sie wie Blütenblätter um den Katamaran, der sich zur Seite neigte. Es war trotz allem keine Eile geboten, denn ein Katamaran kann so schnell nicht sinken; das wussten auch die Passagiere an Bord, und daher hatte sich nach dem ersten

Schock des Aufpralls eine aufgeklärte Ruhe über die Fahrgäste gelegt. Alles konnte geregelt vor sich gehen, man konnte an Bord warten, bis man an der Reihe war, dann ruhig über die Brücke in das bereitstehende Polizeiboot gehen, wankend vielleicht, den Schreck noch in den Knochen, sich dort setzen und den Schock verdauen, bis man in den Hafen zurückgefahren wurde. Was eben noch ein Schreck gewesen war, stellte sich nun als reine Unannehmlichkeit heraus – etwas, von dem man noch in ein paar Jahren amüsiert erzählen konnte.

»So, jetzt, einer nach dem anderen.«

Die ersten Fahrgäste schwankten in das Polizeiboot. Es konnte vielleicht 30 Gäste fassen, dann sollte ein anderes Boot die nächsten aufnehmen. Applaus brandete bei denen auf, die noch auf dem Katamaran standen. Einer machte einen Witz, und alle lachten. Gefasst war man, höflich.

»Gehen Sie doch zuerst«, sagte ein junger Mann mit Ohren voller Ringe und einem Zungenpiercing zu einer älteren Frau mit grauen Haaren, »ich habe Zeit.«

Makhmut Sefirot, Polizeimeister aus Hagne, scherzte mit der alten Dame, als er sie an der Hand fasste und zu einer Bank auf dem Heck des Polizeischiffs führte. »Setzen Sie sich hin, Kaffee kommt gleich!«

Dann ging er auf die Brücke des Schiffs und stellte eine Styroportasse auf den Aufklapptisch und goss Kaffee aus einer Thermoskanne hinein. Er sah beiläufig auf den Monitor des Echolots. Der See war an dieser Stelle fast 100 Meter tief, und das Bild auf dem Schirm zeigte den Boden auch dort, wo er sein sollte. Aber wo der Katamaran aufgelaufen war, hob sich jäh vom sonst flachen Seegrund ein steiler Berg, eine Art Vulkan, der schnell und hart anstieg, um dann wenige Dezimeter unter der Wasseroberfläche ein nur zimmergroßes flaches Gipfelplateau zu bilden, auf dem die Fähre offenbar gestrandet war. Gleich hinter ihrem Heck fiel der Berg erneut ab, weniger stark zwar, aber dennoch steil. Kein Zweifel: Hier musste innerhalb von Stunden, höchstens wohl von Tagen, ein Berg gewachsen sein, unbemerkt von den Wasserforschern, die in unmittelbarer Nähe ihre Bohrkerne vom Seegrund holten, und unbemerkt von den Seismologen in den Erdbebenwarten rund um den See, sonst hätte es sicher eine offizielle Warnung gegeben. Sefirot war kein Geologe, aber ein Vulkan, der innerhalb von Stunden wächst, ohne Erdbeben oder Erdstöße, die dieses Hervorschießen begleiten, und der dann aufhört zu wachsen, just bevor er die Seeoberfläche erreicht, kam ihm seltsam vor, unwirklich; und er hätte das Ganze wohl für eine frei erfundene Geschichte gehalten, hätte er es auf dem Monitor nicht selbst gesehen.

Sefirot schnippte mit dem Finger gegen den Bildschirm, aber der Berg blieb. Dann zuckte er mit den Schultern, griff nach der Tasse, drückte die Stahltür der Kajüte mit seiner Körperseite auf und überreichte den Kaffee der grauhaarigen Frau, die nun schon inmitten einer größeren Gruppe stand und interessiert den weiteren Verlauf der Evakuierung beobachtete.

Zwei Minuten später war sie tot.

Vor 20000 Jahren schliffen gewaltige Alpengletscher das Becken des Bodensees aus der Erde. Der nach dem Plattensee und dem Genfer See drittgrößte mitteleuropäische See entstand, als sich das Schmelzwasser nach dem Zeitalter der großen Kälte in diesem Becken sammelte. Noch heute hat der See 230 Zuflüsse – aber nur einen einzigen Abfluss, den Rhein.

Das Becken ist von Ludwigshafen bis Bregenz 63 Kilometer lang, seine größte Breite – zwischen Kressbronn und Rorschach – beträgt 14 Kilometer. Zwischen 260 und 270 Kilometer misst seine Uferlinie, drei Staaten, Deutschland,

Österreich und die Schweiz, teilen sie. Seine Oberfläche beträgt rund 540 Quadratkilometer, das entspricht 75 000 Fußballfeldern oder 45 Millionen Stellplätzen für Autos. Seine tiefste Stelle, zwischen Friedrichshafen in Deutschland und dem Schweizer Uttwil gelegen, misst ganze 252,50 Meter, die durchschnittliche Tiefe aber beträgt nur rund 90 Meter. Trotzdem – das Becken fasst eine Wassermenge von 49 Milliarden Kubikmetern! Der Seeboden ist mit Echoloten und Sonargeräten vermessen und kartografiert worden. Tauchboote aber verirren sich selten nach dort unten.

Man kann oft lesen, dass es im See drei Inseln gibt: die Reichenau, die Mainau und die Lindau. Tatsächlich aber sind es mehr. Noch im Mittelalter trennte ein Kanal Wasserburg vom Festland, selbst heute noch gibt es weitere Inseln: bei Stein, wo sich der See zum Rhein verengt, und vor Radolfzell. Vor Romanshorn ragt ein Felsblock aus dem Wasser, das Inseli.

Freundlich wirkt der See, mild, mit seinen schmucken Kirchen, beschaulichen Dörfern, Hopfenplantagen und Weinbergen.

Was sich unter seinem Spiegel verbirgt, weiß niemand.

Wusste niemand.

Bis zu diesem Tag.

Sefirot ging zur Reling und sah auf den See. Das Wasser wirkte schlammig, träge, braun, aber es schien nicht heißer als sonst, es blubberte nicht, warf keine Blasen. Sollte – wenn es sich bei der Untiefe um einen neu gewachsenen Vulkan handelte – die Lava das Wasser nicht zum Kochen bringen? Sefirot sah über seine Schulter in Richtung Konstanz und erblickte als grauen Umriss die erloschenen Vulkanstümpfe des Hegau. Davor das Boot mit dem auffälligen Bohrturm, das wie im Sturm hin und her schaukelte.

»Nicht drängeln!«

Mit einem jähen Ruck neigte sich die Fähre weiter. Das Wasser sprudelte bereits in die Fahrgastkabine. Bewegung kam in die Wartenden auf der Fähre, der Ruck ließ Wasser über das ganze Deck schwappen.

Plötzlich ein gellender Angstschrei! Ein Mann war, als die Welle gegen ihn klatschte, voll Panik in den See gesprungen. Die Passagiere auf der Fähre liefen hektisch durcheinander, einige suchten einen Rettungsring, den sie dem Mann zuwerfen konnten, andere wollten sofort auf das Polizeiboot, weil sie erkannten, dass es dort nur noch wenige freie Plätze gab. Das Polizeischiff aber war bereits überfüllt, und zwei Beamte machten Anstalten, die Brücke einzuziehen, damit das Boot abdrehen konnte. Ein Schweizer Schiff stand schon bereit, um die restlichen Fahrgäste aufzunehmen, doch nun wollte niemand mehr warten.

Wie in einen Trichter drängte sich die ängstliche Masse auf den Steg, und zwei Beamte mussten sich den Leuten in den Weg stellen und ihnen den Zugang verwehren. Sefirot hob seine Dienstwaffe drohend in die Luft. Es ertönten Wutschreie.

Die Brücke war kaum eingeholt, das Polizeiboot hatte sich noch kaum von der Fähre entfernt, da wirbelte es plötzlich um seine eigene Achse und raste auf den Katamaran zu, als ziehe er es magnetisch an.

Die beiden Schiffe prallten mit ihren Seiten zusammen, und die Wucht dieses Schlages schleuderte die alte Dame, die eben noch an ihrem Kaffee genippt hatte, über Bord. Innerhalb eines Augenblicks war sie unter die Oberfläche gesunken. Dann kam sie noch einmal nach oben, aber der schwankende Katamaran glitt über sie hinweg und drückte sie endgültig unter Wasser.

Wie ein Blatt, das ein Herbststurm erfasst hat, wurde das Polizeischiff weitergerissen. Bald schon war es Dutzende

Meter von der Fähre entfernt. Kalte Gischt spritzte Sefirot ins Gesicht. Die Fähre hatte sich unter einem gewaltigen metallischen Knarzen weiter zur Seite geneigt und ragte nun mit dem Heck ganz aus dem Wasser. Die Schiffsschrauben drehten sich müde und nutzlos in der Luft.

Das Schweizer Boot schaffte es anzulegen, überbrückte die Entfernung zum Schiff mit einem Steg, und die Passagiere strömten ungeordnet vom Katamaran auf das rettende Boot. Mehr als einmal mussten sich die Schweizer Beamten gegen die Flut der Menschen drücken, absperren, dann einzelne durchlassen – unter den Wutschreien derer, die auf der Fähre bleiben sollten. Aber bald schon hatte sich die Lage entspannt.

Nach nur 30 Minuten waren alle 120 Fahrgäste von dem Katamaran evakuiert.

Eine Rettung fast wie aus dem Bilderbuch.

Plinius der Ältere wurde 23 n. Chr. in Como am Comer See in Oberitalien geboren. Er schrieb zahlreiche enzyklopädische Werke, doch nur eines davon ist erhalten geblieben, die 37-bändige, monumentale »Naturalis historia«, die Naturgeschichte oder Naturbeschreibung.

Plinius kam 79 n. Chr. bei dem Ausbruch des Vesuvs ums Leben, der auch die Römerstädte Pompeji und Herculaneum vernichtete. Bis zu seinem Ende hatte er die Welt um sich genau beobachtet.

Im 9. Buch seiner Naturgeschichte, das den Fischen gewidmet ist, findet sich die erste Erwähnung des Bodensees in der Geschichte.

Plinius nennt den Bodensee Bregenzer See, Lacus Brigantinus, und er beschreibt einen Fisch, den man in ihm fangen kann. Über die Vorlieben der Römer bei Fischgerichten weiß Plinius Folgendes zu berichten:

»Die nächste Stelle auf der Speisetafel gebührt jedenfalls

der Leber der *mustela*, die seltsamerweise auch der Brigantinische See in den Rätischen Alpen in gleicher Güte hervorbringt wie das Meer.«

Die deutschen Plinius-Ausgaben lassen den Begriff »mustela« auf Latein stehen. Er bleibt unübersetzt. Das hat einen guten Grund: Das Wort verwirrt die Gelehrten, denn im Lateinischen bedeutete *mustela* sonst immer »ein fleckiger Seefisch, wahrscheinlich zum Haigeschlecht gehörig«.

Das Polizeiboot drehte sich immer noch. Sefirot klammerte sich krampfhaft an die Reling und sah zu dem Katamaran zurück. Die Schweizer Kollegen hatten bereits angedockt und nahmen die restlichen Passagiere an Bord.

Das Funkgerät knackte. Sefirot ging ran. »Hier die Zentrale. Wir haben einen Notruf!«

»Alles klar«, sagte Sefirot, »wir sind schon da.«

»Nicht das Schiff! Ein Mann aus Nussdorf hat beobachtet, wie eine Frau ertrinkt. Fahrt schnell hin!«

Nussdorf lag rund zehn Kilometer von der Stelle entfernt, wo der Katamaran mit … mit was eigentlich? … kollidiert war. Ein Polizeiboot, selbst das schnellste, ist kein Rennwagen, doch Sefirot gab Anweisung, mit Volldampf nach Nussdorf zu fahren. Hier war alles getan, was getan werden konnte, dort galt es vielleicht noch ein Menschenleben zu retten.

Als sie sich der Unglücksstelle näherten, sahen sie schon einen Mann, der auf seinem Ufergrundstück stand (mit Zäunen, die bis in den See reichten) und heftig gestikulierte.

Sefirot tippte die Handynummer, die ihm die Zentrale übermittelt hatte, in sein Gerät ein. Es klingelte einmal, dann nahm der Mann ab. Sefirot hatte richtig vermutet, es war der Zeuge, der dort am See bereits auf sie gewartet hatte.

»Näher am Ufer war es«, dirigierte der Zeuge die Beamten, »kommen Sie näher, aber vorsichtig. Die Frau hat um sich geschlagen und ist dann einfach untergetaucht. Ich habe sie seit Minuten nicht mehr gesehen. Fahren Sie um Gottes willen langsam, damit Sie die Frau nicht verletzen, falls sie noch auftaucht!«

Sefirot ließ den Motor abschalten und das Boot mit dem Schwung, den es noch hatte, weiter auf den Mann zufahren.

»Ja, da!«, rief der Zeuge aufgeregt. »Da habe ich sie gesehen. Da ist die Schwimmerin untergegangen.«

Man konnte nicht sehr weit in das Wasser hineinschauen. Die Brühe war trüb. Sefirot sah nichts – keine Leiche, keine Fische, keine verzweifelte Frau, die sich mit letzter Kraft aus der Tiefe emporstieß, um sich von seinen starken Armen auf das Boot ziehen zu lassen. Das einzige Gesicht, das er sah, war sein eigenes, vom See reflektiert.

Dann schoss plötzlich eine große Luftblase empor. Wie eine urtümliche Qualle breitete sie sich aus, zog sich wieder zusammen, kam blau und bleich immer näher, bis sie schließlich an der Seeoberfläche platzte. Die Blase hatte fast einen halben Meter Durchmesser. Die letzte Luft einer Sterbenden?

»Schnell«, rief Sefirot, »sie ist noch da, sie ist noch da unten. Die Frau lebt noch!«

Er zögerte nicht lange, sprang ins kalte Wasser, hielt die Luft an und tauchte. Natürlich musste ein Wasserpolizist schwimmen und tauchen können, aber für die Rettung Schiffbrüchiger war Sefirot nicht ausgebildet. Er konnte vielleicht drei, vier Meter abtauchen, doch er erkannte um sich herum nichts und niemand, nur Wasser und über sich den dunklen Umriss des Bootes gegen das Tageslicht. Er warf mit seinen Händen um sich, um vielleicht etwas greifen zu können – völlig umsonst.

Sefirot schoss nach oben, spie einen ganzen Schwall Wasser aus. Dann wollte er erneut hinuntertauchen, aber etwas hielt ihn ab. Ein seltsames Brausen.

Einen Moment später kamen die Blasen.

Erst einige wenige, kleine, fast wie ein kohlesäurehaltiger Sprudel. Dann mehr und große und größere. Sefirot kämpfte gegen eine plötzliche Panik an. Etwas schnürte seine Kehle zu, er begann, wild um sich zu schlagen. Dann sah es für seine Kollegen aus, als schwämme Sefirot in einem Kessel mit kochendem Wasser. Eilig zogen sie ihn aus dem See und ins Boot.

Es brauste, es zischte.

Es blubberte wie in einem Whirlpool. Das ganze Wasser schäumte weiß. Sefirot atmete schwer, fasste sich jedoch schnell, stand auf und nahm eine lange Stange von der Seite der Kajüte und stocherte im Wasser herum, in die Breite und in die Tiefe, aber er stieß auf kein Hindernis, das er mit dem Haken am Ende der Stange krallen und nach oben ziehen konnte.

Wo immer die Frau war – sie lebte jetzt sicher nicht mehr.

Die Beamten forderten per Funk Berufstaucher an, die die Leiche bergen sollten.

Dann erhielten sie die Meldung, dass der Katamaran im Obersee gesunken war.

Carl musste etwas übersehen haben. Vor allem aber war er irritiert. Er hatte zuerst die allgemeinen Nachrichten nach aktuellen Meldungen über Erdbeben in der Region abgefragt, dann die Webseiten der seismologischen Stationen konsultiert. Aber: Er fand nichts, nicht die kleinste Nachricht.

Er hatte sich wegen der Kühle eine Baseball-Cap über die störrischen blonden Haare gestülpt und zog sein

Jackett enger um sich. Im See trieb ein Segelschiff gemächlich vor sich hin, lustlos zerrte ein lauer Wind an Segeln und Leinen. Einige Kinder zogen eine Jolle ins Wasser, ihr Kreischen trug bis zur Seeterrasse hinauf. Über dem grauen Horizont zeigten sich die verschwommenen Schneekuppen der Alpen.

Alles war wie immer.

Nein, das stimmte nicht. Die Welle an diesem Morgen – sie war nicht wie immer gewesen.

Wenn Carl sich in eine Sache verbiss, dann blieb er auch dran. Er konnte an nichts anderes denken als an diese Welle, er konnte sich nicht ablenken, nicht einmal mit dem Blick auf den jetzt so stillen See.

Ein Tsunami am Bodensee war möglich, aber nicht sehr wahrscheinlich. Man kannte das Phänomen von Bergseen mit steilen Ufern, dazu gab es sogar historische Aufzeichnungen. In seinen Forschungen war Carl jedoch noch keine Notiz begegnet, die von einer solchen Flutwelle berichtete, mit Ausnahme von Sturmfluten, die ein Dammbruch im Rhein in der Zeit kurz nach der Eiszeit ausgelöst hatte. Trotzdem nahm er an, dass es so etwas auch am Bodensee gegeben hatte, und an diesem Morgen hatte er ein ähnliches Phänomen selbst beobachtet. Nur: Niemand am ganzen See wollte Erderschütterungen registriert haben. Die aber musste es geben, damit unter Wasser ein Hang rutschte.

Carl sah auf den See, der träge vor ihm lag. Er war fast der einzige Gast in dem Café, die Urlaubszeit stand noch bevor. Er nippte an seinem Kaffee, dann tippte er in seinen Laptop. Er spielte mit der Suchmaschine, gab erneut die Begriffe *Vulkan* und *Bodensee* ein, dann *Erdbeben* und *Bodensee*.

Flutwelle und *Bodensee*.

Tsunami und *Bodensee*.

Tsunami und *Lake Constance*.

Onda anomala und *Lago di Constanza*.

Er durchforschte die Datenbanken der amerikanischen Gesellschaft für Limnologie sowie die Inhaltsverzeichnisse der kleinen Zeitschriften der Heimatvereine.

Er fand nichts, was er nicht schon wusste.

Auch keinen älteren Tsunami-Bericht, den er vielleicht bei seinen umfangreichen akademischen Recherchen übersehen haben könnte.

Mürrisch schaute Carl auf das Wasser, das die Sonne nun in tausend kleinen Lichtflecken reflektierte. Sein Gedächtnis trog ihn nicht: So eine Welle wie an diesem Tag hatte es am See noch nie gegeben. Was er gesehen hatte, wurde von niemandem sonst registriert oder gemessen. Die Welle widersprach allen Kenntnissen.

Es gab nur eine vernünftige Erklärung: Das herabstürzende kalte Winterwasser musste, weil es längst nicht mehr den Boden des Sees erreichte, einen Teil der Mainauschwelle – eine Art Unterwasserberg im Überlinger See – unterspült und mit sich fortgerissen haben. Wenn diese Vermutung stimmte, dann könnten sich in Zukunft ähnliche Phänomene häufiger – und vermutlich sogar mit einer gewissen Regelmäßigkeit – ereignen. Das war ein bedrückendes, ein bedrohliches Szenario, vor allem für die Einwohner der Region.

Es bedeutete, dass der See zur Gefahr wurde.

Als der römische Kaiser Konstantin im dritten nachchristlichen Jahrhundert die Stadt Konstanz gründete, ritt er – so sagt es eine Legende – gerade in der Nähe von Fruttwillen, als »sein Pferd bei einer Jagd … durch einen Drachen erschreckt« wurde. Konstantin stürzte, das Pferd schleppte ihn hinter sich her in die Stadt, wo er verstarb.

Rebekka Butsch blies sich eine ihrer widerspenstigen blonden Strähnen aus der Stirn und rollte mit den Augen. Sie musste sich konzentrieren!

Schon immer hatte sie gern geschrieben. Bereits in der Grundschule konnte sie besser schreiben als reden. Schon damals war es für sie einfacher gewesen, Bestätigung und Lob zu erhalten, wenn sie einen guten Aufsatz ablieferte, als wenn sie sang, malte oder Sport trieb. Nicht, dass sie unsportlich war – im Gegenteil, ihr Körper war trainiert und in bewundernswerter Form –, aber es war das Schreiben, das ihr das größte Vergnügen und die größte Zufriedenheit verschaffte. Rebekka hatte immer nur den Wunsch gehabt, Journalistin zu werden. Und dann – vielleicht – nach vielen Jahren ... Romanautorin, die den Jahrhundertroman schrieb, der die Epoche, den Zeitgeist und die Menschen exemplarisch abbildete.

Aber noch saß sie im Büro des »Seekuriers«.

Sie erinnerte sich an den ersten Aufsatzwettbewerb für Kinder, den sie gewonnen hatte, an ihren Stolz deswegen, an ihre ersten Artikel über Dorffeste in der Anzeigenzeitung, die jeden Donnerstag kam (sie hatte alle ausgeschnitten und aufgehoben), und nun das Volontariat bei der größten Lokalzeitung der Region.

Es war sicher nicht ihr Traumjob, aber: Jeder Weg beginnt mit dem ersten Schritt.

Und jede Chance, die man nicht nutzt, ist eine vergeudete Chance.

Rebekka kratzte sich am Ohr – sie tat das immer, wenn sie sich konzentrieren musste. Ihre Welt war das Schreiben, vor Abenteuern – wenn sie nicht auf dem Papier stattfanden – fürchtete sie sich; trotzdem erhoffte sie insgeheim, dass jemand sie in eine aufregende, bunte Welt mitreißen könnte.

Das Büro roch feucht und warm: Der Frühling kam an

den See, die Äste, die in der Woche zuvor noch kahl und grau gewirkt hatten, waren nun von grünen Knospen überzogen, aus den Rasenflächen brachen blaue und gelbe Blumen hervor, Forsythienblüten leuchteten im Sonnenlicht.

Sie sah aus dem Fenster und musste sich zusammenreißen, um nicht einfach hinauszugehen. Es war zwar verboten, an den kargen weißen Wänden Bilder aufzuhängen, doch sie hatte sich die enge Kammer, so gut es ging, zu eigen gemacht. Sie hatte nicht anders gekonnt, auch wenn sie wusste, dass sie als Neuling nicht gleich durch Regelverstöße auffallen sollte. Bereits in den ersten Tagen hatte sie ungestüm und ungewollt ein paar ungeschriebene Gesetze gebrochen – so hatte sie dem Chefredakteur nicht eilfertig auf sein »guten Morgen« geantwortet, und gleich am ersten Tag hatte sie die falsche Kaffeetasse erwischt – die der Chefsekretärin. Die Welt ist ein großer und gefährlicher Ort, dachte Rebekka. Dann riss sie sich zusammen.

UFOs über dem Bodensee – Polizei beendet Rätselraten!

Rebekka musste kichern. Sie legte die Pressemitteilung zur Seite, vielleicht würde sie später einmal einen Artikel über UFOs am Bodensee schreiben dürfen.

Das Telefon klingelte.

»Ist da die Redaktion vom ›Seekurier‹?« Die Stimme klang männlich, nölend.

»Ja …«, antwortete Rebekka zögerlich. Durfte sie den Anruf überhaupt entgegennehmen?

»Also, ich möchte lieber nicht, dass Sie meinen Namen da in der Zeitung bringen …«

»Aber?«

»Also, da ist was ausgerissen!«

»Was ist ausgerissen?«

»Ich habe heute mein Segelboot klargemacht, und wir sind ab Sipplingen rüber nach Kargegg über den Überlinger

See, und da war … da ist … jedenfalls muss der aus dem Zirkus stammen …«

»Was war da?« Rebekka wunderte sich, warum der Anrufer so herumdruckste.

»Ein See-Elefant!«

»Meinen Sie eine Robbe? Haben Sie im See eine Robbe gesehen? Haben Sie schon die Polizei verständigt, vielleicht hat sich bei der schon ein Zirkus gemeldet?« Rebekka fühlte, wie die Reporterin in ihr hervorkam, obwohl sie sich ja eigentlich mit Kurzmeldungen beschäftigen sollte.

»Eine Robbe, nee. Eine Robbe ist klein. Das war so groß wie ein Ochse, wie ein richtiger Elefant. Das war so eine lastwagengroße Robbe mit einem großen Rüssel, den hob sie hoch, wie eine Giraffe.«

»Eine Giraffe?«

»Das war … das war … ein Dinosaurier – eine Nessy – ein echtes Monster!«

»Haben Sie getrunken?«

Rebekka hörte, wie am anderen Ende eine aufgeregte Frauenstimme kreischte: »Ich habe dir gesagt, ruf da nicht an, die halten uns für verrückt! Sag deinen Namen nicht!«

»Bitte?«, fragte Rebekka.

»Leg auf!«, kreischte die Frauenstimme erneut. Dann tutete das Freizeichen. Der Anrufer hatte die Verbindung unterbrochen.

Spinner, dachte Rebekka und zerknüllte den Zettel, auf dem sie *Überlinger See*, *Robbe* und *Nessy* notiert hatte, und warf ihn in einem hohen Bogen in den Papierkorb.

Sefirot liebte den See, obwohl er Schiffe verschlang und Tote ausspuckte. Er sah sich als harten Cop – hart, aber sensibel. Einer von der Sorte, die schon einmal eine Träne vergießt. Auf jeden Fall war er abgebrüht, einmal hatte er

Drogenschmuggler mit dem Schnellboot der Polizei bis an das Schweizer Ufer verfolgt, gestellt und verhaftet. Normalerweise ging er zwar nur gegen Verstöße gegen die Fischereiverordnung vor, doch Wasserleichen hatte er schon genug gesehen, vermutlich mehr als die meisten Polizisten in Deutschland. Das war kein schöner Anblick, Gott sei Dank waren es meist Ertrunkene, keine Menschen, die man ermordet hatte. Den Anblick toter Kinder fand er besonders schlimm – und trotzdem: Irgendwann war sein Blick professionell geworden, da ging es nur noch darum, die Leiche zu identifizieren, eine mögliche Gewalteinwirkung festzustellen, Polizeiarbeit eben. Man konnte nicht immer verzweifeln, nur weil jemand gestorben war. Dann durfte man nicht Polizist werden.

Man konnte das Vorankommen der Taucher gut beobachten. Sie hatten starke Lampen bei sich, die sich in großen Kreisen um das Polizeiboot bewegten.

Sefirot hörte es neben ihm im See schnauben. Ein lautes Schnauben.

Es waren die beiden Taucher, die sie angefordert hatten.

»Hallo, aufwachen!«, rief ihm einer davon mit seltsam aufgekratzter Stimme zu. »Können Sie mal helfen? Wir haben was für Sie.«

Sefirot reichte ihnen ein Seil mit einer Art Netz daran, und sie gingen wieder unter Wasser, um die Leiche, die sie in fast zehn Meter Tiefe entdeckt hatten, dort hineinzulegen.

Als er das Netz mit seinen Kollegen emporgezogen hatte und die völlig zerstückelte Leiche der jungen Frau sah, lief Sefirot zur anderen Schiffsseite und übergab sich.

Dann setzte er sich. Er war hart, aber so hart, diesen Anblick einfach zu verdauen, war er doch nicht.

Später, als er zu der Stelle kam, wo der Katamaran gesunken war, schaltete Polizeihauptmeister Sefirot während der Rückfahrt nach Konstanz ein letztes Mal das Sonargerät an. Seine Übelkeit hatte sich gelegt, nicht aber seine Verwirrung. Und sie wurde nur noch größer, als er feststellte, dass das Echolot durchgehend eine Tiefe von über 100 Metern anzeigte.

Das stimmte, denn so war es auf den Seekarten eingetragen.

Da war keine Sandbank. Da war kein Vulkan.

Nur Wasser.

100 Meter tiefes Wasser unter dem Kiel des Polizeibootes.

100 Meter Wasser und dann fester Grund, auf dem nun das Wrack eines unsinkbaren Katamarans lag, eine Attraktion nur noch für Fische, Krebse und Würmer.

Es gab keine Sandbank, keinen Vulkan, hatte es nie gegeben.

»Nun gehen Sie mal nach Hause!«

Rebekka Butsch sah von ihrer Tastatur auf. Andreas Noll, der Chefredakteur, blickte sie wohlwollend an. Er war einer der wenigen in der Redaktion, die ihr nicht auf die Brüste glotzten. Ja, sie war stolz auf ihren Körper und zeigte das auch, aber die Tatsache, dass sie gerne ihre Figur betonte, hieß ja nicht, dass sie jeder ungeniert anstarren durfte.

»Es ist schon spät, und außerdem ist bald Deadline«, meinte ihr Vorgesetzter. »Ihre Meldungen müssen zum Korrektor, in einer halben Stunde drucken wir.«

Rebekka durfte bisher nur die Polizeimeldungen in kleine Nachrichten umarbeiten. Zwei Stunden hatte sie an ihren beiden Beiträgen geschrieben und gefeilt – jeder sollte nur höchstens vier Zeitungszeilen lang sein; sie würden auf einer der hinteren Seiten des Lokalteils des »Seekuriers« erscheinen. Rebekka hatte ihre Zeilen immer wieder umgestellt, gelöscht, neu geschrieben. Es waren knappe Berichte, doch sie sollten ein Maximum an Information enthalten. Es war schwer, zufrieden zu sein, besonders dann, wenn man wie Rebekka erst seit kurzer Zeit in der Redaktion arbeitete und das Gefühl hatte, jedes Wort sei wichtig, jeder Text werde von einem erfahrenen Kollegen gelesen – und kritisiert.

Die Meldungen wurden am Bildschirm direkt in ein Layout hineingeschrieben. Jeder Satz, den sie tippte, wirkte wie in einer fertiggedruckten Zeitung, und das machte Rebekka noch selbstkritischer. Sie hatte so lange mit den beiden Kurzmeldungen zugebracht, dass sie die dritte gar nicht mehr begann (die von den Bürgern aus Überlingen, die der Polizei aufgeregt ein UFO über der Stadt gemeldet hatten; die Beamten konnten es als Flugzeug im Anflug auf Zürich-Kloten identifizieren). Sie wollte das am nächsten Tag noch tun.

Nun, obwohl die Meldungen noch halbfertig schienen, kam der Chef, sah kurz auf die Texte und klickte mit der Maus auf *Senden*. Er wusste, dass niemand allzu lange bei den Polizeinachrichten verweilte. Noch niemand hatte sich je bei der Redaktion des »Seekuriers« über einen ungeschickt formulierten Satz oder einen Tippfehler darin beschwert. Den Lesern der Lokalnachrichten ging es darum, ob ihr Name richtig geschrieben war, wenn er in der Zeitung vorkam, und ob alle Ehrenämter erwähnt wurden, die sie innehatten. Die Polizeinachrichten enthielten keine Namen; es gab also auch keine Beschwerden.

Fischernetze verschwunden (r.b.) – Seine Netze vermisst ein Berufsfischer aus Kressbronn. Sie verschwanden am Freitagvormittag etwa 800 Meter vor der Argenmündung. Der Mann hatte sie nur 10 Minuten zuvor ausgelegt. Von den Tätern fehlt jede Spur.

Rebekka hatte sich gefragt, ob eine Strömung die Netze fortgetrieben hatte oder ob militante Tierschützer sie vielleicht zerstört hatten. Die Polizeimeldung sprach etwas kryptisch davon, dass die Bojen, die die Netze an der Oberfläche hielten, »vor den Augen des Fischers unter Wasser gezogen wurden«, führte das jedoch nicht weiter aus. Rebekka hätte nachfragen können, aber es war ohnehin nicht genug Platz vorgesehen, um ausführlicher über das Ganze zu berichten.

Andreas Noll waren diese Gedanken gleich, er fand den Text in Ordnung, mehr interessierte ihn nicht.

Boot rammt Boje (r.b.) – In der Nacht von Donnerstag auf Freitag ist ein Segelboot aus Langenargen mit einer Seemarke kollidiert, die sich aus ihrer Verankerung gerissen hatte. Die Wasserschutzpolizei hat das driftende Hindernis aufgefischt und sichergestellt.

Als Rebekka zur Glastür ging, die ihr Büro vom Flur trennte, rief ihr der Chefredakteur noch gönnerhaft zu, dass er die Arbeit »ganz okay« finde. Dann fügte er hinzu: »Der Diel-Ujma und der Kotowski sind morgen an dem Schiffsunglück dran. Das sind unsere besten Leute. Ich habe gerade einen Anruf gekriegt – die Frau eines Arztes aus Nussdorf ist heute ertrunken. Morgen bringen wir eine kleine Meldung dazu; aber Sie können sich um die Leiche kümmern. Gehen Sie mal zum Ehemann und zur Polizei, recherchieren Sie ein paar Hintergründe. Sammeln Sie O-Töne, wühlen Sie in der Statistik, wie viele Leute jährlich im See ertrinken und welches die Ursachen sind, und dann machen Sie einen kleinen, runden Artikel für die Wochenendbeilage daraus – mit Tipps zum Schwimmen, was man zur eigenen Sicherheit beachten muss und so weiter.«

Rebekka blies sich eine der Fransen aus der Stirn. Sie hatte das mal in einem Film bei Meg Ryan gesehen. Bei der hatte es äußerst selbstbewusst und gleichzeitig extrem niedlich gewirkt.

»In Ordnung«, sagte sie dann.

Der Chef knipste das Licht aus, sagte »Gute Nacht«

und ging. Vorher blickte er sich noch einmal nach Rebekka um. Sie war hübsch. Ihr blondes Haar trug sie kurz und keck. Ihr Gesicht war schmal, ihr Körper schlank, aber nicht zart, und ihre Brüste waren klein und fest. Um ihre Figur zu betonen, trug Rebekka stets weiße T-Shirts, die sie zwei Nummern zu klein kaufte. Neider hatten behauptet, sie sei so ehrgeizig, dass sie ihre Haut zu Markte trage. Das stimmte nicht – wohl war Rebekka ehrgeizig, doch ihre Figur strich sie heraus, weil sie selbst sie mochte.

Rebekka Butsch hatte endlich ihren ersten Auftrag, ihren ersten eigenen Artikel. Das Thema: Wie wird man im Bodensee zur Leiche?

Der griechische Schriftsteller Pausanias unternahm im zweiten nachchristlichen Jahrhundert eine Wanderung durch ganz Griechenland. Seine Eindrücke von dieser Reise sind erhalten geblieben: Es ist das Buch »Beschreibung Griechenlands«. Pausanias wusste nichts vom Bodensee, aber er hatte vom Rhein gehört, und er schätzte sich glücklich, dass er im schönen Hellas lebte. »Die griechischen Flüsse«, so schreibt er, »bringen keine Tiere hervor, die den Menschen verderben … wie es zum Beispiel der Rhein tut.« Denn dieser nähre »Tiere, die den ärgsten unter den Menschenfressern gleichen; ihre Gestalt ähnelt der der Welse, allerdings sind sie von Farbe schwarz und voller Kraft …« Darauf folgt eine Beschreibung der Nilkrokodile.

»Menschenfresser« nennt Pausanias gewöhnlich die Haie. In diesen Zeilen spricht er davon, dass im Rhein ein Wesen von Fischgestalt lebt, das gefährlich sei wie die Haie und vergleichbar den Krokodilen.

Der Rhein fließt durch den Bodensee: Pausanias ist – nach Plinius – der zweite antike Autor, der vor gefährlichen Ungeheuern dort warnt.

2

26. März

Carl liebte diese ruhigen, stillen Morgen, wenn er als einziges Geräusch das Plätschern der Seewellen gegen den Strand hörte. Die Sonne war kaum zwei Fingerbreit über den Horizont gestiegen, über dem Wasser stand noch Frühnebel. Der See lag spiegelglatt vor ihm ausgebreitet da, das Licht glänzte in trägen Schlieren auf der grauen Oberfläche.

Er atmete ein und stemmte die Hände in die Hüfte. Im Osten hoben sich grau die Umrisse der Pfahlbauten aus dem Dämmerlicht. Später wusste er nicht mehr zu sagen, was seine Aufmerksamkeit als Erstes erregt hatte – der Wellenschlag, der sich plötzlich veränderte und heftiger wurde, das unbestimmte Gefühl, dass etwas Bedrohliches in seiner Nähe war, oder das unvermutete Verstummen der Vogelstimmen –, jedenfalls begann der See keine hundert Meter von ihm entfernt zu brodeln, Blasen zu werfen, sich zu Wellen aufzutürmen, die ans Ufer rasten. Carl musste ein, zwei Schritte zurückweichen, um von den unerwarteten Wogen nicht nass gespritzt zu werden. Brecher wie im Meer rauschten auf das Ufer zu und gischteten einen halben Meter in die Höhe.

Dann sah er es.

Ein dunkles Ding, ein Höcker hob sich wie in Zeitlupe über das Wasser. Der Buckel schien dunkel, fast schwarz zu sein. Wasser rann in Strömen herab. Die Haut war ledern, mit Warzen oder Pocken. Sie spiegelte die frühe Sonne, wirkte fast wie Silber. Das Wesen war so groß wie ein Auto, es hob sich immer weiter über das Wasser. Was konnte das sein? Ein Seehund? Zu groß. Und außerdem: hier, im Bodensee? Wie sollte er hierhergekommen sein? Durch den Rhein? Ausgeschlossen – da war die Barriere des Rheinfalls bei Schaffhausen. Hatte das Wesen schon immer im See gelebt? Dann hätte man es doch schon längst bemerkt.

Der schwarze Buckel wurde immer länger und breiter. Ein Wal! Ein Wal, hier, im See! Das Tier war größer als ein Auto. Dann hob sich ein zweiter Höcker über das Wasser, ebenso grazil, ebenso langsam. Auch er wuchs und wuchs. Zwischen beiden Höckern lag mindestens eine Autolänge Abstand. Carl überschlug es im Kopf. Ein Auto war etwa drei Meter lang. Das machte drei, sechs, zwölf, fünfzehn Meter. Das Tier war mindestens fünfzehn Meter lang. Und noch bemerkte er weder einen Kopf noch eine Schwanzflosse. Einmal schien das Wasser vorn am ersten Höcker zu brodeln. Eine schwarze, ledrige Spitze, dreieckig, tauchte für Sekundenbruchteile auf. Eine Flosse? Er konnte es nicht sagen. Dann tauchte das Wesen plötzlich unter, senkrecht, wie ein Stein, den man ins Wasser fallen lässt. Der See war wieder ruhig, glatt wie ein Teich.

Momente später kehrte das Tier an die Oberfläche des Sees zurück. Völlig ruhig, seiner selbst gewiss, strotzend vor urzeitlicher Kraft, tauchte das Tier hundert Meter weiter ein zweites Mal auf. Carl sah nur noch die Umrisse der beiden gewaltigen Buckel, schwarz auf dem Quecksilber der Seeoberfläche, sich kraftvoll emporheben, dann rasch wieder untertauchen.

Er fühlte sich wie verzaubert. Hatte er etwa nur geträumt? Dann registrierte er den Kies am Ufer. Die Wellen lappten gemütlich dagegen, aber der Kies war auf mehrere Meter Breite nass. Auch seine Hose war nass von den Wellen, die vor knapp fünf Minuten gegen ihn geschlagen hatten. All das war tatsächlich geschehen! Die Vögel zwitscherten wieder, der Nebel verzog sich. Am fernen

Ufer gegenüber glitt ein Fischerboot dahin, ein Lastwagen rumpelte in seinem Rücken über die Straße. Es waren die Geräusche des Tages, und sie wirkten laut, aufdringlich und übermächtig. Sie lösten den magischen Moment völlig auf. Das war die Wirklichkeit: Baustellen, Bundesstraßen, Arbeiter und Angestellte auf dem Weg zu ihrem Arbeitsplatz, kein vorsintflutliches Ungeheuer.

Carl blieb noch über eine Stunde lang am Ufer stehen und starrte unverwandt in die Richtung, in der die Erscheinung verschwunden war. Sein Herz hüpfte aufgeregt bei jedem Schatten, jeder großen Welle, die sich auf der Seeoberfläche zeigte, doch das Wesen kam nicht wieder. Was war es gewesen? Ein Wal? Sicherlich nicht. Ein Wal lebte im Meer, nicht im Süßwasser. Was dann? Das Einzige, an das er denken konnte, war etwas, über das er – wie fast jeder Mensch – immer nur gelacht hatte: das Ungeheuer von Loch Ness. Er hatte das Ungeheuer von Loch Ness gesehen – im Bodensee!

Er wusste nicht, wem er seine Beobachtung melden sollte. Das heißt: Sollte er sie überhaupt melden?

Die Einsamkeit war seine Lebensform. Seine Frau hatte das nie verstanden, hatte mit ihm zu reden versucht, und er hatte müde zugehört und geschwiegen, bis sie nicht mehr mit ihm sprach und Stille herrschte. Ehe beide sich versahen, war da nichts mehr zwischen ihnen gewesen als Schweigen und unausgesprochene Vorwürfe. Heute verstand er das besser, aber jetzt war es zu spät.

Heino Ellers war dann, weil er den Abstand brauchte, aus dem heimatlichen Dithmarschen an den Rhein gekommen, um Arbeit zu suchen. Zuerst hatte er sich als Fabrikarbeiter verdingt, doch nicht sehr lange. Es fehlten ihm der Wind, die Natur, die Einsamkeit. Lieber war er einem Gewitter ausgeliefert als einem Chef.

Also hatte Ellers beschlossen, seinen alten Beruf wieder zu ergreifen und Fischer zu sein. Er zog nach Konstanz und wurde einer von rund 160 Inhabern eines Patents, das die professionelle Fischerei im See erlaubte. Zwar war die Zahl der Menschen, die hauptberuflich vom Fischfang lebten, weitaus niedriger; dennoch gingen pro Jahr allein im Untersee 1000 Tonnen Fisch in die Netze, 9000 Tonnen im gesamten See. Als lebte man am Meer, unterschied die Fischereigenossenschaft in Konstanz-Staad die Hochsee- von der Uferfischerei. Ellers fischte draußen mit Schwebenetzen – Netzen aus engen Maschen, die er abends in den offenen See setzte und dann früh am Morgen, noch in der Dämmerung, wieder einholte.

Er fing alles, was Flossen hatte und essbar war: den Barsch, den man hier Egli oder Kretzer nannte, die Groppen, kleine Fische aus der Familie der Felchen, dann die berühmten Bodenseefelchen oder Renken, forellenartige Lachsfische, aber auch Aal, Zander und Hecht.

Bevorzugt belieferte Ellers die Spezialitätenrestaurants in den Touristenhochburgen, die wegen ihrer Lage – und teilweise auch wegen ihrer Kochkunst – hohe Preise verlangen konnten. Die gutbürgerlichen Gaststätten bezogen ihren Fisch nicht fangfrisch aus dem See, sondern aus Zuchtstationen, auch wenn sie ihn als »Seefisch« bezeichneten. Eine dieser Brutanlagen, schon vor 90 Jahren auf der Insel Reichenau gegründet, erzeugte jährlich 100 Millionen Felchen, 6 Millionen Hechte und 800000 Äschen.

Ellers näherte sich den roten Bojen, die auf der spiegelglatten Oberfläche in den sanften Wogen auf und ab tanzten. Dann der erste Schock: Teile des Netzes hatten sich verheddert, und als er es zu sich ins Boot zog, bemerkte er, dass das Netz aufgeschlitzt war. Nein, nicht aufgeritzt – zerschreddert war es, als wäre es in einer Explosion zerstört oder in eine scharfe Säure gelegt worden. Und dann …

Dann entdeckte Ellers, dass der feine silbrige Glanz, der die Oberfläche des Sees in Perlmutt verwandelt hatte, gar nicht die Reflexion des noch fahlen frühen Sonnenlichts war, auch kein Ölfilm, wie er dann zunächst befürchtet hatte. Den See überzog, so weit sein Auge reichte, ein großer Teppich aus treibenden Fischkadavern. Die Bäuche angeschwollen, dümpelten Tausende und Abertausende von Fischleichen träge auf der Seeoberfläche. Eine matte Welle aus Leibern nach der anderen schwappte gegen sein Boot.

Ellers sah zum Ufer, und dort bot sich ihm das gleiche Bild. Er beschloss, sofort Carl, seinen Freund vom Institut, anzurufen.

Ein Katamaran ist teuer und hoch versichert. Bei einem neuen Schiff kann man es einer Versicherung nicht verübeln, wenn sie an Betrug denkt – besonders dann, wenn es mit einem Berg zusammenstößt, den es nicht gibt, und danach sinkt.

Die Versicherungsanstalt hatte einen Experten für Schiffsunglücke, einen Millionen Euro teuren Tauchroboter, zwei Polizisten, darunter Sefirot, und einen Techniker angefordert; sie alle befanden sich an Bord eines gecharterten Schiffes, direkt über der Unglücksstelle. General Bilderberger war ohne Vorankündigung dazugestoßen.

Es hatte keine 30 Minuten systematischen Kreuzens an der letzten bekannten Position der Fähre gedauert, bis das Wrack mit dem Echolot in 164 Meter Tiefe lokalisiert worden war. Das Schiff hatte ein Sidescan-Sonar des Instituts für die Erforschung des Bodensees in Langenargen nachgeschleppt, das jeweils einen etwa hundert Meter breiten Streifen des Seegrunds mit Schallwellen kartierte.

Warum Bilderberger an Bord war, wusste niemand so recht, schließlich gehörte er weder zu den Seenforschern noch zu der Versicherung, doch es war offenkundig besser, man kooperierte mit ihm. Ohne ihn hätte das Institut der Versicherung seine Technik wohl nicht zur Verfügung gestellt. Bilderberger interessierte sich für Technik, und dieses ROV – dieses *Remotely Operated Vehicle* –, dieser Tauchroboter, der nun zum ersten Mal zum Einsatz kam, faszinierte ihn. Das Gerät war eineinhalb Meter lang. Es glich einer Aluminiumtonne, die in einen Einkaufswagen gezwängt worden war, mit zwei Schiffsschrauben am Heck und mehreren schwenkbaren Scheinwerfern an der Front. Auf dem ROV saß eine Videokamera, und zu beiden Seiten ragten kleine Stummelflügel heraus, die sich über Funk steuern ließen.

Der Ausdruck des Sidescan-Sonars zeigte an, dass die Fähre unversehrt am Seegrund angekommen war. Sie war also offenbar weder während sie sank noch später beim Aufprall auf den Seeboden zerbrochen.

Die Techniker setzten das ferngelenkte Kameraauge ins Wasser, die Elektromotoren des Spezialgeräts schnurrten. Dann glitt es unter Wasser.

Der See war strahlend grün. Von der Wärme der Sonne begünstigt, wucherten die Algen in seinen oberen Schichten. Das Mini-U-Boot begann seine Tauchfahrt.

Routiniert monoton sprach der Versicherungsexperte für Unglücke in ein Diktiergerät. »Oberfläche, 18 °C.«

Wasser absorbiert das Sonnenlicht. Bereits ein Meter unter der Seeoberfläche geht die Hälfte des einfallenden Lichts verloren, und eine Tiefe von fünf Metern erreicht nur noch ein Prozent der Sonnenstrahlen. Es wird schnell dunkel.

Fünf Meter tief …

Noch schien die Sonne das Wasser zu durchfluten. Das Wasser war blau-grün. Bilderberger erblickte keinen einzigen Fisch, obwohl er erwartet hatte, den ganzen See davon wimmeln zu sehen. Er wusste wenig von Fischen, sein Know-how beschränkte sich auf Taktik und die Abwehr von Feinden. Dieses Gerät konnte zu seinem Auge in den Tiefen des Sees werden. Wenn diese Unterwasserkamera den Katamaran fand, dann musste sie auch das finden können, was er in der dunkelsten Tiefe des Sees suchte.

Zehn Meter …

Eine Forelle direkt vor der Kamera. Licht wie ein feiner Vorhang aus Gaze.

13, 14 Meter – mit jedem Meter, den das Boot tauchte, nahm die Temperatur um ein Grad ab.

Bei 15 Metern wurde die Wasserwelt trüb. Ein Schwarm kleiner Fische, kaum fingerlang, stob vor dem ROV davon.

20 Meter Tiefe …

Der Außenthermometer zeigte 10 °C an. Sichtweite ein, maximal zwei Meter.

30 Meter, düster. 8 °C.

40 Meter …

Jetzt war die Umgebung fast schwarz. Der Techniker schaltete die Scheinwerfer an.

50 Meter …

Völlige Dunkelheit. 6 °C. Die Lichter erfassten kurz einen Fisch – einen Wels? Er war kaum mehr als ein Schatten, flüchtig, geheimnisvoll.

Immer noch mehr als 110 Meter bis zum Boden! Die Wassertemperatur betrug nun viereinhalb Grad. Ab einhundert Meter Tiefe sollte sie vier Grad betragen, aber nicht weiter sinken. Es wurde auch nicht mehr dunkler. Es konnte nicht mehr dunkler werden.

Die Scheinwerfer strahlten kräftig in den See, aber die Kamera zeigte nur eine eintönige Schwärze. Keinen Fisch, nichts.

Minuten vergingen. General Bilderberger wurde langsam ungeduldig.

Plötzlich schrie Sefirot auf: »Eine Seeschlange!«

Ein Ungetüm war in den Kegel der Scheinwerfer geraten, ein schlangenartiges Monstrum mit einem riesigen Maul!

»Lassen Sie das!«, herrschte ihn Bilderberger an. »Reißen Sie sich zusammen!«

Sefirot, der Polizist, starrte auf den Monitor. Dieser hagere Mann – welch ein kaltschnäuziger, aufgeblasener Idiot, dachte er.

»Das war ein kleiner Aal«, beruhigte ihn der Techniker. »Sie müssen sich noch daran gewöhnen, dass es da unten keinen Maßstab gibt. Aber man lernt das mit der Zeit. Sie sehen an der Textur der Objekte, ob sie weit weg sind oder nah. Wäre das eine Seeschlange gewesen, dann hätten wir höchstens ein paar Schuppen gesehen oder gar nichts. Der Rest wäre dann nämlich außerhalb der Reichweite der Scheinwerfer gewesen!«

Bilderberger strahlte erneut die gewohnte Härte aus. »Machen Sie weiter!«, stieß er befehlsgewohnt hervor, als hätte er hier das Kommando.

100 Meter Tiefe.

8,3° C. Der Techniker merkte verblüfft auf, ignorierte die Anzeige dann aber.

110, 120, 130,140, 164 Meter unter dem Wasserspiegel. Sacht setzte das ROV auf dem Seeboden auf und wirbelte eine Schlammwolke hoch.

»Nun«, sagte der Techniker, »benutzen wir die Raupe!«

Einen Moment später rollte das Miniatur-U-Boot, als wäre es eine Sonde auf einem fernen, unerreichbaren Planeten, über den Boden, vorbei an einem einzelnen winzigen Krebs, der in der Finsternis drohend seine Scheren hob.

»Schau dir diese Sauerei an!«, sagte Ellers und zeigte mit einer breiten, ausfahrenden Handbewegung auf das gesamte Seepanorama.

»Hast du so etwas schon einmal gesehen?«, wollte Carl mit zaghafter Stimme wissen.

»Hm.« Ellers war wie immer wortkarg, aber der Anblick war auch zu gespenstisch, um ihm überhaupt noch viele Worte zu entlocken.

Das Ufer des Sees glitzerte im Sonnenlicht. Carl sah zum ersten Mal die drei großen, silbrigen Dünen, die sich entlang der Kaimauer zogen – es waren Berge von toten oder zappelnden Fischen. Er hatte einen Anruf von Heino Ellers erhalten, dem alten, erfahrenen Fischer, mit dem er sich im Laufe seiner Arbeit angefreundet hatte. Kaum jemand schien so viel über den See zu wissen und so sehr mit ihm verwachsen zu sein.

Carl sah den versilberten, zappelnden Strand. Es war ein Bild gewaltiger, trauriger Schönheit. Er war unsicher, was er tun sollte. Der See, dessen vergangene Geheimnisse er erforschen wollte, warf mit einem Mal immer neue Rätsel auf. Außerdem war er kein Biologe – im Falle eines Erdbebens, einer eigentümlichen Welle oder eines problematischen Felsbrockens hätte er wohl noch Rat geben können, das hier aber war etwas, von dem er weniger verstand als Ellers.

Er sah auf und bemerkte die Schiffe der Wasserschutzpolizei Konstanz. Die Beamten nahmen mit langen Köchern Netze voller Fischkadaver aus dem See und verpackten sie in Plastikcontainer. Hatte das mit dem seltsamen Wesen zu tun, das er beobachtet hatte?

Carl ging mit seinem Freund an den gewaltigen Bergen toter Fische entlang. Ellers sagte kein Wort mehr, aber er deutete auf Felchen, Kretzer, Forellen, Hechte und Aale. Es hatte ausnahmslos jede Fischart im See getroffen.

»Was könnte so etwas verursachen?« Der alte Fischer hatte sich wieder einigermaßen gefasst, nun wollte er Antworten.

»Vielleicht ein Gas oder ein Gift. Ich weiß es nicht«, erwiderte Carl. »Wenn wegen der Überdüngung die Algen zu sehr wuchern, können sie das Leben im Wasser ersticken und ein Fischsterben auslösen, aber so etwas passiert eigentlich nur in kleinen, flachen Seen. Der Bodensee ist zu groß, außerdem ist das Wasser hier schon fast zu sauber – es gibt mittlerweile eher zu wenig als zu viele Algen.«

Ellers grübelte, aber er sagte nichts.

»Wenn verschmutzte Abwässer der Grund waren«, Carl fuhr sich durch die Haare und dachte laut weiter, »dann kann es dauern, bis man den Verursacher gefunden hat. Wasserproben müssen entnommen werden, die Fische werden seziert und analysiert.«

»Das kann schwierig werden ...«

»Ja, leider.«

»Bis dahin«, meinte Ellers mürrisch, »werden sich Experten mit Gutachten und Gegengutachten streiten.« Er blickte auf die glitzernden Hügel und zuckte mit den Schultern. »Das bringt doch alles nichts.« Dann schwieg er wieder.

Insgeheim hoffte Carl, dass die Bohrung nicht der Grund für dieses Fischsterben war.

Eines wusste Carl jedoch: Die Welle, die sein Schiff ruiniert hatte, konnte nicht die Ursache dieses Fischsterbens gewesen sein.

»Wenn der Tsunami«, meinte er zu Ellers, »den ich beobachtet habe, durch einen unterseeischen Erdrutsch ausgelöst worden ist, können Schadstoffe im Sediment freigesetzt worden sein und die Fische vergiftet haben. Der See war ja nicht immer so sauber wie jetzt.« Das war zumindest eine Möglichkeit.

Oder war es das Gas gewesen? Den Menschen hatte es nicht geschadet. Hatte das Forschungsschiff eine Gasblase unter dem Seegrund angebohrt? Dann müssten sämtliche Geologiebücher umgeschrieben werden.

Das Fischsterben war ein Fall, den die Polizei lösen sollte.

Erst der Tsunami, dachte er, dann das merkwürdige Wesen im Wasser, nun das Fischsterben. Was war eigentlich plötzlich mit dem See los? Gab es einen Zusammenhang zwischen diesen Ereignissen, und wenn ja, welchen?

Er musste das herausfinden.

Die ersten historischen Aufzeichnungen nach der Römerzeit stammen am Bodensee aus der Zeit der Missionierung Süddeutschlands durch keltische, aus Irland und Schottland kommende Prediger und Heilige. Pirminius oder Pirmin war so ein Mönchsbischof und Wanderprediger. Die Kirche führt ihn unter den Heiligen.

Das Kloster Mittelzell auf der Insel Reichenau im Bodensee, das im ganzen Mittelalter höchstes Ansehen als Hort der Gelehrsamkeit genoss, gründete Pirminius 724. Der Legende nach waren, bevor der heilige Mann ankam, die Insel und der See mit Schlangen und Gewürm verseucht. Pirmin fuhr also zuerst in einem Boot über den Gnadensee und vertrieb das »Ungeziefer« aus der Gegend.

»Die Insel Reichenau«, berichten J. Waibel und Hermann Flamm 1898 in ihrem »Badischen Sagenbuch«, »war ehemals ein wildes Eiland, das in dem Gebiet eines Landvogts namens Sintlas lag, der auf der nahen Burg Sandeck wohnte. Von ihm hieß die Insel die Aue, auch die Sintlas-Au.

Sintlas war ein frommer Mann und eifrig um die Verbreitung des Christentums in seinem Gebiet besorgt. Seinen Bemühungen gelang es, den heiligen Pirmin als Apostel für seine Heimat zu gewinnen. Im Jahre 724 kam jener in das Gebiet des Sintlas, der ihn bat, ein Haus der Andacht in der Gegend zu gründen. Der Heilige wählte dazu die nahe Insel, die der See von allen Seiten umfloss; weil sie aber voll greulicher Würmer war, riet ihm Sintlas ab. Pirminius' Entschluss blieb jedoch fest; von einem Schiffer begleitet, fuhr er auf die Insel hinüber, die damals nur finstere Wälder, dorniges Gebüsch und Sümpfe enthielt, worin eine Unzahl Kröten, Schlangen, giftige Insekten und anderes Getier hausten. Als der Heilige südlich von Deichmanns Schlösschen an Land stieg, da entstand wunderbarerweise an der Stelle, wo sein Bischofsstab die Erde berührte, eine Quelle. Die hässlichen Tiere aber flohen und schwammen über den See. Drei Tage und drei Nächte soll ihre Flucht gedauert haben. Als nun die Insel für immer von den Tieren befreit war, reinigte Pirmin mit vierzig seiner Genossen das Eiland von dem wildverschlungenen Gesträuch, und bald war die Insel für Menschen wohnlich.«

»Ich komme wegen der Leiche.«

Rebekka Butsch war an der Überlinger Seepromenade entlanggegangen, dann hatte sie sich in Richtung Münster gewandt. Sie blickte auf die von allerlei seltsamen und monströsen Wasserwesen umgebene Seejungfrau, die ihren langen schlangengleichen Fischschwanz nach oben reckte – eine Seejungfrau aus Bronze, um die es vor Jahren viel Aufregung in den sonst eher stillen Städtchen gegeben hatte. Dann ging Rebekka am Brunnen vorbei, am Seeufer entlang und querte den Mantelhafen, das enge, gemauerte Becken, in dem Ausflugs- und Polizeiboote vor Anker lagen. Schließlich stand sie vor der Hauptwache, einer hübschen rotgelben Backsteinvilla der Gründerzeit, die hinter Bäumen versteckt lag.

Sie schlug ihren Presseausweis geräuschvoll auf die Empfangstheke, um Eindruck zu schinden. Tatsächlich war sie eher aufgeregt und unsicher. Zum ersten Mal hatte sie die Redaktion des »Seekuriers« verlassen, um Hintergründe zu recherchieren. Der diensthabende Beamte sah sie unwillig an, nahm den Ausweis und nickte. Zeig mir einen Polizisten ohne Oberlippenbart, dachte Rebekka; sie begriff aber das Bedürfnis der Beamten nach Sicherheit und den Wunsch, älter und kompetenter zu wirken. Es ging ihr ja selbst nicht anders.

Der Beamte griff nach seinem Telefon und murmelte etwas hinein. Rebekka zog ihren Rock nach unten, jetzt schien er ihr – in dieser offiziellen Mission – doch zu kurz.

Eine Tür ging auf, und ein Mann mit einem markanten Kopf schaute heraus und winkte Rebekka, zu ihm zu kommen.

»Guten Tag. Walser«, stellte er sich vor. Er drückte ihre Hand und zog sie mit sich in sein Büro.

»Rebekka Butsch vom ›Seekurier‹«, erwiderte sie, während er ihre Hand umklammert hielt. Schau ihm in die Augen, sagte sie sich vor, als sie feststellte, dass sie seinem energischen Blick auswich. Der Polizist bedeutete ihr, Platz zu nehmen, und ließ sich selbst auf dem schwarzen Sessel hinter seinem Schreibtisch nieder. Rebekka setzte sich auf einen weißen Plastikstuhl ihm gegenüber.

»Also, was wünschen Sie?«, fragte Walser.

»Es geht um die Frau, die ertrunken ist. Was wissen Sie darüber?« Rebekka versuchte hart zu wirken, wie eine Journalistin, die schon alles gesehen hat und der man eigentlich nichts mehr weismachen kann, eine Art abgebrühter weiblicher Humphrey Bogart.

»Wissen Sie, jedes Jahr gibt es auf dem See hier zwischen 160 und 180 Unfälle – kommt ganz darauf an, wie warm der Sommer war. So zwischen zehn und 15 Leute verlieren dabei ihr Leben: Taucher, die sich überschätzen, Kinder, die aus Booten und Fähren über Bord fallen, Menschen, die im knietiefen Wasser plantschen und plötzlich in eine Fahrrinne geraten.« Polizist Walser sah Rebekka durchdringend an. »Lesen Sie am besten den Polizeibericht. Da steht alles drin.« Er drehte sich um, schob eine Lade seines Schreibtischs auf, tat dann so, als wühle er nach den Unterlagen, nahm aber schließlich das oberste Blatt heraus und reichte es Rebekka.

Ein tragischer Unfall hat gestern eine 28-jährige Schwimmerin aus Überlingen-Nussdorf das Leben gekostet. Um 8.13 Uhr erhielt die Dienststelle einen Notruf eines Mannes aus der Straße ›Zum Kretzer‹, der eine Frau um sich schlagend etwa 800 Meter vom Ufer vor Nussdorf gesehen hatte.

Das sofort auslaufende Polizeiboot erreichte die angegebene Stelle um 8.26 Uhr. Zur Unterstützung hatten die Einsatzkräfte die Wasserschutzpolizei, die Boote des Zolls und die Schweizer Seepolizei angefordert.

An der angegebenen Stelle fand man auf der Seeoberfläche treibend Reste von Badekleidung. Einige Zeit später registrierten die Einsatzkräfte Luftblasen, die aus dem Wasser aufstiegen. Es konnte aber weder die besagte Frau gefunden noch eine treibende Leiche beobachtet werden.

Mittlerweile waren die Feuerwehr sowie der DLRG verständigt worden. Berufstaucher der Feuerwehr sowie Rettungstaucher des DLRG suchten die Seestelle ab und begaben sich bis zum Grund in 40 Meter, der allerdings recht schlammig ist.

Schließlich fand ein Polizeitaucher nach mehr als sechsstündiger Suche um 16.32 Uhr in 32 Meter Tiefe die Leiche der jungen Frau. Sie wies erhebliche Wunden auf, die nicht selbst zugefügt und unter Fremdwirkung entstanden sein müssen.

Die schweren Verletzungen zeigen nach Ansicht des Gerichtsmediziners, Dr. Orschiedt, dass Frau Malkovski während des Schwimmens von einem Motorboot überrascht und von den Schrauben besagten Bootes zerfetzt worden ist.

Rebekka sah das Blatt an. »Kann ich mir das bei Ihnen kopieren?«

Walser lachte. »Das können Sie auch mitnehmen!«

Erwischt! dachte Rebekka. Jetzt weiß er, dass er es mit einer Anfängerin zu tun hat. So ein blöder Fehler! Sie rutschte nervös auf dem Plastikstuhl hin und her, zupfte den zu kurzen Rock in Richtung Knie und blickte dann aus dem Fenster, auf die Seewellen, die ein tausendfaches Spiegelbild der Sonne zierte. Ein Motorboot jagte vorbei und hinterließ einen breiten Streifen Kielwasser und aufgeregte Wellen.

»Das verstehe ich nicht!« Sie strich sich energisch eine Locke zur Seite und riss ihre blauen Augen weit auf. Der Kommissar lächelte. Ja, dachte Rebekka, dieser Blick wirkt immer.

»Was verstehen Sie nicht?«

»Wenn die Frau doch schon eine Viertelstunde unter Wasser war, wie kann die Polizei noch Luftblasen gesehen haben?«

»Vielleicht ein Tippfehler oder ein Versehen bei der Zeitangabe.« Walser kratzte sich unbeeindruckt am Kopf. »Oder Sumpfgas. Das haben wir manchmal, da fault Laub oder Treibholz auf dem Seeboden, und das Fäulnisgas steigt dann nach oben. Hören Sie, da gibt es schon so seltsame Sachen draußen auf dem Wasser …«

»Was zum Beispiel?«, fragte Rebekka. Sie schnellte auf Walser zu. War da eine Schlagzeile?

Der Polizist sah ihr an, was sie dachte, und hob beide Hände, wie zur Entschuldigung und um sie abzuwehren.

Rebekka lehnte sich wieder zurück. »Kann ich die Leiche mal sehen?«

»Glauben Sie mir, die wollen Sie nicht sehen!«

»Und warum nicht?«

»Kochen Sie gern?« Der Kommissar setze ein süffisantes Grinsen auf.

Rebekka Butsch wusste nicht, was das mit ihrer Frage zu tun hatte. »Wie bitte?«

»Kochen Sie gern?«

»Nun, ab und zu ...«

»Wissen Sie, was passiert, wenn Sie gedünstetes Gemüse in einen Becher geben und den Pürierstab reinhalten?«

»Nun ...«

»Stellen Sie sich die Schiffsschraube als riesigen, scharfkantigen Pürierstab vor«, sagte der Kommissar und lachte herzhaft wie über einen wirklich guten Witz. »Und die Schwimmerin als Gemüse ...«

Der Kommissar hatte recht: Rebekka wollte die Leiche nicht sehen.

Sefirot, der Techniker, der Versicherungsexperte und sogar General Bilderberger saßen gebannt vor den Monitoren. Das ROV wirbelte Schlamm auf, und minutenlang war oft nichts zu sehen. Manchmal schwamm ein kleiner Fisch vorbei und starrte ungläubig in den Scheinwerfer des Tauchroboters, der ihm wie ein bizarrer Riesenfisch aus einer anderen Welt vorkommen musste. Hin und wieder gerieten andere Gerätschaften ins Blickfeld: Kanister, Dosen, Einkaufswagen – Einkaufswagen mehr als einen Kilometer vom Ufer entfernt, in einer Tiefe von über 160 Metern!

Plötzlich ragte eine graue Wand aus dem Schlamm empor. Die Scheinwerfer des Tauchroboters konnten sie nur spärlich erfassen. Der Techniker ließ das Gerät an der Wand entlangfahren, bis sich alle sicher waren, dass es sich wirklich um die Fähre handelte.

Der Roboter machte einen Sprung und tauchte über den Katamaran hinweg, der nun lediglich noch eine große graue Form war, deren Enden sich in der Dunkelheit verloren. Die Fähre lag mit dem Kiel nach oben auf dem Grund, sie musste sich auf dem Weg in ihr eiskaltes Grab um die Achse gedreht haben.

Mehrere Mal umrundete das Mini-U-Boot das Wrack, umkreiste es in engen, parallelen Bahnen.

Je intensiver der Techniker jeden Winkel der gesunkenen Fähre abgefahren hatte, je näher er auf das Wrack gezoomt hatte, desto aufgeregter wurde der Versicherungsexperte. Da war etwas faul!

Deutlich konnte man dort abgeschabten Lack und Farbreste sehen, wo das Polizeiboot an dem Katamaran entlanggeschrammt war. Aber das Polizeischiff hatte den Rumpf nur eingedrückt, von der Kollision zeugte allenfalls eine leichte Delle.

Der Rumpf war intakt.

Da war kein Riss, nichts.

»Mein Gott«, murmelte Bilderberger. Sefirot und der Techniker sahen ihn verblüfft an. Der General blickte mit harten Augen zurück. »Bitte machen Sie mir schnellstmöglich eine Kopie dieser Aufzeichnungen.«

»Ein Tsunami?«

»Zumindest ein kleiner …«, erwiderte Carl.

Auf dem Ufergrundstück zwischen den Klostern Birnau und Maurach und der Mündung des Flusses Aach, vor einem Campingplatz, standen zwei grün gestrichene Wohncontainer und ein mobiles Dixi-Klo: das Hauptquartier der Bohrexpedition, des »Projektes Sedimentforschung«.

Michael Meuger, der Leiter des Instituts für die Erforschung des Bodensees, war zu seinem Doktoranden gefahren, um die weitere Vorgehensweise bei dem Projekt zu besprechen und die Ursachen des Desasters herauszufinden.

»Jedenfalls«, sagte Meuger, »sind die einzelnen Segmente des Bohrstrangs völlig unbrauchbar geworden. Sie sind so verbogen, als hätten wir mit Korkenziehern gebohrt. Ich weiß nicht, was da letzte Woche los war, aber etwas ist passiert. Sie waren der einzige Wissenschaftler auf der ›Langenargen II‹.« Er zuckte mit den Schultern. »Aber ein Tsunami? Außer Ihnen hat niemand so eine Welle gesehen!«

Meuger fand, dass Carl mächtig aufgeregt wirkte. Ein Tsunami war gewiss etwas Besonderes, aber Carl schien eine Spur zu nervös zu sein. Hatte er mehr gesehen? Verschwieg er etwas?

»Es steht jedoch nicht in Zweifel«, meinte Carl, »dass es am Bodensee durchaus seismische Ereignisse von großer Tragweite gegeben hat!« Er schenkte sich Kaffee nach und wühlte in einem Stapel Papiere, der vor ihm lag. »Denken Sie«, fuhr er fort und sah Meuger herausfordernd an, »doch einmal an das große Beben von 3. Januar 1117. Das Epizentrum lag in Oberitalien. Wir haben Nachrichten über verheerende Zerstörungen in Cremona, Chioggia, Verona und Jesolo. Und vom Bodensee berichtet der Mönch Berthold aus Zwiefalten, dass – ich zitiere hier nach dem lateinischen Text in der ›Monumenta Germania Historica‹, zehnter Band …« Carl hielt die fotokopierte Seite der wissenschaftlichen Edition alter deutscher Chroniken und Annalen hoch. »Also, Berthold schreibt: ›Von der befestigten Burg Meersburg aus konnte man einen Turm des Münsters von Konstanz sehen, mit einer Wendeltreppe, der mit ähnlich hohen Gebäuden errichtet wurde. Vor diesem Erdstoß aber hatte man ihn nicht sehen können.‹ Da muss es ganz schön geknallt haben – die Erdoberfläche hat sich radikal verändert damals.«

»Da mögen Sie recht haben«, Meuger nickte, »aber von einem Tsunami hat dieser Mönch nichts geschrieben.«

»Was war dann diese Welle?«, wollte Carl wissen.

»Ein Tsunami wäre ja – wenn auch unwahrscheinlich – schon möglich. Es gibt nur ein Problem.«

»Und welches?«

»Keine Erdbebenwarte in der Region, keine auf der ganzen Welt hat irgendeine Erschütterung verzeichnet. Nicht einmal ein Mikrobeben. Nichts!«

»Aber die historischen Berichte über Beben, die ich gesammelt habe? Und die Welle, die ich gesehen habe? Und was ist mit den toten Fischen, die man hier heute überall gefunden hat?«

»Halten Sie sich an die Geologie, und überlassen Sie die staubigen Chroniken den Geisteswissenschaftlern und die Fische den Biologen! Und finden Sie endlich heraus, was unsere Ausrüstung ruiniert hat!«

Sofort nachdem er sich von Meuger verabschiedet hatte, klappte Carl seinen Laptop auf und surfte im Internet.

Wenn ich dieses Wesen gesehen habe, dachte er, dann kann ich kaum der Erste gewesen sein, der so etwas beobachtet hat. Irgendwo, in irgendeinem Forum muss es eine Diskussion über Seeungeheuer im Bodensee geben!

Carl tippte *Bodensee* und *Ungeheuer* in die Suchmaschine ein.

Erst freute er sich, weil so viele Treffer angezeigt wurden, doch das gefundene Wort *Ungeheuer* bezog sich auf das Adjektiv *ungeheuer*. Carl überflog die ersten fünf oder sechs Trefferseiten, dann gab er entnervt auf.

Bodensee und *Seeungeheuer*.

Hier war die Trefferzahl geringer, aber die Seiten, die beide Stichworte zeigten, stammten meist von Reiseveranstaltern, die Fahrten sowohl nach Schottland als auch nach Meersburg oder Konstanz anboten. Oder sie handelten von einem türkischen See, in dem wohl gelegentlich ein Monster gesichtet wurde und der »viermal so groß wie der Bodensee« war.

Bodensee und *Seeschlange*.

Es gab mehr Schwimmbäder in der Region, die ihre Kinderrutsche Seeschlange nannten, als Carl vermutet hätte.

Lake Constance und lake monster.

Nichts. Vor Carl war offensichtlich nie jemand einer Nessy im Bodensee begegnet.

Lake Constance und mermaid.

Immerhin, ein Bericht, aus einem englischen Fachbuch für Haibestimmungen. Im Mittelalter hatten Bürger bei Bregenz einen Hai aus dem See gefischt und für eine Seejungfrau gehalten. Einen Hai!

Bodensee und *Hai*.

Er entdeckte mindestens drei Berichte von Menschen, die einen Hai im See beobachtet haben wollten. Aber das, was an diesem Morgen vor seinen Augen aus den Fluten des Sees getaucht war, war sicher kein Hai gewesen!

Bodensee und *Wal*.

Der Bericht eines Seglers, der – wenn die kurzen, auf der Trefferseite angeführten Auszüge etwas zu bedeuten hatten – gerade in der Woche zuvor mit einer Art Pottwal kollidiert war: *... Mitte März auf dem Bodensee gesegelt ... einen aus dem See tauchenden Pottwal gerammt ...*

Aufgeregt klickte Carl die Seite an.

Seite nicht gefunden, spuckte der Computer aus. Er versuchte es im *Cache*. Wieder nichts. Carl ging zurück auf die Suchmaschine und probierte es ein weiteres Mal.

Keine Treffer, zeigte die Suchmaschine an.

Der heilige Gallus, um 550 in Irland geboren, reiste als Schüler Columbans in das Land der Alemannen, um sie zu bekehren. 612 nach Christus kam der Wandermönch nach dem heutigen St. Gallen an der Steinach in der Nähe des Bodensees und errichtete dort eine Einsiedlerzelle.

Wie jeder große Heilige wurde St. Gallus von dem Teufel und seinen Dämonen versucht. Eine Legende berichtet, die

»nackten Wassernixen und das Schlangengezücht« des Sees hätten ihn verführen wollen, bis er sie verbannte.

Später erwuchs aus der Einsiedelei eine Mustersiedlung mit einem Kloster nach irischem Vorbild. Denn als Gallus 645 starb, galt er bereits als Heiliger, und seine einfache Mönchszelle wurde zum Kern eines der größten und bedeutendsten Klöster der Christenheit.

Die Seejungfrau, die Gallus in Versuchung führen wollte, haben die nüchternen Mönche nie dargestellt.

General Bilderberger beugte sich vor und zeigte mit seinem Finger auf den Monitor. »Was ist das?«

»Ein Kabel?«, erwiderte Sefirot fragend.

»Nein, das ist breiter. Kalibrieren Sie mal!« Bilderberger wirkte genervt und ungeduldig.

Der Techniker zoomte auf das dunkle Objekt, den seltsam lang gezogen gewundenen Strich, der am Wrack begann und sich dann in der finsteren Ödnis verlor.

»Das ist«, sagte Sefirot, »zwanzig, fünfundzwanzig Zentimeter breit – und flach. Eindeutig kein Kabel. Sieht eher aus wie eine Kriechspur.«

»Aber wer – oder was – hinterlässt so eine Spur?«

»Eine Schlange?«

»Ach, Sefirot«, der Techniker lachte, »so große Schlangen gibt es dort unten nicht.«

»Fahren Sie noch näher dran!«, befahl nun Sefirot.

Es gab noch ein Bild, dann sahen Sefirot, der Techniker und der Fachmann der Versicherung für Schiffsunglücke nur noch graues Rauschen auf dem Monitor.

Der Monitor hatte für einen Sekundenbruchteil ein graues Etwas gezeigt, ein Lebewesen.

Ein *Axolotl*!

Genau daran erinnerte es Sefirot.

Ein Axolotl ist ein mexikanischer Höhlenmolch. Er ist

blind, denn er lebt im ewigen Dunkel. Weil er sich nie zum ausgewachsenen Tier entwickelt und die Geschlechtsreife noch als Larve erreicht, sieht er sein ganzes Leben lang wie eine Kaulquappe aus: weiß, mit rot durchbluteten, büschelartigen Kiemen am Kopf.

Sie hatten also den Kopf eines Tieres gesehen – oder war es das Gesicht einer Wasserleiche gewesen?

Sefirot konnte sich nicht entscheiden, welche der beiden Möglichkeiten gruseliger war.

Zum ersten Mal zeigte Bilderberger eine Gefühlsregung, die Neugier glich: »Ich will sofort einen Ausdruck von diesem Bild!«, rief er dem Techniker zu.

Rebekka rief den Pathologen an, der die Obduktion durchgeführt hatte, und fragte ihn nach der Schwimmerin.

»Meinen Sie die Bisswunden?«

»Die Bisswunden?«, fragte Rebekka mit schriller Stimme.

»Sind Sie denn nicht ...?«

»Ich bin vom ›Seekurier‹.«

»Ich meine natürlich die Schiffsschraube.«

»Eben haben Sie etwas von Bisswunden gesagt.«

»Nein, es war eine Schraube. Wie kommen Sie auf Bisse?« Nach einer kurzen Pause fügte der Arzt hinzu: »Tragisch, aber das passiert immer wieder. Wenn Sie meine Meinung hören wollen: Motorboote müssten in Ufernähe verboten werden!« Dann legte er auf.

Rebekka hätte lieber die Meinung des Pathologen zu Bisswunden im Bodensee gehört, besonders zu solchen mit tödlichem Ausgang.

Sie sah aus dem Fenster ihres Büros. In dem kleinen Vorgarten blühten die Blumen, darüber spannte sich ein breiter blauer Himmel. Es wirkte so friedlich. Doch dahinter, im See, passierte etwas – nur was?

Die alte Sumpfinsel Reichenau wurde durch die Mönche, die in den drei romanischen Klöstern der Insel lebten und arbeiteten, zu dem, was sie heute noch ist: zu einem Zentrum der Obst- und Gemüsekultur. Und nicht nur das: Mit drei reichen Benediktinerklöstern auf nur vier Quadratkilometern Fläche war die Reichenau, die reiche Au, eines der bedeutenden Zentren der ottonischen Kultur und Wissenschaft, also des 10. Jahrhunderts.

Es verwundert nicht, dass daher zahlreiche Besucher schon im frühen Mittelalter zu der Insel kamen, um Besuche abzustatten, Informationen auszutauschen oder in den wertvollen Büchern der Abteien zu stöbern. Einer davon war der gelehrte Mönch Notkerus Balbulus (ca. 840–912) aus St. Gallen. Der lateinische Name bedeutet Notker der Stammler, aber was immer der Mann an Sprechproblemen hatte, machte er durch seine Bücher mehr als wett. Um 860 bis 884 schrieb er in St. Gallen das »Liber Hymnorum«, eine hoch poetische Sammlung von religiösen Gedichten, die stilbildend wurden; und von 884 bis 887 die »Gesta Karoli Magni Imperatoris«, eine Chronik über die Zeit Karls des Großen, die historische Fakten und Anekdoten, aber auch Märchenhaftes sammelt.

Notker berichtet über einen Besuch auf der Reichenau – dass die Mönche ihm erzählten, sie hätten im Gnadensee einen zweieinhalb Meter langen Weißfisch oder Aland gefangen!

Der Gnadensee ist der nördliche Abschnitt des Untersees, des kleineren Teils des Bodensees, der dann zum Rhein wird.

Der Aland *(Leuciscus idus)*, auch Nerfling oder Orfe genannt, ist eine Art der Karpfenfische, die vom Ural bis zum Rhein verbreitet ist.

Der größte je in Europa gefangene Aland war rund sechzig Zentimeter lang.

Der hagere, weißhaarige Mann in Generalsuniform stand am Ufer und beobachtete eine Gruppe Soldaten in einem Ruderboot, die ein Unterwassermikrofon im See versenkten. Dann ging er zurück in den Kommandoraum und stach eine Stecknadel mit rotem Kopf an dem Ort, an dem der Katamaran versunken war, in die Karte des Bodensees. Der rote Punkt stand mitten in einem Wald aus kleinen gelben Punkten. Sie markierten die Epizentren der Mikrobeben der letzten Tage.

Der Bunker war einigermaßen behaglich eingerichtet: grüner Teppichboden, schwere, bequeme Polstersessel, die topografische Karte des Bodensees, die eine ganze Wandbreite einnahm. Auf dem Tisch stand ein Reliefmodell des Sees, das nach den neuesten Vermessungen gefertigt worden war und jeden Hügel, jede Schlucht am Seeboden erfasste. Einige Stellen waren mit Glaskuben markiert. Hier verlief die Front! Eine Million Messpunkte! Über 50 wissenschaftliche Institute, vom Militär bezahlt, hatten den See vermessen und die präziseste Karte erstellt, die je von einem See der Welt gefertigt worden war.

Ein Soldat steckte den Kopf durch die Tür: »Herr Meuger ist jetzt da.«

»Soll reinkommen.«

Meuger nickte dem General zu und setzte sich.

Bilderberger schob ihm einen gebundenen Stapel Papiere zu. »Schauen Sie sich das einmal an – was ist Ihre Meinung dazu? Sie hatten wohl ausreichend Zeit.«

Meuger blickte in die Zahlenreihen und schüttelte verblüfft den Kopf. »Die Zahl der Beben und die abrupte Intensität, mit der sie auftreten, sind ungewöhnlich.« Er blätterte in den scheinbar endlosen Tabellen immer wieder vor und zurück. »Ihre Lokalität verwirrt mich. Herkömmliche tektonische Ursachen scheinen nicht signifikant an ihrer Genese beteiligt zu sein …«

Bilderberger sah den Wissenschaftler ungeduldig an. »Können Sie das auch so ausdrücken, dass ein Militär es versteht?«

»Ja, gewiss.« Meuger stand auf und zeigte auf eine Karte. »Der See hier füllt ein Becken, das die Gletscher in der letzten Eiszeit ausgehobelt haben.«

Der General nickte.

»Nun, andere große Seen, zum Beispiel der Loch Ness in Schottland, füllen sogenannte Grabenbrüche – gewaltige Erdspalten, an denen Kontinentalplatten auseinanderbrechen oder zusammenstoßen. Da gibt es andauernd Mikrobeben.«

»Ich verstehe«, pflichtete Bilderberger bei und machte sich ein paar Notizen. »Aber am Bodensee wären die ungewöhnlich.«

»Ja, geologisch gesprochen. Aber diese Beben sind noch aus einem anderen Grund bemerkenswert: Ihr Ursprung liegt in drei sehr genau umrissenen Gebieten, im Überlinger See, bei Friedrichshafen und vor Bregenz. Da unterscheidet sich der Seeboden geologisch nicht vom Rest des Beckens. Da gibt es keine Risse, sondern nur gewaltige Schichten aus Schlamm und Lehm. Und dann beginnen diese Bebenschwärme unvermittelt und enden ebenso plötzlich. Sie können … eigentlich …«

»Ja? Nur raus damit!«

»Sehen Sie, Herr General, Beben haben immer Vorbeben und Nachbeben. Gesteinsmassen kollidieren miteinander, reiben sich, sie verharken sich …« Der Wissenschaftler schob seine Handkanten gegeneinander, um das Prinzip zu demonstrieren. »Erst kommen kleine Erdstöße, manchmal tage- oder monatelang, dann kommt ein Ruck – das große Beben, dann normalisiert sich alles. Aber dieses Muster …«

»… gibt es hier am See nicht«, ergänzte Bilderberger. Für Spuk war er eigentlich nicht zuständig, und er fühlte sich, als hätte ihm der Seeforscher gerade erklärt, dass der Bodensee voller Poltergeister wäre. Aber in einer gewissen Weise war er das wohl auch – irgendetwas zerstörte schließlich moderne Hochleistungsmikrofone und Videokameras am Seegrund.

Bilderberger stand auf und ging hin und her. Er musste nachdenken. Ein Blick auf die Nadeln, die er selbst in die Karte gesteckt hatte, bestätigte, dass Meugers Analyse korrekt war. Dann die Sache mit dem Katamaran. Eine Woche hatte er diesem Wissenschaftler Zeit gegeben: Nun wollte er Ergebnisse. Dem General war bewusst, dass weder er noch Meuger so schnell eine Lösung finden konnten.

Der Forscher sah ihn an – verwirrt von den Daten, verwirrt, weil auch er nur raten konnte und weil sich der große General für dieses kleine geologische Rätsel interessierte.

Nach einigen schweigsamen Minuten setzte sich Bilderberger wieder, fingerte geschäftig in seinen Notizen und in der Kopie des Berichts der Erdbebenwarte, die vor ihm lag. »Was«, fragte er dann, »könnte diese Erdbebenschwärme verursachen?«

Meuger holte tief Luft und sagte dann, eher fragend als bestimmt: »Baumaßnahmen.«

»Baumaßnahmen?«

»Ich kann mir nichts anderes vorstellen. Aber«, und dabei zuckte Meuger mit den Schultern, »das wird es ja kaum sein.«

»Können Sie mir noch eine zweite Meinung geben«, fragte Bilderberger, »eine, die ich offiziell weitermelden kann, ohne ausgelacht zu werden?«

»Seriöserweise kann ich nur sagen, dass ich nichts sagen kann. Das hier sind atypische seismische Vorgänge. Wir müssen weiterforschen – und das Unglück neulich gibt mir recht.«

Bilderberger wusste sofort, dass Meuger von dem gesunkenen Katamaran sprach. »Gerade weil all das geschehen ist«, unterbrach er den Forscher heftiger als gewollt, »müssen wir schnell in Erfahrung bringen, was auf dem Seegrund passiert. Es ist ein Wettlauf gegen die Zeit.«

»Einer meiner Studenten«, erklärte Meuger, »hat eine Theorie, die er beweisen will. Er glaubt, Anzeichen für periodisch auftretende Tsunamis im Bodensee entdeckt zu haben. Geologisch ist das kaum möglich: Hier gibt es nicht die steilen Hänge, die für größere Unterwasser-Erdrutsche nötig sind. Trotzdem: Vor einer Woche will er einen kleinen Tsunami beobachtet haben.«

Bilderberger blickte erstaunt auf. »Und das sagen Sie mir erst jetzt?«

»Irgendetwas ist offenbar auf dem Seegrund eingestürzt. Eine Höhle vielleicht, auch wenn das eigentlich nicht sein kann. Aber wir haben vor ein paar Tagen bei einem Sonarscan des Seebodens etwas Seltsames aufgespürt ...«

»Was?«, unterbrach ihn Bilderberger.

»Es ist zu früh, darüber wissenschaftlich fundierte Aussagen zu machen ...«

»Und unwissenschaftliche?«

»Ein rundes Loch im Seeboden«, presste Meuger sichtlich unwohl hervor, »ein Loch mit etwa fünfzig Metern Durchmesser. Tiefe rund zehn Meter. Mehr weiß ich derzeit noch nicht. Wir werten aus.«

»Und was ist so interessant an diesem Loch?«

»Es befand sich praktisch direkt unter der Stelle, an der der Katamaran gesunken ist.«

»Wie soll ein Loch ein Schiff versenken können?«

Meuger wirkte nachdenklich. »Ich will es mal so sagen ... Aber das ist natürlich eine Hypothese ... Wenn das Loch der Eingang zu einer Art Bau war und dieser Bau, den es – geologisch betrachtet – ohnehin nicht geben kann, eingestürzt sein sollte ...« Der Wissenschaftler wand sich förmlich unter der Last all dieser unwissenschaftlichen Spekulationen. »... dann wäre das Resultat ein Sog gewesen, der durchaus für das Sinken des Katamarans ursächlich hätte sein können. Die große Bewegung einer Säule aus unterschiedlich warmem Wasser wäre allerdings auf Echoloten registriert worden ...« Meuger sah Bilderberger auffordernd an. »Also, diese plötzliche Verschiebung von Wasser hätte zu einem kreisförmigen Wellenberg geführt, der über die Seeoberfläche gerast wäre – der Tsunami, den mein Student Carl Ghuimin bei seiner Arbeit beobachtet haben will.«

Es passte alles zusammen. Nur diesen Bau konnte es eigentlich nicht geben. Aber Bilderberger dachte an den Vulkan, von dem der Polizist berichtet hatte. Hier war zumindest eine Spur. Der General schloss die Augen und sah vor sich das gesunkene Schiff, mehrere Tote und Berge von verendeten Fischen, deren Schwimmblase geplatzt war. Kein angenehmer Anblick.

Er hatte zumindest heute den Feind zum ersten Mal gesehen – und war nicht viel schlauer als zuvor. Ein Kopf, unscharf auf grauen Videobildern.

Immerhin: Meuger hatte mit Sonar den Eingang zu etwas entdeckt, das der unterseeische Schlupfwinkel dieser Wesen zu sein schien. Man brauchte ein U-Boot – ein modernes, leistungsfähiges U-Boot.

2. Teil
Lichter

Das Meer ist groß und weit, es wimmelt darin von großen und kleinen Fischen ohne Zahl, Meeresungeheuer schwimmen darin, auch der Leviathan, den du dir zum Spiel erschufest.

Psalm 104,26

3
4. Mai

Eine Boulevardzeitung hatte ihm schon im ersten Artikel einen Spitznamen gegeben: »Boddy, das Ungeheuer vom Bodensee«.

Carl versuchte, im Gegensatz zu der auflagenstarken Zeitung wissenschaftlich vorzugehen. Er sprach stets nur vom »großen Fisch«.

Es war nicht seine Beobachtung gewesen, die weltweit für Schlagzeilen sorgte. Er selbst hielt seine eigene Begegnung geheim.

Es war ausgerechnet am 1. April, als Boddy so vehement aufgetaucht war, dass man ihn nicht mehr übersehen konnte.

Ein reicher Arzt – die Zeitungen nannten ihn nur *Dr. N. (58) aus Stuttgart* – hatte den historischen Raddampfer »Hohentwiel« für seine Geburtstagsfeier gemietet. Das schöne Schiff, das 1912 vom Stapel gelaufen, später abgewrackt und noch später liebevoll restauriert worden war und das nun für private Anlässe gebucht werden konnte, fuhr von Bregenz kommend am Schweizer Ufer des Bodensees entlang, als einer der Söhne des Arztes, der mit anderen auf einer Teakholzbank im Jugendstil-Hecksalon saß, eine weiße Schaumspur im Wasser bemerkte, die sich parallel zu dem Kurs des Schiffs durchs Wasser zog.

»Was ist das?«, hatte ein junger Mann seine Nachbarn gefragt, die dann fassungslos aus dem Fenster auf den See blickten.

Eine Seeschlange tauchte auf, ein Dinosaurier wie aus dem Bilderbuch.

Das Tier maß etwa acht Meter, aber nur der walgleiche Rücken ragte über die Wellen. Vor dem vorderen Ende des Rückens zog sich ein schmaler, dunkler Schatten – ein langer Hals mit einem kleinen Kopf –, und dahinter war ein ähnlicher Umriss zu sehen, der sich kraftvoll von Seite zu Seite schwang – der lange Schwanz eines Sauriers!

Ganze zehn Minuten schwamm die monströse Kreatur neben der »Hohentwiel« her. Die Geburtstagsgäste konnten Dutzende Fotos, mehrere Videos und Handy-Schnappschüsse von ihr aufnehmen, die allerdings letztendlich nur dunkle, sich bewegende Flecken im See zeigten.

Die Presse hatte diese Sichtung allerdings nicht ganz ernst genommen und durchweg amüsiert darüber berichtet, mit dem offenen oder versteckten Hinweis auf den Alkohol, der bei solchen Anlässen fließt: Es war zudem der 1. April.

Doch immer mehr Augenzeugen meldeten sich, die im See etwas Seltsames beobachtet hatten, meist nur undeutlich, schemenhaft, vage.

Carl hatte in den fünf Wochen seit Anfang April über 30 Zeitungsschnipsel aus dem »Seekurier« gesammelt, die Begegnungen mit Boddy schilderten, rund ein Dutzend aus der Boulevardzeitung – fast 40 Begegnungen waren in diesen fünf Wochen gemeldet worden. Dazu kamen Leserzuschriften, die davon erzählten, wie jemand das Ungeheuer schon vor Jahren, vor Jahrzehnten gar gesichtet hatte.

Carl schrieb einen Brief an die Zeitung und bat Augenzeugen, sich mit ihm in Verbindung zu setzen. Er versprach, jede Beobachtung streng vertraulich zu behandeln. Daraufhin erhielt er einige Briefe, mehrere davon eindeutige Scherze, die von feuerspeienden Drachen erzählten, aber auch die ein oder andere interessante Nachricht war darunter.

Einer dieser Briefe, den Carl auf seine Anfrage in einem Anzeigenblatt von einem Arzt, der anonym bleiben wollte, erhalten hatte, lautete:

Ich habe Geschichten von einem angeblichen Ungeheuer im Schwäbischen Meer gehört, an dessen Gestade ich wohne. Können Sie mir etwas Genaueres dazu sagen? Gibt es z.B. Sichtungen aus älterer Zeit? … Nun, was ich sagen kann, ist, dass ich vor einigen Jahren einen pensionierten Taucher kannte, der an den tiefsten Stellen des Sees getaucht war. Dieser Mann erzählte mir, er habe seltsame Riesenfische mit Haaren und Fühlern oder Hörnern am Kopf gesehen.

Ich wusste nicht, ob ich ihm glauben sollte oder nicht …

Und ich will ja auch nicht behaupten, dass ich ein Ungeheuer gesehen habe, sondern nur eine verdächtige Wasserbewegung. Am letzten Sonntag machte ich einen Bootsausflug, und bei der Rückkehr am späten Nachmittag saß ich am Bug im Freien. Ich bemerkte etwa 100 Meter entfernt einen dunklen Streifen vor dem Boot, bei dem es sich um eine Welle handeln konnte. Es war aber seltsam, dass sie sich in der gegensätzlichen Richtung zu den anderen Wellen bewegte, sie schien am Platz zu bleiben.

Als das Schiff nach 20 oder 30 Sekunden an der Stelle vorbeikam, war die Welle verschwunden. An ihrer Stelle war eine Reihe von kleinen konzentrischen Ringen mit kleinen Luftbläschen im Zentrum zu sehen. Es war der typische Strudel, der erzeugt wird, wenn etwas untertaucht. Denken Sie bitte daran, dass wir in der Mitte des Sees waren.

Das war typisch für viele der Berichte: Man hatte etwas gesehen, wusste aber nicht, was, und so richtig sicher war sich niemand – außer Carl, der den Saurier ja als fast einer der Ersten aus allernächster Nähe und in aller Ruhe hatte beobachten können. Die Briefe wirkten aufrichtig und viel zu vage, zu unsensationell, um erfunden zu sein – und doch hatte ein jeder ein verdächtiges Detail, etwas, das nicht passte: Wer würde vom »Schwäbischen Meer«, wer von »Gestaden« sprechen? Klang das nicht aufgesetzt?

Carl hatte nach Lektüre der Berichte dennoch ein Phantombild des Ungeheuers erstellen können, das in Details von seiner eigenen Beobachtung abwich:

• Das Wesen war maximal 15 Meter lang. Der sichtbare Teil wurde oft auf etwa zehn Meter geschätzt. Es war gut möglich, dass diese Längenangaben übertrieben waren – es ist schwer, Maße im Wasser zu schätzen, wenn man nicht weiß, wie weit ein Objekt entfernt ist.

• Das Wesen war spindelförmig. Die spitzen Enden wurden von vielen Augenzeugen als langer Hals und langer, dünner Schwanz bezeichnet.

• Die Haut des Wesens war ledrig, warzig, grau. Sie glänzte oft feucht. Das Wesen hatte definitiv kein Fell.

• Häufig hielt das Tier nur seinen enormen, massigen Rücken über die Wellen.

• Es kam den Leuten nahe, tat ihnen nichts.

• Das Wesen wurde in allen Teilen des Sees gesichtet, bevorzugt aber am Nordufer zwischen Überlingen und Friedrichshafen und in den seichten Uferzonen rund um die Insel Reichenau. Auffallend selten schien es am Schweizer Ufer zu erscheinen. Oder waren die Schweizer nur zu ängstlich, um eine Sichtung bei der Zeitung oder der Polizei zu melden?

Was war das für ein Tier?

Ein Hai? Ein riesiger Hai! Sicher, es gab Süßwasserhaie, etwa im Lago Nicaragua, aber der Bodensee schien kein geeignetes Biotop zu sein. Das Ganze war ein Rätsel, und selbst das, was Carl gesehen hatte, wich beträchtlich von dem ab, was er selbst für vernünftig oder wahrscheinlich hielt.

Die meisten der Artikel im »Seekurier« hatte Rebekka Butsch geschrieben. Nicht, dass sie sich darum gerissen hätte, aber die älteren Kollegen kümmerten sich um die Weltnachrichten oder die großen, wichtigen Storys vom See: das große Fischsterben (war die Industrie schuld oder das Wetter?), die Schiffskatastrophe und der Streit zwischen der Schifffahrtsgesellschaft und ihrer Versicherung mit seinen Gutachten und Gegengutachten, in dem sich die Reederei auf die Sonardaten der Polizei, die Versicherung auf die Seekarten berief. Dann gab es noch die üblichen Aufreger in den Anrainerdörfern (wilde Müllkippen, der Zustand einer Umgehungsstraße, die sich gesenkt hatte, die geplante Erschließung eines Neubaugebietes) und die Wirren und Irrungen der lokalen Politik. Wenn es um das Thema »Boddy« ging, wollte sich keiner der erfahrenen Journalisten der Lächerlichkeit preisgeben. Daher wurde das ungeliebte Thema »Bodensee-Nessy« auf Rebekka übertragen, die sich bald in der Rolle der teils nüchternen, teils zynischen Beobachterin gefiel.

Zuerst hatte sie vermutet, die örtliche Tourismusindustrie stecke hinter den Sichtungen, dann erkannte sie, dass tatsächlich etwas geschah. Vielleicht war eine Robbe in den See gelangt, vielleicht aber hatte der Alpenrhein nach den starken Frühlingsregen nur besonders viele und besonders mächtige Baumstämme in den See geschwemmt.

Rebekka machte sich jedenfalls nicht die Mühe, die vielen Augenzeugen persönlich zu befragen; ihre Artikel waren mit leichter Hand geschriebene Zusammenfassungen der Leserbriefe und Telefonate, die sie erreichten.

In der letzten Woche hatten sich nun die Berichte über Begegnungen mit der nun »Bodensee-Nessy« genannten Kreatur gehäuft. Keine Ausgabe der Lokalzeitung verging, die nicht neue Sichtungen enthielt. Es gab schon eigens auf Boddy spezialisierte Foren im Internet. Aber nur die wenigsten hatten tatsächlich ausgewachsene Dinosaurier gesehen, die meisten berichteten von dunklen Formen oder unerwarteten Wellen, von nassen, glänzenden Walrücken, von Strudeln und wallendem Wasser auf der sonst spiegelglatten Seeoberfläche, Dinge, die man zuvor mit einem Schulterzucken registriert und dann wieder vergessen hätte.

Der See wurde plötzlich umlagert von Übertragungswagen, die Fernsehjournalisten wetteiferten um die besten Plätze, nahe am Wasser, idealerweise mit Sicht auf die Alpen. Je mehr die TV-Journalisten um die Aufmerksamkeit der Zuschauer buhlten, desto mehr Spinner, Wirrköpfe oder Trittbrettfahrer meldeten sich. Da war der Mann, der vom Schlafzimmerfenster aus eine Nixe oder Seejungfrau in seinem Vorgarten hatte stehen sehen; die Frau, die bei Vollmond zwei fliegende Untertassen vor der Reichenau aus der Tiefe tauchen sah; die Schulklasse, die berichtete, ein Monster sei vor ihr aufgetaucht, habe das Maul aufgerissen und ganz fürchterlich gebrüllt, und dann sei dichter schwarzer Rauch aus seiner Nase herausgequollen. Eine etwas rundliche Dame berichtete in einer Talkshow, dass sexgierige Froschwesen vom Seegrund sie hatten verführen wollen.

Rebekka fand das alles zum Schmunzeln. Zumindest die Schifffahrtsunternehmen am See profitierten von dem Hype; die Restaurants, Schnellimbisse und die Postkartenindustrie erlebten einen echten Boom.

Ein Bild im Messbuch Kaiser Heinrichs, das um 900 von einem Mönch der Insel Reichenau gemalt wurde, zeigt die Bibelstelle Markus 4,35–41, die Stillung des Sturms auf dem See Genezareth durch Jesus. Interessanterweise ist es nicht der Sturm, der die Jünger bedroht, sondern das Schiff: Es ist als Seeungeheuer dargestellt.

Sein zerrissenes Segel sieht aus wie die Schwanzflosse eines Riesenwals, und der Bug des Bootes hat die Form eines drohend aufgerissenen Mauls.

»Das hier ist der Technikraum.« General Bilderberger öffnete die Tür einen Spaltbreit und ließ Rainer Tschiarnack, seines Zeichens Brigadegeneral, in die dunkle Kammer hineinsehen. »Hier befinden sich Sonargeräte, die Monitore der Unterwasserkameras und die Abhörgeräte für die Unterwassermikrofone.« Er schob die Tür wieder zu. »Die Messergebnisse der Erdbebenwarte beziehen wir aus Oberschwaben.«

Die beiden Militärs gingen den Flur weiter entlang.

»Als wir vor einem halben Jahr begannen«, fuhr Bilderberger fort, »fing alles ganz bescheiden an mit einem Wohncontainer und zwei oder drei Mitarbeitern. Ab und zu ein Tauchtrupp auf Übung. Aber je mehr wir fanden, desto größer wurde das Projekt letztendlich. Sie finden das alles in Ihren *Briefing Papers*.«

Bilderberger gab seinem frisch eingetroffenen Stellvertreter eine Schnellführung durch das Gebäude. Der gedrungene Schnurrbartträger Tschiarnack hatte alle Mühe, dem älteren, jedoch um einiges drahtigeren Mann zu folgen.

Bilderberger wusste, wem er seinen Aufstieg zu verdanken hatte: Einer seiner engsten Freunde, Gernot Meier, der ebenso wie er ein Eliteinternat am Bodensee besucht hatte, war vor einigen Jahren Innenminister geworden. Mittlerweile erschien Gernot Meier fast täglich in den Fernsehnachrichten.

Da ist es schon besser, dachte Bilderberger, wenn ich nicht ständig erkannt werde.

In ihrer Schulzeit damals hatten sie oft darüber geredet, wie sie die Zukunft gestalten wollten – konservativ, aber voller Idealismus. Es war eine einfache Welt gewesen, vom Eisernen Vorhang noch in zwei unverträgliche Hälften geteilt. Und es war einfach damals, die beiden Hälften in Gut und Böse zu unterscheiden. Der Eiserne Vorhang fiel, doch wurde die Welt nicht besser, nicht geordneter, sondern chaotischer, mit Feinden, die überall und nirgends lauerten, deren Ziele man nicht verstand, deren Beweggründe man nicht durchschaute, deren Ethik fremd blieb. Den Feind auf einer Landkarte zu verorten – das war ein Ding der Unmöglichkeit!

Dazu kamen noch die Ängste und Unsicherheiten, die sich im Alter immer stärker einschlichen. Selbst sein Privathaus hatte Bilderberger von hohen Mauern umgeben lassen, mit Videokameras überwacht. Manchmal hatte er sich aus Berlin an den Bodensee zurückgeträumt. Weil er dort so viel glücklicher und unbeschwerter gewesen war. Vielleicht sollte er nach dem Ende seiner Dienstzeit wieder an den See ziehen, um dort seine letzten Tage zu verbringen, hatte er so oft schon gedacht, auf ein Grundstück mit Blick auf den See und die dahinter aufragenden Berge.

Dann hatte ihn vor sechs Monaten der Anruf erreicht, der ihn wieder an den See brachte, hierher. Es war Gernot Meier, der ihn fragte, ob er den Brief erhalten habe.

Es war weniger ein Brief als ein dickes Paket mit Dokumenten gewesen.

Obenauf lag ein kleines, etwa acht Seiten langes, mit dem Computer getipptes Manuskript. Es beschrieb die Begegnung des Verfassers mit einem … Wesen im Bodensee. Bilderberger hatte schmunzeln müssen. Der Bericht blieb anonym, aber der General konnte den Innenminister beim Lesen fast mithören, so oft kamen für ihn typische Phrasen und Redensarten wie »keine Frage« oder »in meinen Augen« vor. Was versuchte ihm sein Freund zu sagen? Dass es geheimnisvolle U-Boote im Bodensee gab?

Nachdem Bilderberger den Bericht studiert hatte, zog er weitere Papiere aus dem Umschlag. Es waren Übersichtskarten des Bodensees aus den Jahren 1975, 1980, 1985, 1990, 1995, 2000 und 2005.

Über jeder Karte stand *Zunahme von Mikrobeben*. Mikrobeben, las Bilderberger, waren winzige Erdbeben von so geringer Dauer und Stärke, dass sie nicht von Menschen, sondern nur von Spezialgeräten registriert werden konnten. Auf den Karten war offenbar jedes dieser kleinen Beben als Punkt eingezeichnet, an mehreren Stellen im See konnte man die Einzelpunkte nicht mehr unterscheiden, sie formten kleine Kleckse.

Hinter den Karten steckte eine kurze Analyse, offenbar angefertigt in Meiers Auftrag von irgendeinem Geowissenschaftler. Bilderberger verstand damals noch nicht allzu viel, aber den Schlusssatz hatte er gleich mit Textmarker angestrichen: *Erklärung wissenschaftlich unbefriedigend, Analyse erbringt keine Ursache*, hatte der Forscher geschrieben.

Zusätzlich zu den seltsamen Mikrobeben senkte sich der Seespiegel – das war schon in der Presse zu lesen gewesen. Gab es einen Zusammenhang?

Genau das, so sagte Meier damals in seinem Anruf, sollte Bilderberger für ihn herausfinden. Und das alles musste streng geheim bleiben – man konnte keine Panik riskieren, bevor man überhaupt die Ursachen kannte.

»Mach du das«, hatte Meier gesagt, »ich kenne dich, du bist diskret. Ich will keine Panik, ich will wissen, was da los ist.« Gleichzeitig hatte er den Verteidigungsminister diskret um Amtshilfe gebeten.

Zuerst waren sie nur eine kleine Truppe, selbst Bilderberger zeigte in den ersten paar Wochen nur gelegentliche Präsenz. Sie platzierten Horchposten, Unterwassermikrofone und -kameras im See. Meier hielt sich dabei absolut im Hintergrund. Es gab keine Treffen zwischen ihm und Bilderberger, der offiziell am See war, um Taucher zu schulen und neu entwickelte Sonargeräte und Tauchroboter zu testen.

Zuerst hatten sie Horchmikrofone auf dem Seegrund platziert, dann Unterwasserkameras. Alles mit mageren Ergebnissen. Ungewöhnliche Geräusche wurden registriert, die sich jeder Analyse entzogen – und damit der Identifikation ihrer Urheber. Waren es Fischlaute oder nur das verzerrte Surren von Bootsschrauben?

Dann fielen die Kameras Stück für Stück aus – Ursache unbekannt. Dann versagten die Mikrofone nach und nach den Dienst. Taucher vermochten in diese Tiefe nicht vorzudringen, es blieb nur Rätselraten.

Etwas geschah – aber was? Für Bilderberger stellte das Ganze einen Alptraum dar. Aus einem Gefallen für einen Freund war eine reale Gefahr geworden, tatsächlich geschah etwas im See, und die Erdbeben, die offenbar künstlicher Natur waren, sprachen eine eigene, sehr deutliche Sprache. Aber welche?

Nun, nach dem Schiffsuntergang, hatte sich die Situation verschärft. Plötzlich standen Bilderberger zusätzliche Mittel zur Verfügung, neue Vollmachten wurden erteilt. »Wenn Sie schon mal da sind«, hieß es in Berlin, »prüfen Sie, ob hier eine feindliche Macht neuartige Technologie einsetzt.«

Bilderberger glaubte – jetzt, nach über sechs Monaten – längst nicht mehr an Feinde oder ungeklärte Naturphänomene. All das, so war er mittlerweile überzeugt, hatte etwas mit dem bizarren Wesen zu tun, das er auf den unscharfen Videobändern gesehen hatte.

Er legte Tschiarnack, seinem neu ernannten Stellvertreter, die Hand auf die Schulter und nahm ihn, einen erfahrenen Strategen, mit in den Konferenzraum, um sich nach dem U-Boot zu erkundigen.

Es galt, unverzüglich eine umfangreiche Infrastruktur aus dem Boden zu stampfen. Als Erstes ordnete er den Transport kleiner, wendiger Militärboote zum See an.

Aber bei einem blieb es: Niemand sonst durfte etwas erfahren.

Da das Institutsschiff nicht mehr benutzt werden konnte, fuhr Carl mit seinen Forschungen fort, indem er mit einem Side-Scan-Sonar den Seeboden untersuchte.

Ein Side-Scan-Sonar arbeitet wie ein Echolot, nur dass er die Schallimpulse, die reflektiert und dann grafisch erfasst werden, nicht nach unten, sondern in einen möglichst flachen Winkel auf die Seite sendet. Man kann solche Side-Scan-Sonargeräte an einem langen Kabel hinter einem Schiff herziehen und auf diese Weise den Seeboden kartieren.

Sie befanden sich im Untersee, fuhren parallel zur Küstenlinie der Insel Reichenau nach Westen. Links zogen Ermatingen, Mannenbach und Erlingen vorbei.

Die Ergebnisse des Sonargeräts werden bildlich umgesetzt, sodass etwas wie eine unscharfe Fotografie des Seebodens entsteht – in diesem Fall auf einem Papierausdruck, der den Grund zeigte wie ein Stück Papier, das man auf ein Relief legt und dann mit einem Bleistift abrubbelt. Gleichzeitig konnte alles auf einem Monitor auf einem Falschfarbenbild gesehen werden. Auch diese Darstellung wurde gespeichert.

Von einem gesunkenen Schiff erkennt man auf diese Weise nicht nur die Form, sondern sogar die hölzernen Planken oder Metallplatten, aus dem der Rumpf zusammengeschweißt war.

Man musste allerdings ein Experte sein: Das Sonargerät konnte dem unerfahrenen Anwender Formen vorgaukeln, die in der Realität nicht vorhanden waren, sogenannte *false returns*. Nicht immer wird Schall regulär zurückgeworfen, Felsen, Schründe, sogar unterschiedliche Wassertemperaturen und eine veränderte mineralische Zusammensetzung oder unterschiedliche Dichte des Wassers können solche falschen Bilder erzeugen.

Bei dem Vulkan, von dem nach der Katamarankatastrophe so viel geschrieben worden war, hatte es sich um einen solchen Sonarengel gehandelt – da war Carl sich sicher.

Auf dem Ausdruck erschien eine längliche Form. Carl ließ die Motoren drosseln, schaltete den Side-Scan aus und gleich darauf wieder an. Die Form hatte ihren Platz verändert – sie hatte sich bewegt. An ihrem Rand zog sich ein leichter grauer Schatten entlang – ausgedruckter Beweis für ein doppeltes Echo, das entstand, wenn Schall von etwas reflektiert wurde, das über dem Seeboden schwebte.

Das Schiff stoppte und wendete. Es dauerte seine Zeit, bis der Side-Scan, der an einem langen Kabel hinter dem Forschungsschiff hergeschleppt wurde, erneut dieselbe Stelle des Seebodens ertastete.

Da war kein großes Ziel mehr. Das Echo hatte sich in der Tat bewegt.

Nun fuhren sie Volldampf voraus. Wieder dauerte es Minuten, bis der Side-Scan am Schleppkabel rund hundert Meter unter Carl die Wendung mitvollzogen hatte, doch das GPS des Schiffs ermöglichte es, genau den Kurs fortzusetzen, der ursprünglich geplant gewesen war, und das Sonar folgte wie ein braves Hündchen an der Leine.

Sie überholten den Ort, an dem das Ziel zuletzt erfasst worden war. Sie fuhren weiter und registrierten die Form erneut. Sie war mindestens sechs bis acht Meter lang. Es hing davon ab, wie nahe am Sonar und wie hoch über dem Seegrund sich das Riesenecho tatsächlich befand.

Dann verschwand das Ziel von der Scheibe des Monitors. Es war schneller als das Boot gewesen.

Sechs bis acht Meter – zu groß für einen Fisch.

Zu groß, um irgendetwas anderes zu sein, das natürlicherweise im Bodensee lebte.

Fieberhaft suchte Carl nach einer Formatvorlage, fand im Laptop einen Brief und überschrieb ihn mit einer Presseerklärung: *Forscher finden Beweis für Boddy*, tippte er in den Computer.

Als er den Text bearbeitet hatte, mailte er ihn an den »Seekurier«.

In seiner Aufregung und in seinem Entdeckerdrang hatte er die eigenwillige Presseerklärung auf der Formatvorlage des Instituts für die Erforschung des Bodensees, mit dessen offiziellem Briefkopf und mit der offiziellen E-Mail-Adresse der Universität Konstanz als Absender verschickt.

Etwas blinkte im Wasser.

Es blinkte nicht aus sich heraus, sondern weil es die Sonne reflektierte.

Ein feuriges, böses Auge.

Rebekka war auf den Balkon ihrer Wohnung in Ludwigshafen getreten, um eine Zigarette zu rauchen. Sie hatte einen wunderbaren Blick auf den Überlinger See, direkt gegenüber lag Bodman. Sie zündete ihre Zigarette an und zog kräftig daran. Da bemerkte sie plötzlich in dem langen, schmalen Seearm das Auge.

Sie konnte einzig dieses starre Auge erkennen, aber keinen Kopf. Hinter dem Auge war nur Wasser zu sehen, dann ein dunkler, gezackter Strich, wie der Rücken eines großen Tieres.

Ein schwarzer Strich, der sich langsam bewegte … wie ein Krokodil auf Pirsch.

Lauernd.

Das Tier war ganz passiv. Es ließ sich mit der Strömung treiben, kam dem Ufer immer näher.

Das Tier wirkte in seiner Passivität souverän, es war der Herrscher des Sees, es musste vor nichts und niemandem Angst haben.

Rebekka hielt den Atem an. Einen Monat lang hatte sie sich Berichte von Augenzeugen am Telefon angehört, hatte Briefe von Lesern studiert, hatte sich amüsiert darüber, hatte fast an Boddy geglaubt und dann wieder gezweifelt. Sie konnte kaum fassen, was sie da sah. Konnte sie jetzt noch objektiv berichten? Machte diese Beobachtung nicht gerade unmöglich, künftige Augenzeugen distanziert und vorurteilsfrei zu befragen? Sie wurde nervös und drückte ihre Zigarette aus – sie benutzte dafür, wie zu ihren Studentenzeiten, eine alte Kaffeetasse mit abgebrochenem Henkel – und zündete sich gleich darauf die nächste an.

Das Tier – der Fisch, wie es der lokale Monsterexperte Carl Ghuimin in einem Beitrag für den »Seekurier« genannt hatte – trieb nun kaum mehr als 50 Meter vom steinigen Strand entfernt. Direkt am Ufer befand sich ein Parkplatz, dort fuhr gerade ein roter Golf knirschend auf den Kies und hielt. Eine Frau stieg aus, holte eine Tüte mit Brötchen vom Beifahrersitz. Sie stellte ihr Auto ab, obwohl der Hausmeister ein unübersehbares Pappschild angebracht hatte. *Parken auf eigene Gefahr!*, stand in großen Lettern auf dem Schild. *Stellplätze sengt sich.* Jemand hatte *sengt* durchgestrichen und mit *senken* überschrieben. Rebekka hielt den Atem an. Doch der Knall der zugeschlagenen Tür irritierte den Fisch nicht. Ruhig und sicher bewegte er sich weiter auf Rebekka zu. Sie sah zu keinem Zeitpunkt mehr als den gezahnten Strich des Rückens und das große klare Auge, das das Sonnenlicht reflektierte und sie ohne Unterlass kalt und feindlich anglotzte.

Dann lachte sie. Es war das Lachen eines Menschen, dem eine gewaltige Unsicherheit genommen worden ist –

denn die Wellen hatten das Tier sanft an den Strand getragen: Es war ein abgebrochener Ast, auf dessen spitzem Ende eine Getränkedose aufgespießt war. Die Dose das Auge, der Baumstamm der Rücken des Ungeheuers.

Rebekka drückte schmunzelnd ihre Zigarette aus und ging zurück in die Wohnung.

Im 10. Jahrhundert bemalten Mönche die Holzdecke der Kirche von Oberzell auf der Reichenau mit Darstellungen von Erzählungen aus dem Neuen Testament.

Auf einem der Bilder sieht man Jesus, der den Sturm auf dem See Genezareth stillt.

Als Modell für den See Genezareth dient der Bodensee. Deutlich sind die Klöster der Reichenau zu erkennen.

Der Wind bläst, die Wogen schäumen.

Die Jünger haben Angst.

Über dem See hat der Künstler gehörnte Dämonen dargestellt, die sich über das Spektakel freuen.

Welche Wesen könnten die Mönche im Bodensee beobachtet haben, die sie dazu veranlassten, Wasserdämonen mit Hörnern über dem heimischen Gewässer darzustellen?

Mitte April hatte ein Privatsender zusammen mit einer Boulevardzeitung einen Preis für den ausgesetzt, der das erste deutliche Bild von »Boddy« aufnahm.

Die Zeitung war mit Körben von Briefen, mit Hunderten von E-Mails überschwemmt worden. Die Fotos zeigten Wellen, im Wasser treibende Baumstämme, manche sogar Spielzeugdinosaurier aus Plastik oder Holz in Ufernähe – aber selbst wenn die Redakteure der großen Zeitung eine Sensation daraus hätten stricken wollen: Keines der Bilder überzeugte, keines konnte die Auflage steigern. Die Zeitung war bereits dazu übergegangen, Berichte über Boddy mit Zeichnungen von Sauriern, phantastisch aufgeblähten

Zeugenskizzen oder Archivfotos von Nessy aus Schottland zu illustrieren. Man hatte auf den Redaktionskonferenzen der vergangenen Woche bereits überlegt, ob man nicht nach mehr als einem Monat allmählich auf Gegenkurs steuern und ab jetzt Witze über Boddy machen sollte.

Die Kreativität jedes einzelnen Redakteurs war gefragt. Eine Extrakonferenz, ein *urgent meeting*, war anberaumt worden, um das Thema, das den Verkauf der Zeitung vor allem im Süden Deutschlands bereits beträchtlich angeheizt hatte, weiter erfolgreich ausschlachten zu können.

Alle waren gespannt. Heute ein guter Vorschlag, und man konnte dem Chef sehr positiv auffallen!

»Meine Herren, Vorschläge für die Front-Page-Head von morgen, bitte.«

»Boddy«, sagte ein erfahrener Redakteur, »wir könnten 'ne Diskussion anfangen, ob das ein Männchen ist oder ein Weibchen. Also: ›Boddy soll zum Sex-Test.‹ Dazu bringen wir zwei Dinos, einen in Rosa, einen in Hellblau. Und lassen die Leser voten. Und das können wir strecken: ›Ist Boddy einsam?‹ etc.«

»Nein, Boddy ist uncool.« Die Stimme des Chefradakteurs war schneidender als sonst, wenn auch – wie immer – aufs äußerste bestimmt. Die Stimme eines Mannes, der Widerspruch weder erwartet noch kennt – noch duldet. »Boddy ist uncool. Bringen wir lieber diesen Hollywood-Typen, dessen Frau oben ohne in San Tropez geknipst wurde, wo man ihre großen Dinger sieht.«

»Das hatten wir doch«, widersprach der Redakteur, der den Vorschlag gemacht hatte, mit einer Stimme, die Verzweiflung ausdrückte, »gestern schon auf der letzten Seite mit dem Klatsch. Und die Titten sind auch ziemlich unscharf.«

»Boddy langweilt die Leser. Wir haben diesem Zeug schon genug Platz eingeräumt.«

»Ich glaube nicht«, kämpfte der Redakteur tapfer weiter, »dass das so stimmt. Von allen Kampagnen der letzten Jahre hat das Thema ›Boddy‹ den größten Leserzuspruch gefunden – egal, ob die Leute dran glauben oder nicht. Wir erhalten über 300 E-Mails am Tag.«

»Welchen Teil, mein Guter«, sagte der Chefredakteur mit spitzem Mund, »von meinem Nein haben Sie nicht verstanden?«

»Aber …«

»Wir bringen die Titten in groß auf der Front. Dann sollen Leser Fotos ihrer Frauen oder Freundinnen oben ohne einsenden, dann lassen wir voten. Ende der Konferenz!«

»Verstehst du das?«, fragte der Redakteur einen zweiten, »gestern war er noch ganz heiß auf neue Boddy-Storys.«

Vom Hubschrauber aus betrachtet, ähnelte die Landschaft einer Modelleisenbahnanlage: gepflegt, sauber, ordentlich. Niemand hier wusste, was im See vor sich ging und dass diese Idylle bedroht war.

Tschiarnack mit seinem gedrungenen Körperbau, den schütteren, bereits mit grauen Strähnen durchsetzten schwarzen Haaren wirkte neben Bilderberger wie ein Gnom. Sie kreisten über breitem Ackerland nordöstlich von Friedrichshafen. Links und rechts säumten kleine Haine das Feld.

»Das ist ein guter Platz. Frei und eben, mit einer guten Anbindung an das Schienennetz und die Autobahn. Und in Seenähe. Alles für die Amerikaner!«, brüllte Bilderberger.

»Die Amerikaner?«, schrie Tschiarnack zurück. Auch er musste sich anstrengen, um den Lärm der Rotoren zu übertönen. »Was wollen denn die Amerikaner hier?«

»Ich habe sie um Unterstützung gebeten …«, schrie General Bilderberger, »nur mit unseren eigenen Mitteln kommen wir hier nicht weiter. Sie haben uns bereits einen ihrer

Tauchroboter zur Verfügung gestellt – neueste Technik. Jetzt wollen sie auch eine Basis hier!«

Sobald er herausgefunden hatte, was da vor sich ging, konnte Bilderberger Gegenmaßnahmen ergreifen. Sollte vorher etwas durchsickern, kämen die Umweltfanatiker, Verschwörungstheoretiker, lokale Politiker, die sich aufplusterten. Anarchie und Chaos wären vorprogrammiert. Wenn er wusste, was genau los war, konnte er veranlassen, dass gezielt evakuiert und Seeufer gestützt werden konnten. Natürlich war das eine fast unlösbare Aufgabe, wenn er mit nur ein paar Wissenschaftlern arbeiten musste. Deshalb die Amerikaner. Das waren geübte Militärs, die zudem einige ihrer fähigsten Forscher mitbrachten.

»Was interessieren die Amerikaner unsere Probleme? Es sitzt ja schließlich nicht Al Qaida im See!« Tschiarnack sah, dass General Bilderberger ihm antwortete, aber der Krach des Hubschraubers verschluckte Teile des Satzes.

»Der See interessiert sie. Sie wollen generell mehr über Seen erfahren ... und hier sind Phänomene, die nirgendwo sonst ... schließlich können sie nicht im Kaspischen Meer ... da liegt ja die Grenze zum Iran ...«

Tschiarnack nickte, aber er hatte seine Zweifel. Hier war manches seltsam, ungereimt, und sehr wahrscheinlich verriet ihm Bilderberger selbst nicht alles. Als Stellvertreter war Tschiarnack über das meiste informiert: die neu angeforderte Technik, die zur Verfügung stehenden Mittel, die Kontaktadressen, wer wo für was da war. Aber er kannte Bilderbergers Gedanken nicht, wusste nicht, was sein Vorgesetzter wirklich plante. Ständig hatte er das Gefühl, Bilderberger sei ihm einen Schritt voraus.

Der Helikopter drehte steil ab und flog in einem weiten Bogen über den See zurück. Tschiarnack suchte nach einem Griff, an dem er sich festhalten konnte. Aus den Augenwinkeln beobachtete er Bilderberger, der ganz stoisch steif aufgerichtet neben ihm saß, scheinbar ohne die Schräglage überhaupt zu bemerken. Fast zaghaft ließ Tschiarnack den Haltegriff wieder los.

Der See wirkte verlassen – es war ein Werktag. Weiter hinten zog eine Fähre entlang, in Richtung Konstanz dümpelten einige Jollen.

Der Brigadegeneral sah nach unten und erblickte eine silbrige, sich schlängelnde Form, größer als ein Segelboot, die sich knapp unter der Seeoberfläche wand. Er stieß Bilderberger an, der ihn anlächelte, und bedeutete ihm, nach unten zu sehen. Doch da war das Wesen längst verschwunden, und Bilderberger hob fragend die Augenbrauen.

Es ist besser, wenn ich nichts sage, überlegte sich Tschiarnack – wer weiß, was das gewesen ist. »Seltsamer See!«, brüllte er deswegen nur.

Der Helikopter landete, und sie bückten sich, um unter den Rotorblättern durchzugehen. Der Hubschrauber hob ab und flog in Richtung Konstanz davon, aber Bilderberger blieb stehen und sah auf das Wasser.

»Wissen Sie, wenn wir nicht bald herausfinden, was hier los ist«, sagte der General nachdenklich zu Tschiarnack, »ist es vielleicht bald zu spät. Und wenn wir es herausfinden, werden wir vielleicht nicht mehr gebraucht …«

»Wie meinen Sie das?«, fragte Tschiarnack nach.

»Wir wissen so wenig. Wir wissen, dass dort unten Umwälzungen stattfinden. Es gibt jedoch keine natürliche Erklärung für diese Erdstöße. Immer wieder registrieren unsere Echolote so etwas wie U-Boote – vielleicht sogar das, was die Zeitungen das Monster nennen. Ich habe auf einem Video einen Taucher gesehen, keinen normalen Taucher jedoch. Eigentlich tappen wir im Dunkeln – aber wir müssen das Problem lösen. Fakt ist, die Ufer werden unterwühlt, Fakt ist, dass Schiffe sinken. Ich glaube, wir müssen unbedingt einen von diesen Tauchern fangen. Denn alle neuen

Erkenntnisse, die wir sammeln, bestätigen uns lediglich, dass unten am Seegrund etwas vor sich geht. Nur was passiert und durch wen – wissen wir nicht.«

Tschiarnack war verblüfft, ja sogar schockiert. Da hatte er gedacht, Bilderberger verschweige ihm etwas, und musste nun feststellen, dass der General sich im Grunde ebenso wenig einen Reim auf die Ereignisse machen konnte wie er selbst.

Der General blickte Tschiarnack in die Augen, ein müder Blick. »Jedenfalls«, meinte er dann mit gespieltem Optimismus, »wird die Sache jetzt wirklich groß. Wir haben endlich die automatische Überwachungsstation am Teufelstisch installiert, und jetzt kommen auch die Amerikaner.«

Durch diese plötzliche Begeisterung Bilderbergers hindurch sah Tschiarnack mit einem Schlag jedoch nur noch einen alten Mann, der Angst vor dem Unbekannten hat.

Etwas sehr Wichtiges wollte er ihm mitteilen, hatte Meuger gesagt. Als Carl zum Münsterplatz unterwegs war, klingelte sein Handy. Eine unterdrückte Nummer. Doch es war nicht Meuger, sondern eine metallische Stimme, die verzerrt klang.

»Ich warne Sie!«, sagte die Stimme.

»Was?«, brüllte Carl.

»Ich warne Sie!«, wiederholte die Stimme. »Treiben Sie es nicht zu weit!«

»Was denn?« Carl war eher verwirrt als wütend. »Was soll ich nicht zu weit treiben?«

»Stellen Sie Ihre Nachforschungen ein!«

»Welche Nachforschungen?«

»Sie wissen genau, wovon ich spreche. Lassen Sie es sein!«

»Und wenn nicht?«

»Es sind schon kräftigere Schwimmer als Sie ertrunken!«

Und wer immer am anderen Ende der Leitung war, hatte aufgelegt.

Carl zuckte mit den Schultern und setzte sich in einem Café auf einen freien Stuhl, bestellte eine Cola und wartete. Auf dem Platz herrschte das übliche Gewusel, Menschen mit Einkäufen und Touristen mit Kameras. Wie würde wohl seine Presseerklärung auf sie wirken, wenn all diese Leute morgen die Zeitung lasen?

Carl sah auf die Uhr. So allmählich könnte Meuger kommen.

Das Handy klingelte wieder. Meuger meldete sich, er verschob den Termin auf den Nachmittag und verlegte den Treffpunkt in den Expeditionscontainer.

Carl seufzte, weil ihm das den freien Nachmittag raubte, willigte aber schließlich ein.

Er lehnte sich zurück, schloss die Augen und hörte dem Geplätscher der Fontänen zu. Eine Flasche klirrte über das Kopfsteinpflaster, und als Carl aufblickte, sah er einen Punk, der mit seinem Schäferhund zum Brunnen wankte. Diese Punks! Schnorren, rumlungern und den Leuten auf die Nerven gehen! Damals, zu seiner Zeit, da hatte man noch etwas bewegen wollen, da ging es darum, sein eigenes Ding durchzuziehen!

»Muss das denn sein?« Die Marktfrau schüttelte missbilligend den Kopf. Aber sie meinte nicht den Punk, der nun am Kaiserbrunnen mit geballter Faust in den Himmel drohte: »Ihr Scheißfaschos!« Sie meinte die Helikopter. Zwei Militärhubschrauber donnerten im Tiefflug mit ohrenbetäubendem Getöse über Konstanz, die Paradies-, die Kanzleistraße entlang, über die Marktstätte und den Fährhafen und auf den See hinaus. Papier und Abfall wirbelten hoch. Kinder hielten sich die Ohren zu.

Der Punk nahm einen Schluck aus seiner Flasche. Dann zogen die nächsten Hubschrauber vorbei. Erst zwei, dann ein ganz großer mit zwei Rotoren, dann hinter ihm wieder zwei kleine. Die Hubschrauber trugen keine Markierung, waren aber eindeutig Militärflugzeuge. Der Lärm ließ die Fensterscheiben klirren. Leute liefen aus Hauseingängen, um zu sehen, was los war.

Fasziniert sah Carl zum Himmel. Das Spektakel glich einem Actionfilm. Wo war Bruce Willis? Jeden Moment musste der doch um die Ecke kommen.

Die Helikopter sammelten sich über dem See in einer Halbkreisformation, mit dem großen Hubschrauber in der Mitte. Dort standen sie, dröhnend und regungslos, wie gigantische Libellen, mehrere Minuten lang. Dann drehten sie ab – sechs in Richtung Norden, zwei kehrten nach Konstanz zurück, überquerten die Stadt und schossen über die Riedflächen hinter der Rheinmündung am Untersee entlang der Schweizer Grenze davon.

Noch Minuten später starrten die Marktbesucher fassungslos in die Richtung, in der das Geschwader verschwunden war.

»Scheißhubschrauber!«, schrie der Punk. »Verdammte Hubschrauber!«

Allmählich kehrte der Markt in seine alte Geschäftigkeit zurück, wurde Gemüse verkauft und eingekauft. Der Punk setzte sich wieder, und bald war der Lärm vergessen.

Es war der erste, aber beileibe nicht der letzte solcher Formationsflüge.

Ein Ereignis aus dem 13. Jahrhundert.

Was immer das in dem Netz war, es war nichts, was die Fischer im Bodensee gewöhnlich angelten.

Die Männer befanden sich vor Bregenz, und sie fingen eine lebendige, zappelnde Seejungfrau.

»Rührt meine Tochter nicht an!«, rief eine Stimme aus dem See. Die Fischer glaubten, die Seejungfrau bringe

Glück, und schafften sie zum Ufer. Dort merkten sie, dass das schöne Wesen, seines Elements beraubt, zu einer Mumie verdorrt war. Also stellten sie die Leiche in Bregenz aus. Schnell rankten sich Mythen und Legenden um den Fang. Die Seejungfrau – längst mumifiziert – habe die Stadt bei einer Belagerung beschützt und ihre Freiheit gerettet.

Als das Wunderwesen langsam vermoderte, beschlossen die Bürger, die Mumie durch eine Skulptur zu ersetzen und das Konterfei der Nixe in Stein hauen zu lassen, damit die Stadtbeschützerin die Zeiten überdauere. So überlebte ihr Bild tatsächlich bis in die Mitte des 20. Jahrhunderts unter einem Bogen in der Stadt, wo es der englische Ichthyologe Dr. Denys Tucker vom Britischen Museum in London sah. Tucker war ein berühmter Wissenschaftler, Fachgebiet Fische, und er bemerkte, dass die Skulptur so präzise gefertigt war, dass er die Spezies der angeblichen Meerjungfrau genau identifizieren konnte – die Darstellung zeigte einen *Lamna nasus*, einen Heringshai. Der Heringshai ist nicht eben selten – zumindest im Mittelmeer und im Atlantik nicht, wo er eigentlich vorkommt.

Wie aber gelangte ein *Lamna nasus* im 13. Jahrhundert in den Bodensee?

Was Meuger wohl von ihm wollte? Sie hatten doch erst vor wenigen Tagen über seine Doktorarbeit gesprochen, und sein Doktorvater machte sich sonst eher rar.

Carl verließ die Fähre über den metallenen Laufsteg und trat auf die Uferpromenade. Die Fahrt über den See hatte ihm gutgetan.

Es war ein schöner Tag, die Sonne schien. Gerade eine Viertelstunde zuvor war ein kurzer, aber kräftiger Regenschauer herabgeprasselt. Jetzt dampften die Pfützen, die feuchtwarme Luft ließ den kommenden Sommer schon ahnen. Kinder liefen Carl Eis schleckend entgegen, viele Menschen trugen nur noch T-Shirts.

Carl schlenderte gemächlich Richtung Expeditionsquartier durch Überlingen.

Die Leute saßen bereits draußen vor den Kneipen und Lokalen, Kellner trugen Tabletts mit Cola und Bier über die Plätze, und wie in Konstanz bummelten mehr Urlauber als üblich durch die Überlinger Altstadt. Sie sahen irritiert auf, als erneut ein Geschwader von Hubschraubern die Stadt überflog.

Wenn sich die Aufregung um Boddy hielt, sollte es ein gutes Jahr für die Fremdenverkehrsindustrie werden! Ein Gasthaus offerierte auf einer Tafel *Fangfrisches Boddy-Filet mit Kartoffelsalat*, ein Schnellimbiss bot *Nessy-Burger* und *Monster-Kebab* an.

Carl ging an einem Souvenirstand vorbei. Neben den üblichen Postkarten der Pfahlbauten, der Insel Mainau, des Klosters Birnau und des Marktplatzes von Überlingen gab es nun jede Menge Scherzmotive zu kaufen, mit lustigen Dinosauriern im See und mit Haifischflossen im Konstanzer Hafen. Ein hastig geschriebenes und von einem lokalen Verlag vertriebenes Büchlein über Boddy lag ebenfalls überteuert aus. Schilder mit der Aufschrift *Keine Zimmer frei* hingen an den Pensionen.

Hier an der Uferpromenade legten die Linienschiffe und die privaten Fähren nach Walldorf an, aber auch die Schiffe, die Rundfahrten über den See anboten – jetzt nicht mehr nur zur Meersburg, zur Mainau oder nach Konstanz, sondern auch an die Orte, an denen angeblich Boddy beobachtet worden war.

Von der Uferpromenade sah man den schmalen, fjordartigen Überlinger See in den großen, breiten Obersee übergehen, rechts von der Insel Mainau begrenzt, und weit im Osten ging das Wasser in einen milchigen, verschwommenen Himmel über.

Carl schreckte eine Herde Tauben auf, als er an der Promenade entlangging.

Er mochte diesen Weg, immer am See und den sanft anlaufenden Wellen entlang. Er passierte ein japanisches Fernsehteam, das erste, das er hier bemerkt hatte, und sah den TV-Ansager aus Fernost, der gerade mit einem Plastikdinosaurier für seine Zuschauer verdeutlichte, was sich hier am See abspielte.

Als Carl in den Expeditionscontainer trat, wartete Meuger schon auf ihn. Er schaute ihn finster an.

»Was haben Sie sich nur dabei gedacht?«, fragte er scharf.

Carl wollte etwas erwidern, als das Getöse tief fliegender Hubschrauber ihm das Wort abschnitt. Er sah durch die Plexiglasscheibe des Containers nach draußen – eine ganze Flotte von riesigen Militärhubschraubern raste in halsbrecherischem Tempo nur wenige Meter über der Wasseroberfläche über den See. Der gesamte Container vibrierte von dem Lärm. Der Tisch bebte, und ein Glas wurde auf den Boden geworfen und zerbrach. Dann ebbte das Dröhnen ab.

»Was fällt Ihnen ein, eine so unsinnige Presseerklärung auf dem offiziellen Briefpapier unseres Instituts herauszugeben?« Meuger war offensichtlich außer sich. »So etwas geht nicht! Was haben Sie sich nur dabei gedacht?«, wiederholte er.

Carl versuchte eine Antwort darauf zu geben, doch ihm fiel keine überzeugende Entschuldigung ein. Ein Versehen … Übereifer … Falscher Stolz wegen seiner Entdeckung …

»Normalerweise müsste ich Sie fristlos entlassen, weil Sie mit Ihrem Monstergefasel für ein seriöses limnologisches Institut nicht mehr tragbar sind. Solche Äußerungen bringen das gesamte Institut in Misskredit.« Meuger blickte Carl wütend an. »Ja, wenn Sie nicht so ein hervorragender Mitarbeiter wären, müsste ich Sie auf der Stelle entlassen.«

Carl sah seinen Doktorvater hoffnungsvoll an.

»Ich gebe Ihnen also noch einmal eine Chance – wenn Sie die auch noch sabotieren, fliegen Sie raus! Definitiv! Ich entbinde Sie vorerst von Ihren Aufgaben, vorläufig sind Sie von allen Forschungsarbeiten suspendiert. Ab morgen arbeiten Sie im Archiv!«

Wieder dröhnten Militärhubschrauber vorbei. Carl musste schweigen, bis der Lärm abgeebbt war. Dann sagte er nur: »Vielen Dank.«

Es muss einen Grund dafür geben, dass so viele Verweise auf Drachen und Wasserungeheuer bei den Ortsnamen am Bodensee zu finden sind. Der heilige Georg, ein libyscher Ritter, soll einen Drachen erschlagen haben. Auffällig viele mittelalterlichen Kirchen an den Ufern des Sees sind ihm geweiht: St. Georg aus dem 9. Jahrhundert auf der Reichenau, das Kloster St. Georgen in Stein am Rhein, das um 1001 gegründet wurde, die gotische Pfarrkirche St. Georg in Bermatingen aus dem Jahr 1422 und St. Georg in Wasserburg (784 gebaut).

Neben Weihungen an Drachentöter treten ab dem 16. Jahrhundert verstärkt Darstellungen von Drachen mit einem fleischigen Körper, einem langen Hals und kleinem Kopf auf: 1597 an der Südseite der Kapelle St. Kosmas und Damian in Nussdorf, an der Seeseite also, ein ähnlicher Drache ist auf einem Wandgemälde an der dem See zugewandten Seite der Stadtpfarrkirche St. Nikolaus in Überlingen zu finden. Es stammt von 1489. Eine weitere Drachendarstellung, dieses Mal aus der Zeit um 1600, befindet sich in der Seitenkapelle gegenüber. Immer ist auch ein Mensch abgebildet, ein Heiliger, der ein Ungeheuer ersticht.

Was erhofften sich die Menschen? Dass ihnen der Himmel gegen Ungeheuer im See beistünde? Ein altes Gasthaus in Stein am Rhein, 1495 errichtet, heißt »Zum Lindwurm«. Im Jahr 1617 wurde die Drachenburg in Gottlieben in der Schweiz erbaut. Eiserne Drachen schmücken sie. Aus Bezau kennt man die Sage von einem bösen Drachen.

»Ist das nicht ungemütlich, so ganz ohne Fenster?« Meuger blickte rasch durch den Raum, bemerkte die karge Ausstattung, die weißen Plastikstühle neben den Polstersesseln, den alten, abgewetzten Metalltisch, das Modell des Seebeckens, an dessen Erstellung er mitgewirkt hatte. Obwohl der Forscher schon seit mehreren Monaten mit General Bilderberger zusammenarbeitete, war es das erste Mal, dass Meuger seinen Auftraggeber in dessen unterirdischem Reich besuchen durfte.

Bilderberger ignorierte die Bemerkung und kam ohne Umschweife zur Sache: »Was ist mit dieser Presseerklärung?« Mit einer knappen Handbewegung bot er Meuger einen Stuhl an, dann setzte er sich selbst in den Sessel.

»Damit habe ich nichts zu tun«, erklärte Meuger hastig, »das war der Alleingang eines unserer Mitarbeiter.« Er legte seine Hand auf die Lehne des Plastikstuhls und zog sie dann wieder zurück.

»In dieser Presseerklärung«, insistierte Bilderberger und strich sich über seine Uniform, »werden wissenschaftliche Beweise erwähnt ...«

»Die Sonardaten sind unzweifelhaft echt!« Meuger kreuzte die Arme vor der Brust. Dann erinnerte er sich daran, dass das in Körpersprache Ablehnung und Distanzierung bedeutete, und löste sie rasch wieder, um die Hände, wie zum Gebet gefaltet, in den Schoß zu legen.

»Sie wollen also nicht von einem Monster reden, oder?« Bilderberger klang scharf.

»Nein, nein«, bemühte sich Meuger ihn zu beschwichtigen, »ich rede hier nicht vom Ungeheuer von Loch Ness. Das tut Ghuimin.«

»Was hat er denn herausgefunden?«

»Ich weiß nicht. Es könnte sich um ferngesteuerte Mini-U-Boote handeln oder um Torpedos, die Taucher ziehen oder befördern.«

Der General blickte ihn interessiert an.

»Jedenfalls sind es keine von uns«, fuhr Meuger fort. »Ich kenne jedes Forschungsboot im See, und wir hatten keine im Untersee. Waren es Ihre Leute?«

Bilderberger schüttelte den Kopf. »Wir warten immer noch auf ein Spezial-U-Boot.« Er las noch einmal knapp über die Presseerklärung, nickte wissend. »Was ist das für ein Typ«, wollte er dann wissen, »der Mann, der das geschrieben hat?«

»Carl Ghuimin ist sehr klug! Einer meiner besten Studenten. Innovativ. Arbeit präzise und sorgfältig. Stellt Fragen, die sich sonst keiner stellt, und dann weiß er, wie er sie beantworten könnte. Ziemlich neugierig, und er hat Biss. Wenn ihn eine Sache interessiert, bleibt er dran.«

»Er ist ein Risiko«, stellte Bilderberger nüchtern fest. »Er lenkt die Aufmerksamkeit der Leute unnötig auf den See.«

»Ich habe ihn wegen dieser unautorisierten Pressemeldung bereits suspendiert.«

»Wann war das?«

»Vor einer halben Stunde.«

»Gut, das musste sein.« Bilderberger nickte und atmete auf. »Aber er weiß definitiv nichts, oder?«

»Nein«, antwortete Meuger, »noch nicht.«

Der Forscher wollte noch erklären, dass das mit Echolot entdeckte kreisrunde Loch, das senkrecht in den Seeboden führte, nicht nur einem Tierbau glich, es konnte sehr gut auch ein Toteisloch oder eine von einem rotierenden Felsblock ausgeschliffene Gletschermühle aus der letzten Eiszeit sein. Tsunamis in Alpenseen konnten auf ganz natürliche Ursachen zurückgehen, die mit unterseeischen Bauarbeiten nichts zu tun hatten. Der Tsunami vom April 1996 im Brienzer See war etwa entstanden, weil das Aaredelta zu viel Sediment aufgehäuft hatte und dann unter dem eigenen Gewicht zusammengebrochen war.

Aber Bilderberger ließ Meuger nicht zu Wort kommen, sondern deutete dem Forscher, er solle den Bunker nun verlassen. »Behalten Sie diesen Ghuimin gut im Auge!«, sagte er zum Abschied.

Meuger nickte, eine zögerliche, unsichere Zustimmung. Aber was sollte er tun? Sein Institut hing am Tropf der Militärs. Ohne Kooperation kein Geld.

»Submission. I drown, drown, you're dragging me down«, schnitt Jonny Rottens Stimme laut durch das Zimmer.

Nichts zu tun zu haben war das Schlimmste, was er sich vorstellen konnte. Carl saß in einer Ecke seines Arbeitszimmers, die Knie angezogen, die Arme vor der Brust verschränkt, den Kopf in den eigenen Schoß gesenkt. Er starrte auf die weiße Wand gegenüber. Er wusste nicht, wie es weitergehen sollte.

Er bewegte sich nicht. Nichts bewegte sich.

Suspendiert! Ins Archiv!

Was hatte er nur getan? Er schaute in den Spiegel und sah seinen erschöpften und müden Blick. Wie ein geprügelter Hund!

Er beschloss, etwas zu tun – sich zu betrinken. Mit billigem Supermarktfusel im Tetrapak stapfte er auf den Balkon, hielt sich am Geländer fest und sah auf den See hinaus.

Eine Segeljacht glitt vorbei. Plötzlich wurden die Leute an Deck hektisch, eine Frau schrie panisch – was sie schrie, konnte er aufgrund der großen Entfernung nicht hören –, ein Mann zeigte aufgeregt auf das Wasser vor ihm. Carl folgte der Richtung, in welche die ausgestreckte Hand des Mannes wies, doch er konnte nichts erkennen, nur kleine, kabbelige Wellen, die im Licht der tief stehenden Sonne glänzten. Mit großer Anstrengung wendete das Segelboot und fuhr nach Osten davon.

Vielleicht hatte die Mannschaft das Kielwasser eines anderen Schiffs für Boddy gehalten, und daher war Panik an Bord ausgebrochen. Das geschah zurzeit nicht selten.

Boddy, natürlich!

Carl versuchte seinen Trübsinn beiseite zu schieben. Die Suspendierung bot ihm die einmalige Gelegenheit, Zeit zu haben, um nun endlich die vielen Sichtungen, die er gesammelt hatte, auszuwerten, Migrationsmuster der Seeungeheuer zu finden, die Spezies näher zu bestimmen, die für die Beobachtungen verantwortlich war. Er musste eigene Presseerklärungen herausgeben, weitere Zeugen befragen, die Richtung untersuchen, in die die Wesen jeweils davongeschwommen waren.

Plötzlich wurde er von einer ungeheuren Neugier übermannt.

Das verfluchte Ungeheuer war seine Entdeckung!

4
23. Mai

Makhmut Sefirot blickte in den Spiegel. Den dicken Schnurrbart hatte er sich schon vor mehr als fünf Jahren abrasiert, weil er ihm ein viel zu südländisches Aussehen gab. Seinen dunklen mediterranen Teint konnte er trotzdem nicht verleugnen. Manchen Leuten machte das Schwierigkeiten. Sie trauten ihm nicht, hielten ihn für einen Hochstapler. Sefirot dachte an Sammy Davis Jr., der einmal erklärte, warum er Jude sei: »Neger allein genügt mir nicht!« Und er, ein türkischstämmiger Deutscher jüdischen Glaubens, und dann bei der Wasserschutzpolizei …

Die Versicherung erwartete erneut eine Stellungnahme der Polizei zum Untergang des Katamarans. Vermutlich sollte er vor Gericht aussagen – als ob er etwas Neues wüsste. Das unsinkbare Schiff war bei bestem Wetter abgesackt wie ein Stein und lag nun tief unten auf dem Grund des Sees. Eine Tat, aber kein Täter, kein Indiz, kein Motiv.

Die einzigen neuen Hinweise waren die üblichen Briefe von Spinnern: die spiritistischen Medien, die Kontakt mit den Ertrunkenen hatten, die Verschwörungstheoretiker, die hinter allem die finsteren Machenschaften des CIA, des FBI oder wahlweise auch der Juden oder Jesuiten vermuteten.

Ein Brief, der gerade letzte Woche gekommen war, raunte von genetischen Versuchen, die aus harmlosen Forellen reißende Raubtiere gemacht hatten, von einer weltumspannenden Aktion geheimer Gesellschaften. Ein Briefschreiber erging sich in Spekulationen zum Bermuda-Dreieck, zu anderen Dimensionen.

Sefirot nahm den Kamm und zog ihn über seinen Bürstenhaarschnitt – eine Angewohnheit seit Teenagertagen.

Warum nur schrieben Leute solche Briefe? Er wusste es nicht.

Er wusste so viel nicht.

Makhmut Sefirot wusste auch nicht, dass dies sein letzter Tag war.

Ein See, der seit 3500 Jahren von Schiffen befahren wird – zuerst in Urzeiten von Einbäumen, dann von keltischen, römischen, schließlich mittelalterlichen Segelbooten, von Dampfern und modernen Motorschiffen –, hat auf seinem Grund jede Menge Wracks. Die Reste dieser Schiffe wollten Taucher des Bayerischen Vereins für Unterwasserarchäologie zwischen Wasserburg und Bregenz sichten.

Side-Scan-Kartografierungen des Seebodens waren der privaten Expedition, die von Schiffen der Wasserwacht Lindau unterstützt wurde, vorangegangen. Der Leiter, Christoph Bollhöfener, hatte monatelang die Sonardaten ausgewertet und auf einer präzisen Karte des Seegrunds die lohnenden Ziele markiert.

Die Neoprenanzüge waren übergestreift, es konnte losgehen.

Der See war berühmt – Bollhöfener dachte: eher berüchtigt – für seine unberechenbaren, reißenden und eiskalten Strömungen. Taucher wussten Anekdoten zu erzählen davon: Wie bei Überlingen innerhalb von fünf Stunden eine Strömung von fünf Stundenkilometern Geschwindigkeit entstanden war, wie bei Meersburg selbst in der Tiefe noch die durch den Fährverkehr ausgelösten tödlichen Wirbel zu spüren waren, wie der See beim Eintauchen still wie ein Mühlteich, beim Auftauchen eine halbe Stunde später voll reißender Strudel gewesen war. Zu diesen Strömungen, die dann entstanden, wenn der Wind auf ein Ufer drückte und den See wie in einer riesigen Badewanne zum Hinundherschwappen brachte, kam in der Region Bregenz noch das vom Alpenrhein eingebrachte Kaltwasser, das noch lange als eigener Fluss im See zu sehen war. Kurz: Im See konnte ein thermodynamisches Chaos herrschen, als befände man sich mitten in einem Hurrikan aus Wasser.

Deswegen unternahmen die bayerischen Unterwasserarchäologen keinen Ausflug ohne eine Boje, die beim Auftauchen Standortsicherheit gab, und daher achteten sie besonders auf die eisigen Wasseradern, die den See durchzogen. Bollhöfener näherte sich mit einem Tauchkameraden dem Ziel, einer vermutlich Anfang des 18. Jahrhunderts gesunkenen Barke, deren jüngst entdeckten Reste wie Knochenfinger aus dem Schlamm und den Algen ragten.

Dann geschah alles ganz schnell: Irgendetwas wirbelte im Wasser, irgendetwas Großes näherte sich und schnappte nach seinem Kameraden, ein großes, graues Wesen, viel größer als alles, was eigentlich im Bodensee schwimmen sollte. Dann herrschte Nebel, als hätte das Etwas eine milchige Flüssigkeit ausgeschüttet, und als das trübe Wasser sich geklärt hatte, stand Bollhöfener auf dem Wrack, und die Schnur, die ihn mit seinem Tauchkameraden verbunden hatte, war mitten durchtrennt, glatt, präzise, chirurgisch.

Von seinem Kollegen fehlte jede Spur.

Bollhöfener tauchte auf zu der Markierungsboje und wurde von seinen Mitarbeitern auf das Schiff gezogen. Er hoffte, sein Kamerad sei bereits dort, aber das war nicht der Fall.

Sie warteten mehrere Stunden. Zweimal gingen die Hobby-Archäologen zu dem Wrack hinunter, um nach dem Mann Ausschau zu halten, aber er blieb verschwunden.

Es handelte sich nicht um den ersten Tauchunfall an einem gesunkenen Boot im Bodensee – am Wrack der

»Jura«, eines alten Schaufelraddampfers vor der Schweizer Küste, waren im letzten Jahrzehnt bereits mehrere Taucher ertrunken, weil ihnen die Atemluft ausging –, aber es war das erste Mal, dass der Bodensee einen Taucher einfach verschluckt hatte.

Bollhöfener wusste eines genau: Dies war sein letzter Tauchgang gewesen. Nie mehr würde er ein rettendes Ufer verlassen.

Er schloss die Augen und sah das Wesen vor sich. Er stellte es sich als Hai vor – als Hai von der Größe eines Einfamilienhauses, doppelt so lang wie ein Omnibus, mit einem schlangengleichen Hals und rasiermesserscharfen Zähnen.

Und er sah nicht die milchige Flüssigkeit, die ihn umgeben hatte.

In seinem Alptraum floss Blut.

So oft wie möglich spazierte Carl am Ufer entlang, in der Mittagspause, auf dem Weg zu und von der Arbeit im Archiv und wann immer er Zeit fand. Er trug eine neue Digitalkamera bei sich und übte, sie schnell aus ihrem Etui zu ziehen und auf ein Objekt im Wasser zu richten.

Er suchte die endlosen grauen Wellen nach Anzeichen des Ungeheuers ab, blickte kaum auf den Weg vor ihm. Die meisten Höcker, die er erspähte, waren einfach nur Schatten von Wellen, Treibholz, Kielwasser von Fähren und Schnellbooten. Das Monster blieb unsichtbar.

Carl hasste das Archiv, einen kargen Raum ohne Fenster, unten im Keller. Von hier aus konnte man nicht einmal den See sehen. Es roch muffig da unten, nach feuchtem Beton, und der Teppichboden dünstete kräftig einen penetranten Chemiegeruch aus. Immerhin konnte er hier laut seine Lieblingsmusik hören, ohne dass er jemanden störte. »Waiting for the Siren's Call«, sang er, den Ohrstöpsel seines MP3-Players eingestülpt, und trommelte den Takt mit einem Finger auf den Schreibtisch, während er mit der anderen Hand Zahlenkolonnen eingab.

Er sollte aus Messprotokollen der vergangenen zehn Jahre Daten in den Computer einlesen, die fertigen Listen auf CD ziehen und dann archivieren. Vor ihm häuften sich Berge aus Papier, Mappen, Umschläge, Kartons. Sie waren mit dickem Filzstift beschrieben: *Kampagne 2008, Messung Thermistor 2007, Korrespondenz Mai bis Juni* und ähnliches. Carl öffnete die Umschläge mechanisch, jeweils zehn hintereinander, zog den Inhalt heraus und legte ihn auf einen zweiten Stapel. Es waren Listen auf Listen, die er erfassen oder einscannen musste.

So stieß er gleich am ersten Tag auf einen Stapel Papier, der dicker war als die anderen – das waren keine Listen mit Daten! Er fischte den Umschlag, in dem das Material gesteckt hatte, aus dem Papierkorb. *BÜRO MEUGER* stand in fetten Buchstaben darauf.

Neugierig betrachtete Carl den Inhalt. Es handelte sich um eine präzise Karte des Grundes des Bodensees mit einer Auflösung von einem Meter. Jede Kuhle, jeder noch so kleine Hügel war abgebildet, Geröllfelder, Schluchten, die Bäche in den Grund gegraben hatten, als der Wasserspiegel niedriger lag als heute. Carl begriff, dass diese Karte etwas ganz Besonderes war. Er wunderte sich, dass er von ihr noch nie etwas gehört oder gesehen hatte, entdeckte dann oben links eine handschriftliche Notiz: *Nicht zur Freigabe vorgesehen*, stand dort, daneben eine Handynummer. Irgendeine studentische Hilfskraft musste die geheime Karte mit den Datenumschlägen irrtümlich in das Archiv gebracht haben.

Carl nahm den Plan und kopierte ihn mühsam auf zehn DIN-A3-Seiten. Weil er wusste, dass er etwas Verbotenes tat, sah erimmer wieder mit hochrotem Kopf über die Schulter, ob ihn auch niemand beobachtete. Hoffentlich sieht man mir das nachher nicht an, überlegte er, verscheuchte dann aber alle Bedenken. Vielleicht konnte er die Karte bei der Suche nach dem Fisch gebrauchen. Und wenn er seine Entdeckung gemacht hatte, brauchte er sich um Meuger ohnehin nicht mehr zu sorgen!

Die Entdeckung ... Er zog sein Handy aus der Tasche und tippte eine der Nummern, die sich auf seine Presseerklärung gemeldet hatte.

Carl war sich bewusst, dass ihn die Fernseh- und Zeitschriftenredakteure neuerdings hauptsächlich deshalb befragten, weil sie ein paar lustige Nachrichten oder Material für satirische Glossen brauchten. Manchmal konnte er sie jedoch von seiner wissenschaftlichen Vorgehensweise und von seiner Aufrichtigkeit überzeugen. Einige lachten aber selbst nach ausführlichen Telefonaten noch. Er konzentrierte sich daher auf die aufmerksamen Journalisten, mit denen zu reden sich lohnte.

Wieder und wieder unterstrich er seine These, die Erwärmung der untersten Seeschichten habe, zusammen mit dem Tsunami, die Riesenfische aus ihrem bisherigen Tiefenwasserhabitat vertrieben und an die Oberfläche gebracht. Er forderte ein sofortiges entschlossenes Handeln.

»Der See verändert sich enorm. Etwas passiert«, verkündete Carl. Eine Aussage, die den Journalisten gefiel, denn eine Monsterstory mit einer Prise Ökologie ließ sich verkaufen.

»Außerdem«, schloss Carl jedes Interview, »gibt es seit zwei, drei Wochen verstärkt Militärboote auf dem See. Was immer dort ist – offenbar sucht selbst die Bundeswehr danach.«

Carl gab innerhalb von zwei Tagen sieben ausführliche Interviews. Von dreien erhielt er vorab einen Ausdruck zum Abgleich.

Kein einziger dieser Artikel aber erschien.

Der erste Schlag kam unvermittelt, auf den zweiten war Makhmut Sefirot hingegen vorbereitet.

Das Ding war elegant, schwarz und glitzerte im Licht der hoch stehenden Sonne. Es hatte perfekte Stromlinienform, wie ein Torpedo – ein Torpedo mit ledriger Haut und den Muskeln eines Kampfstiers. Es näherte sich zielstrebig seiner Jolle, zu einem Drittel über dem Wasser und doch völlig geräuschlos. Dann plötzlich wirkte es nicht wie eine Maschine, sondern beseelt, als verfüge es über Intelligenz.

Sefirot überlegte, ob es sich vielleicht um ein besonderes Forschungs-U-Boot des Instituts für die Erforschung des Bodensees handelte, als das Ding sich unvermittelt zurückzog. Er wartete schon darauf, dass ein Pilot ausstieg und sich entschuldigte, aber als es weit genug entfernt war, um Anlauf zu nehmen, schoss das Ding erneut auf ihn zu. Es hob seinen langen Hals über das Wasser und rammte die Jolle ein zweites Mal.

Sefirot wurde über Bord gespült. Er wusste, dass er um sein Leben kämpfen musste, doch er schaffte es nicht, sich lange über Wasser zu halten.

Bald schon schlugen die Wellen über ihm zusammen, und er versank …

1537 wird von einer »gewaltigen Aufwallung« des Bodensees berichtet, die zu einem Fischsterben führte.

Welcher Art war diese »Aufwallung«? Sie muss kurz und heftig gewesen sein, sonst hätte man sie als Überschwemmung oder Überflutung bezeichnet.

Schien das Wasser des Sees zu kochen?

Waren es Wellen wie jene, die ein großes Tier beim Auftauchen erzeugt?

Wurde das Land geflutet? Denn im Jahre 1732 berichtet der Naturforscher Johann Heinrich Zedler, dass man bei der Stadt Arbon am Schweizer Ufer des Bodensees »annoch viel altes Mauerwerk unter dem Wasser sehen kann«.

Was aber tötete die Fische?

»Es gibt im Bodensee eine Unterwasserbasis der Außerirdischen«, sagte Matthias Haasen mit dem Brustton der Überzeugung und der Erfahrung eines geübten Redners, »und zwar schon lange. Wir wissen das, weil Johannes Wilhelm Wolf bereits 1853 im ersten Band seiner ›Zeitschrift für deutsche Mythologie und Sittenkunde‹ darüber geschrieben hat. Da sagt er, dass UFOs über dem See etwas Alltägliches waren, er schreibt nämlich, Moment, ich zitiere wörtlich: ›Früher sah man auf dem Bodensee zur Nachtzeit oftmals einen feurigen Mann, den man nur den feurigen Fischer nannte. Der lief auf der ganzen Fläche des Sees umher und neckte die Fischer, welche bei Nacht fuhren. Man hat ihn an allen Orten, die am Bodensee liegen, schon gesehen.‹ Und im Jahre 1307, das sagt eine alte Chronik, erschienen über der Burg Bodman ›feurige Kugeln und Strahlen‹.«

Haasen holte tief Luft. »Diese Ungeheuer, die jetzt überall gesehen werden«, dabei zeigte er mit dem Finger auf den See, »sind eigentlich Unterwasser-UFOs.«

»Und Sie sagen, dass die Regierung genau weiß, was hier geschieht?«, fragte Rebekka aufgeregt.

»Natürlich, die stecken doch mit denen unter einer Decke.«

»Mit denen?«

»Den Außerirdischen!«

Rebekka stand am Seeufer, hinter ihr die Silhouette der Meersburg, neben ihr Matthias Haasen, der bekannte Bestseller-Autor und UFO-Forscher, der in dieser Woche in praktisch jeder Fernsehsendung aufgetreten war. Und sie, die Neue in der Redaktion des »Seekuriers«, hatte ihr erstes richtiges »Star-Interview«.

Rebekka lächelte. Sie musste ruhig bleiben, wenn sie diesen Spinner befragte, denn was immer er auch sagte – es war ihr erster Auftrag, der eventuell von den großen Nachrichtenagenturen übernommen wurde.

»Natürlich weiß die Regierung, was hier vorgeht. Denken Sie an den Fall Langenargen.«

Langenargen war ein Ort am Seeufer, mit einem Phantasieschlösschen im maurischen Stil aus dem 19. Jahrhundert, von Touristen auf den Fähren gern fotografiert. Rebekka kannte keinen »Fall Langenargen«, es musste sich wohl um irgendeine Sichtung einer fliegenden Untertasse handeln, die in Kreisen der Eingeweihten kursierte.

»Sie wissen, dass der Zeuge eingeschüchtert werden sollte …«

Eine Presseerklärung des selbsternannten »UFO-Papstes« war bereits im »Seekurier« erschienen. Rebekka traf Haasen nun einzig, um ihn reden zu lassen – sein Redefluss war berüchtigt –, bis er ihr ein passendes Zitat für ihren Artikel lieferte. Etwa: *Außerirdische suchen auch nach Bodensee-Nessy!* Etwas, was als Überschrift taugte und dazu führte, dass überregionale Zeitungen ihren Artikel zitierten.

»Etwa eineinhalb Jahre nach seiner Sichtung«, fuhr Haasen fort, »ging er nachts eine einsame Straße entlang …«

Rebekka wurde plötzlich hellwach. War da etwas im See? Ein Höcker? Ein riesiger schwarzer Höcker? Sie starrte an Haasen vorbei. Nein, es war nur eine Welle. Wie schnell, dachte sie, will der Mensch doch etwas mit eigenen Augen sehen, selbst wenn er nicht daran glaubt.

»Er ging also im September 1978 diese dunkle Straße entlang, da kam ihm ein Fahrradfahrer entgegen. Der zog mit dem Mann gleich, und dann bedrohte er ihn. Er sagte, wenn er über seine Sichtung spreche, dann werde ihm was passieren. Das war eine klare Morddrohung, ein Strafbestand!

Der Mann auf dem Rad war eindeutig ein Mensch, kein Alien, aber er trug einen langen dunklen Umhang und einen schwarzen Hut. Dann radelte er weg – und löste sich zehn Meter weiter in Luft auf! Und zwei Jahre später, im Frühjahr 1980, war der Augenzeuge wieder nachts unterwegs. Da kam ein Mann von hinten, schnell, und als der auf der gleichen Höhe war wie der UFO-Zeuge, da drohte er ihm wieder, er solle nichts erzählen, sonst ergehe es ihm schlecht. Wieder der Mann im langen schwarzen Umhang mit Hut. Und wieder löste er sich in Luft auf. Und wer, frage ich Sie«, Haasen blickte Rebekka direkt in die Augen, »wer sollen diese Männer gewesen sein?«

Er gab sich selbst die Antwort: »Es müssen Agenten gewesen sein. Und woher wussten die, dass der Mann ein UFO und Außerirdische gesehen hatte?«

»Woher?«, wiederholte Rebekka.

»Weil die Regierung mit den Aliens unter einer Decke steckt!«

Haasen machte eine Pause und ließ seinen Blick über die Weite des Sees schweifen. Theatralisch, als stünde er vor einer Fernsehkamera, hob er die Hand vor die Stirn, um die Sonne abzuschirmen.

»Unter einer Decke!« Er warf die Arme in die Luft. »Deshalb wollten sie den Mann zum Schweigen bringen!«

»Und«, wollte Rebekka da wissen, »wie haben es die Agenten angestellt, sich in Luft aufzulösen?«

Haasen lachte wie über einen guten Witz: »Das sind Agenten – und die werden vom CIA unterstützt, der ebenfalls die UFO-Wahrheit vertuscht. Und die haben Techniken, von denen wir nicht einmal zu träumen wagen!«

Die Titelmelodie von »Star Wars« ertönte.

»Moment, mein Handy«, sagte Haasen, »stört es Sie, wenn ich rangehe?«

Rebekka schüttelte den Kopf.

Sie konnte nicht hören, mit wem Haasen telefonierte. Jedenfalls schien er seine Selbstsicherheit mit einem Schlag zu verlieren. Sein Beitrag zu dem Gespräch reduzierte sich auf zustimmendes »Hmm«, auf »Ja«, auf »natürlich« und »sofort«.

»Wird erledigt«, sagte er dann und beendete das Gespräch.

Die Unterwürfigkeit machte Haasen mit einem Mal sympathisch.

Was war, wenn er recht hätte? Wenn da irgendetwas am See geschah, eine Verschwörung im Gange war, die von den Behörden vertuscht werden sollte? Rebekka dachte daran, wie Kommissar Walser ihr abgeraten hatte, sich die Leiche der verstümmelten Frau zu betrachten. War das wirklich nur Rücksichtnahme gewesen? Oder gab es tatsächlich eine Vertuschungsaktion? Haasen hatte sie zumindest zum Zweifeln gebracht.

»Es tut mir leid«, sagte er, »aber ich muss dringend weg.«

Er warf einen letzten, hastigen Blick auf den See.

Dann sprang er in seinen Wagen und raste mit quietschenden Reifen davon.

Der Chronist Christoph Schulthaiß schreibt vom 23. Februar 1549: »An diesem Tag … ist morgens früh der See auf und ab geebbt, wohl mehr als einen halben Meter hoch, dergestalt, dass der See in der Flachwasserzone fast bis zum Spitalseck flutete, und als er ablief, zog er sich fast bis zu dem Steg an der Fischbrücke zurück, und dabei wurde er ganz klein. Dann kam er bald mit einem Rauschen, als würden die Wellen vom Wind getrieben (obwohl völlige Windstille herrschte), wieder herangebrandet. Und das ist etwa innerhalb einer Stunde vier oder fünf Mal geschehen (wie ich selbst gesehen habe). Das hat bis Mittag gedauert, aber je später es wurde, desto geringer war das An-und-Abebben. Das Gleiche geschah auch im Seerhein.«

Was brachte das Wasser so in Wallung?

»Jawohl!« Seine Stimme klang zackig, ganz die alte Schule. Gedient ist gedient.

Andreas Noll, der Chefredakteur des »Seekuriers«, legte das Telefon auf, dann rüttelte er an seiner Maus, um den Bildschirmschoner auszublenden. Er aktivierte sein E-Mail-System.

rbu@seekurier.de

Er überlegte, wie er sein Anliegen formulieren sollte, und entschied sich für die autoritäre Lösung.

Liebe Frau Butsch, schrieb er, *für Ihre Bemühungen, über die Serie von Beobachtungen von angeblichen Seeungeheuern zu berichten, danke ich Ihnen sehr. Sie verstehen sicherlich, dass eine anhaltende Berichterstattung unsere Zeitung in einem sensationellen und unseriösen Licht erscheinen lässt. Beschwerden von Lesern, die solche Berichte nicht mehr im Blatt lesen wollen, mehren sich bei der Redaktionsleitung. Ich schlage vor, dass Sie sich von nun an mit ernsthafteren Themen beschäftigen. Mit anderen Worten: Ab heute wird kein Bericht mehr über das Ungeheuer im Seekurier erscheinen. Mit freundlichen Grüßen.*

Ohne zu zögern, schickte er die E-Mail ab und lehnte sich zurück.

Glücklich sah Andreas Noll nicht aus.

Eher ängstlich.

Menschen glauben immer wieder, dass nichts sie überraschen könne. Rebekka war aber davon überrascht worden, dass Matthias Haasen nicht nur von einer Unterwasserbasis der UFOs gesprochen hatte (diese These kannte sie ja bereits), sondern davon, dass er behauptete, es gebe eine Verschwörung aller zuständigen Stellen und Behörden, die diese Tatsache vertuschte. Sie konnte diese Spinnereien aber noch mit einem Schulterzucken abtun – was sie jedoch erwartete, als sie auf ihren Arbeitsplatz in der Redaktion des »Seekuriers« zurückgekehrt war, verblüffte sie noch mehr.

Sie hatte das Layout der Lokalseite geöffnet und bereits begonnen, den Bericht über Haasens wirre Theorien objektiv – und dennoch mit einem kleinen Augenzwinkern – einzugeben, als sie registrierte, dass eine E-Mail ihres Chefredakteurs eingegangen war.

Sie musste die Nachricht mehrmals lesen, bis sie den Inhalt begriffen hatte.

Dann wurde sie wütend.

Sie stampfte den Flur entlang und klopfte nur kurz an die Tür ihres Chefs, bevor sie eigenmächtig öffnete. Andreas Noll war am Telefon. Als er bemerkte, wie aufgebracht sie war, hielt er den Hörer zu und sah sie an.

»Was …?«, fragte sie impulsiv und viel zu laut.

»Frau Butsch, das steht alles in der E-Mail. Ich will keine Diskussionen«, herrschte er sie an. Dann wies er zur Tür und setzte sein Telefonat fort.

Rebekka kochte vor Wut. Wie soll man mit so einer Situation umgehen, besonders wenn man noch jung und in der Probezeit ist? Nervös trommelte sie mit den Fingern auf die Schreibtischplatte.

Immerhin, das Interview mit Haasen konnte sie bringen. Haasen hatte nicht über eine Seeschlange, sondern über fliegende Untertassen gesprochen.

Außerdem: Was sollte diese Drohung? Wenn ihr Chef unzufrieden mit ihrer Arbeit war, konnte er ihr das auch direkt ins Gesicht sagen.

Irgendetwas war hier faul, das war nicht zu übersehen. Was Haasen erzählt hatte, klang nun wirklich schwachsinnig, aber es musste an dem Thema etwas dran sein, was nicht mit der Reaktion der Leser zusammenhing – etwas, was ihrem Chef Angst machte. Er war sonst kein Choleriker, eher der verständnisvolle Typ. Und nun diese plötzliche Wandlung, scheinbar ohne Grund.

Rebekka entschloss sich, nun endlich mehr über das »Ungeheuer« herauszufinden. Wie hieß noch einmal dieser Typ, der den Aufsatz über Sichtungen von Boddy in Antike und Mittelalter geschrieben hatte? Carl Ghummi? So ähnlich. Sie suchte in den PDFs der Ausgaben des letzten Monats, bis sie seinen Artikel fand, der eine Telefonnummer und seine E-Mail-Adresse enthielt, an die sich Augenzeugen wenden konnten.

Rebekka wählte die Nummer und war überrascht über die freundliche und junge Stimme, die ihr antwortete, denn sie hatte eher einen älteren Studienratstyp erwartet.

Dann machte sie einen Termin noch am selben Abend aus.

Der Teufelstisch bei Walldorf ist eine Felsnadel, deren plattformartiger Gipfel sich gerade einmal – je nach Wasserstand – zwischen einem halben und zwei Metern unter der Wasseroberfläche befindet. Vom Ufer aus, vom Wanderweg, der nahe am See die Orte Walldorf und Bodman verbindet, ist von seinem Gipfel kaum mehr zu sehen als eine mehrere Meter lange, rechteckige Felsplatte von weißlich-gelber Färbung, die sich deutlich vom türkisgrünen Wasser abzeichnet. Um die Seefahrt nicht zu gefährden, wurde auf dem fünfzehn Meter im Durchmesser messenden Plateau das Seezeichen 22 montiert.

Der Teufelstisch fällt steil, fast senkrecht, bis in eine Tiefe von 90 Metern ab. Bis in eine Tiefe von 28 Metern steht der gewaltige monolithische Block völlig frei, dann ist er auf der Uferseite durch einen schmalen Sattel mit dem Festland verbunden. Immer wieder waren in seiner Nähe seltsame Dinge beobachtet worden.

Eine Unterwasser-Kamera am Teufelstisch war eine Idee Bilderbergers gewesen: An diesem Morgen hatte man die Errichtung eines Unterwasserbunkers für einen Tauchroboter und die Installation der Kamera an der Wand der Felsnadel abgeschlossen, und ein paar Stunden später lieferte sie bereits – zuerst reichlich unscharfe – Bilder aus der Tiefe.

Ein graues Ziel tauchte auf und näherte sich. Noch war es zu weit entfernt, um deutlich erkennbar zu sein, doch es war eindeutig größer als ein Fisch. Die Kamera war mit einem Mini-Sonar gekoppelt, und das gab die Entfernung des dunklen Flecks mit mehreren Metern an, seine Größe mit zehn Fuß, drei Metern. Das Ziel schlängelte auf die Kamera zu, entfernte sich wieder, kreiste – stets außerhalb der Sichtweite, die eine eindeutige Identifizierung erlaubte – um das Blickfeld der Kamera herum.

Im Teufelstisch öffnete sich eine Stahltür. Aus dem Unterwasser-Bunker kam General Bilderbergers ganzer Stolz: das ROV – das *Remotely Operated Vehicle*, der ferngesteuerte Tauchroboter. Es war ein ROV der neuesten Generation. Man musste es nicht unbedingt fernsteuern, in seinem kleinen Stahlkörper saß ein Mikrochip mit künstlicher Intelligenz.

Das ROV verfügte über ein Sonargerät, das auf Ziele eingestellt war. Ähnlich, wie eine neuartige Militärrakete mit einem Wärmesensor ausgestattet ist, der sie ihre Spitze immer gegen das zu verfolgende Flugzeug richten lässt, so hakte sich das Sonar, metaphorisch gesprochen, auf jedes Ziel über drei Meter Länge ein. Die Untergrenze sollte verhindern, dass das ROV im Ernstfall hinter harmlosen

Welsen und Tauchern herspürte, während es den Feind vor seinen elektronischen Augen links liegenließ.

Das System, das Bilderberger noch wenige Tage zuvor in einer Lagebesprechung als Lösung der Probleme vorgestellt hatte, setzte sich in Bewegung und folgte dem grauen Ziel. Ein Wesen in einer Art weißem Taucheranzug schlängelte sich vor dem ROV davon, blieb stets nur ein Schemen außer Reichweite. Das Ziel schwamm ruhig, mit konstanter Geschwindigkeit. Das ROV folgte ihm zuverlässig minutenlang. Bilderberger beobachtete die Bewegungen des Tauchroboters mit gespannter Aufmerksamkeit.

»Schneller ist das Ding nicht«, erklärte einer der Techniker fast entschuldigend.

Dann starrte Bilderberger fassungslos auf den Monitor. Das Ziel blieb zwar immer fast außer Sichtweite, dann aber schwamm es behende über einen Grat auf dem Seegrund und tauchte in eine große, kraterartige Vertiefung.

Das ROV folgte ihm.

Auf dem Monitor erschien das Bild des Kraterbodens.

»Nein!«, schrie General Bilderberger entsetzt auf.

Die Techniker hielten sich die Hände vor die Augen. Sie wollten nicht glauben, was sie sahen.

Das Wesen schwamm direkt auf eine Spalte im Fels zu und verschwand darin. Die Kamera des ROV folgte. Es hatte über eine Million Euro gekostet. Zwei Sekunden später existierte es nicht mehr. Die letzten Bilder, bevor der Kontakt abbrach, zeigten enge Felsschründe, in denen Bilderbergers Stolz festklemmte.

Die Techniker waren entsetzt! Aber den General entsetzte etwas ganz anderes. Hier, dieser Krater musste der Bau sein, von dem Meuger berichtet hatte. Und doch war da nichts, keine Station, kein Unterwasserlabor, kein Was-auch-immer – da war nur ein Loch.

Einer der Techniker räusperte sich, ein verlegenes Räuspern, fast schon eine Entschuldigung.

»Wollen Sie mir etwas sagen?«, brüllte Bilderberger.

»Wir haben noch ein weiteres Problem ...«, flüsterte der Techniker etwas kleinlaut.

»Ein weiteres Problem?«

»Wir konnten die Aufnahmen nicht speichern.«

Als sich die Tür vor Rebekka öffnete, starrte sie direkt in den Lauf eines geladenen Revolvers.

Und die Waffe war auf sie gerichtet ...

»Tolles Poster im Flur.«

»Danke. Das ist Indiana Jones ...«

»Sehen Sie sich selbst so?«

Carl zuckte mit den Schultern. »Nein, die Arbeit der Kryptozoologen findet in Bibliotheken statt – ich bin eigentlich Seeforscher – Limnologe.«

»Entschuldigen Sie, dass ich zu spät komme. Die Straße zwischen Sipplingen und Überlingen war gesperrt, sie ist überschwemmt, offenbar hat sich der Uferstreifen gesenkt. Man musste ein Auto mit dem Abschleppwagen herausziehen.«

»Kommen Sie wegen meiner Presseerklärung?«

»Presseerklärung? Nein, davon weiß ich nichts.«

Carl bat Rebekka in die Wohnung. Sie mochte ihn auf den ersten Blick. Er war groß, braungebrannt und hatte strahlend blaue Augen. Seine blonden, struppigen Haare ließen ihn jung, fast spitzbübisch aussehen.

Er führte sie in sein Arbeitszimmer, wo er sich eine Ecke für seine Ungeheuer-Studien reserviert hatte. Auf einem Regal standen zwei Sammelordner, darin befanden sich, sorgsam in Plastikmappen archiviert, die Zeitungsberichte und Zeugenbriefe dieses Jahres sowie Meldungen über Drachen, Seeungeheuer und seltsame Wasserphänomene von der Urzeit bis zu dem massiven Ausbruch des Phänomens. Daneben standen einige Bücher, Reiseführer, biologische Aufsätze über die Fauna des Bodensees, historische Darstellungen der Region und mehrere Taschenbücher mit Sagen und Legenden.

Über dem Regal hatte Carl aus mehreren topografischen Karten eine Gesamtkarte des Bodensees gefertigt und mit Fähnchen die Sichtungsorte markiert: Gelb bedeutete alte Sichtungen, Rot Berichte aus diesem Jahr. Über der Karte hing ein Kupferstich der Reichenau aus dem Jahr 1615, der die Tat des heiligen Pirmin in verschnörkelten Lettern und Knittelversen schilderte:

Kaum hast am See du angeländet,
Hat die vergiffte Schlangen Sucht,
Die lang das ganze Land geschändet,
Genomen über See die Flucht.

Rebekka betrachtete die Karte sehr sorgfältig. Zu fast jedem der roten Fähnchen hätte sie eine eigene Geschichte zu erzählen gehabt.

Die Journalistin war wegen des Seeungeheuers zu ihm gekommen, also erklärte Carl ihr, dass Kryptozoologie die Wissenschaft von den verborgenen Tieren war. Kryptozoologen sammelten Augenzeugenberichte und versuchten herauszufinden, was wirklich gesehen worden war. Aber Carl war nur halb bei der Sache. Rebekka gefiel ihm. Hoffentlich, dachte er, merkt sie nicht, dass ich sie anglotze. Und er erzählte weiter von A. C. Oudemans, dem ersten Kryptozoologen, der 1892 »The Great Sea Serpent« geschrieben hatte, wo er vorschlug, dass Seeschlangen in Wirklichkeit riesige Robben mit langen Hälsen waren – eine Deutung, die auf die Sichtungen im See, so unterschiedlich sie auch waren, sicher nicht zutraf.

Carl redete und redete. Er referierte die Sichtungen der

letzten Wochen. Irgendwie schien er diese Frau zu faszinieren, oder bildete er sich das nur ein?

»Woher mag das Tier gekommen sein?«

Carl erschrak fast, als sie unvermittelt seinen Monolog unterbrach. »Nun«, erklärte er, »über den Rhein – erinnern Sie sich an die Geschichten um das Rheinkrokodil vor mehreren Jahren? Das ist eine Möglichkeit, dass so ein Jungtier in den See gekommen und unbemerkt von der Öffentlichkeit gewachsen ist und nun andere Nahrung braucht und deswegen näher ans Ufer kommt, wo es eher und besser gesehen werden kann. Vielleicht waren diese Tiere schon immer da und werden jetzt, da sich die Umweltbedingungen verschlechtern, mutiger. Das zumindest habe ich in meiner Presseerklärung heute vermutet … Aber um ehrlich zu sein: Ich weiß auch nichts Genaues.«

Rebekka hörte ihm gebannt zu. Die Art, wie er erzählte, das Feuer der Begeisterung, das aus seinen Worten sprach, faszinierte sie mehr und mehr.

Carl nahm sie mit auf seinen Balkon, um ihr auf dem See einige der Sichtungsorte auszudeuten. Er legte ihr sanft eine Hand auf den Rücken und dirigierte sie hinaus.

Draußen bemerkte er, dass sie in ihrem engen T-Shirt fror – es war ja auch schon Abend. Also streifte er Rebekka galant sein Jackett um und berührte dabei wie unabsichtlich ihren Hals.

Rebekka durchfuhr es wie ein elektrischer Schlag, und sie bemerkte, dass Carl ihre eigene Aufregung nun noch deutlicher sehen konnte.

»Ich muss jetzt gehen«, sagte sie hastig und brach übereilt auf.

Carl ging auf den Balkon zurück und sah ihr nach, wie sie reichlich durcheinander in ihr Auto stieg und fast nicht aus der Parklücke kam. Er schloss die Augen und stellte sich ihren schönen Körper vor.

Dann merkte er, dass sie noch sein Jackett anhatte.

War das Absicht? Sollte er sie anrufen? Sofort?

Ein deutscher Einblattholzschnitt – eine frühe Art der Zeitung – von 1590 zeigt »eine Riesenschlange, gefunden bei Tettnang am Bodensee«.

Der Verleger Bartholomäus Käppeler, in Augsburg von 1577 bis 1627 tätig, bildet auf dem Flugblatt eine meterlange Schlange ab, die aus einem Sumpf bei Tettnang gekrochen sein soll. Die Abbildung zeigt den Wurm mit einem Vogelschnabel, einer Krone aus Pfauenfedern sowie großen Schuppen.

Das Schwanzende steckt noch in einem Erdloch, und zwei wohlhabende Bürger im Sonntagsstaat studieren das Monster eher interessiert denn ängstlich. Im Hintergrund deuten ein Teich mit Schwänen, ein weiteres neugieriges Menschenpaar und am Horizont Kirchtürme und Burgen die Umgebung an.

Sollte Käppeler maßstabsgetreu gezeichnet haben, dann maß das Ungeheuer über sechs Meter in der Länge.

War es ein Aal, vielleicht ein besonders dicker?

Der größte je im Bodensee gefangene Aal, am 3. August 1980 bei Immenstaad aus dem Wasser gezogen, war 118 Zentimeter lang und wog sechs Pfund und 200 Gramm – war also nur ein Sechstel so lang wie die Schlange von Tettnang und nur armdick.

»Das Ding war einfach riesig!« Der hagere Mann mit dem Vollbart nippte an seinem Glas badischen Wein. »So etwas habe ich noch nie gesehen.«

»Und wie sah es aus?«

»Groß, orange, gelb – wie die Rücklichter an einem Auto …«

»Vielleicht war es ein Auto?«

»Ach Quatsch, welches Auto fährt denn nachts über den See?«

Der andere Mann, nur unmerklich jünger, aber deutlich beleibter, schien nicht sonderlich überzeugt von dem, was sein Freund ihm erzählte. Er schnitt ein Stück seines Jägerschnitzels ab, schob es in den Mund und kaute langsam und nachdenklich. »Über den See«, plapperte er dann nach.

Rebekka war eine Stunde später wiedergekommen, um das Jackett zurückzubringen, und Carl, der nicht genau wusste, wie er mit dieser Situation umgehen sollte, hatte sie aufgeregt auf ein Glas Wein eingeladen.

Das Gespräch am Nebentisch war schwer zu überhören. »Das wird ein Hubschrauber gewesen sein«, flüsterte Carl. Am liebsten hätte er Rebekka auf die Wange geküsst. Sie lächelte in sich hinein.

Der hagere Mann schien zu zögern, ob er weitererzählen sollte. »Du weißt ja, wo wir immer angeln gehen.«

Der andere nickte. Am Revers seines Sakkos trug er eine Ehrennadel, einen silbernen Fisch. Die beiden waren Mitglieder eines Konstanzer Angelvereins. Das Lampenlicht glänzte auf dem Abzeichen, als der Mann mit seinem Essen fortfuhr.

»Also«, begann der Hagere erneut, »ich sitze da gestern Abend auf meinem Klappstuhl, schön ruhig war's, und man konnte die Alpen und den Schnee auf den Bergen sehen. Die Fische bissen aber nicht. Ich wollte gerade gehen, da hörte ich so ein Summen – wie ein Bienenschwarm.«

»Bienen?«, fragte der Dicke und wischte sich den Bierschaum von den Lippen. Dann drehte er sich um. »Marie, bringst mir noch eins?«

»Nur wie Bienen«, erklärte der Hagere und breitete seine Arme aus, als wolle er die Größe eines gefangenen Riesenhechtes anzeigen. »Das kam vom See.« Er zuckte hilflos mit den Schultern. »Ich sah hin – und da war es. Dieses große … Ding …«

»Wie sah es denn genau aus?«

»Wie eine große rote Feuerkugel. Aber nicht wie aus Feuer, eher wie etwas Festes, das ganz hell leuchtet; ganz hell, man konnte kaum hinsehen. Und es war auch keine richtige Kugel, es war eher aus Sechsecken – also irgendwie wie ein Fußball, aber eigentlich doch nicht …«

»Ein Fußball?« Am Nachbartisch klirrten Gläser. Ein paar Leute lachten.

»Ja, aber viel größer … Zehn Meter – so groß wie ein Einfamilienhaus! Nein mehr … Und es leuchtete, es blendete mich. Da waren so Lichtstrahlen, und es summte. Mir taten die Ohren weh. Und es schwebte so knapp über dem Wasser. Dann war da im See etwas wie ein Kreis, wie eine Blende, und die öffnete sich, und das Ding tauchte da hinein.«

»Und dann?«, fragte der andere Mann.

»Nichts dann. Pechschwarz war es. Unter Wasser hat es nicht mehr geleuchtet.«

»Es steht ja auch viel in den Zeitungen die letzte Zeit, weil die Leute im See was gesehen haben. Also vielleicht hast du gar nicht so …«

»Sag mal, hörst du mir überhaupt zu? Das war doch keine Seeschlange!«

»Also eine fliegende Untertasse?«

»Nein – ich bin doch nicht verrückt! Da war nur dieses große, riesige Licht, und dann ist es in den See getaucht …«

»Immerhin haben die im Rhein schon einmal so ein Vieh gefangen.«

»Wer sagt das?«

»Im Fernsehen, dieser Limo …«

»Limnologe«, verbesserte ihn der Hagere.

»Ja, der hat gesagt, dass im Rhein öfter so Seeschlangen

gemeldet werden und dass er selbst eine bei Köln gesehen hat.«

»Da war wohl Karneval.«

Carl musste schmunzeln. So etwas hatte er natürlich nicht gesagt. Ein lokaler Radiosender hatte ihn interviewt, weil er Seenforscher war und sich für die plötzlich so sprunghaft angestiegenen Ungeheuerberichte vor allem am Nordufer interessierte. Außerdem hatten die Radioleute einen seiner Artikel gelesen. Er war mittlerweile eine kleine Berühmtheit. Carl wies auf eine seiner zwei alternativen Thesen hin, dass nämlich das Ungeheuer durchaus nicht seit Urzeiten im See leben musste, weil man es sonst früher entdeckt hätte, und dass es sich aufgrund seiner Größe wohl eher um ein Meerestier handeln könnte, das über den Rhein in den See gekommen sei, so unglaublich das auch klingen mochte. Als Beispiele führte er den Weißwal an, der 1966 bei Duisburg im Rhein aufgetaucht, den Seehund, der in den späten achtziger Jahren mehrmals in der Nähe von Karlsruhe gesichtet worden war, und schließlich einige Meldungen aus dem 17. Jahrhundert, die von einem riesigen »Meerpferd« berichtet hatten, das in Köln, Bonn und anderswo beobachtet worden war. Er zitierte vor dem Journalisten aus dem Gedächtnis, er sprach von einem »riesigen Meerpferd«, das schnaubend aus den Fluten getaucht und von großen Menschenmassen bestaunt worden war.

Weil Medienleute immer hören wollen, was sie auch ohne Experten schon wissen, hatte der Mann am Mikrofon nachgehakt: »Das Tier glich also einem Dinosaurier?«

Carl, der noch nicht gewohnt war, mit Medienvertretern zu sprechen, hatte arglos erwidert: »Ja, das könnte man sagen. Ein Saurier im Wasser kann durchaus mit einem Pferd mit einem langen Hals verglichen werden.«

Später las Carl die Meldungen von damals noch einmal nach.

Ein wunderliches Wasser-Thier, schrieb ein Chronist in Köln, *ist den Rhein hinauffkommen anno 1688 im September, von mir und vielen hundert Menschen gesehen worden, die Stadt Coellen und Kurfürst. Residenz Bonn mit großem Gebrüll und Bautzen passiert biss Strassbourg und Basel zu hinauff gegen den Strohm so stark und geschwind als ein Pferd lauffen kann.*

Ein anderer, Bonner Augenzeuge hatte die »Meerkuh« beschrieben: *Die Erscheinung eines so seltsamen Wunderthiers, die auf dem Wasser entstandenen Ungestüme deren Wellen, das Geräusch zweyer aus seiner Stirne hervorquellenden Wassergüssen, so auf dem Rheinfluß bemerkt wurden, zog schier die ganze Stadt auf das Rheinufer, um dieses Unthier sehen zu mögen. Der auf dem Bollwerk stehende Schildwacht that zwaren verschiedene Schüsse auf selbiges, aber vergebens, das Wasser-Thier setzte seinen Weg den Strohm hinaus unerschrocken fort.*

In Basel wurde zwei Monate später vermerkt: *Mitte des Novembers 1688 liesse sich im Rhein zu jedermanns Verwunderung und Entsetzen ein erschreckliches Meerwunder sehen. Es war an Größe und Farbe einem schwarzen Pferd gleich, mit langen Ohren und einem breiten Schweif, den es ganz aufrecht in der Luft trug, und hatte darbey einen gar grossen Kopf; etliche hielten es für ein Meer-Pferd, andere aber für ein Monstrum oder Meer-Wunder, welches alles das Unglück, so die Pfaltz und Rhein-Länder betroffen, vermutlich angedeutet. Es ging in der größten Geschwindigkeit den Rhein hinauf an Bonn, Cölln, Coblenz, Bacharach, Bingen und an andere Orter vorbey bis nach Basel, und erschreckte mit seiner ungewöhnlichen Gestalt und Grösse alle Einwohner, sonderlich mit seinem gewaltigen Brausen, und ob man wohl verschiedene Schüss nach ihm gethan, hat es doch selbige so wenig geachtet, als wenn man ein paar Bohnen nach ihm geworffen hätte.*«

»Marie, bring mir noch ein Bier!«

Die Kneipe war mittlerweile voll. Gläser klirrten, im Hintergrund lief das Radio. »... der nächste Anrufer erhält ...« Lachen. »... Sperrung der E 54 zwischen Süßenmühlen und Brünnensbach wegen eines Schwertransporters, der nicht überholt werden kann ...«

»Hast du die Zeitung gelesen heute? Im ›Seekurier‹?«, fragte der hagere Mann.

»Wieso?«

»Da steht, dass so ein Untertassen-Forscher sagt, das wären keine Ungeheuer, sondern Raumschiffe. Und die haben zwischen Friedrichshafen und der Schweiz, wo der See am tiefsten ist, einen Stützpunkt. Vielleicht solltest du den mal anrufen. Der freut sich bestimmt.«

Der Hagere zuckte mit den Schultern.

»Tu's doch«, insistierte der Dicke.

»Ich gehe jetzt«, brummte der Hagere schließlich und wankte, sichtlich um seinen aufrechten Gang bemüht, zur Tür.

Er öffnete sie, sah den fast runden Vollmond und rief aufgeregt: »Da ist das UFO wieder!«

Rebekka lachte und verschluckte sich. Carl schlug ihr mehrmals freundschaftlich auf den Rücken, dann plötzlich umschlang sie ihn. Sie hatten nur wenig gesprochen in der Weinstube.

»Gehen wir auch?«, fragte Carl leise.

Rebekka biss sich auf die Unterlippe und nickte nur. Es war, als würden sie sich schon seit Jahren kennen. Er sah ihr in die Augen, sie lächelte, und plötzlich waren beide nicht mehr verlegen ...

3. Teil
Stille

Und ich sah aus dem Maul des Drachen und des Tieres drei unsaubere Geister in Gestalt eines Frosches kommen.

Johannesoffenbarung 16,13

5
25. Mai

General Bilderberger fröstelte und zog den Kragen seines Mantels enger zusammen. Es war noch sehr frisch an diesem Morgen, die Luft war kühl, und der Wind wehte heftiger, als er erwartet hatte. Ein paar Möwen hockten vor einer Pfütze, das Gefieder aufgebläht, und wuschen sich.

Etwa 300 Meter vom Ufer entfernt stürzten die grauweißen Molasseklippen fast senkrecht herab. Zu ihren Füßen lag ein Schuttkegel, auf dem einige Bäume wuchsen und viel Gestrüpp und Unterholz wucherten. Breit und grün erstreckte sich dann eine flache Ebene bis zum See, nur durchschnitten von einer zweispurigen Straße und den Gleisen der Eisenbahn. Weiter im Osten stand abseits eine Kapelle und hier, direkt am Strand, ein einsames Haus.

»Ich kann es mir nicht wirklich erklären«, berichtete ein Feuerwehrmann an Bilderberger, der sich die Hände rieb und das Haus verwundert ansah. »Die gesamte Seeuferzone hier besteht aus einer mächtigen Felsplatte, die ja noch weiter in den Überlinger See hineinragt ...« Er zeigte auf die grauen Wellen, in denen sich ein türkisblauer Saum abzeichnete, der deutlich sehen ließ, wie weit der Fels in den See hineinlief.

Bilderberger betrachtete das Haus. Der Spalt kam breit aus dem Boden, verjüngte sich, lief über beide Stockwerke des Hauses hinweg und verästelte sich wie ein mächtiger Baum in Hunderte von haarfeinen Rissen.

Die Feuerwehr hatte die ganze Nacht über gearbeitet und breite Gurte angebracht, um den Einsturz des

Hauses zu verhindern, bis die Bewohner ihr Heim geräumt hatten.

»Der ganze Boden ist mit Wasser durchtränkt«, erklärte der Feuerwehrmann, »das Fundament hat nachgegeben, bald rutscht das alles hier in den See.«

Der General ging sorgfältig um das Gebäude herum. Seine Stiefel machten im wasserdurchtränkten Gras schlurfende Geräusche. Während er bis zu den Knöcheln im See stand, versuchte er, sich keine Einzelheit entgehen zu lassen.

Er wandte sich an den Feuerwehrmann: »Ist der Fels brüchig geworden?«

»Nein, die Platte hat sich insgesamt abgesenkt.«

Bilderberger horchte auf. »Wie kann das sein?«

»Ich bin kein Geologe. Aber der Grund hier ist eigentlich massiv. Fest wie Beton.« Der Mann sah auf das Haus und den Riss darin. »Sagen wir lieber: fest wie Stahl.«

Fragend schaute der General ihn an.

»Vielleicht«, versuchte der Feuerwehrmann eine Erklärung, »hat das Wasser den Grund unter dem Felsblock weggespült, und die Platte hat sich gesenkt.« Er zuckte mit den Schultern, ratlos wie alle, die um das Haus standen. »Sie werden da schon einen Fachmann konsultieren müssen.«

Bilderberger betrachtete die weißgrauen Felswände, die Strandebene, den bleiernen See, den stählernen Himmel, die Uferstraße, die – mit Mauern aus Sandsäcken vor dem herandrängenden Wasser geschützt – nun wieder befahrbar war. »Ja, das werde ich tun«, erklärte er.

»Wenn Sie das alles so interessiert«, unterbrach der Feuerwehrmann seine Gedanken, »dann sollten Sie sich mal die Aachmündung ansehen.« Er deutete vage in Richtung Obersee, über dem gerade die Morgensonne aufging. »Sie ist diese Woche eingebrochen. Keine Häuser dort, nur

Schilf. Selbst der Radweg ist noch intakt. Nur fließt die Aach jetzt in eine Bucht.« Dann, als Nachgedanke, setzte er hinzu: »Komische Sache. Letzte Woche waren da immer Taucher am Fluss, immer im Wasser. Weißer Anzug. Ich bin ein paarmal gefragt worden, ob wir das sind. Aber wir haben keine weißen Anzüge. Wir haben Leuchtfarben. Na ja, diese Taucher werden wohl kaum einen Hektar Erde unterwühlt und fortgeschafft haben …«

Der General wusste, was er zu tun hatte.

Eine halbe Stunde später stieg Bilderberger in Seefelden aus seiner Limousine. Er schritt flink, aber nicht hastig oder eilig den asphaltierten Seeweg entlang, scheuchte, weil die Sonne noch kaum aufgegangen war, ein paar dösende Enten ins Wasser, die ihm auswichen, als er vorbeikam. Er dachte nach. Das konnte er beim Laufen gut. Es war sicher schwer, mit ihm zu reden, Emotionen in ihm zu entdecken. Immer musste er alles allein entscheiden. Er fühlte den Druck. Durch die Geheimhaltung fiel es ihm schwer, Experten Detailaufgaben zuzuweisen. Er hoffte, dass er hier am See auf die seltsamen weißen Taucher traf.

Hinter Bilderberger lagen zwei anstrengende Tage, in denen er wieder und wieder skizziert hatte, wie die kraterartige Vertiefung auf dem Seegrund ausgesehen hatte, bis er sich sicher war, dass seine Darstellung so präzise ausgefallen war, wie die Umstände es erlaubten. Dann ging er ebenso oft und angestrengt alle militärischen Optionen durch, die er kannte. Die fremdartigen Taucher waren da, er hatte sie auf dem Monitor gesehen. Nur – wie stellte man sie und ging gegen sie vor? Er musste alle Möglichkeiten im Geiste durchspielen, bevor er sie präsentierte und zur Diskussion stellte.

Seine Schritte klangen nun anders, hohler, weil er keinen Asphalt mehr unter seinen Füßen hatte. Er lief über eine Holzbrücke, welche die Aach überspannte. Zu beiden Seiten des träge fließenden Baches standen dichtes Buschwerk und Schilf. Die Flussufer waren, wie der Feuerwehrmann gesagt hatte, abgerutscht und gaben der Mündung ein canyonartiges Aussehen. Umgestürzte Bäume und im Schlamm vergrabene Büsche verrieten deutlich, dass die Böschung nachgegeben, dass sich hier vor kurzer Zeit eine neue Bucht gebildet hatte.

Plötzlich verstummten die Vögel.

Dann sah Bilderberger den weißen Taucher, den er bereits von den Videobändern her kannte.

Der General watete mit hochgekrempelten Hosenbeinen knietief in das flache Uferwasser, dann hielt er unvermittelt inne und starrte fasziniert auf den See. Was er sah, ließ ihn erstarren – das konnte nur ein Trugbild sein, eine Täuschung, die Gaukelei eines übermüdeten, überanstrengten Gehirns, eine Halluzination. Bilderberger stapfte unbeirrbar auf das Wesen zu, während er tiefer und tiefer im See versank.

Dann spürte er plötzlich einen stechenden Schmerz in der linken Wade. Der Schmerz war so stark, dass sein ganzer Körper nach links knickte. Dann folgte ein Biss in die rechte Wade. Der General sackte nach rechts, dann wieder nach links. Die Schmerzen wurden unerträglich, er fühlte, wie ganze Fleischbrocken aus seinen Beinen gerissen wurden.

Schon der Ohnmacht nahe, sah Bilderberger nach unten. Dort kam eines der Wesen über die Oberfläche. Ein weißes, madenähnliches Tier öffnete das Maul in seinem kugelrunden Kopf und entblößte eine Reihe kurzer, scharfer Haifischzähne, richtete sich auf und schlug seine Kiefer in Bilderbergers Hüfte. Rasender Schmerz durchfuhr ihn. Er taumelte, stützte dann rückwärts in den See und wurde von einer Horde gieriger Maden in die Tiefe gezerrt.

Ein einsamer Spaziergänger am Ufer beobachtete verblüfft, wie ein älterer Herr in einem langen Mantel ins Wasser ging, unbeholfen und ruckartig hin und her tanzte und schließlich versank.

Nachrichten. Wettervorhersage. Verkehrshinweise. Dann Hitparadenmusik.

Plötzlich horchte Ellers auf. Er saß – wie jeden Morgen nach dem Einholen der Netze – in seinem Lieblingscafé und aß zwei Croissants. Mittlerweile hatte er ein neues, modernes Treibnetz gekauft. Hin und wieder schüttelten ihn vage Ängste, wenn er sich in seinem kleinen Ruderboot mitten auf dem See befand, dann dachte er an den riesigen monströsen Fisch, über den so viel gesprochen wurde, und fühlte sich verletzlich, hilflos, in einer für ihn feindlichen Natur ausgesetzt. Dann aber sah er wieder die Sonne über den Graten der Alpen aufgehen, sah, wie ihre Lichtfinger den schwarzsilbrig glänzenden See abtasteten, hörte, wie die Natur erwachte, und alle Furcht fiel von ihm ab.

»Neues von Boddy«, quiekte die überdreht fröhliche Stimme eines Moderators aus dem Radio, »Nessy macht nach wie vor Urlaub im wilden Süden.«

Die anderen Gäste kümmerten sich nicht darum, nur Ellers hörte aufmerksam zu, wie ein zweiter, noch aufdringlicherer fröhlicher Moderator den ersten unterbrach.

»... ja, Leute, Boddy ist wieder auf Tour. Gerade hat uns eine E-Mail unserer Hörerin Regina aus Bregenz erreicht. Regina, bist du dran?«

»Ja.«

»Erzähl mal, was ist denn passiert?«

»Ja also, das war so. Grad vor fünf Minuten habe ich die Betten gemacht und aus dem Fenster geschaut. Da war so ein Schatten im See ... ich weiß nicht ... das war wie ein

Wal, so riesengroß, richtig supergroß, und da war ich natürlich total aufgeregt. Ich kann das abschätzen, weil ich ja immer die Fähre sehen kann, und das war größer. Viel größer!«

»Ein Schatten?«

»Das war ein Wal – vielleicht kein Wal, so etwas wie ein Wal. Das hatte einen ganz langen, kräftigen Schwanz, den es hochhob, um damit das Wasser zu peitschen.«

»Hast du dich denn gefürchtet, Verena?«

»Regina! Nee, das war ja weit weg, da kann mir nix passieren. Aber mit der Fähre fahre ich so bald nicht mehr.«

Der Moderator dankte Regina, und im Radio erklang die Titelmusik vom »Weißen Hai«.

Eine Frau lachte gackernd auf. »Die hat ja nicht alle Tassen im Schrank!«, rief sie so laut, dass alle in dem kleinen Café es hören konnten. Der Mann, der neben ihr saß, imitierte mit der erhobenen Hand, die er an der Tischkante entlangzog, die Rückenflosse eines Haifischs und lachte mit.

Ellers hatte den Fisch zwar nie gesehen, aber er wusste es besser. Der See ist seltsam geworden, dachte er, gestern sind wieder Netze verlorengegangen, schon wieder werden drei Surfer vermisst, drüben in der Schweiz ist ein Seegrundstück ins Wasser gesackt. Man munkelt, dass Boote sinken. Ein paar Kollegen trauen sich schon nicht mehr raus …

Ellers holte sein Handy aus der Tasche und wählte Carls Nummer. »Hör mal, jemand hat den Fisch bei Bregenz gesehen – klang interessant.«

Er bezahlte, dann ging er aus dem Café und schlenderte an den See, um seine Netze für die abendliche Ausfahrt vorzubereiten. Das war eine zeitraubende Arbeit, etwas für die harten Kerle. Aber er kam gar nicht dazu.

Da, im Wasser, direkt vor ihm, schaukelte die Leiche eines Babys.

Das kleine rosa Ding trieb auf den Wellen, schien darauf zu schwimmen wie ein Stück Kork. Es war keine hundert Meter von ihm entfernt – sechzig Zentimeter lang, fleischfarben und tot.

Ellers lief ein, zwei Meter durch das flache Uferwasser auf das leblose Würmchen zu, bis er feststellte, dass etwas nicht stimmte. Das Wesen war nicht tot, es bewegte sich langsam auf den Strand zu – gegen die Strömung. Es glitt anscheinend ohne Paddelbewegungen dahin. Stetig und mühelos, ganz einzigartig leicht schwamm es, ihm dabei immer näher kommend, auf den Schilfgürtel zu, der hier den Rand des Sees umgab.

Dann hob das Wesen seinen Kopf empor und sah sich um. Es war ein seltsamer Kopf: von den Ausmaßen eines Kinderkopfs, rund wie ein Fußball, haarlos, mit großen, schwarzen Augen. Ellers sah keine Nase, keine Ohren – es sei denn, zwei winzige dunkle Flecken an der Seite des Kopfes wären Ohren gewesen.

Wie eine riesige Made! schoss es Ellers durch den Kopf. Das Eigentümlichste aber war die Krause – eine Art Krempe um den Hals, wie bei einem Harlekin.

Wie angewurzelt blieb Ellers stehen: Das Wesen sah ihn an, blickte ihm direkt in die Augen. Dann änderte es seinen Kurs und schwamm geradewegs auf ihn zu.

Zielstrebig kam es näher.

Das Wesen war keine fünf Meter mehr von Ellers entfernt. Es blickte ihn nach wie vor mit seinen starren, leblosen Augen an.

Schließlich stand es auf, wacklig, zittrig, schwankend wie ein Kind, das seine ersten Schritte macht.

Es wirkte drollig und zugleich bedrohlich.

Es krabbelte aus dem Wasser. Unsicher stand es da. Seine unteren Extremitäten waren keine Beine, eher spindeldürre Beinchen. Dünne Ärmchen hingen, lang und zart, an den

Körperseiten herab. Hatte es Finger, hatte es Zehen oder Schwimmhäute? Die Hände waren zu einer Faust geballt (wie nennt man eine Faust bei einem Fisch? schoss es Ellers durch den Kopf).

Mehrere Minuten lang starrten sie sich schweigend an.

Dann ging Ellers auf das Tier – war es ein Tier? – zu und wollte ihm seine Hand reichen.

Plötzlich schreckte es zurück, fiel mit dem Rücken ins Wasser und strampelte umher wie ein umgedrehter Käfer. Es stützte sich mit seinen dünnen Ärmchen ab, drückte sich hoch und rappelte sich wieder auf. Unbeholfen tappte es auf Ellers zu, blähte die Bäckchen und spuckte ihm einen Strahl Wasser ins Gesicht.

Ellers schrie auf. Seine Augen brannten. Seine Haut schmerzte.

Was immer es war, was das Wesen gespukt hatte – es war ätzend. Ellers beugte sich vor und wischte so viel der klebrigen Flüssigkeit aus dem Gesicht, wie er nur konnte. Danach tauchte er den Kopf unter Wasser, wieder und immer wieder, bis der brennende Schmerz endlich nachließ.

Als er sich umschauen konnte, lag der See still und ruhig da. Weit und breit war nichts zu sehen außer Wasser und vereinzelten Booten.

Blut lief Ellers Wangen herab.

Dienst im Archiv hieß auch: Dienst nach Vorschrift. Knapp eine Viertelstunde vor der offiziellen Mittagspause verließ Carl das Institut und joggte zu seiner Wohnung. Die Post war noch nicht eingetroffen.

In seiner Wohnung sah es reichlich unaufgeräumt aus: Zeitungsschnipsel lagen auf dem Fußboden verstreut, Bücher stapelten sich. Vollgekritzelte Notizseiten, die ersten Entwürfe für sein Buch, wucherten auf dem Schreibtisch, dazwischen lag zerknittert ein Rock. Carl hatte sich seit seiner Degradierung völlig gehenlassen, seit sein Traum der Doktorarbeit in weite Ferne gerückt war. Trotzdem: Leer war sein Leben nicht, im Gegenteil, es war um vieles reicher geworden.

Carl schaltete den Computer an und ging auf seine Homepage, die er zum Thema Ungeheuer im Bodensee eingerichtet hatte. Oben rechts war ein Kontakt-Button, daneben ein weiterer: Sichtung melden. Er rief die neuen Leserzuschriften auf.

Gewöhnlich erhielt er rund ein Dutzend Sichtungsberichte pro Woche, Tendenz steigend. Die meisten aber bezogen sich aufs Hörensagen oder waren leicht zu durchschauende Scherze, in denen beispielsweise ein gesichtetes Ungeheuer als feuerspeiender Drache geschildert wurde, der aus dem See stieg. Andere Berichte waren übertrieben kindlich oder schulmeisterlich abgefasst und verrieten auch sonst ihren Ursprung als gutgelaunter Scherz. In den ersten beiden Wochen hatte er diese Meldungen vom Server gelöscht, jetzt behielt er sie, weil er in seinem Buch auch diesen Aspekt des Phänomens dokumentieren wollte.

Einige Meldungen über große Buckel, die Schiffen folgten, legten die Vermutung nahe, dass die aufgeregten Zeugen nichts anderes als das Kielwasser eines Bootes mit dem Ungeheuer verwechselt hatten.

Die Sichtungen, die Carl für echt hielt, schilderten mittlerweile häufig ein aggressives Tier: Es näherte sich den Booten, schob sich an sie, versuchte, sie zu rammen.

An diesem Mittag fand Carl nur einen neuen Augenzeugenbericht. Eine Familie hatte, wie der Mann schrieb, keine zehn Minuten bevor er die Meldung um 8.25 Uhr eingetragen hatte, bei Mannenbach etwas beobachtet – »ein Wal mit einer gekrümmten Rückenflosse – vielleicht war es auch ein langer Hals mit einem kleinen Kopf, wie bei einem Dinosaurier«. Das Tier sei Richtung Rheinabfluss geschwommen.

Als Betreff hatte der Familienvater angegeben: *Biest im Bodensee.*

Doch der Fisch war nicht das Einzige, das Carl beschäftigte. Etwas war ihm sogar noch wichtiger – und das war Rebekka.

Noch in der Nacht, in der sie sich kennenlernten, hatten sie sich zum ersten Mal geliebt. Es begann mit Berührungen, als sie, aus der Weinstube kommend, vor seiner Wohnungstür standen. Carl nahm das Jackett in Empfang, fast ohne sich etwas dabei zu denken, obwohl er sehr aufgeregt war. Er berührte dabei ihren Hals, und Rebekka wendete sich nicht ab, sondern ließ es geschehen. Er strich über ihren Rücken und spürte ihre Gänsehaut. Sie drehte sich um, aber seine Hand blieb an ihrem Körper.

Jede Berührung führte zu weiteren Berührungen. Sie hatten es wohl beide schon in der Kneipe gewusst und nur auf den richtigen Zeitpunkt gewartet. Sie taumelten in die Wohnung und agierten wie im Rausch. Rebekka zog ihr T-Shirt über den Kopf und schlüpfte aus der Jeans. Rückwärts ließ sie sich in sein Bett fallen. Sie roch ungeheuer gut, und er kam zu ihr.

Später waren sie gemeinsam und glücklich eingeschlafen.

Unruhig sah Carl auf die Uhr. Er konnte kaum erwarten, dass Rebekka ihn von ihrer Arbeit aus noch einmal anrief. Er beschloss, das Warten zu verkürzen und die Nummer zu wählen, die er auf der topografischen Detailkarte des Seegrunds gefunden hatte. In Meugers Handschrift stand da eine Handynummer, und Carl vermutete, dass sie ihn zu der Stelle führen würde, die damals die Arbeiten der verschiedenen Universitäten koordiniert hatte. Er musste mehr über die Vermessung damals erfahren – er fragte sich, ob bei den vielen tausend Messvorgängen vielleicht auch unbekannte Objekte erfasst worden waren.

Bevor er jedoch sein Glück versuchen konnte, klingelte

das Telefon. Carl rannte zu dem Apparat, denn er hoffte, Rebekka sei dran, und fürchtete gleichzeitig, sie könne ihm für den Abend absagen.

Ellers war am anderen Ende der Leitung.

Als Carl von ihm hörte, dass im Radio von einem Auftauchen des Fisches bei Bregenz berichtet worden war (ein im Übrigen recht unsensationeller und daher glaubwürdiger Bericht), und er zudem wusste, dass fast zur selben Stunde eine Familie den Fisch im Obersee gesichtet hatte, wurde ihm etwas klar, was er vorher nicht recht begriffen hatte: Da hatten sich zwei Sichtungen zur selben Zeit ereignet, gegenüber der Reichenau und bei Bregenz.

Zwischen beiden Orten lagen 70 Kilometer und der Rhein.

Es mussten also zwei Fische sein.

Mindestens.

Zwei große, gefährliche Fische.

Carl bedankte sich bei Ellers, und dann wählte er die Nummer, die Meuger auf die topografische Karte des Seebodens geschrieben und dreimal dick unterstrichen hatte. Er war selbst verblüfft, wie aufgeregt er war.

Es läutete dreimal, bevor jemand abhob.

»Sprechen Sie«, kommandierte eine männliche Stimme am anderen Ende der Leitung.

Carl war verblüfft. So war er am Telefon noch nie begrüßt worden, und in einem wissenschaftlichen Institut schon gar nicht, in dem für gewöhnlich Doktoranden für ihren Professor Telefondienst verrichteten oder ausgebildete Sekretärinnen. Eine eigenartige Nervosität schien in dieser Stimme mitzuschwingen.

»Ich würde«, erklärte Carl, ebenfalls ohne sich vorzustellen, »gern mit dem Herrn oder der Dame sprechen, die für die Koordination der Kartografierung des Bodenseegrunds zuständig war.«

»Woher haben Sie diese Nummer?« Der Mann am Telefon unterbrach ihn scharf.

Carl ignorierte die Frage. Er hatte bereits genug Schwierigkeiten und wünschte keinen neuen Ärger heraufzubeschwören, indem er zugab, dass er Meugers genaue Karten ohne Genehmigung fotokopiert hatte. »Es geht um die Erfassung des Seebodens mit Echolot und Side-Scan-Sonar ...«

»Woher haben Sie diese Nummer?«

»Ich möchte nur den Herrn oder die Dame ... Können Sie mich nicht durchstellen?«

»Wer sind Sie?« Die Stimme des Mannes klang noch härter und fordernder – und auf eine eigentümliche Weise panisch.

»Hören Sie ... Kann ich vielleicht eine Nachricht hinterlassen?«

»Was wollen Sie?«

Carl buchstabierte – mühsam wie bei ihm üblich – seinen Nachnamen und hinterließ seine Telefonnummer, unter der er zurückgerufen werden konnte.

»Bitte sagen Sie, dass es wichtig ist. Es geht um den Seegrund des Bodensees.«

1624 wurde – zur 900-Jahr-Feier der Christianisierung der Insel – für das Münster St. Marien und Markus auf der Insel Reichenau ein großformatiges Jubiläumsbild in Öl geschaffen.

Es zeigt die Ankunft des Missionars Pirmin auf der Insel.

Im Bodensee sieht man riesige Seeschlangen, welche die Reichenau umkreisen. Ein moderner Reiseführer spricht davon, das Ölgemälde stelle »schottische Seeungeheuer« dar.

Um die gleiche Zeit wurde die Dorfkirche in Konstanz-

Allmannsdorf als Wehrkirche errichtet und dem heiligen Georg, dem Drachentöter, geweiht.

Vor wem oder was wollte man sich schützen?

Auch Michael Meuger musste sich – auf seine Weise – um das Ungeheuer kümmern. Es war das erste und einzige Mal, dass er sich öffentlich zum Seeungeheuer vom Bodensee äußerte.

Pressemitteilung

Mit dem Datum des 4. Mai wurde von einem ehemaligen Beschäftigten der Universität Tübingen und des Limnologischen Instituts für die Erforschung des Bodensees in Langenargen eine Presseerklärung verschickt, die behauptete, ein Projekt, bei dem beide Institute zusammenarbeiten, habe eindeutige Belege für ein sogenanntes Ungeheuer im Bodensee ergeben.

Diese Erklärung war weder abgesprochen noch autorisiert.

Tatsächlich kennen Seenforscher für all die Phänomene, dic von gutgläubigen Beobachtern als Sichtungen eines Seeungeheuers ausgelegt werden, konventionelle Erklärungen.

Oft etwa werden mit der Schneeschmelze in den Alpen über den Rhein größere Holzmassen in den See eingebracht. Matten von Treibholz oder einzelne treibende Baumstämme können als Rücken eines Urtieres falsch interpretiert werden. Vögel wie z. B. Kormorane können wie die Silhouette eines Dinosauriers wirken, und Kielwellen, die Schiffe erzeugen, erwecken manches Mal den Eindruck, dass hier die Höcker einer Seeschlange zu sehen sind.

Es gibt – zumindest was die Wissenschaft angeht – kein Wesen im Bodensee, das der Forschung noch unbekannt ist.

Meuger hatte mit seiner »Gegendarstellung« so lange gewartet, damit jedem klar war, wie wenig wichtig die Forschungsinstitute dieses Gerede um das Seeungeheuer nahmen, aber sie war auch nötig geworden, weil auf Anfragen von Bürgern und Pressevertretern immer wieder einzelne Briefe mit einer Stellungnahme zu Boddy geschrieben werden mussten.

Carl zweifelte nicht daran, dass es über die sensationelle Doppelsichtung keine Meldung im »Seekurier« geben würde.

Er hatte mit Rebekka gesprochen und ihr auch von seinem merkwürdigen Telefonat erzählt. Rebekka hatte ihm ihrerseits mitgeteilt, dass sie plötzlich kein Wort mehr über das Ungeheuer schreiben sollte.

Beiden kam das seltsam vor. Man kann sich vorstellen, dass eine Zeitung genug von einem oft gebrachten Thema hat, man kann sich auch vorstellen, dass Journalisten beschließen, keine Details über einen Kriminalfall zu veröffentlichen, um die Arbeit der Polizei nicht zu stören – aber warum sollte eine Zeitung von sich aus auf ein Thema verzichten, das nicht nur Schlagzeilen einbrachte, sondern auch für eine gut verkäufliche hohe Auflage sorgte? Man hätte ja auch einfach die Devise ausgeben können, dass ab sofort nur noch ironisch über das Monster berichtet werden sollte.

Carl erinnerte sich, dass Rebekka ihm von der Leiche der Frau erzählt hatte, die der Pathologe ihr nicht hatte zeigen wollen.

»Ja«, erklärte Rebekka. »Damals kam mir das nicht seltsam vor, aber jetzt … Ist es nicht wirklich seltsam, dass der ›Seekurier‹ nichts mehr berichten will und dass auch die anderen Zeitungen keine Artikel mehr bringen?«

»Es gibt noch genug Meldungen – es ist schon wieder ein Taucher verschwunden, bei Lindau, und das Merkwürdige ist, dass nicht nach ihm gesucht wird. Normalerweise kommt dann immer die Wasserschutzpolizei, auch wir vom Institut sind schon um Mithilfe gebeten worden. Und jetzt ... nichts!«

Auch Rebekka hatte sich gewundert.

Nun saß Carl da und wartete auf sie. Er hatte das Gefühl, dass das Wesen, das einerseits seine wissenschaftliche Laufbahn gefährdete, ihm andererseits auch förderlich sein konnte, wenn er etwas Besonderes entdeckte. Ja, vielleicht war es dieser große Fisch, der seinen Traum von einer bedeutenden Entdeckung Wahrheit werden ließ.

Und hatte ihn der Fisch nicht auch mit Rebekka zusammengebracht, die ja jeden Moment bei ihm anrufen musste? War es nicht – trotz aller Schwierigkeiten, die er ihm bereitet hatte – ein Glücksfisch?

Kaum hatte er diesen Gedanken gedacht, klingelte es an seiner Tür. Rebekka hatte es, auf dem Rückweg von einem Termin in einem Kindergarten, der ein Fest vorbereitete, geschafft vorbeizukommen. Sie zauberte ein Lächeln auf sein Gesicht. Er goss ihr Kaffee ein, dann kuschelten sie sich auf dem Sofa unter eine Decke.

»Was hat dir an mir denn gefallen?«, flüsterte Carl ihr ins Ohr.

Rebekka musste nicht lange überlegen: »Du wusstest, was du wolltest. Du warst so entschlossen. Ich kenne so wenige Leute, die wirklich energisch auf ein Ziel hinarbeiten.«

Carl erzählte ihr, dass es fast gleichzeitig zwei Sichtungen in weit auseinanderliegenden Ecken des Sees gegeben hatte, die beide glaubwürdig klangen, und dass er daraus schloss, dass es mehr als einen Fisch im See gab.

»Sollen die dann als Pärchen durch den Rhein geschwommen sein?«

Carl lachte und kuschelte sich bei Rebekka an. »Carl und Rebekka Fisch! Und jetzt sind sie ein Paar wie wir!«

»Fisch und Fischin.« Rebekka lachte mit.

Sie nippten am Kaffee. Er tat gut. Rebekka hatte noch etwas Zeit, bevor sie zurück in die Redaktion musste.

»Wir sollten da Klarheit haben«, sagte sie, weil auch ihr Forscherdrang erwacht war, und wählte die Nummer des Radiosenders.

Über die Zentrale gelangte Rebekka zu der für die Morgensendung zuständigen Redakteurin. Sie fragte, ob sie die Adresse oder Telefonnummer der Hörerin erfahren könne, die am Morgen ihre Beobachtung bei Bregenz geschildert hatte.

Aber die Antwort verblüffte sie: »Nein, einen solchen Beitrag haben wir nie gesendet …«

Rebekka zuckte mit den Schultern und legte auf. »Kann es sein«, fragte sie Carl, »dass Ellers sich im Sender geirrt hat?«

»Schwer zu glauben«, meinte Carl, »schließlich dudeln diese Sender alle zwei Minuten ihr Jingle, selbst wenn man nicht wollte, man wüsste ja doch, was man gerade hört. Außerdem weiß Ellers ja so gut wie du und ich, wie wichtig genaue Quellenangaben sind. Allerdings – etwas durcheinander wirkte er schon.«

Das Briefing für die Einsatzkräfte der Polizei, die nach General Bilderberger fahndeten, fand in einem eigens angemieteten Raum in Konstanz statt. Die Aktion leitete ein Mann des Geheimdienstes, der sich allerdings als Kriminalhauptkommissar ausgab. Die Beamten durchschauten ihn, erwarteten aber nichts anderes – die Suche nach einer so wichtigen Person musste unweigerlich vom Geheimdienst unterstützt werden. Erfahrene Kräfte der GSG-9 koordinierten den Einsatz.

Nach einer kurzen Einführung durch den Mann vom Geheimdienst ergriff als Stellvertreter Bilderbergers auch Brigadegeneral Tschiarnack das Wort.

»Die Sache hier«, begann er, »ist äußerst sensibel. Das muss ich nicht eigens betonen. Heute Morgen ist General Bilderberger spurlos verschwunden. Wir wissen bis jetzt nicht, wo er ist. Seinen Wagen haben wir bei Seefelden sichergestellt, wir vermuten, dass er seine übliche Joggingstrecke gelaufen ist. Es ist nun von der vordringlichsten Wichtigkeit, dass wir erfahren, was mit ihm geschehen ist.«

Die Beamten schrieben eifrig in ihre Notizbücher.

Tschiarnack nickte zufrieden. »Gerade weil die Angelegenheit so heikel ist und weil hier diverse Interessen im Spiel sind, werden wir die Person Bilderberger aus der Suche heraushalten.«

Erstaunte Blicke richteten sich auf ihn.

»Offiziell suchen wir lediglich einen älteren Herrn. Unsere Fahndung wird mit einem Foto, aber ohne Namensnennung erfolgen. Aber wir brauchen jeden« – er hielt inne – »ich betone, jeden Hinweis.«

Tschiarnack verließ den Raum und wandte sich an den Geheimdienstoffizier, der die Operationen seines Dienstes koordinierte. »Und gibt es bereits Ergebnisse?«

»Bislang nichts.« Die Stimme klang zögerlich.

»Keine einzige Spur?«, hakte Tschiarnack nach.

»Nun, es gibt da einen Anruf.«

»Was für einen Anruf?«

»Der letzte Anruf für Bilderberger kam von einem Mann namens Carl Ghuimin. Vermutlich ein harmloser Spinner, aber er hatte die Geheimnummer des Generals.«

»Das ist nicht möglich!«

»Ghuimin wollte etwas über den Seeboden wissen.«

Tschiarnack erinnerte sich plötzlich, wann er den Namen »Ghuimin« schon einmal gehört hatte – Bilderberger hatte ihm über seine Unterredungen mit Meuger berichtet. »Suchen Sie den Kerl und finden Sie heraus, was genau er wollte. Vielleicht können wir schon bald mehrere Fliegen mit einer Klappe schlagen!« Tschiarnack sah den Geheimdienstoffizier an. »Bleiben Sie da dran! Und ich will über jeden Schritt unterrichtet werden.«

Ein Holzstich von 1727 bildet eine Art Mischung aus Stier und Fisch ab, mit dem Kopf eines Ebers, der mit einem langen Ziegenbart und außergewöhnlich großen Hauern ausgestattet ist. Der dicke Fischleib, über und über mit Kreuzen gezeichnet, läuft in zwei schuppige, breite Fischschwänze aus, die jeweils ein Auge tragen. Das Tier hat Vorder- und Hinterfüße, die vorderen gleichen denen eines Rindes oder Pferdes, die hinteren sind Enten- oder Gänsebeine. Auf dem Nacken trägt das Monstrum die Zeichnung eines in der Mitte geknickten Schwertes. Der Text führt aus, dass das riesige Untier bei Friedrichshafen aus dem Wasser gekommen sei, worauf es von »400 Bauern und 20 Hunden« getötet wurde.

Es gibt Tage, da hat das Wasser des Sees die Farben Hellblau und Glasgrün, und es scheint durchsichtig zu sein und von innen zu leuchten. Darüber wölbt sich ein azurblauer Himmel.

Ein solcher Tag war heute.

Die Familie Hütter ging am Strand der Halbinsel Mettnau entlang. Ein kräftiger Wind wehte, aber die Temperaturen waren selbst am Nachmittag noch angenehm. Vor ihnen lag, wie ein flacher grüner Schild und fast gänzlich mit den Konturen des dahinter liegenden Bodanrücks verschmolzen, die Insel Reichenau.

Clara, ihre Tochter, quengelte.

»Geh doch ans Ufer spielen«, rief der Vater.

»Das ist ein blödes Ufer«, antwortete das Mädchen, »da gibt es keine Muscheln.«

Das Schilf rauschte und raschelte im Wind. Vögel sangen, und Möwen krächzten.

»Papa, guck mal, ein Schiff.«

»Ja, ein Schiff.«

»Papa, Papa, guck doch, ein Schiff. Ein Schiieeefff!«

»Ja, Clara, ich gucke ja.«

»Nein, du guckst nicht.« Clara hatte recht, ihr Vater hatte sich weiter mit seiner Frau unterhalten. Das Mädchen kam, zupfte den Vater am Ärmel und zog ihn auf das Wasser zu. »Guck doch mal, das Schiff!«

Da war tatsächlich ein Schiff! Keine hundert Meter vom Schilfgürtel entfernt lag träge der Kiel eines Schiffes im See. Das Schiff war groß, fast wie eine Fähre, aus schwarzem, glänzendem Material, wie aus schwarzem Glanzleder, aus etwas, das Wasser und Himmel reflektierte und das trotzdem in Bewegung schien.

Es hatte keine Aufbauten, nur einen glatten, stromlinienförmigen Körper.

Eine gekenterte Jacht! schoss es dem Vater durch den Kopf.

Er angelte nach seinem Handy, um die Polizei zu alarmieren: »Hier ist Hütter. Wir sehen etwas im See, was wir nicht genau erkennen können, vielleicht ein gekentertes Schiff. Sie schauen sich das besser mal an.«

»Wir haben keinen Notruf empfangen«, erklärte der Mann von der Wasserschutzpolizei.

»Kann schon sein, aber es sieht wirklich wie eine gekenterte Jacht aus. Vielleicht sind da Leute in Not!« Der Mann legte auf, nachdem man ihm versprochen hatte, dass die Polizei ein Boot vorbeischicken würde.

Das Schiff tauchte ab.

Dann tauchte es wieder auf.

Unvermittelt setzte es sich in Bewegung.

»Das kann kein Schiff sein!«, rief der Vater aufgeregt.

»Ein U-Boot!«, erklärte Clara lauthals. Sie war ein hübsches, lebhaftes Kind – manchmal zu lebhaft.

»Nein, Clara, es gibt keine U-Boote im Bodensee!«

»Vielleicht ist es dann Boddy?«

»Das ist doch kein Tier.«

Das Ding setzte seinen Kurs unbeirrt fort.

»Gib mir mal das Handy.« Die Mutter nahm sich das Gerät und begann, Fotos von dem seltsamen Objekt zu machen.

Es gewann an Fahrt und bewegte sich – so schien es – mit dem Heck voran. Schaum und Gischt spritzten auf, und es hinterließ eine lange, breite Spur aufgewühlten Wassers. Dann sank es langsam, als glitte es in einem sehr flachen Winkel unter die Seeoberfläche. Kurz bevor es verschwunden war, brach eine kurze, fleischige Flosse durch die Wellen.

Kaum war es völlig untergetaucht, schoss ein Polizeiboot heran, drosselte seine Fahrt und blieb schließlich an der Stelle stehen. Der Vater hatte mit dem Handy, das die Frau ihm zurückgegeben hatte, die Wasserschutzpolizisten herbeidirigiert, aber die Beamten fanden nichts.

»Sie müssen sich geirrt haben«, riefen die Polizisten.

»Aber wir alle drei haben es gesehen!«

Das Polizeiboot entfernte sich wieder.

Was werden die Beamten jetzt von mir denken, grummelte der Vater.

»Papa, guck mal, Hubschrauber!«

Drei schwarze Helikopter waren scheinbar aus dem Nichts aufgetaucht und umkreisten die Stelle auf dem See, an der das merkwürdige Tier versunken war.

»Ich will das sehen!«, protestierte Clara, als der Papa sie schließlich wegzog, weil sie in ihre Pension zurückwollten, um sich für das Abendessen umzuziehen.

Die Helikopter kreisten noch immer, als die Familie

Hütter längst in einem Gasthaus bei Schnitzel und Pommes frites saß.

Im Büro hatte Rebekka stets drei Schokoriegel vor sich liegen. Zwei Riegel hatte sie schon gegessen, der letzte lockte sie, aber sie versuchte heroisch, zu widerstehen.

Das Telefon klingelte. Die Sekretärin in der Zentrale leitete jeden Anruf, mit dem sie nichts anzufangen wusste, an Rebekka weiter – sollte sich doch diese junge Volontärin damit herumschlagen.

»Da hat jemand was gesehen!«, war die karge Auskunft, die sie Rebekka gab, bevor sie das Gespräch durchstellte.

Unweigerlich glaubte Rebekka, es ginge um Boddy. Doch der Anrufer hatte kein Monster gesehen, sondern einen im Wasser tanzenden Mann, der dann im See versunken war.

Rebekka notierte auf ihrer Schreibtischunterlage, wann und wo der Augenzeuge das Unglück beobachtet hatte.

»Aber es war kein Unglück …«

»Kein Unglück?«

»Nein«, meinte der Augenzeuge am Telefon, »Sie werden mich jetzt für verrückt halten, aber den hat sich eine Seejungfrau geholt …«

»Eine Seejungfrau?« Rebekka musste sich beherrschen, aber dann spielte sie einfach mit: »Wie sah die denn aus?«

»Sie hatte keine Haare, einen rundlichen Kopf. Sie … sie war weiß, ziemlich klein, hager. Sie lag tief im Wasser.«

»Haben Sie einen Fischschwanz gesehen?«

»Nein, einen Fischschwanz habe ich nicht bemerkt, auch keine Schuppen.«

»Wieso sind Sie sich dann sicher, dass es eine Seejungfrau war und nicht etwa eine Frau beim Nacktbaden?«

Der Anrufer zögerte. Er versuchte sich die Bilder des Morgens wieder ins Gedächtnis zu rufen.

Rebekka überraschte die Ernsthaftigkeit ihres Anrufers. Verrückte klangen anders.

»Ich denke … ich glaube …«, antwortete der Mann zögerlich, »… also die Arme und Hände … waren lang und schmal, nicht muskulös wie bei einem Menschen. Der Körper war weiß wie Papier, er schien nie Sonnenlicht abzukriegen, aber das wirkte überhaupt nicht kränklich, im Gegenteil, es wirkte ganz natürlich.«

»Und?«

»Die Hände … Es … sie hatte Schwimmhäute zwischen den Fingern … Aber da war noch etwas anderes. Sie war ganz zu Hause im Wasser. Man sah sie nicht schwimmen. Sie war einfach nur im Wasser. Und sie hatte diesen seltsamen Blick, so leer, nicht wie ein Mensch, sondern wie ein Tier.«

»Und wie sah der Mann aus, der von dieser … von diesem Wesen in den See geschleift wurde?«, erkundigte sich Rebekka.

»Ach ja – den Mann können Sie leicht finden. Über den stand neulich etwas im ›Seekurier‹. War ein Klassentreffen, glaube ich. Ich bin nicht sicher, aber auf dem Bild war es wohl der hagere rechts am Rand.«

»Geben Sie mir bitte Ihre Adresse und Telefonnummer?«

Doch der Mann hatte bereits aufgelegt.

Rebekka klickte sich die letzten Ausgaben des »Seekuriers« als PDF auf den Bildschirm und blätterte den Friedrichshafener Lokalteil durch. Tatsächlich, da war das Foto eines Treffens bedeutender Absolventen der Eliteschule, und rechts stand ein hagerer, älterer Mann.

»Bearbeiten Sie diese Meldung hier noch?«

Rebekka hatte den Redakteur nicht bemerkt, der eingetreten war. Er legte ihr eine Polizeimeldung auf den Tisch, sah dann das Wort *Seejungfrau* auf ihrer Unterlage und lachte übertrieben. »Als Seejungfrau kann ich Sie mir gut vorstellen.«

Rebekka tat so, als hätte sie das nicht gehört, aber er ließ nicht locker: »Was machen Sie, wenn Sie hier fertig sind, wir könnten noch etwas trinken gehen und …?«

»Ich dachte, Sie sind verheiratet?«

Der Kollege grinste verlegen und ging ohne ein weiteres Wort.

Rebekka überflog die Meldung. Ein Mann war verschwunden. Das Foto verblüffte sie: Es zeigte den Mann, den sie soeben auf dem Zeitungsfoto identifiziert hatte – er war offenbar General und hieß Bilderberger. Rebekka glaubte nicht an Seejungfrauen, aber sie beschloss, der Sache nachzugehen.

Als Erstes rief sie den Pressesprecher der Bundeswehr in Berlin an. Sie stellte nur zwei Fragen: »Was können Sie mir zu General Bilderbergers Verschwinden sagen? Und warum wird nach einem so hochrangigen Mann quasi anonym gefahndet?«

Ein ganz besonderes Wesen bildete der Schweizer Naturforscher Dr. Johann Jakob Scheuchzer, am 2. August 1672 in Zürich geboren und dort am 23. Juni 1733 gestorben, in einem seiner Bücher ab. Scheuchzer war einer der Ersten, die auf wissenschaftliche, aber als Pionier auch noch auf naive Weise fossile Pflanzen und Tiere beschrieben, die er bei seiner Erforschung der Geografie, Mineralogie, Botanik und Zoologie des Schweizer Hochgebirges entdeckte. Ganz dem Geiste seiner Zeit verpflichtet, deutete er die Versteinerungen als Überreste von Lebewesen, die in der Sintflut umgekommen waren.

Als 1726 in den tertiären Steinbrüchen bei Öhningen eine Steinplatte mit einem Gerippe gefunden wurde, publizierte Scheuchzer den Fund als *Homo diluvii testis*, als Mensch, der die Sintflut bezeugte.

Jahre später untersuchte der französische Paläontologe

Georges Cuvier (1769–1832) das Skelett. Er identifizierte es als das eines Riesensalamanders, *Andrias scheuchzeri*.

Was Scheuchzer in den Millionen Jahre alten Ablagerungen am Bodensee entdeckt hatte, war also ein höchst eigenartiges Wirbeltier, eine Mischung aus Mensch ... und Molch!

6
26. Mai

»Was machen wir jetzt?«, fragte Brigadegeneral Tschiarnack.

Das Erste, was er in dem Bunker nach Bilderbergers Verschwinden ausgetauscht hatte, waren die kargen Möbel. Nun standen dort richtige Bürostühle, er selbst saß in einem schweren Ledersessel hinter einem großen Metalltisch mit einer Glasplatte. Zu seinen Neuerungen zählte auch die Morgenrunde der verantwortlichen Offiziere, bei der er versuchte, alle über alle wichtigen Vorgänge informiert zu halten. Manches musste aber weiter ein Geheimnis bleiben, etwa dass Gernot Meier, der Innenminister, hinter den Untersuchungen stand.

Erster Punkt der Tagesordnung: Carl Ghuimin.

»Langsam wird dieser Kerl für uns gefährlich. Wir sollten etwas dagegen unternehmen«, erklärte ein Offizier.

»Wird dieser Ghuimin nicht überbewertet?«, fragte Tschiarnack seine Untergebenen. Er war nicht dieser Ansicht, aber er wollte hören, was die anderen dachten.

Einer in der Runde, ein junger, aufstrebender Offizier, schüttelte den Kopf. »Ich denke nicht. Wenn Sie bei OurVideo.de den Begriff Bodensee eingeben, sind die ersten 25 Treffer Interviews mit Carl Ghuimin, die er mit sich selbst führt. Der Mann ist besessen – und er hat eine riesige Fangemeinde im Internet. Ich habe heute den Namen in eine Suchmaschine getippt und über 1 800 Treffer erzielt – Artikel, Interviews, Diskussionen über ihn in den unterschiedlichsten Internetforen.«

Tschiarnack tippte nervös mit den Fingern auf die Tischplatte. Die anderen Offiziere, die entlang des Konferenztisches Platz genommen hatten, blickten auf ihre Notizblöcke und schwiegen.

»Jedenfalls«, unterbrach der junge Offizier die Stille, »schafft er es immer wieder, dass sein Name trotz all unserer Maßnahmen in die Zeitungen kommt. Und jedes Mal weist er auf unsere Boote hin, die Streife fahren.«

»Aber nimmt ihn jemand ernst?«, warf Tschiarnack in der Rolle des Advocatus diaboli ein.

»Wir wissen, dass er die großen Verlage mit seinem Exposé für sein Monsterbuch bombardiert. Fast täglich schickt er eine Anfrage los. Meuger kann ihn nicht mehr im Archiv des Instituts verstecken, weil wir da unten ja mit Hochdruck bauen …«

»Gut, aber …«

»Dazu kommt, dass er jeden Tag, jede freie Minute mit seiner Videokamera am See entlangspaziert. Jetzt, da das Archiv geschlossen ist, hat er noch mehr Zeit als zuvor. Irgendwann wird er mehr wissen als wir, wenn ihm der Zufall hilft.«

»Ghuimin ist lästig«, bestätigte Tschiarnack, »und dennoch kann er uns noch sehr nützlich werden. Meuger hat gesagt, er sei sein bester Mann. Langsam glaube ich das auch. Ich traue ihm zu …«, und dabei nickte Tschiarnack dem jungen Offizier zu, »dass er die Probleme, die uns alle beschäftigen, im Alleingang löst. Er ist so ein Stier, der mit dem Kopf durch die Wand geht. Wir sollten ihn auf unsere Seite ziehen, aber vorher müssen wir ihn eine Zeitlang auf Eis legen und beobachten!«

»Erinnern Sie sich an den Dezember 2004? Den Anschlag auf die Bodenseewasserversorgung? Maximale Wirkung, minimale Panik!«, erklärte der junge Offizier.

Tschiarnack horchte auf. Ja, er erinnerte sich, er kannte

die Unterlagen praktisch auswendig. Vorerst aber brachte er die Rede auf Rebekka: »Und diese Frau? Die Freundin von Ghuimin? Rebekka Butsch?«

»Sie hat uns auf die Spur von Bilderberger gebracht«, erwiderte der Offizier.

Tschiarnack nickte. Glücklicherweise hatte ihn der »Seekurier« schnell verständigt. Der Artikel wurde nicht gebracht, hatte jedoch Zusammenhänge deutlich gemacht, die er so zuvor nicht gesehen hatte. Rebekka Butsch konnte das gar nicht wissen, ihr fehlte der Hintergrund, aber wenn sie nur halb so hartnäckig war wie ihr Freund, dann konnte sie ihn und seine Truppe recht schnell in Verlegenheit bringen. Immerhin: Er verstand jetzt, dass alles im See mit diesen weißen, menschenähnlichen Wesen zu tun hatte, die im Jargon seiner Gruppe längst nur noch »die Maden« hießen. Keine feindliche Armee hauste dort unten, aber die Bedrohung war real, sehr real sogar.

»Wenn diese kleine Journalistin zwei und zwei zusammenzählt, dann sieht es nicht gut aus.«

»Das ist wahr«, stimmte Tschiarnack zu, »aber wir lassen Frau Butsch erst einmal in Ruhe. Hier ist Kontrolle besser. Wir müssen die beiden aber auf jeden Fall ablenken, besonders diesen Seeforscher, der überall herumläuft und die Leute auf den See aufmerksam macht.«

Einige andere Punkte der Besprechung waren rasch abgehakt. Die Offiziere klappten bereits ihre Laptops zusammen, da überraschte sie Tschiarnack endlich mit einer guten Nachricht.

»Bald ist unser U-Boot einsatzbereit. Wir arbeiten noch an der elektrischen Leistung, aber noch heute wird der erste exploratorische Tauchgang erfolgen.«

Verhaltener Beifall erklang. Die Offiziere sahen sich gegenseitig an, nickten und lächelten sich zu. Endlich! schienen sie zu denken.

Tschiarnack ging mit seinen Mitarbeitern noch nach draußen. Auf dem Bodensee glitten Schiffe dahin, Surfer standen auf ihrem Brett und hielten ihre kunterbunten Segel fest, ein einsamer Wasserskifahrer zog vorbei.

»Schade«, murmelte Tschiarnack, »dass das alles bald vorbei ist.«

Das Küchenfenster wies hinaus auf zwei mehrstöckige Wohnblocks, zwischen denen als schmales blaues Rechteck ein Ausschnitt des Sees zu sehen war – genau jener Teil des Überlinger Sees, in dem, wie es in einer E-Mail hieß, die ihm ein Zeuge geschickt hatte, ein Mann mit seiner Familie am Tag zuvor gesegelt war. Den Mann hatte »ein dunkelbraunes Riesenwesen in Gestalt eines Molches« angegriffen, die Jolle mehrfach gerammt, dann das schaukelnde Schiff umkreist wie ein Hai einen Schiffbrüchigen im Piratenfilm. Carl hatte sofort die Wasserpolizei angerufen, die den Vorfall zwar bestätigte, sich aber sicher zeigte, dass das Boot nur mit einem treibenden Baumstamm kollidiert war. Ein Baumstamm! Zeigt mir Treibholz, hatte Carl gedacht, das ein Schiff eine halbe Stunde lang umkreist!

Jetzt zog dort ein Militärboot vorbei. Man sah sie in den letzten Wochen häufiger. Zuvor hatte Carl nie welche auf dem Bodensee bemerkt.

Der Frühling war einem regnerischen Frühsommer gewichen. Wenn die Meteorologen recht behielten, die wenig Sonnenschein für den Sommer vorhersagten, sollte es ein schlechtes Jahr für den Tourismus werden.

An diesem Tag brachte der »Seekurier« einen Artikel unter der Überschrift *Das Wunder des Frühlings*, der sich ausgiebig mit dem Ungeheuer beschäftigte – als eine Kuriosität, die vier Wochen lang die Gemüter erhitzt hatte, um dann wieder in der Versenkung zu verschwinden. Der

Artikel stammte nicht von Rebekka – sie hatte in der Woche zuvor ihre Stelle beim »Seekurier« verloren. Man wusste, dass sie Carl bei seinem Verein half, den er gegründet hatte, um Wissen über das Seeungeheuer zu sammeln und zu verbreiten – sie galt als zu renitent. Andreas Noll, ihr Chef, hatte erklärt, wie leid ihm das alles tue, aber ändern könne er nichts.

Carl verblüffte, wie leicht Rebekka diesen Rauswurf genommen hatte. »War sowieso ein bescheuerter Job«, meinte sie nur.

Er selbst hatte plötzlich auch sehr viel Zeit. Das Institut baute das Archiv um – verwunderlich eigentlich, denn der Raum reichte völlig aus, um die CDs aufzunehmen. Man legte ihm nahe, für die nächsten paar Tage Urlaub zu nehmen. Er willigte ein – was blieb ihm auch übrig –, und somit konnte er erst einmal tun und lassen, was er wollte. Er schaltete das alte Kofferradio aus, das auf der Fensterbank stand, und griff zwei Tassen und klemmte sich die Thermoskanne mit Kaffee unter den Arm.

Rebekka saß am Frühstückstisch und lächelte.

Sie wollten zusammenziehen, um so das Geld für eine Wohnung einzusparen. So gesehen lief es prächtig. Zwei Verliebte auf Arbeitssuche. Rebekka bewarb sich bei allen Redaktionen von Ravensburg bis Bregenz, bisher hatte jedoch noch niemand geantwortet.

Sie goss Kaffee nach, während Carl zwei Stück Weißbrot in den Toaster schob. Er legte die Morgenzeitung auf den Tisch. »Als ich eben die Zeitung kaufte, erzählte mir der Kioskbesitzer, dass sich jemand nach mir erkundigt hat.«

»Wer denn?«

»Das wusste er natürlich nicht, aber nach seiner Beschreibung muss es Meuger gewesen sein.«

»Möglicherweise hat er ein schlechtes Gewissen?«, vermutete Rebekka, ohne viel über seinen ehemaligen Doktorvater zu wissen.

»Wer weiß? Er redet seit Wochen nicht mehr richtig mit mir. Vielleicht sollte ich ihn einmal anrufen.«

»Ich muss jetzt in die Redaktion.« Rebekka drückte Carl einen Abschiedskuss auf die Stirn. »Die geben mir – wenn alles gutgeht – noch einmal einen freien Auftrag. Heute ist wohl Welttag des Mitleids.«

»Ich muss auch noch weg und in Friedrichshafen ein paar Bücher abholen, die ich bestellt habe. Was ist das denn für ein Auftrag – was Interessantes?«

»Erzähle ich dir heute Abend«, sagte Rebekka, während sie in ihren Mantel schlüpfte und sich ihre Arbeitstasche unter den Arm klemmte. »Ich soll noch eine Reportage machen. Dieser Matthias Haasen hält einen Vortrag an der Volkshochschule. Titel: ›Die UFO-Unterwasserbasis im Bodensee‹! Ich muss mir das aber noch bestätigen lassen. Man weiß ja nie. Sonst gehe ich dort hin, höre mir den Mist an, schreibe meinen Artikel, und es wird doch nichts.«

»Ist das der UFO-Typ, den du schon mal interviewt hast?« Carl lachte amüsiert auf.

»Genau der. Willst du mitkommen?«

»Ja, klar.« Carl hatte mehr Zeit als Rebekka und schenkte sich eine neue Tasse Kaffee ein. »Man soll ja nicht über jemanden lachen, der hier Unterwasser-Aliens sucht, wenn man sich selbst auf der Spur eines prähistorischen Ungeheuers befindet, oder?«

Rebekka nickte, aber Carls akribische Recherchearbeit hielt sie für wichtiger und auch vernünftiger als die wilden Spekulationen des UFO-Forschers. »Denkst du daran, frisches Gemüse einzukaufen? Wir können heute Abend eine leckere Suppe kochen.«

»Und ob!« Carl und Rebekka kochten oft zusammen.

Das gemeinsame Kochen erzeugte eine wunderbare Vertrautheit, die er sehr genoss. Die Tür fiel zu, und er hörte ihre Schritte auf der Treppe. Er hastete zum Fenster, riss es auf und wartete darauf, dass Rebekka aus der Haustür kam.

»Viel Glück!«, rief er zu Rebekka hinunter und hob die geballte Faust mit dem gedrückten Daumen hoch, damit Rebekka sie sehen konnte. Sie lachte. »Und nimm die Bundesstraße, die Straße am See ist wegen Überflutung gesperrt – kam eben im Radio.«

Carl sah Rebekka nach, bis ihr Auto nicht mehr zu sehen war.

Danach fragte er seine Homepage ab. Wieder hatte er ein oder zwei Meldungen erhalten, eine mit einem grobpixeligen Handy-Foto, das doch nur dunkle Flecken im Wasser zeigte. Mittlerweile hatte er 32 detaillierte und glaubhafte Beobachtungen archivieren können, in denen der Augenzeuge seinen Namen und seine Adresse, den Sichtungsort und -tag und eine genaue Zeit angab. Dazu kamen noch einige Zuschriften, die von Sichtungen vor Monaten, Jahren oder Jahrzehnten sprachen. Das zeigte, dass die Leute den Fisch auch dann sahen, wenn kein Medienrummel um ihn gemacht wurde. Da das Seemonster nicht mehr populär war – seit Anfang Mai hatte praktisch keine Zeitung von sich aus davon berichtet, was am See geschah –, gab es auch weniger falsche oder gewollt lustige Berichte.

Für sein Buch, das eine präzise wissenschaftliche Studie werden müsste, wollte er sich zwar Zeit lassen, dennoch hatte er alles Wichtige rasch zusammengefasst, um möglichst schnell einen Verlag zu finden. Bisher hatte sich jedoch niemand gefunden, der sich für sein Exposé begeisterte. »Das interessiert doch niemanden!«, war die Standardantwort, wenn man sich überhaupt die Mühe machte zu antworten. Gelegentlich hatte Carl auch selbst die Lektorate angerufen.

Carl wusste mit Sicherheit, dass es Interesse gab. Er erhielt ja regelmäßig Berichte über die Post und per E-Mail, aber da keine Zeitung mehr neue Sichtungen oder seine zu dem Thema verfassten Aufsätze abdrucken wollte, war »Boddy« zu einem Phänomen geworden, das sich im Dunkeln abspielte.

Es wirkte fast so, als wollte jemand mit viel Einfluss, dass möglichst wenig von dem Fisch gesprochen wurde.

250 Meter unter der Wasseroberfläche ist es kalt und finster. Auf jedem Quadratzentimeter des Tauchboots liegt der Druck einer 250 Meter hohen, kompakten Wassersäule. Gegen die Kälte schützte Cristoforo Volmero ein gepolsterter Anorak, in die Dunkelheit schickte er vier starke Suchscheinwerfer, die den schlammigen Seegrund abtasteten. Noch hatte er nicht gefunden, wonach er suchte.

Im Schein der Lichter sah er auf eine Mondlandschaft – eben, mit kleineren Felsbrocken bedeckt, leblos. So musste es zum Urbeginn der Zeit auf der Erde ausgesehen haben: wüst und leer. Quadratmeter voller Ödnis reihte sich an Quadratmeter voller Ödnis. Nur ab und zu wurde ein Felsstück bruchstückhaft und schlagartig von den Lichtfingern des Tauchboots erhellt, aus der endlosen Finsternis gerissen und gleich darauf wieder von ihr verschlungen.

Der Außenfühler zeigte 8° C – zu warm für diese Tiefe, zu warm für diese Jahreszeit. Der Sauerstoffgehalt des Wassers lag weit niedriger als der Grenzwert – kein Wunder, dass er kaum auf Grundfische traf.

Jetzt nur ein kleiner Riss in der Hülle, dachte Cristoforo Volmero, und ich bin tot. Er kauerte mit angezogenen Beinen auf dem Metallsitz. Die Kabine ließ ihm nicht viel Raum, mit ihm wetteiferten Monitore, Displays und Hebel um Platz in dem engen Boot. Unmittelbar vor ihm befand sich das Bullauge, sein Fenster in die ewige Nacht. Auf seinen Knien lag die Karte eines drei Kilometer breiten und 15 Kilometer langen Abschnitts des Seegrundes zwischen Immenstaad und Romanshorn, gefertigt nach den Daten der genauesten Sonarmessungen, ergänzt durch noch präzisere Detailaufnahmen mit Side-Scan-Sonargeräten. Sein Ziel markierte ein breiter roter Kreis, der in Wirklichkeit etwa 500 Meter Durchmesser gehabt hätte. Volmero wusste nicht, ob er im Zielgebiet den Bau, den Meuger aufgespürt hatte, genau lokalisieren konnte, aber er sollte es versuchen.

Eine Bierdose reflektierte das Licht seines Tauchboots. Volmero fuhr einen kaum erkennbaren leichten Anstieg entlang.

Er tauchte den Hang hoch und kippte oben die Nase des Boots, damit er die Böschung hinuntersehen konnte.

Das war doch nicht wahr!

Er wusste nicht, was er erwartet hatte, und trotzdem verschlug es ihm die Sprache.

Vor ihm lag ein Loch im Seeboden, ein Krater, und die Erde schien frisch aufgeworfen, so weit man das unter Wasser beurteilen konnte. Der obere Rand dieses Lochs – Tschiarnack sprach immer von einem Bau, den er auffinden und präzise vermessen müsse – hatte etwa 150 Meter Durchmesser, dann sank der Krater wie ein Trichter in einer Art konzentrischer Terrassen ab. Es waren radähnliche Kreise mit Speichen aus Steintrümmern, jeder zum nächsten leicht verdreht, sodass die Speichen nicht durchgängig vom äußeren Rand bis zur Radnabe reichten. Das Ganze war überzogen von einer gallertartigen Masse, einer dicken, quallenartigen Schicht, die zu pulsieren schien. Die Masse dehnte sich und zog sich wieder zusammen. Der Eingang wirkte dadurch lebendig.

Das also war sein Ziel! Er hatte seine Aufgabe erfüllt! Es sah aus wie aus einer anderen Welt.

Was befand sich dahinter? Ein riesiger Bau? Eine gewaltige, in den Fels gehauene Stadt? Ein Labor wie in einem dieser James-Bond-Filme? Gab es nur diesen, oder waren da noch weitere Eingänge? Tschiarnacks Briefing hatte sich lediglich auf den Eingang zu einem Bau bezogen, nicht auf das, was sich dahinter befinden könnte. Volmero schaltete die Scheinwerfer des U-Boots aus. Er durfte nicht entdeckt werden.

Mit einem Knopfdruck gab er die Ortungssonde frei, ein Gerät, groß wie ein Fußball, mit Mikrochip, das mit gewaltigem Druck aus dem U-Boot nach oben geschossen wurde. Dann füllte ein Gas einen Hohlraum, der es immer weiter nach oben trieb, bis es an der Seeoberfläche ankam, wo sich ein Ballon öffnen sollte, der es wie eine Boje auf dem Wasser hielt. Dort sendete es ein Funksignal zu einem GPS-Satelliten, und so konnten die Einsatzkräfte von Militär und Geheimdienst den Eingang bis auf eine Unschärfe von vielleicht einhundert Metern genau orten – und ihre Maßnahmen vorbereiten.

Volmeros Auftrag lautete, das Loch zu finden und dann sofort aufzutauchen, doch er zögerte. Fasziniert starrte er auf die Öffnung, deren andere Seite sich bereits in der scheinbar endlosen Dunkelheit verlor. Kleine Fische kamen, wenn sich das Gallertauge öffnete, aus der Nabe des Rades und schwebten in die Finsternis davon, kehrten zurück und verschwanden in dem Schlund. Sie wirkten wie Putzerfische in einem Korallenriff.

Ein rotes Lämpchen blinkte auf der Konsole. Das Zeichen für Volmero, dass er auftauchen musste, weil die Stromvorräte des U-Boots zur Neige gingen. Jetzt öffnete sich die Gallertdecke über dem Loch zum wiederholten Male ruckartig von innen nach außen, wie die Pupille eines riesigen Zyklopen. Ein ganzer Schwarm Fische schoss heraus, dann folgte, majestätisch und bedrohlich zugleich, eine Herde gewaltiger Wesen, jedes etwa neun Meter lang, spindelförmig, mit einem langen, schlängelnden Hals, an dem ein kleiner Kopf saß, der über und über mit Tentakeln besetzt schien. Unter dem mächtigen Rumpf befanden sich vier langsam und kraftvoll schlagende Ruderflossen und ein mit einem transparenten Saum versehener, muskulöser und fleischiger Schwanz, der über vier Fünftel des gesamten Körpers umfasste. Ganz gemächlich schwammen die Giganten in die Schwärze davon. Und dazwischen – unfassbar – glitten kindsgroße froschartige Wesen dahin, die mit gewaltigen Stößen ihrer dünnen Beine in der Herde mitzuhalten versuchten, mit runden Köpfen und einer fahlen Haut.

Volmero war vor seiner Laufbahn als Spezialpilot beim Militär durch Afrika getrampt, hatte Elefantenherden gesehen, Nashörner, Wale und fünfzehn Meter lange Walhaie, die Riesenschildkröten der Seychellen, doch nie zuvor hatte er etwas so Kraftvolles, so Unantastbares, so Schönes gar gesehen wie diese Prozession der Urzeitkolosse.

Er steuerte das Tauchboot rückwärts den Hang hinab, drehte es und fuhr, so weit seine Energie reichte, erneut den wüsten Seeboden entlang, bis er sich sicher fühlte und sich entschloss, wieder aufzutauchen. Er wollte kein zweites Mal auf die Wasserriesen stoßen.

Dann begriff er plötzlich, dass er das alles nicht geheim halten durfte. Von dem, was er hier an Wunderdingen hatte beobachten können, sollte nicht nur das Militär erfahren, das musste jeder wissen.

Zwischen Überlingen und Lippertsreute liegt – heute direkt neben einer Überlandstraße – der Heidenlocher Weiher unterhalb einer schroff abfallenden Felswand, in der sich dunkle Höhlen befinden.

Im 19. Jahrhundert wusste man noch, dass man in diesem Weiher bei Bambergen zuweilen »einen nackten Mann aus dem Wasser auftauchen oder im Wald jagen« sehen konnte.

Tschiarnacks Terminplan sah Meetings im Halbstundentakt vor. Endlich war das U-Boot zur Basis getaucht, jetzt musste die Vorgehensweise abgestimmt, musste Order gegeben werden. Und immer galt es sicherzustellen, dass kein Glied der Kette mehr über die Operation erfuhr, als für seine Arbeit unbedingt nötig war.

Zuerst empfing er Volmero im offiziellen Besprechungsraum. Der U-Boot-Pilot stand wartend am Fenster und betrachtete den See, als Tschiarnack hereinkam. Der Brigadegeneral nahm Platz und bedeutete Volmero, es ihm gleichzutun. Der Pilot nahm einen der Stühle und rückte ihn vor den Schreibtisch. »Bon giorno!«, grüßte er.

»Ich habe Ihren Bericht gelesen!«, fauchte Tschiarnack. »Was soll das? Geht das nicht mündlich?«

»Signore …«, antwortete Volmero erst zögerlich, dann schneller, aber in dem Deutsch dessen, der die Fremdsprache nicht sehr gut beherrscht, »da unten auf Boden … ich habe gesehen …«

»Das, was Sie gesehen haben wollen, kann es gar nicht geben!«, schnitt ihm Tschiarnack unwirsch das Wort ab. »Solche Wesen kann es nicht geben. Sie hatten Halluzinationen! Darüber dürfen Sie niemals sprechen!«

Volmero wusste nicht, was er erwartet hatte, Unglauben, Skepsis vielleicht, aber sicher nicht pure Entrüstung, Unterstelllungen und grobe Befehle. Ihm, dem zivilen U-Boot-Piloten, der für diese Sondermission verpflichtet worden war, behagten Hierarchien nicht.

»Bene, Signore. Ich kann sagen, dass ich nix gesehen habe«, erklärte Volmero.

Tschiarnack verzog das Gesicht. »Wir müssen herausfinden, was Sie wirklich gesehen haben. Keine Halluzinationen!«

Volmero lächelte »Halluzinationen? Nein … Sie werde nicht glaube! Da wäre wirklich … mostri … Ungeheuer.«

»Sind denn hier alle verrückt geworden?«, brüllte Tschiarnack.

»Schaue Sie Videoaufzeichnunge an«, entgegnete Volmero ruhig, »und Sie entscheide dann.« Sollte der Mann doch brüllen und ihn beschuldigen, Halluzinationen gehabt zu haben! Er hatte ja Beweise.

»Ich höre von Ihne!«, meinte Volmero selbstsicher, ehe er mit einem kurzen Gruß den Raum verließ.

Tschiarnack verbrachte die nächste halbe Stunde, bis sein Termin mit dem Seenforscher Meuger angesetzt war, damit, die Aufzeichnungen des Italieners im Schnelldurchlauf zu betrachten. Der Mann durfte nicht wissen, was Tschiarnack und seiner Gruppe längst klar war – er ließ ihn besser im Dunkeln über die Vorgänge, die am Seeboden stattfanden. Tschiarnack sah die riesigen Leiber der Ungeheuer im fahlen, im schwachen Licht der Scheinwerfer des Tauchboots und mittendrin das froschartige Wesen.

Am Morgen hatte er die neuesten Detailaufzeichnungen der militärischen Erdbebenwarte in Markdorf erhalten. Sie zeigte, dass die Zahl der Mikrobeben in den vergangenen zwei Tagen stark zugenommen hatte und sich pfeilförmig vom Schweizer Ufer des Sees Richtung Zürchersee ausdehnte. Hier im Norden, zwischen Sipplingen und Friedrichshafen, waren sie leicht rückgängig. Dafür senkte sich das Ufer fast schon auf der ganzen Strecke um mehrere Zentimeter.

Meuger saß bereits draußen vor der Tür. Tschiarnack ließ ihn hereinrufen. Dann erzählte er ihm in dürren Worten von dem Videoband. Er erwähnte den Eingang am Seeboden und das froschartige Wesen. Von den anderen Ungeheuern sagte er nichts, es empfahl sich nicht, Meuger zu viel wissen zu lassen.

»Wir haben«, berichtete er Meuger jedenfalls, »eine Videoaufnahme von einem Froschmann an einem Höhleneingang.«

»Ein Taucher? In dieser Tiefe?«, fragte der Forscher.

»Nein«, berichtigte Tschiarnack, »ein Mann, halb Frosch, halb Mensch!«

»Sie wollen mich ...«

»Ich habe keine Zeit für Scherze!«, stellte Tschiarnack barsch richtig.

»Vielleicht ist es ein neuartiger Taucheranzug?«, versuchte Meuger das Gehörte mit dem Gewohnten und Erwarteten in Deckung zu bringen.

»Eher eine neuartige Spezies ...«

»Ich bin Geologe, nicht Biologe.« Meuger winkte ab, er wirkte nervös, »Sie müssen einen Spezialisten fragen.«

Meuger sollte Tschiarnack helfen, seine Entscheidungen zu objektivieren, aber er empfand die gleiche Ratlosigkeit, die auch den Brigadegeneral befallen hatte. Der General zeigte dem Seenforscher den Print-out der Erdbebenwarte. Meuger besah sich aufmerksam die zahlreichen kleinen Punkte, die auf der Karte eingezeichnet waren, und die neben den Punkten stehenden Zahlenkolonnen. Jeder Punkt stand für das Epizentrum einer der Erschütterungen dieses Schwarmbebens.

»Die Mikrobeben verlaufen eindeutig entgegen der Verwerfungsrichtung zum Zürchersee. Epizentren befinden sich durchweg in 100 Meter Tiefe ...«

»Was heißt das für Sie?«

»Das heißt«, sagte Meuger und sah Tschiarnack in die Augen, »dass, wer immer dort unten ist, einen Tunnel zum Zürchersee baut.«

»Die Maden?«, rief Tschiarnack erstaunt. Er gebrauchte den Namen, um den doppeldeutigen Begriff »Taucher« zu vermeiden. Jetzt gab es einen eindeutigen Namen für den Feind. Begegnungen mit Maden häuften sich. Ein Offizier hatte zwei Wochen zuvor von Bord eines Bootes bereits etwas Ähnliches gemeldet. Damals hatte ihm Tschiarnack noch nicht geglaubt.

»Diese Maden, ja.« Meuger rutschte unruhig auf seinem Stuhl hin und her. »Vielleicht sind es speziell zum Graben gezüchtete Tiere, so wie die Delphine und Seehunde, die von der amerikanischen Navy trainiert wurden, Bomben an feindlichen Schiffen anzubringen. Aber ...«, fügte er dann nachdenklich hinzu, »der Einzige, der mehr wissen könnte, ist mein ehemaliger Student, der ...«

»Was ist mit diesem Carl Ghuimin?« Fast jeden Tag fiel der Name in irgendeinem Zusammenhang in einer Besprechung. Man konnte, wenn man ihn kontrollieren wollte, eventuelle Aktionen nicht mehr lange aufschieben.

»Carl Ghuimin ist hartnäckig«, erklärte Meuger dem Leiter des Projekts Bodensee. »Wir sollten ihn weiterhin im Auge behalten. Wer weiß, was er im Moment tut.«

Tschiarnack wollte wissen, ob Carl bei seinen Forschungen bereits auf etwas gestoßen war, das das Militär verwenden könnte – oder auf etwas, was die militärische Operation gefährden könnte.

»Ghuimin«, erklärte Meuger, »jagt immer noch diesem Riesenfisch nach. Vielleicht hat er von den Maden erfahren, aber er wird kaum verstehen, worum es sich dabei handelt. Er wird auch höchstens darauf stoßen, wenn sich ein Zeuge bei ihm meldet, der meint, dass Ghuimin sich für alle möglichen fremdartigen Wesen im See interessiert.«

»Sollten wir ihn unschädlich machen?«, fragte Tschiarnack mit schneidender Stimme.

Meuger zögerte, dann sagte er: »Er jagt einem Fisch hinterher, den es vermutlich nicht gibt. Wir sollten ihn aber beobachten und, wenn er zur Gefahr werden könnte, aus dem Verkehr ziehen. Oder aber für diese Operation einstellen, er ist klug, er könnte uns helfen. Nein …«, fügte Meuger hinzu, als wäre ihm ein neuer Gedanke gekommen, »er passt in kein Team. Man kann ihn nicht kontrollieren!«

»Gut, dann weiß ich jetzt, was ich mit diesem Mann mache«, sagte Tschiarnack und verließ mit einem knappen Gruß den Raum. Er eilte hinab in das Konferenzzimmer im Keller, wo um den langen Tisch bereits seine Offiziere auf ihn warteten. Sie würden nun etwas zu tun bekommen.

Der schwedische Vatternsee ist ähnlich sagenumwoben wie der Bodensee. Bereits Anfang des 18. Jahrhunderts schreibt der Universalwissenschaftler Johann-Heinrich Zedler über den »Weter-See«: »Er macht offt wunderliche Vorstellungen, und lasset bald einen Glantz von sich sehen, bald ein Gethöse, Geheule und Krachen hören, steigt und fällt offt.«

1827 berichtete der berühmte Gelehrte Gustav Schwab, dass der Bodensee durch unterirdische Gänge mit dem Vatternsee verbunden sei: Stürme es auf dem einen See, schlage auch der andere hohe Wellen, selbst wenn dort gutes Wetter herrsche.

Diese erstaunliche Tatsache wurde 1927 von Eduard Hoffmann-Krayer, 1953 von Richard Brettl und 1971 von dem italienischen Forscher Peter Kolosimo bestätigt. Der Bodensee sei grundlos tief, ein Wasserarm reiche »weit unter allen deutschen Ländern« bis zu dem schwedischen See.

Fische, die man im Bodensee aussetzte, tauchten im Vatternsee auf.

Fische, die man im Vatternsee aussetzte, tauchten im Bodensee auf.

Es gibt Pflanzen, die es nur am Bodensee und am Vatternsee gibt.

Und: Auch im Vatternsee tauchen Ungeheuer auf.

1897 kam bei Varamoviken »ein schreckliches Ungeheuer« aus dem Wasser: Es ging mit zwei kurzen, dicken Beinen über den Strand und verschwand dann wieder in der Tiefe. Am 26. August 1947 traf der Schlepper »Hebe 3« zwischen der Insel Visingso und Granna auf zwei große schwarze Objekte, jedes ganze 15 Meter lang und zigarrenförmig. Im August 1975 knipste ein Tourist bei Hjo einen dunklen Höcker, der wie ein »gekentertes Boot« über die Seeoberfläche ragte. Am 18. September 1977 fotografierte Peter Caspersson ein »seltsames Objekt« im Wasser vor Omberg. 15 bis 20 Meter lang, Farbe dunkelgrau. Sein Foto zeigt drei Höcker. Am 25. Juli 2001 gingen zwei Frauen an der Felsküste in der Nähe des Hafens von Stocklyke schwimmen. Keine 50 Meter von ihnen entfernt tauchte ein gewaltiges Geschöpf mit drei riesigen Buckeln auf. Am 21. August 2004 registrierten Wissenschaftler des Forschungsinstituts GUST mit Unterwassermikrofonen »Laute einer bisher unidentifizierten Tierart«. Fischer aus Motala berichteten dem schwedischen Forscher Jan Sundberg, dass ihre Netze hin und wieder von dem Monster zerstört würden. Im Hafen des Dorfes sei einmal ein Boot mit etwas »Weichem und Beweglichem« kollidiert.

Der Vatternsee ist Schwedens zweitgrößtes Gewässer, 128 Kilometer lang, 31 Kilometer breit und bis zu 120 Meter tief.

Die Einheimischen berichten, dass sich »ein unterirdischer Vatternsee unter dem sichtbaren« erstrecke. Ausdehnung: unbekannt.

Auch am Bodensee erzählt man von dieser unterirdischen

Verbindung. Meersburg, schreibt Birlinger im 19. Jahrhundert in seinem Buch »Volkstümliches aus Schwaben«, steht auf dem Wasser, wenn man dort einen Brunnen bohrt, quillt Seewasser hervor, dereinst, bei einem starken Erdbeben, wird der dünne Boden brechen und Meersburg vom See verschlungen werden.

Carl hatte einmal von einem italienischen Ort gelesen, dessen Bewohner ein Extra-Gen aufwiesen, das sie für eine bestimmte Krankheit unempfindlich machte. Vielleicht gab es in Friedrichshafen so etwas wie ein eigenes Flug-Gen in der Bevölkerung. Jedenfalls hatte hier Graf Zeppelin seine mächtigen Luftschiffe gebaut, hatte Claude Dornier sein Flugboot Do-X konstruiert.

Er war mit dem Zug nach Friedrichshafen gekommen, um dort einen Zeugen zu befragen, hatte ihn aber nicht angetroffen. Nun schlenderte er mit der Videokamera unterm Arm vom Stadtbahnhof in Richtung Seebahnhof und Schiffsanlegestelle durch den Ort. Er wollte mit der Fähre zurück nach Überlingen.

Der Enthusiasmus über den Fisch hatte merklich nachgelassen, er wirkte sich auch hier nur noch wenig auf den Tourismus aus. Die Saison war schlecht, weil es ein regnerischer Sommer bleiben sollte, die Touristen blieben aus. Die andauernden militärischen Manöver und Meldungen über überflutete Uferstraßen und Erdrutsche am See taten ihr Übriges.

Plüsch-Nessys verstaubten in den Schaufenstern der Souvenirläden, die Scherzpostkarten, die das Monster vor Meersburg zeigten, waren durch den Regen längst wellig geworden. Das Plakat, das noch Wochen zuvor für einen *schottischen Super Spar Sommer* geworben hatte, mit einer Nessy mit kariertem Hals und Bommelmütze, war längst abgehängt. Auch Nessy-Burger, die eine Schnellimbiss-

Kette angeboten hatte, gab es nur noch vereinzelt. Die Bootsfahrten zu Sichtungsorten waren eingestellt, die Reise ging wieder zu saisonunabhängigen Zielen wie Bregenz, Lindau, Konstanz oder Meersburg.

Carl musste die Fähre nach Überlingen nehmen, rund eineinhalb Stunden Schiffsfahrt. Er beschloss, bis zur Abfahrt der Fähre in ein Café zu gehen, um ein paar Zeitungen durchzublättern. Vielleicht gab es doch eine Neuigkeit vom See, die ihm entgangen war.

Carl sah zum Himmel, als ein Pulk Hubschrauber über den See flog. Gewitterwolken ballten sich am Horizont, und es begann heftig zu regnen. Schwere Tropfen prasselten herab, füllten die Markisen und schossen als Wasserfall auf den Platz. Im Nu war Carl durchnässt und musste sich schneller in ein Café flüchten, als er vorgehabt hatte.

Im Café plärrte ein Fernsehgerät. Fetzen einer Meldung, die Helikopter über dem See zeigte, waren im Gemurmel der Stimmen kaum zu hören.

»Ab heute, wie bereits angekündigt, für Taucher und Sportboote gesperrt …«

Carl schaute unverwandt auf den Bildschirm, während er sich einen Kaffee bestellte.

»… Manöver der deutschen …«

Der Kellner stellte die Tasse vor Carl.

»… Ziel des Manövers ist eine verbesserte Koordination der Wasserschutzpolizei in Deutschland, Österreich und der Schweiz …«

Carl sah auf die Uhr, bezahlte hastig seinen Kaffee und hetzte zur Schiffsanlegestelle, um vielleicht noch eine Fähre zu erhaschen. Dort stand schon eine aufgeregte Menschenmenge, in ihrer Mitte ein sichtlich überforderter Angestellter der Bodenseeschifffahrt.

»Eingeschränkter Fahrdienst«, sagte der Mann und zuckte mit den Schultern, »wir dürfen nicht auf den See!«

Es fuhren ab sofort tatsächlich keine Fähren mehr!

Carl nahm den Bus und schaute sich verstohlen um.

Merkwürdig, dachte er, der Mann hinter mir saß schon im Café neben mir. Er drehte den Kopf und lächelte einen unübersehbaren Muskelprotz an, der aber drehte sich schnell weg.

»Ich weiß nicht recht, ob ich dir davon erzählen soll«, sagte Ellers am Telefon zögerlich, »du interessierst dich ja für große Seeschlangen, und das, was ich gesehen habe, war eher klein.«

»Erzähl einfach«, forderte Carl ihn auf.

»Ich weiß auch nicht wirklich, wie ich es beschreiben soll, aber vor zwei Tagen kam etwas aus dem See, wie ein Wurm, eine Art Molch, ein Männlein, nenne es, wie du willst. Sicher ein Tier, aber doch irgendwie menschlich – eine Art Unterwasser-Alien ...«

»Eine Nixe?«

»Nein, keine Nixe! Mach dich nicht über mich lustig! Ein fremdartiges Wesen, etwa einen Meter groß.«

»Könnte es eine Art Baby-Seeschlange gewesen sein?«

»Nein, es war ... es ging aufrecht. Kein Saurier.«

»Du kennst doch alle Fische – war es einfach eine große, vielleicht missgestaltete Forelle?«

Auch wenn Carl seinen Freund über das Telefon nicht sehen konnte, hörte er ihm doch seine Verärgerung deutlich an. »Eine Forelle«, sagte Ellers aufgebracht, »hat weder Arme noch Beine, und sie hat auch keinen Hals.«

Carl wusste sich auf die wirre Beschreibung seines Freundes keinen Reim zu machen. Er dachte nur: Bitte nicht zwei Rätsel auf einmal! Es kann doch nicht sein, dass das Wassermännchen und die Seeschlange am Bodensee auftauchen, beide plötzlich und im selben Jahr. Er beschloss, Ellers aufzufordern, eine schriftliche Beschreibung abzufassen, um sie dann zu seinen Unterlagen zu nehmen. Vielleicht würden noch weitere solche Berichte folgen, und dann könnte sich plötzlich ein Muster zeigen, und dieses Wasserwesen würde ihm ermöglichen, das Rätsel um den Riesenfisch zu lösen.

Noch im 19. Jahrhundert war allgemein bekannt, dass es im Bodensee ein gewaltiges Ungeheuer gab – jedenfalls erwähnt es der Dichter Ludwig Bechstein (1801–1860) eher beiläufig in seiner Fassung des Schwankes von den sieben Schwaben, die 1845 in seinem Märchenbuch erschien: »Nach mehr als einem andern Abenteuer, das zu lang wäre, zu erzählen, gelangten die sieben Schwaben an einen wirklich großen See, und da sagte der Seehas, der ihn gleich erkannte: ›Das ist der Bodensee.‹ An dessen Ufern sollte, wie die Sage ging, ein gefährliches Ungeheuer hausen, welches zu bekämpfen und zu erlegen die sieben tapfern Schwaben sich fest vorgenommen hatten. Da sie nun des Sees ansichtig geworden und zugleich des Waldes, in dem das Ungeheuer sich aufhielt, man wusste nicht, war's ein greulicher Lindwurm oder ein feuerspeiender Drache, so fiel ihnen zumeist das Herz in die Kniekehle, sie machten halt und zündeten ein Feuerlein an …«

Draußen rang Meuger mit sich. Er wusste nicht, ob er nun gehen sollte oder nicht. Es dämmerte längst und wurde dunkel. Meuger sah die Dörfer und Städte am gegenüberliegenden Ufer und die Militärboote, die sich wie eine graue Kette über den See spannten. Der Forscher ging auf das Haus zu, machte kehrt und drehte dem See erneut nervös den Rücken zu. Er schwitzte. Sollte er Carl etwas sagen? Konnte er einfach bei ihm klingeln und sagen: Carl Ghuimin, nehmen Sie sich in Acht! Nein, das konnte er nicht. Er hätte sofort erklären müssen, woher, wieso er das wusste.

Es nieselte, ein kühler Wind kam auf, die Blätter der Bäume raschelten, die Wellen wurden stärker und schlugen heftig gegen den Uferkies. Meuger kauerte sich zusammen und steckte die Hände in die Taschen, ihn fröstelte. Schließlich fasste er seinen Entschluss und ging zu Carls Wohnung.

Carl stand mit dieser Journalistin auf dem Balkon, sie rauchte.

»Und, wie war's?«, fragte Carl seine Freundin.

Rebekka zog an ihrer Zigarette, dann setzte sie ein wunderbares Lächeln auf. »Ich habe den Auftrag!«, antwortete sie und lachte zufrieden.

»Gut!«

»Es ist seltsam, wie sich das anfühlt, wenn man entlassen worden ist und dann an den alten Arbeitsplatz zurückkehrt. Die Leute wussten gar nicht, wie sie reagieren sollten. Übrigens: Hast du daran gedacht, der See ...?«

»... ist gesperrt. Ich konnte nicht mit der Fähre fahren und habe den Bus genommen. Ich weiß aber nichts Genaues. Die Meldung habe ich nur mit halbem Ohr gehört.«

»Das kam doch schon gestern! Also, Segel- und Motorboote, Schwimmer – niemand darf mehr auf den See. Die Fähren dürfen angeblich noch fahren, aber eingeschränkt. Das Militär mache ein Manöver und die Unfallgefahr sei zu groß.«

»Flottenmanöver auf dem Bodensee – das fehlte gerade noch«, grummelte Carl. Dann gab er Rebekka einen Kuss. Sie drehte den Hals, damit er auch ihr Ohr erreichte, und bemerkte Meuger. Sie stieß Carl in die Seite: »Ist das nicht dein Chef?«

»Tatsächlich!« Carl wunderte sich, dass Meuger ihm aufzulauern schien. Beschattete er ihn? Carl lehnte sich über die Brüstung des Balkons, um besser sehen zu können, und bestätigte dann erneut: »Ja, das ist Meuger!«

Er sah Rebekka an, sie blickte etwas hilflos zurück und zuckte dann mit den Schultern. Sie öffnete die Tür und ging in die Wohnung zurück.

»Herr Meuger?«, rief Carl dann.

»Ghuimin?«, rief Meuger zurück und tat überrascht. »Hier wohnen Sie?«

»Kommen Sie doch hoch!«

»Ich ... nein danke ... ich bin nur zufällig hier.« Meuger blickte mit müden Augen zu Carl empor.

Wie der Junge auf dem Cover der Smiths-LP »Hatful of Hollows, dachte Carl, so als wolle sich Meuger entschuldigen.

Der Ufologe Matthias Haasen begann seinen Vortrag mit einem Donnerschlag. Er hielt eine wissenschaftliche Zeitung hoch und verkündete: »Meine Damen und Herren, hier, in dieser Zeitschrift steht, dass etwas Außerirdisches am Bodensee gelandet ist, bei St. Gallen – und das ist wissenschaftlich bewiesen!«

Carl und Rebekka saßen weit vorn. Carl, der als Limnologe mit Schwerpunkt Sedimentablagerungen unter Berücksichtigung potenzieller Naturkatastrophen auch mit der geologischen Literatur vertraut war, erkannte sofort, wovon Haasen sprach: Es war die hoch angesehene Zeitschrift *Nature*, die er dem Publikum präsentierte, ein Heft aus dem Jahr 1993. Darin fand sich ein Artikel von H. J. Melosh, der bei St. Gallen einen 22 Zentimeter messenden Malmblock gefunden hatte, der beim Einschlag eines Meteoriten im Rieskrater vor 15 Millionen Jahren in die Luft geschleudert und in der Schweiz – mehr als 200 Kilometer von der Aufschlagstelle entfernt – wieder herabgekommen war. Nun war ein Meteorit tatsächlich außerirdisch, aber es handelte sich nicht um ein UFO, und bei St. Gallen war kein Meteorit eingeschlagen, sondern ein irdischer Gesteinsbrocken.

Als Rebekka den Auftrag erhielt, für die Zeitung über Haasens Vortrag zu schreiben, hatte man ihr eingeschärft: »Machen Sie auf jeden Fall deutlich, dass der Kerl ein Riesenspinner ist!« Dieser Worte hätte es nicht bedurft. Ein Blick aus Carls Augen verriet ihr, dass die Geschichte mit der Zeitschrift eben nicht gestimmt hatte, und sie machte es sich in dem Plastikstuhl bequem, so gut das eben ging, um einen Abend voll unfreiwilligem Humor zu genießen.

Sie sahen sich um: Das Publikum, in zehn Reihen Plastikstühlen mit jeweils 20 Sitzen platziert, bestand zu mehr als der Hälfte aus Frauen, esoterisch angehauchten bleichen Tantchen, die mit offenem Mund dasaßen und ihrem Meister lauschten, dazwischen gab es hin und wieder ältere, bereits graubärtige Männer mit Nickelbrille und Pferdeschwanz. Es waren allerdings auch einfache Bürger aus der Umgebung gekommen, die die Neugier oder aber eigene Erfahrungen hierher gelockt hatten. Sie versprachen sich vielleicht einige Informationen, die ihnen helfen konnten, das zu verstehen, was sie selbst beobachtet hatten.

Haasen redete von Ufologie, von Verschwörungstheorien, er zitierte aus seinen Leserbriefen an Zeitungen, in denen er seine These »mit zahlreichen Fakten untermauert« hatte, dass sich im Bodensee eine UFO-Basis befand. Natürlich hätten die Zeitungen diese nicht abgedruckt, weshalb er überzeugt sei, dass Zensur herrsche und das Militär und die Außerirdischen genau hier zusammenarbeiteten.

»Jeden Tag sehen die Leute hier doch UFOs, riesige Mutterschiffe.« Haasen betonte ganz besonders das *riesige*, als liege darin eine wichtige Bedeutung.

Einige Zuhörer kicherten – offenbar Skeptiker, die sich einen Spaß daraus machten, dem UFO-Wanderprediger zuzuhören, vielleicht aber auch nur Leute, die am Bodensee wohnten und nur zu gut wussten, dass hier nicht jeden Tag UFOs beobachtet wurden.

Haasen ließ sich von dem offensichtlich feindlichen Gelächter nicht irritieren, er war solche Reaktionen auf seine Ausführungen gewohnt. »Am 19. März 1993 um halb acht Uhr sahen zwei Frauen ein UFO über der Insel Reichenau. Wenn ich ›rieeeesig‹ sage, dann meine ich das auch: Es hatte quadratische Form, daran angebracht waren Lichter in Gestalt eines Kreuzes. Die Frauen stiegen gerade aus ihrem Auto, als ein gewaltiger Windstoß sie darauf aufmerksam machte, dass etwas über ihnen flog. Das UFO kam vom Wald her, und die Bäume schwangen hin und her, als es darüber flog, das Mutterschiff selbst war geräuschlos. Das Mutterschiff – so nennen Wissenschaftler die riesigen UFOs, die praktisch wie Flugzeugträger die kleinen Untertassen mit sich führen – war 180 Meter lang und 50 bis 80 Meter breit – und nicht mehr als hundert Meter von den beiden Augenzeuginnen entfernt. Die Frauen sahen nicht, wie das Mutterschiff verschwand – sie meinten, es sei ganz langsam in Richtung Allensbach-Hegne weitergeflogen.«

Haasen machte eine wohlbedachte theatralische Pause: »Ein Raumschiff«, sagte er dann, »von dieser enormen Größe muss auf allen zivilen und militärischen Radarschirmen auftauchen. Wir aber hören nichts davon. Wir werden von unserer eigenen Regierung betrogen, die das UFO-Material geheim hält. Das ist ein Fall für die Menschenrechtskommission in Brüssel!«

Das Publikum lachte.

»Ich kann Ihnen aus sicherer Quelle sagen«, fuhr Haasen unbeirrt fort, »dass dieser sogenannte große Fisch, der Boddy der Groschenblätter, ein Unterwasser-UFO ist. Der Fachbegriff lautet USO, *unidentified submarine object*, unidentifiziertes Unterwasser-Objekt. Und wo es USOs gibt, gibt es auch Unterwasser-Basen der UFOs. Seriöse Forscher haben solche Basen im Bermuda-Dreieck, bei

Puerto Rico und im Persischen Golf lokalisiert. Eine dieser Basen befindet sich im Bodensee. Und hier ist der Beweis:

Im Juni 1977 stürzte ein UFO in den Bodensee. Zwei Zöllner sahen während ihrer Streife bei Hagnau eine Art brennendes Flugzeug in den See fallen. Kurz nach Mitternacht lösten Polizei und Bundeswehr Rettungsalarm aus. Hubschrauber überflogen den See, konnten aber weder Wrackteile noch einen Ölfilm entdecken. Die Suche wurde eingestellt. Im Laufe dieses Vormittags meldeten sich aber bei Polizeidienststellen andere Zeugen, die zur selben Zeit einen Feuerball gesehen hatten, der in den See stürzte.

In den achtziger Jahren raste nachts eine seltsame Lichterscheinung in zwei Sekunden über den Bodensee, Menschen beobachteten sie von den Terrassen der Uferrestaurants in Überlingen, Meersburg und Konstanz. Vor Friedrichshafen stürzte das UFO in den See – und entpuppte sich als ein Raumschiff mit einer Besatzung aus krakengestaltigen Außerirdischen. Phantastisch? Auf jeden Fall!

Die ›Schwäbische Zeitung‹ berichtete am 2. August 1986, dass sich einer ihrer Leser aus Friedrichshafen in der Redaktion meldete und schwor, er habe außerirdische Flugobjekte beobachtet. Eine Viertelstunde nach Mitternacht erschienen die fliegenden Untertassen im Westen der Stadt, er zählte sie, es waren sieben Stück, schräg versetzt in Formation. Die runden, orangefarbenen und geräuschlosen Feuerbälle verschwanden, aber nicht, bevor sie noch zwei fallschirmartige Gebilde vor der Stadt in den See warfen.

Bei Stein am Rhein verengt sich der Bodensee, bis er zum Strom wird und weiter Richtung Basel fließt. In den achtziger Jahren befand sich Frau H. in Kaltenbach bei Stein am Rhein gegenüber dem Schloss Hohenklingen. Von dort hatte sie einen Panoramablick auf den See und seinen Übergang in den Fluss. Es war sehr früh am Morgen, gegen 6 Uhr. Die Sonne ging auf, und das Land lag in tiefem Schlummer. Von dieser idealen Position aus sah sie plötzlich ein großes, seltsames Flugobjekt – eine klassische fliegende Untertasse, die aus einer breiten Scheibe mit einer Kuppel oben und einer kuppelartigen Auswölbung unten bestand. Dieses kreiselartige UFO schwebte über dem Fluss – still, fremdartig und selbstsicher.

Dann aber geschah etwas, was noch ungewöhnlicher war als die Sichtung eines UFOs über dem Rhein: Die Unterseite des Flugkörpers öffnete sich, und aus der aufgeklappten Luke kam etwas wie ein langer, sehr dünner Schlauch. Er wurde in den Rhein eingelassen. Zehn Minuten geschah nichts. Dann wurde der Schlauch wieder eingezogen, die Luke schloss sich. In rasendem Tempo schoss die fliegende Untertasse senkrecht nach oben. Sie drehte sich, raste in Richtung Deutschland und verschwand.

Was hatte das UFO getan? Hatte es dem See Wasser entnommen? Aber warum? Und weshalb gerade an diesem Ort?

Jetzt schreiben wir den 2. September 1997. Eine Familie aus drei Amerikanern, begleitet von ihrem besten Freund, landen in Kloten bei Zürich in der Schweiz. Am Flughafen besteigen sie den Zug nach Romanshorn und dort die Fähre nach Friedrichshafen. Der Zeuge dokumentiert die ganze Reise auf seinem Sharp-HI8-Videorekorder. Später, nach seiner Heimkehr in die Staaten, bemerkt er etwas Unheimliches, das er zufällig aufgenommen hat: ›Beim Abspielen des Bandes sah ich seltsame, schnell fliegende Objekte am Himmel, darunter eines, das in der Nähe einer alten Burg aus dem Bodensee auftauchte.‹ Der Bericht wird als so wichtig angesehen, dass er in den Archiven des amerikanischen Nationalen UFO-Dokumentationszentrums gelandet ist.«

Nach dieser Parade von Berichten lehnte sich Haasen etwas zurück, riss dann die Arme hoch und fuhr mit beschwörender Stimme fort: »Natürlich kann eine außerirdische Rasse eine UFO-Basis nicht ohne Duldung der Supermächte beziehungsweise der Geheimdienste bauen – die überwachen ja jeden Quadratzentimeter See- und Meeresboden mit Kameras und Mikrofonen. Das ist ein erneuter klarer Hinweis für eine Kooperation von Militärs, Geheimdiensten und Außerirdischen. Ich kann Ihnen auch sagen«, Haasen schien keine Luft holen zu müssen, »warum es diese Zusammenarbeit gibt. Sie liefern den Großmächten technisches Know-how, sie erlauben ihnen, Menschen zu entführen und zu klonen, damit sie auf der Erde leben können. Schon jetzt wohnen Außerirdische, in menschlicher Gestalt getarnt, mitten unter uns. Vermutlich beobachten sie jeden Einzelnen von uns, rund um die Uhr. Der amerikanische Wissenschaftler Budd Hopkins, der 30 Jahre lang Entführungen in UFOs ganz streng logisch untersuchte, hat beweisen können, dass sich die Außerirdischen sogar unsichtbar machen können ...«

Der Saal schwieg, als Matthias Haasen sich eine kleine Pause gönnte, sich dann gedankenverloren durch den Bart strich, danach die Hände ausbreitete wie ein Prediger: »Vermutlich sind sie hier und beobachten uns, unsichtbar zwischen den Stuhlreihen, meine Damen und Herren, oder als Ihr Nachbar getarnt!«

Matthias Haasen verließ das Rednerpult. Unsicheres Gelächter folgte ihm. Er jedoch lächelte zufrieden.

Der majestätische, riesige Rücken eines Dinosauriers hob sich über die Seeoberfläche und hinterließ eine Schaumspur. Die Wogen rannten gegen ihn an, als wäre er ein Felsenriff. Plötzlich schnellte ein Schlangenhals aus dem Wasser, wurde länger und länger, und in dem kleinen Kopf an seinem Ende öffneten sich große, spitze Kiefer mit scharfen Fangzähnen. Sie packten Carl und rissen ihn vom Ufer weg und in den See hinein.

Er starrte in den weit aufgerissenen Rachen des Ungeheuers, in das Spalier großer, langer, scharfer Zähne, und er versuchte fortzuschwimmen, doch das Monster saugte Wasser ein, immer mehr Wasser und damit auch ihn. In dem Wirbel wurde er mitgerissen, und je mehr er sich mühte, dem Strudel zu entfliehen, desto tiefer sog ihn dieser hinab, bis in den Schlund.

Carl sah über sich einen Mahlstrom, der sich schloss, während es ihn immer weiter in den Abgrund hinabzog. Aus der Dunkelheit kamen Lichter heran, Myriaden Leuchtpunkte, die ihn umkreisten und eine Kugel bildeten, dann eine Kuppel auf einer flachen Scheibe formten. Ein Wesen, halb Frosch, halb Mensch, mit dem Körper eines Aals, näherte sich mit eleganten und gleichzeitig bedrohlichen Schwimmbewegungen. Das Wesen versuchte, ihm etwas zu sagen. Carl konzentrierte sich auf die Lippen, sie sprachen zwei Worte: »Top Secret.« Dann öffnete die Kreatur das Maul und schnappte mit Haifischzähnen nach ihm. Carl verwandelte sich in einen Fisch, und das Wesen jagte hinter ihm her. Eine riesige Welle ergriff ihn und schleuderte ihn an Land.

Er sah sich am Strand liegen, zwischen Müll und Kieseln, und Rebekka beugte sich über ihn, mit Tränen in den Augen. Er war in den Fernsehnachrichten, in einem Bericht über einen Tsunami im Bodensee. Meuger erklärte langatmig, aber präzise, wie ein Tsunami entstand. Ein UFO landete neben ihm, und heraus stieg der Mann, der im Café und im Bus in seiner Nähe gesessen hatte, nur war er doppelt so groß und doppelt so muskulös, und er holte einen Speer aus seiner Tasche und spießte Carl auf.

Carl erwachte mit einem Schrei auf den Lippen. Er griff

an seine Seite und spürte Rebekka, die warm und weich neben ihm schlief. Er lauschte ihren ruhigen, regelmäßigen Atemzügen. Ihre Anwesenheit beruhigte ihn, trotzdem konnte er nicht wieder einschlafen.

Er holte ein Glas Wasser aus der Küche und stellte sich ans Fenster, blickte auf den See hinaus. Über dem Schweizer Ufer tobte ein Sommergewitter, Blitze zuckten durch die Nacht. Noch war es in der Ferne, der See lag still da, schimmerte silbern im Mondlicht.

Da draußen, auf halber Strecke, leuchtete er von innen heraus auf – Meeresleuchten im Bodensee? Das Licht war kalt und blau, mit Flecken von smaragdenem Grün. War es eine Spiegelung der Blitze, geheime U-Boote, waren es die UFOs, von denen Haasen gesprochen hatte? Er dachte daran, seine Kamera zu holen, doch er war zu müde. Im Licht zeigte sich der harte Umriss eines Militärboots.

Er legte sich wieder ins Bett, und die warme Nähe seiner Freundin ließ ihn wieder einschlafen.

Der Bodensee war immer Ziel der Dichter und Denker, von den Mönchen der Insel Reichenau bis zu Hermann Hesse und Martin Walser. Besonders schätzten ihn die Dichter der Romantik im 19. Jahrhundert. Diese Lyriker reagierten empfindsam auf die Landschaft, aber sie hatten auch ein feines Ohr dafür, was sich die einfachen Leute erzählten.

Annette von Droste-Hülshoff schildert in ihrem Stück »Am Turme« (1842) den Blick von der Meersburg auf den bewegten See:

»O, springen möcht' ich hinein alsbald,
Recht in die tobende Meute,
Und jagen durch den korallenen Wald
Das Walroß, die lustige Beute!«

Eine Zoologin war die Lyrikerin sicherlich nicht. Was hatte sie gesehen, das ihr wie ein Walross erschien?

1846 beschrieb Eduard Mörike (1804–1875) im »dritten Gesang« seiner »Idylle vom Bodensee« in poetischen Worten eine Nixe südöstlich von Friedrichshafen:

»[Da] war ein Meerfräulein, das die Arme
Stemmt' in die schuppigen Hüften: Es flossen die Haare natürlich
Ihr, wie naß, auf die Brust, die sich vorstreckt', und auf die Schultern …«

Joseph Victor von Scheffel (1829–1886) stand bei Radolfzell, als er in »Mettnaustimmung« 1880 »der Landschaft Zauber« beschrieb – aber nicht alles war lieblich. Im Thurgau sah er Drachen, und aus »Schilf und Rohr« schnappte ein »Haifischrachen« nach ihm.

4. Teil
Vorbereitungen

Kannst du den Leviathan fangen mit einem Haken und seine Zunge mit einer Schnur niederdrücken?

Hiob 40,25

7
27. Mai

Jeder sprach von einem Giftanschlag. Der Anschlag beherrschte alle Schlagzeilen und war Titelthema in den Fernsehnachrichten. Wegen eines Anschlags, so erfuhr man, war der See gesperrt worden. Bodenseewasser hat Trinkwasserqualität. Es ist sauber, eigentlich sogar zu sauber: Es enthält nicht mehr ausreichend Dünger, um das Algenwachstum zu beschleunigen, von dem die Fische abhängen. Immer weniger Fische leben im See, und sie werden immer kleiner, so klein, dass sie den Fischern bereits durch die Maschen schlüpfen. Für Menschen aber ist das Wasser ideal.

70 Meter unter dem Wasserspiegel befinden sich vor Sipplingen im Überlinger See Ansaugdüsen, sogenannte Entnahmeköpfe. Drei Leitungen bringen das 5 °C kalte Wasser zum Ufer – maximal 670 000 Liter am Tag, 8 000 Liter in der Minute. Das klingt viel, beträgt aber nur ein Prozent des Gesamtwasservolumens des Sees. Selbst die Verdunstung am Tag ist höher als die ungeheuren Mengen an Wasser, die täglich entnommen werden.

Das Seewasser wird in der Wasseraufbereitungsanlage auf dem Sipplinger Berg in einem aufwendigen Prozess mit Chlor und Ozon behandelt und durch mit Eisensalzen bestückte Filter gejagt, damit jeder Krankheitserreger ausgesiebt wird.

2,5 Millionen Menschen versorgen diese Ansaugdüsen über ein 1700 Kilometer langes Rohrnetz mit Trinkwasser aus dem Bodensee. Ganz Stuttgart, halb Baden-Württemberg, insgesamt 146 Städte und Gemeinden.

Am frühen Nachmittag des 26. Mai waren dann sämtliche Warnlämpchen aufgeglüht.

In einer ersten Reaktion erließ die Landesregierung ein Trinkwasserverbot in der Region Stuttgart und in den Landkreisen Konstanz und im Bodenseekreis, obwohl die von einer ganz anderen Entnahmestelle versorgt wurden, nämlich 700 Meter vom Ufer entfernt in 40 Meter Tiefe bei Konstanz-Staat.

Die Behörden verglichen in einer ersten Meldung die Tragweite des Anschlags mit dem des 11. Septembers – schließlich seien über zweieinhalb Millionen Menschen gefährdet.

Man müsse damit rechnen, dass der oder die Attentäter versuchten, weitere Giftkanister auf die Entnahmeköpfe der Bodenseewasserversorgung bei Sipplingen zu verbringen. Weitere terroristische Angriffe seien also nicht ausgeschlossen. Auf polizeiliche Anweisung werde daher neben dem See auch das Seeufer auf eine Breite von 50 Meter gesperrt (Ausnahmen seien bebaute Gebiete). Jeder, der am Seeufer spazieren gehe, mache sich verdächtig. Die Überwachung der Sicherheitsmaßnahmen unterliege dem Bundesgrenzschutz und dem Militär.

All das geschah auf Tschiarnacks Anweisung. Er hatte beschlossen, zuzuschlagen und störende Zuschauer vom See zu vertreiben. Und er wollte Carl ausschalten.

Drei Fliegen mit einer Klappe.

So etwas, dachte Brigadegeneral Tschiarnack, nennt man eine durchdachte Strategie.

In der Post war ein großer, gepolsterter DIN-A4-Umschlag. Carl riss ihn auf und fand darin eine CD-ROM mit einem gelben Post-it. *ANSCHAUEN* stand in Druckbuchstaben auf dem Zettel.

Carl schob die CD in das Laufwerk seines Computers;

sie enthielt drei Dateien: *Area Plan*, *Vessel* und *Code*. Er sah sich eine nach der anderen an.

»Wer zum Teufel schickt mir das?«, stieß Carl unwillkürlich hervor, als er das erste Icon angeklickt hatte. Auf dem Monitor erschien ein präziser Plan des Instituts für die Erforschung des Bodensees in Langenargen – mit dem er ja vertraut war –, aber mit dem neuen Anbau, der dort im letzten Monat aus dem Boden gestampft worden war und den er nie hatte betreten dürfen. Nun sah Carl, dass dieser geheime Teil zwei Stockwerke tief in die Erde reichte und das untere Stockwerk durch einen Fluttunnel mit dem See verbunden war. Ein Symbol war mit der Legende *submersible vessel* versehen – Tauchboot.

Das Icon *Vessel* war eine Datei, die die Blaupause des Tauchboots enthielt – es war 2,64 Meter lang und enthielt gerade genug Platz für einen Piloten. Unter *Code* waren nur vier Ziffern gespeichert: *0811*.

Carl wusste nicht, wer ihm diese Informationen zugespielt hatte, der Umschlag trug weder Briefmarke noch Absender. Aber jemand meinte es wohl gut mit ihm. Dieses Tauchboot war eine Möglichkeit, seine These von den unterseeischen Bergrutschen und den von ihnen verursachten Monsterwellen zu beweisen – und nach dem Fisch zu forschen.

Es war das erste Mal seit längerer Zeit, dass Carl wieder die Aufregung spürte, die ihn bei wissenschaftlichen Unternehmen so oft erfüllt hatte. Er malte sich aus, was er alles tun könnte, wenn er dieses Boot hätte – und fahren könnte.

Dann fiel ihm ein, dass er es möglicherweise haben konnte …

Er fühlte dieses Feuer noch, als Rebekka am frühen Nachmittag von der Arbeit – eine Werbebroschüre für einen ortsansässigen Metzger zu schreiben – zurückkehrte.

Sie umarmten sich und gingen früh ins Bett. Er hörte ihren ruhigen Atem, während sie einschlief.

Beide waren so ermattet, dass sie nicht einmal von dem Dröhnen eines Helikopters geweckt wurden, der über ihrem Haus kreiste.

1862 munkelten die Fischer hinter vorgehaltener Hand von einem gewaltigen Ungeheuer im österreichischen Teil des Bodensees.

1876 veröffentlichte Johann-Nepomuk Sepp seinen »Altbaierischen Sagenschatz«. Eine der unheimlichen Geschichten, die er gehört hatte, betraf den Bodensee. In einer »gläsernen Glocke« sei ein Taucher in den See hinabgefahren, völlig verängstigt habe man ihn wieder an die Oberfläche gezogen: Riesige Fische, berichtete der Mann, Wale gar, hätten ihn bedroht.

Endlich Sonne am Bodensee! Sonnenlicht strich über die Blätter der Rebstöcke, die, in strengen Linien hangabwärts gepflanzt, das Kloster Birnau umgaben. Der See war wie ein breites blaues Tuch zwischen die grünen Hügel gespannt. Von der Kirche aus hatte man einen herrlichen Blick, im Osten schob sich eine Landzunge in das Gewässer. Wie Boten einer längst vergangenen Zeit standen die Pfahlbauten auf Stelzen im Wasser und spiegelten sich auf der glatten Oberfläche. Am Horizont ragten die Alpen auf, zum Greifen nahe in der klaren, frischen Luft. Ihre schneebedeckten Gipfel zogen einen scharfen weißen Strich gegen das weiche Blau des Himmels.

Carl sog die kühle Luft ein. Er musste die Augen zukneifen, weil die Sonne ihn blendete. Im See trieben dunkle Flecken, kleine Massen von toten Fischen. Die Radionachrichten hatten vor einigen Stunden gemeldet, dass eine Untersuchung durch das Institut in Langenargen ergeben hatte, dass der Anschlag weniger schlimm gewesen war als zunächst befürchtet; zwar waren mehrere tausend Tonnen Fisch verendet, doch der See würde sich erholen, er war so groß, dass das Gift bereits viel zu verdünnt war, als dass es noch Konzentrationen erreichen konnte, die gefährlich wurden. Trotzdem musste man auf der Hut sein. Deshalb das Verbot, sich dem See zu nähern.

Carl schloss die Augen und dachte an Rebekka, an ihren Körper, daran, dass sie sich geliebt hatten.

Es war ein herrlicher Morgen, und es würde ein herrlicher Tag werden.

Es gab diese Tage, an denen Carl ein wahrhaft kosmisches Gefühl ergriff, an denen er eins war mit der Welt, in Einklang mit der Schöpfung. Jedes Ding schien am rechten Platz zu sein. Die Sonne blendete, das Laub leuchtete, der Wind streichelte und umschmeichelte ihn. Alles war richtig, und er wusste mit einem Mal, dass eine große Zeit vor ihm lag. Er musste ja nicht in Konstanz zu Ende studieren, er konnte das überall tun – er würde seinen Doktor in Limnologie machen, über Tsunamis in Binnenseen, und das würde für Aufsehen sorgen, und Rebekka würde eine Stelle bei einer angesehenen Tageszeitung finden … und alles würde gut werden!

Carl nahm das Fernglas, das er immer bei sich trug, falls der Fisch ein zweites Mal vor ihm auftauchte.

Auf einem der Militärboote, die seit ein paar Tagen ständig auf dem See Streife fuhren, gab es Bewegung: Die Mannschaft eilte zur Reling, ein Kran setzte ein Zodiak, ein Schlauchboot mit Außenbordmotor, in den See. Der See war unruhiger, als er von hier oben wirkte, der kleine gelbe Punkt tanzte auf und ab. Über eine Leiter stiegen zwei Leute hinein, dann fuhr es etwa einhundert Meter weit, wo etwas Schwarzes aus dem See auftauchte. Die Männer vertäuten das Objekt an ihrem Boot und kehrten, nun langsamer, zum Schiff zurück. Der Kran schwenkte erneut aus und holte das Schlauchboot zurück an Deck, dann hievte er mit einer starken Kette ein Tauchboot nach oben. Eine Luke an der Oberseite des U-Boots öffnete sich, der Pilot kletterte heraus. Aufgeregt fuchtelte er mit den Armen, schien etwas zu erklären. Verschiedene Leute eilten auf ihn zu, einige in Uniform, und nahmen ihn in ihre Mitte. Der Pulk bewegte sich auf die Aufbauten des Schiffes zu und verschwand aus Carls Sicht.

Carl betrachtete das Tauchboot durch seine Ferngläser: Es war das U-Boot von den Plänen auf der CD-ROM.

Wie man gegen Soldaten und Armeen kämpfte, wusste Brigadegeneral Tschiarnack. Aber wie kämpfte man gegen Maden? Maden in der Größe von kleinen Walen, die ein gesamtes Seeufer unterhöhlten und so die Region für Menschen unbewohnbar machen würden?

Tschiarnack hatte die Videobänder betrachtet und sofort beschlossen zu handeln. Eigentlich sollte sich das Militär nicht mit Seeungeheuern befassen, aber hier ging es um Menschenleben. Deshalb hatte er Volmero ein zweites Mal hinuntergeschickt – dieses Mal mit einer kleinen, scharfen Bombe. Der Sprengsatz sollte er in dem Bau dieser Ungeheuer platzieren. So konnte man die Brut möglicherweise ausrotten, bevor Schlimmeres geschah.

Bereits Bilderberger hatte diesen Cristoforo Volmero ausgewählt, die U-Boot-Expedition in die Tiefen des Sees zu unternehmen, weil der Italiener so etwas wie ein Volksheld geworden war. Er hatte »gli bombe«, die uranverseuchten Bomben, in 180 Metern Tiefe im Gardasee aufgespürt und geborgen.

Am 16. April 1999 befand sich ein US-Kampfjet F-15 auf dem Rückflug von einem NATO-Einsatz im Kosovo zur italienischen Basis Aviano. Weil dort eine Landebahn ausfiel, wurde er nach Ghedi umgeleitet. Um Gewicht zu sparen, warf er sechs Bomben in den Gardasee. Einwohner von Toscolano Maderno beobachteten um 12.45 Uhr, wie der Jet sich der Seeoberfläche bis auf 600 Meter näherte und dann seine tödliche Fracht zwischen Punto San Vigilio und der Halbinsel Sirmione abwarf. Nach Dementis wurde die Tatsache schließlich zugegeben, aber das Gebiet, in dem die Bomben lagen, war so groß, dass sie trotz jahrelanger Suche mit U-Booten, Tauchrobotern und Telekameras nicht aufgespürt wurden – das hatte Volmero erst vor kurzem geschafft. Diesem Tauchbootpiloten war also allerhand zuzutrauen. Grund genug, ihn mit der wichtigen Aufgabe zu betreuen, in dem Krater die Sprengung vornehmen, die dieses Loch zerstören und die fremdartigen Wesen töten sollte.

Aber die Sensoren hatten keine Explosion registriert, obwohl die Detonation nur kurz nach Volmeros Auftauchen hätte erfolgen sollen.

»Signore«, sagte Volmero zu Tschiarnack. Dann folgte ein aufgeregter Wortschwall auf Italienisch.

»Verdammt, sprechen Sie Deutsch mit mir!«, befahl der Brigadegeneral in einem ruhigen, aber umso bestimmteren und deshalb auch bedrohlichen Tonfall. »Haben wir denn keinen Dolmetscher?«, fluchte er dann, stand auf und stieß sich den Kopf an der niedrigen Decke.

»Signore!« Volmero zeigte auf einen kleinen schwarzen Knopf auf dem Stahltisch, und Tschiarnack steckte ihn in sein Ohr. »Na also«, sagte er dann.

»Es war nicht so wie gestern«, sagte die Stimme in Tschiarnacks Ohr. Dann kratzte es, und der Knopf blieb stumm. Tschiarnack sah verärgert auf.

»... senza mostri il fondo del lago ...«

Nervös klopfte Tschiarnack auf sein Ohr und deutete dem Italiener an, er solle nicht weitersprechen. Ein Techniker eilte in den Raum, ließ sich von Tschiarnack den

Ohrknopf geben, besah ihn, bastelte daran herum und wollte ihn wieder in Tschiarnacks Ohr setzen, doch der General stieß ihn mit einem bösen Gesichtsausdruck von sich, riss ihm den Knopf aus der Hand und setzte ihn selbst wieder ein. Danach deutete er auf die Tür und wartete, bis der Techniker den Raum verlassen hatte. »So!«, insistierte er dann. »Was war im See?«

»Da waren keine Ungeheuer mehr am Seeboden«, sagte der Dolmetscher. Seiner Stimme war die Überraschung deutlich anzuhören. Über was sprachen die beiden da?

»Was!«, rief Tschiarnack erstaunt auf, so laut, dass Volmero zusammenzuckte.

Volmero hatte an diesem Morgen, mit den korrigierten Plänen und Karten ausgestattet und durch GPS geleitet, den Krater ein zweites Mal besucht. Doch das Loch war verlassen, die gallertartige Membran war verschwunden – es gab keine Ungeheuer mehr, die aus dem Inneren der Erde auftauchten. Er hatte hineintauchen wollen, aber eine frische Erdlawine verschloss den Eingang. Volmero hatte nur noch Kraterboden vorgefunden.

»Ja«, sagte Volmero durch die Stimme des Dolmetschers, »hier am See von Konstanz ist alles tot – wie ausgestorben. Der Trichter ist leer, es kamen auch keine Seeungeheuer oder Rieseneidechsen heraus. Der Eingang ist verlassen und verschlossen. Vielleicht sind die Wesen weitergezogen …«

»Das hätten wir doch bemerken müssen!«, stieß Tschiarnack wütend hervor.

»Vielleicht, Signore«, sagte Volmero in gebrochenem Deutsch, »vielleicht sie sind in Bewegung … sempre …!«

Tschiarnack atmete schwer. »Sie müssen erneut da runter, die Löcher dieser Ungeheuer suchen, und die Sprengladung platzieren!«

Volmero blickte Tschiarnack amüsiert an. »Sie haben

meinen Bericht nicht fertiggelesen«, antwortete er durch den Dolmetscher, »es geht nicht.« Dann nahm er seinen Knopf aus dem Ohr, sah Tschiarnack direkt in die Augen und präzisierte mit eindringlichen Worten: »Ich musste umkehren, nicht konnte sprengen, die Elektronik … wie sagt man … spinnerte.«

Es konnte Tage dauern, bis das Tauchboot wieder funktionstüchtig war. Tschiarnack wollte sich lieber nicht ausmalen, wie die Maden in der Zeit die Ufer weiter unterhöhlten. Er ärgerte sich selbst über seine unbeherrschte Art, doch er war so überzeugt gewesen, dass er die ganze Operation heute schon hätte beenden können. Stattdessen fing alles erst an. Die Seesperrung musste also noch andauern …

In den letzten Wochen waren nördlich des Sees mehrere Lager entstanden, die die Amerikaner aufnehmen sollten, die nach Tschiarnacks Presseerklärungen an den internationalen Grenzmanövern teilnahmen. Die Zeitungen und lokalen Fernsehsender berichteten ausführlich über den Fortschritt der Arbeiten, aber vieles ging so schnell, dass die Pendler immer wieder von Straßensperrungen überrascht wurden. Und obwohl die Hubschrauber störten, die Material und Fertigbauteile an die Standorte transportierten, die Anwohner wegen gesperrter Straße Umwege in Kauf nehmen mussten, war niemand wirklich unglücklich darüber, dass die Amerikaner stationiert wurden.

Mittlerweile waren die Zäune, an denen Rebekka zwischen Stetten und Ittendorf an der B 33 entlangfuhr, ein gewohnter Anblick. Ein weiterer Wohncontainer! dachte sie. Sie pendelte über Meersburg nach Ravensburg und am Abend von Ravensburg über Meersburg nach Überlingen zurück, weil sie einen neuen Job bei einem Anzeigenblatt gefunden hatte. Auf dem Rücksitz ihres Autos lagen vier große, dicke Umschläge von Carl, Bewerbungen für Stellen als Limnologe an Universitäten oder im Umweltschutz. Hatte Carl früher ungeduldig das Eintreffen des Briefträgers nicht abwarten können, weil er auf Briefe von Augenzeugen des Boddy-Phänomens hoffte, so hoffte er nun auf Briefe, die ihn zu Vorstellungsgesprächen einluden.

Der Tag brachte endlich den Sommer. Nach der Morgenkühle wurde es schnell warm, sonnig, ein herrlicher Frühsommer. Das Wetter zog dennoch keine Touristen an den See – er war ja für Segler, Schwimmer und Taucher gesperrt, und es war wenig sinnvoll, die wenigen Urlaubswochen im Jahr dort zu verbringen, wo man eigentlich nichts tun durfte. Nicht einmal Fähren fuhren.

Trotzdem hatten die Gastwirte und Pensionsinhaber, zumindest in Oberschwaben, keinen Grund zur Klage. Seit Wochen wuchsen die Camps stetig, und mit ihnen die Zahl der Soldaten, die am See ihren Dienst verrichteten. Amerikanische Militärs sorgten für eine gewaltige Kaufkraft. In den Cafés und Hotels hörte man mehr Englisch als Deutsch.

Rebekka fuhr an den endlosen Zäunen entlang. Das Lager wucherte in die Landschaft hinein, einzelne Barackensiedlungen streckten sich von der Hochebene ins Tal. Von Horizont bis Horizont sah sie die Container sich erstrecken. Die Hubschrauber hatten in den letzten Tagen ohne Unterlass vorgefertigte Bauteile herbeigeschafft, die Lager für die Soldaten nahmen immer breiteren Raum ein. Der Straßenrand glich der alten DDR-Grenze: vier Meter hohe Stacheldrahtzäune, Wachtürme, Uniformierte mit scharfen Hunden, Videoüberwachungskameras. Jede Minute startete oder landete ein Hubschrauber am Heliport. In Friedrichshafen befand sich ein ähnliches Lager, das in großem Umkreis die »Europäischen Luftschiffwerke« umgab.

Rebekka musste bremsen, weil das Auto vor ihr plötzlich langsamer wurde, und sah dann auch, warum: Über die Kuppe flog, ganz knapp über der Straße, ein Transporthubschrauber. Der Helikopter, militärisch grau und grün, trug wie immer keinerlei Markierung, keine Länderkennung, kein Hoheitszeichen. Er manövrierte mit einem unter ihm pendelnden Betonbauteil.

Es war eine gute Zeit für Anzeigenblätter. Die meisten kamen auf Deutsch und Englisch heraus. Die vielen Technikspezialisten aus den Vereinigten Staaten waren gut bei Kasse, und es rentierte sich für die örtlichen Bäckereien, Metzgereien und Lokale, ihre Anzeigen auch in »Lake Constance for Americans« zu platzieren, dem Blättchen, das in einer Auflage von 4 000 Stück in den Wachhäuschen vor den beiden Camps abgegeben wurde, die Zeitung, für die Rebekka arbeitete. Ihre Aufgabe war, Artikel zu schreiben, in denen schwäbische und deutsche Spezialitäten erklärt wurden, des Weiteren gab sie Tipps zum richtigen Wein, erzählte Anekdoten aus der Geschichte des Bodenseeraums und übersetzte zuvor im »Seekurier« erschienene Wandervorschläge ins Englische. Gestern hatte sie Honore de Balzacs Geschichte von der schönen Imperia, der Hure des Konzils von Konstanz, ins Englische übertragen – das brachte immerhin noch etwas Zeilenhonorar ein. Einen Artikel, den Carl über die Monstersichtungen geschrieben und den sie ins Englische und Französische übersetzt hatte, wollte die Zeitung allerdings nicht drucken. »Zu uninteressant«, hatte ihr Chef gesagt und sie gebeten, einen halbseitigen Beitrag über einen Raddampfer aus dem 19. Jahrhundert zu schreiben, die »Jura«, die vor dem Schweizer Ufer gesunken und ein beliebter Ausflugspunkt für Taucher gewesen war.

Hinter einer Kuppe entdeckte Rebekka plötzlich eine Straßensperre. Ein Uniformierter stand da, eine Maschinenpistole im Anschlag.

Rebekka hielt und kurbelte die Scheibe herunter.

»Now, Froillain, hier geht es nikt weiter!«

»Ich muss aber nach Ravensburg.«

»Dann Sie müsse zuruckfahren und uber Fredrikshafen gehen«, erklärte der Mann mit einem Schulterzucken und einem freundlichen Lächeln. Er rückte seine dunkle Sonnenbrille zurecht, tippte mit Zeige- und Mittelfinger an seine Schläfe und winkte sie weiter: »Guter Fahrt!«

»Nun, Haasen?«, fragte Tschiarnack.

»Ich habe über UFOs gesprochen, öffentlich, vor vielen hundert Zuhörern.« Matthias Haasen blickte dem Militär fest in die Augen.

»So, über UFOs?« Tschiarnack lachte. Eine Thermoskanne stand auf dem Tisch vor ihm, daneben lag ein Plastikordner mit Ausschnitten aus Lokalzeitungen und Anzeigenblättern. Viele der Überschriften waren balkendick, und alle enthielten das Wort *UFO*. Offenbar hatte Tschiarnack den Stapel erst kurz zuvor gesichtet, denn einige der Schnipsel waren aus der Mappe genommen worden und befanden sich nun neben ihr. Obenauf lag ein Ausschnitt mit dem Titel: *UFO-Experte enthüllt: Basis im Bodensee.* Der Text war mit zwei Fotos illustriert, eines davon eine Montage von Meersburg mit einer typischen fliegenden Untertasse, die noch halb im See steckte; daneben ein Standfoto aus einem B-Movie der fünfziger Jahre – ein tentakelbewehrter Außerirdischer, halb Oktopus, halb Eidechsenmann. Der Brigadegeneral schob die Mappe und die Schnipsel zur Seite. Er verdeckte damit die Tageszeitung und ihre Schlagzeile: *Giftanschlag bei Sipplingen gefährdet Trinkwasserversorgung der gesamten Region.* Unter der Schlagzeile befand sich das Foto eines Teppichs aus toten Fischen, der auf der Seeoberfläche trieb.

»Ja, die Wahrheit über UFOs …«, entgegnete Haasen.

»Welche Wahrheit?«

»Die Wahrheit, die in den Büchern steht.«

»Das ist gut so. Wollen Sie einen Kaffee?«

Haasen nickte, und Tschiarnack goss ihm ein. »Wissen Sie, als ich Sie rekrutierte, herrschte hier jede Menge Skepsis vor.«

»Schon klar. Aber wessen Brot ich ess, dessen Lied ich sing«, verkündete Haasen. Ob er nun Texte schrieb, die Erich von Dänikens Version der Vergangenheit verbreiteten, oder eine Zeitschrift über Pyramiden herausgab, die archäologische Fakten betonte, ob er über katholische Heiligenlegenden berichtete oder die Autopsie eines Aliens – stets äußerte er sich im Brustton der Überzeugung.

»Und nun haben Sie überall verkündet«, hakte Tschiarnack nach, »dass die Aliens eine Basis im Bodensee haben?«

»Genau das«

»Gut!« Tschiarnack nippte an seinem Kaffee, dann stand er auf, verschränkte die Arme hinter seinem Rücken und ging zum Fenster. Im See dümpelten die grauen Militärboote. Der General dachte an Bilderberger, seinen Vorgänger, von dem es immer noch keine Spur gab. Dann schob er den Gedanken beiseite, drehte sich um, kehrte zu seinem Platz zurück und wandte sich wieder an Haasen: »Gut«, wiederholte er dann. »Wenn Sie das sagen, wird es niemand glauben.«

Haasen lachte und wurde dann ernst. »Sie haben versprochen, mir als Gegenleistung die Wahrheit über den Bodensee zu sagen.«

»Ich halte meine Versprechen, Herr Haasen. Aber ich muss Sie enttäuschen: Es gibt keine Basis von Außerirdischen im See. Ehrlich! Wir haben da unten jeden Quadratzentimeter des Bodens abgesucht: keine Aliens.«

»Und der Fisch?«

»Der große Fisch«, antwortete Tschiarnack mit einem breiten Lächeln, »ist eine Erfindung der Medien!« Immer noch lächelnd schob er Haasen zur Tür und verabschiedete den UFO-Verkünder.

Dann blickte er wieder aus dem Fenster auf den blauen See, die grauen Schiffe.

Die Aktion war generalstabsmäßig geplant. Seit Wochen hatte man sich den Kopf darüber zerbrochen, wie man den Seeraum komplett sperren könnte, ohne Verdacht zu erregen. Obwohl die Vorstellung absurd war, die Trinkwasserversorgung Stuttgarts mit einem winzigen, in der Tiefe vor Sipplingen deponierten Giftbehälter zu verseuchen, hatte nicht nur die Bevölkerung, sondern auch die Polizei diese Erklärung akzeptiert. Panik war zum Glück auch nicht ausgebrochen. Sie hatten rechtzeitig genug wieder abgewiegelt und die vermeintliche Gefahr heruntergespielt.

Das Wichtigste aber war: Er konnte nun ungestört im See operieren, weil jeder einsah, dass hier wichtige Fahndungsarbeit geleistet wurde.

Man tarnte Geheimnisse am besten, indem man sie in aller Öffentlichkeit zeigte. Die Schiffe da draußen bezeugten die Gefahr durch das Gift, und bald schon konnte er den Täter liefern. Haasens Missionsarbeit säte Misstrauen gegen Augenzeugenberichte. Jetzt musste das U-Boot nur noch repariert und überholt werden, auf erneute Fahrt gehen, das neue Nest der Ungeheuer aufspüren – und dann sprengen.

Es war die größte Schifffahrtskatastrophe, die je den Bodensee heimgesucht, die sich je in Deutschland ereignet hatte: Innerhalb von nur drei Minuten wurde eine Flotte von über 1 000 Schiffen völlig vernichtet.

Unbemerkt von den grauen Patrouillenbooten in der Seemitte senkte sich der Spiegel des Bodensees abrupt um zwei Meter. Das Wasser zog sich blitzschnell vom Strand zurück und ließ eine zwanzig bis dreißig Meter breite Sand- und Kieszone trocken fallen; in der Mitte des Sees wölbte sich das Wasser wie ein Hügel auf. Die Militärboote spürten die Veränderung nicht, sie hoben sich nur träge an.

Der Jachthafen von Kressbronn, die Marina, misst 200000 Quadratmeter und bietet über 1400 Booten, Schiffen und Jachten einen Liegeplatz. Viele der Schiffe waren von ihren Eigentümern bereits abgezogen und an andere Seen verbracht worden, die 1023, die noch in der Marina vertäut lagen, fielen, als man ihnen das Wasser unter dem Kiel plötzlich fortgezogen hatte, krachend auf den mit Kies bedeckten Seegrund, zerbarsten dort, kippten, schlugen aneinander und fügten sich so weitere Schäden zu.

Nur Minuten später raste das Wasser zum Ufer zurück. Die Militärboote senkten sich kaum merklich, aber auf den Strand lief eine Mauer aus Wasser zu, ohrenbetäubend laut und zwei Meter hoch, baute sich in der Höhe auf und war hart wie Beton.

Die Welle traf auf die Umgrenzung der Marina und staute sich vor dem engen Durchgang, der den Hafen mit dem See verband, zu doppelter Höhe auf und raste dann weiter. Die Jachten schaukelten, nervös schlugen die Seile gegen die Metallmasten, als sich das Becken wieder füllte: king-klang, king-klang.

Die Welle spülte in Sekunden in die Marina, hob die angeschlagenen Boote und Jachten an, wirbelte sie in gewaltigen braunen Strudeln gegeneinander und ineinander. Sich drehende, sich hebende und senkende, sich wütend aufeinander stürzende Segelschiffe und Motorjachten heulten auf wie verwundete Tiere.

Nach nur drei Minuten – in denen sich das Wasser zurückgezogen und erneut zum Ufer gerast war – war der

Spuk zu Ende: Die zermahlten Stege dümpelten träge zwischen den zerborstenen Schiffsrümpfen, gesplitterte Masten ragten aus dem schlammigen Wasser, abgerissene Aufbauten hoben und senkten sich mit den Wellen, die, sich im Gefängnis der Marina immer stärker gegenseitig aufstachelnd, schäumend an die Kaimauern krachten.

Menschenleben forderte das Unglück nicht, denn das Verbot der Schifffahrt auf dem See hatte die Boote, wetterfest gemacht, ohne Besatzung gelassen.

Am gegenüberliegenden Ufer, bei Rorschach, griffen die Wellen an die Ufermauern, schwappten auf die Promenade, holten sich einzelne Steine aus den Fundamenten der Häuser, unterwühlten die Hafenbefestigungen und rissen schließlich einen großen Teil Land in die Tiefen des Sees. Das barocke Kornhaus wurde ein Raub der Wellen, sie verwandelten auch ein altes Badehäuschen, das auf Stelzen im See stand, in Treibholz.

Die Monsterwelle riss die Schiffe im Hafen aus ihrer Verankerung und schwemmte sie hinaus in den See.

Wo einstmals Teile von Rorschach gestanden hatten, erstreckte sich nun eine neue Bucht, in der das aufgewühlte Wasser noch nach langer Zeit nicht zum Stillstand kam.

Soviel Tschiarnack auch unternommen hatte, um Bilderbergers Pläne zum Ausbau der Infrastruktur durchzuführen, so sehr hatte er doch gehofft, dass der Tauchgang und das gezielte Anbringen einer genau dosierten Bombe den Krater zuschütten, die Maden vernichten und die Probleme lösen könnten. Doch nichts davon war eingetreten. Nicht einmal die Leiche seines Vorgängers hatten sie bisher gefunden. Seine Nerven lagen blank – er hatte es an den zurückliegenden Besprechungen selbst bemerkt. Ihm blieb nichts übrig, als die Militärcamps auszubauen und die Amerikaner weiter einzubinden. Der italienische U-Boot-

Pilot war unzuverlässig. Er musste einen neuen finden. Ohnehin hatte sich so viel geändert, Koordinaten hatten sich verschoben – es war nicht mehr zu bezweifeln, dass man es mit einer unbekannten Tierart zu tun hatte. Nur – war diese intelligent oder nicht?

Tschiarnack saß zumeist von morgens bis abends in der Kommandozentrale an seinem Schreibtisch und organisierte. Taucher, Schnellboote, neue Sonargeräte, Überwachungsmaßnahmen und die Suche nach Bilderbergers Leiche ... Kaum zu schaffen für einen einzelnen Mann, obwohl mittlerweile die Gelder stärker flossen und er seine Lasten auch auf andere kompetente Schultern verteilen konnte. Er hielt Verbindung mit den Amerikanern, mit Berlin.

Einmal am Tag fuhr er in einem Boot die Uferstrecken ab, die sich nachweislich senkten. Er studierte die Veränderungen an den Ufern mit den Aufzeichnungen der Erdbebenwarte, aber außer der mittlerweile banalen Erkenntnis, dass Bebenhäufigkeit und Intensität mit der Sinkgeschwindigkeit der Kiesstrände »positiv korrelierten«, wie die Seismologen schrieben, begriff auch er nicht mehr. Die Berichterstattung in den Medien über den Fisch, das Seeungeheuer – oder wie sonst man es bezeichnete – ließ sich zwar effektiv eindämmen, aber die Front verlief nun ganz woanders. Mittlerweile erzählten selbst die Soldaten in den Streifenbooten seltsame, unheimliche und unwirkliche Geschichten von großen, sich bewegenden Körpern im See.

Der Brigadegeneral trat aus der Kommandozentrale und nahm in einem breiten, schwungvollen Blick das Seepanorama ein. Mit großer Zufriedenheit betrachtete er ein kleines Militärboot in der Seemitte, das durch die Wellen pflügte. Das gab ihm ein unbestimmtes Gefühl der Kontrolle, die Sicherheit, dass er entscheiden konnte, was geschah. Er wusste zwar, dass er nicht agierte, höchstens reagierte, aber für diesen einen Moment glaubte er seine eigene

Lüge: Dort waren die Militärboote, und er steuerte, was geschah, er hatte Gewalt über die Ereignisse.

Der General atmete tief durch. Wie man gegen einen Feind kämpft, welche Strategie man anwendet und wie man ihn durch Spähtrupps lokalisiert – all das beherrschte er. Aber wie kämpfte man gegen einen See? Wie besiegte man ihn? Besonders wenn man den Verdacht hegte, dass das, was der See tat – beben, überschwemmen –, gelenkt wurde?

Wieder atmete Tschiarnack tief durch. Die Flotte von Patrouillenbooten wendete und lief auf die Uferseite zu, auf der er stand. Von vorn betrachtet, verschwanden sie fast auf dem Hintergrund des Wassers. Es war ein großer See.

Er ging zurück an seinen Schreibtisch, ordnete ein paar Papiere. Es war an der Zeit, dass er das Heft in die Hand nahm. Die Störungen, von denen alle Experten einmütig erklärten, sie hätten keinen natürlichen Ursprung, strahlten von drei Zentren am Seegrund aus. Schließlich hatte er selbst einmal diese Schlangenform gesichtet! Es waren große Tiere.

Er konnte tatsächlich wieder Oberhand gewinnen. Er musste nur jemand dort hinunterschicken.

Und er wusste auch, wen.

Jetzt aber war es Zeit für seinen wöchentlichen Termin mit Meuger im Besprechungsraum.

Der General optierte für einen gezielten und präzisen militärischen Zugriff. Meuger redete davon, dass man die großen Fische erst untersuchen sollte, bevor man sie vernichtete. Tschiarnack, sonst so kühl und analysierend, hatte wirklich nicht seinen besten Tag. Er war wütend über die verpasste Chance, wütend darüber, dass hier alles immer ungeheure Ausmaße annahm. Nicht nur, was den Aufwand betraf, den er trieb – es war klar, dass diese Wesen in der

Tiefe von Tag zu Tag bedrohlicher wurden. Was kam als Nächstes? Würde die nächste Welle Konstanz überrollen?

Meugers Handy klingelte.

»Wenn das verdammte Ding schon während unserer Besprechung klingelt«, schimpfte Tschiarnack, »dann nehmen Sie halt ab.«

Carl war am Apparat. Er hatte gerade die Nachrichten von der »Monsterwelle« im Radio gehört und war noch ganz enthusiastisch, enthusiastisch wie ein Forscher, dessen abwegige These nun unwiderrufbar bewiesen worden war: »Das war ein Tsunami. Ich hatte recht! Und ich werde es beweisen ...«

»Wie wollen Sie das denn anstellen?«, fragte Meuger angestrengt.

»Mit einem manövrierfähigen U-Boot. Ich weiß, dass sich eines in einem unterirdischen Hangar in Langenargen befindet – und ich weiß, was am Seeboden ist ... Ich weiß alles!«

Meuger legte eilig auf. Tschiarnack blickte durch die Glasscheibe seines Büros zu dem Stab von Technikern. Einer hielt den Daumen hoch. Sie haben das Gespräch abgefangen und aufgezeichnet, dachte Tschiarnack erleichtert.

Zu Beginn des 20. Jahrhunderts begannen die Bodenseeanrainer, seltsame Donnergeräusche aus der Seetiefe zu hören – mal klang es wie fernes Artilleriefeuer, mal wie ein Gewitter, immer aber grollend und bedrohlich. Man nannte das Phänomen »Seeschießen«. Artikel erschienen in den Tageszeitungen, in wissenschaftlichen und populären Magazinen. Niemand hat je herausgefunden, was das Seeschießen war, aber eine Theorie setzte sich durch: dass es mit Erdrutschen unter der Oberfläche zusammenhängen könnte. Denn die rätselhaften Knalle kamen aus dem Wasser und standen im Zusammenhang mit schwer erklärbaren Wellenphänomenen auf der Wasseroberfläche oder eigenartigen Erderschütterungen.

»Auf einem Spaziergang von Friedrichshafen nach Manzell«, berichtete ein Zeuge dem »Stuttgarter Neuen Tagblatt« vom 7. August 1908, »... hörte ich gestern Vormittag zwischen 9¼ und 9½ Uhr mehrmals ein dumpf-rollendes Geräusch wie ferner Donner, das vom Schweizer Ufer herzukommen schien ... In der Nähe von Seemoos setzte ich mich auf eine schattige Bank hart am See, der regungslos dalag, weit und breit war kein Schiff zu sehen. Es war 10 Uhr. Da bemerkte ich 600 bis 800 Meter vom Ufer entfernt im See eine etwa 15 bis 20 Meter lange Wasserwelle, die ich anfangs für einen herauswachsenden Seegrasstreifen hielt; bei schärferem Zusehen nahm ich aber wahr, daß die Welle sich ganz allmählich, und zwar parallel dem Ufer näherte. Vor und hinter dieser Wasserwelle, die aus 4 bis 5 einzelnen Längswellen mit kurzem Abstand bestand, war das Wasser vollständig ruhig und glatt; es war also kein Anschwellen und Nachlassen des Wassers zu bemerken, wie es bei den am Ufer sich brechenden Dampfbootwellen vorkommt, die sich überdies am Ufer fortschreitend brechen. Bei dieser ganz eigenartigen Wasserwelle drängt sich mir der Gedanke auf, ob hier nicht ein Zusammenhang mit dem vor einer halben Stunde gehörten Seeschießen vorliegt? Etwa in der Weise, daß bei dem ›tiefen Schweb‹, der tiefsten Senkung des Bodensees zwischen Manzell und Uttwill, ein Erdrutsch eingetreten und das Seeschießen und die genannte Welle verursacht hat? Weitere solche Wasserwellen konnte ich nicht mehr beobachten.«

Meuger stand am Ufer und sah die Fischleiber, die den Strand bedeckten und mit aufgeblähten Bäuchen im See trieben.

»Der zweite Engel blies seine Posaune, und etwas wie ein großer Berg, von Feuer brennend, stürzte ins Meer, und ein Drittel des Meeres wurde zu Blut, und ein Drittel aller lebenden Wesen im Meer starb, und ein Drittel aller Schiffe wurde vernichtet.

Und der dritte Engel blies seine Posaune, und ein großer Stern fiel vom Himmel; er brannte wie eine Fackel und fiel auf ein Drittel der Flüsse und Quellen. Und ein Drittel des Wassers wurde zu Wermut, und zahllose Menschen fanden den Tod durch das Wasser, weil es bitter geworden war.«

Meuger kannte die Bibel, und er kannte den Bodensee. Wer hatte wohl dieses Fischsterben verursacht? War es General Tschiarnack gewesen? Er traute es ihm durchaus zu. Sollten die Fische die Giftanschläge plausibel machen? War das Fischsterben eine Nebenwirkung des Tsunamis, und war dieser natürlichen Ursprungs oder von den Maden oder von den Militärs verursacht worden? Hatte Tschiarnack tatsächlich Gift in den See gelassen, um die Maden zu vergiften? Oder hatten die Maden die Fische getötet, um zu zeigen, wer Herr des Sees war? So viele Fragen, und Meuger wusste auf keine eine Antwort.

Plötzlich erkannte er, dass er einem Irrtum erlegen war. Carl wusste nichts von den Entdeckungen, die Tschiarnack gemacht hatte, sondern bluffte nur. Sein Rat an Tschiarnack, Carl unter Kontrolle zu bringen, war der endgültige Verrat gewesen!

Der Forscher griff zu seinem Handy, um den General zu verständigen, doch Tschiarnack war nicht mehr zu sprechen.

»Wir haben ein Sicherheitsleck!«

»D-das ist unmöglich!«, stotterte einer der EDV-Leute.

»Unmöglich oder nicht – die Datensicherheit hat uns einen unberechtigten Download gemeldet.« Der Techniker blickte in die ausdruckslosen Augen seiner Berater.

Tschiarnack verachtete diese sogenannten Experten, die stets Einwände gegen seine einfachen Lösungen vorbrachten. Es war auch ohne sie schwer genug, die Leitung dieses internationalen Projekts in deutschen Händen zu behalten. Die Amerikaner bedrängten ihn mächtig und hätten die Operation am liebsten selbst übernommen, obwohl er ihnen natürlich nicht alle verfügbaren Informationen zugespielt hatte. Dazu kam der Druck aus der Politik, der Innenminister wollte ständig auf dem Laufenden gehalten werden. Und die Öffentlichkeit sollte von all dem nicht mehr als unbedingt nötig erfahren.

Nun hatte sich die Gesamtsituation geändert, der Feind hatte endlich ein Gesicht erhalten. Wenn die Amerikaner erfuhren, dass man es mit Seeungeheuern zu tun hatte, würde er sich lächerlich machen.

Und nun auch noch dieses Sicherheitsleck! Ihre Pläne würden an die Öffentlichkeit gelangen.

»Findet mir den, der uns verraten hat, und ich bringe ihn eigenhändig ins Gefängnis!« Tschiarnack war außer sich.

»Der Zugangscode wurde manipuliert, er lässt sich nicht zurückverfolgen«, erklärte einer der EDV-Leute.

»Ich will nicht hören, was nicht klappt – ich will nur, dass es klappt!«, schrie Tschiarnack. Er ahnte, wem die Daten zugespielt worden waren: diesem verrückten Carl Ghuimin. Wozu hatte man schließlich sein Telefon angezapft?

»Sollten wir nicht den Code ändern?«, fragte ein Techniker.

»Der Kerl wird sich kaum trauen ...!«, stellte Tschiarnack fest. »Lassen Sie den so – bestenfalls erwischen wir Ghuimin auf frischer Tat!«

Nur gut, dass er die Weichen längst gestellt hatte.

In der Nacht vom 23. auf den 24. Februar 1977 brachte der Bundesbahnbedienstete Lothar Schäffler seinen Freund

Rudi Grutsch mit dem Auto zurück in dessen Wohnung in Langenargen.

Um 2.30 Uhr sah Schäffler am Himmel eine grell strahlende Lichterscheinung. Später stellte sich heraus, dass es sich um einen Boliden gehandelt hatte, einen Felsbrocken aus dem Weltall, der in der Atmosphäre verglühte.

Grutsch schloss seine Wohnung auf und ging zu Bett. Für Schäffler, der eigentlich weiterfahren wollte, begann nun ein Alptraum. Er hörte einen kurzen Pfiff, dann spürte er einen leichten Luftzug – und dann standen plötzlich zwei unfassbare Wesen vor ihm: zwischen 1,10 und 1,30 Meter hoch, menschenähnlich und doch anders. Sie hatten runde Köpfe, Schlitze statt Augen, lange, herabhängende Ärmchen, Hände mit Schwimmhäuten zwischen den Fingern. Um den Hals trugen sie eine Art Krause mit sechs oder sieben hellgrünen Zacken. Sie glichen mehr einem aufrecht gehenden Frosch als einem Menschen. Schäffler erstarrte. Angst erfüllte ihn. Panik stieg in ihm hoch.

Er hämmerte gegen die Tür von Grutschs Wohnung. Er wollte hinein, aber die Tür war verschlossen. Er rannte zu den Nachbarn, der Familie Burkhart. Er hämmerte gegen die Tür.

Familie Burkhart verständigte die Polizei.

Ein Bluttest ergab, dass Schäffler nicht betrunken war.

8
28. Mai

Einen berühmten Tiefseeforscher wie Jacques Piccard bittet man nicht jeden Tag um Hilfe. Deswegen gab es ein großes Presseecho, als die Staatsanwaltschaft Ulm ihn im März 1979 ersuchte, nach der Leiche einer 1976 nach einem mysteriösen Bootsunglück spurlos im See verschwundenen Frau zu fahnden.

Jeden Tag meldeten die Tageszeitungen, wann, wie und mit welchem Ergebnis Piccard mit seinem Miniatur-U-Boot »F. A. Forel VD 131« im Bodensee unterwegs gewesen war.

Insgesamt rund 100 000 Quadratmeter Seeboden untersuchte die Forscherlegende; er fand jedoch nur, wie das »Badische Tagblatt« damals lakonisch zusammenfasste, »viele Fische, aber keine tote Frau: Statt der Frauenleiche entdeckte Piccard eine in diesem Gewässer bislang noch unbekannte Fischart«.

In welchem Zusammenhang steht eine im See verschwundene Frau mit einem Fisch, der eigentlich eine wissenschaftliche Sensation gewesen sein müsste – der der Presse aber nur einen Nebensatz wert war?

Immerhin: Es war eine unbekannte Fischart – mit Fühlern auf dem Rücken!

Die kühle Morgenluft streifte ihn, das Laufen strengte ihn an, und doch genoss er es, nach seiner frühmorgendlichen Monster-Spähtour nach Hause zu joggen. Immer wieder musste Carl am Uferweg um Pfützen und Wasserlachen herumlaufen, und wenn er über die Wiese auswich, lief er im Sumpf. Das Laufen war unter diesen Bedingungen anstrengender als sonst, aber die Seerufer senkten sich nun mal fast überall. Das Verbot, an den See zu gehen, scherte Carl wenig; es stand ohnehin kein Polizist am Ufer, um es zu überwachen. Die wenigen Posten sah man zudem schon von weitem.

Plötzlich krümmte Carl sich vor Schmerzen. Seine Seiten stachen. Er stützte sich an einen Laternenpfahl, streckte die Beine und sah an sich herab. Er atmete heftig und rasch. Noch nie zuvor hatte er solch ein starkes Seitenstechen gespürt. Ich werde alt! dachte er und musste im selben Moment über sich lachen. Er war viel zu schnell gelaufen, völlig erfüllt von dem Glücksgefühl, das ihn noch immer durchströmte.

Vorsichtig und langsam ging er zu seiner Wohnung zurück. Eine Menge Leute standen vor dem Haus. Carl hörte ihr Gerede schon von weitem. Blaulicht huschte gespenstisch über die Wände der Nachbarhäuser. Ein Krankenwagen? War Rebekka etwas passiert? Er zuckte zusammen, als ihn jemand von hinten anrempelte, die Menge zog immer neue Schaulustige an.

Als er näher kam, sah er erleichtert, dass Rebekka auf dem Balkon ihrer Wohnung stand. Ihr Blick wirkte leer, verängstigt und hilflos. Sie drehte sich mehrmals um, schien etwas in die leere Wohnung hineinzurufen und starrte dann wieder gedankenverloren in die Luft.

Um das Haus herum parkten mehrere Polizeiautos mit Blaulicht, den Kofferraum geöffnet. Beamte schleppten Kartons aus der Haustür und luden sie in die Einsatzwagen. Einige scherzten, andere stöhnten unter der Last. Die meisten waren noch jung, sie blickten etwas scheu auf die Menschenmenge, die das Spektakel neugierig betrachtete. Autotüren wurden zugeschlagen, einige Fahrzeuge verließen den Ort, andere kamen nach.

Carl begann sich unbehaglich zu fühlen. Dann erschrak er: In einer der Kisten, die ein etwas dickerer Polizist mit Vollbart schleppte, lag obenauf ein Aktenordner, auf dem eine Postkarte klebte, die Boddy zeigte, vor der Blumeninsel Mainau, mit einer Schottenmütze auf dem Kopf. Rebekka hatte diese Scherzpostkarte auf einen seiner Aktenordner mit Augenzeugenberichten geklebt, um ihn zu verschönern. Es war sein Archiv, das dort abtransportiert wurde!

»Was machen die denn da?«, schrie Carl erbost.

Ein Gaffer, der neben ihm den Hals reckte, erklärte: »Die haben den Giftattentäter gefasst. Das da sind seine Unterlagen.«

Er sollte der Attentäter sein? Was für ein Wahnsinn! Carl überlegte, zu den Beamten zu gehen, um die Sache zu klären. Doch dann entschied er sich anders.

Zwei Polizisten öffneten gewaltsam den Kofferraum seines Autos mit einem Stemmeisen. Sie beugten sich hinunter und zogen drei Plastikkanister heraus. Auf jedem prangte, von einem gelben Dreieck umschlossen, ein schwarzer Totenkopf. Giftkanister!

Carl atmete tief durch. Wie kamen die Kanister in seinen Kofferraum? Überall standen Spezialbeamte in der Menge, die nervös um sich blickten, in schweren Jacken, mit umgehängten Maschinenpistolen. Sie sprachen in quäkende Walkie-Talkies. Carl begriff, dass diese Sache viel ernster und größer war, als er zuerst gedacht hatte. Er musste fliehen, doch wohin sollte er gehen?

Allmählich löste sich seine Erstarrung. Gedanken rasten durch sein Hirn, Lösungen, die er gleich wieder verwarf. Er merkte, wie er nervös wurde, mit den Füßen wippte. Schließlich folgte er seinem Urinstinkt. Ohne nachzudenken, eilte er davon, die Straße entlang in Richtung Nussdorf, in die Richtung, aus der er gekommen war.

Plötzlich stand ihm ein Polizist im Weg. Er rempelte den Uniformierten an und lief weiter. Sein Seitenstechen wurde nur noch schlimmer, aber er rannte ohne Pause, bis er weit genug von der Wohnung entfernt war, von den Polizeiautos und der Polizei, bis er sich sicher fühlte.

Dann entschied er, Kontakt mit Rebekka aufzunehmen, auch wenn er damit ein Risiko einging, aber er musste einfach mit ihr sprechen. Er entschied sich, am Strand bei Maurach – oder besser – in fünfzig Metern Entfernung vom Strand in Maurach auf Rebekka zu warten. Es war ein besonderer Platz: Hier hatten sie gemeinsam gepicknickt, auf den See geschaut und beschlossen zusammenzuziehen.

Ellers konnte nicht mehr fischen, seit die Ufer für alle gesperrt worden war. Mürrisch saß er beim Frühstück in seinem Stammcafé, blinzelte in die Sonne und versuchte, sich zu entspannen. Er wollte seine Ruhe, doch über dem Tresen plärrte ein Fernseher. Er versuchte, sich mit dem Rücken zu dem Gerät zu setzen, als plötzlich ein Foto von Carl auf dem Bildschirm erschien.

»Die Polizei bittet die Bevölkerung um Mithilfe. Der mutmaßliche Terrorist und Giftattentäter Carl Ghuimin«, tönte es aus dem Gerät, »hat sich am heutigen Morgen dem Zugriff der ermittelnden Behörden entzogen und ist flüchtig. Die Bevölkerung wird um Vorsicht gebeten. Der Mann ist bewaffnet und hat von der Schusswaffe bereits Gebrauch gemacht. Hinweise, die zum Aufenthaltsort des Mannes führen, nimmt jede Polizeidienststelle entgegen …«

Carl sollte ein Attentäter und Terrorist sein! Wie absurd!

Ellers war überaus verwirrt. Im nächsten Moment sah er vor dem Fenster des Cafés Rebekka vorbeigehen. Sie wirkte nicht weniger verwirrt als er selbst, und irgendwie trafen sich ihre Blicke.

Ellers winkte ihr. Sie schüttelte den Kopf. Offenbar wollte sie den Kontakt zu ihm vermeiden – und Ellers begriff, dass die Polizei sie wohl überwachen ließ und ihr vermutlich mehrere Beamte folgten. Er ging schnell zum Tresen, verlangte ein Blatt Papier und einen Stift und schrieb deutlich *WC* auf das Blatt. Er hielt das Papier hoch, und Rebekka lächelte und nickte.

Ellers hastete die Treppen in den Keller hinab. Es dauerte nicht lange, bis Rebekka eintraf.

»Ich habe es gehört«, erklärte Ellers aufgeregt, »gerade eben …«

»Wo haben Sie es gehört?«

»Im Fernsehen. Man hat sogar sein Bild gezeigt!«

»Carl ist unschuldig!«

»Das Ganze ist völliger Irrsinn. Natürlich ist er unschuldig«, pflichtete Ellers ihr bei.

»Was sollen wir tun?« Rebekka klang verzweifelt.

»Sie können keine Verbindung zu ihm aufnehmen«, erklärte Ellers. »Die Polizei überwacht Sie auf jeden Fall. Vielleicht könnte ich gehen …«

»Ich weiß nicht.«

»Wo ist Carl zurzeit?«

»Heute Morgen wollte er joggen gehen, er joggt ja immer nach Birnau. Die Polizisten haben geklingelt, als ich aufgemacht habe, standen sie schon in der Wohnung. Sie haben alles durchwühlt, und ich habe nur dagestanden und zugeschaut. Die Beamten haben nicht erklärt, was sie wollen oder suchen, haben immer nur gefragt: Wo ist Herr Ghuimin? Und ich immer: Ich weiß es nicht, ich habe ihn seit Tagen nicht gesehen. Dann haben die alles eingepackt, wirklich alles, die Aktenordner, Briefe. Was interessiert die der Fisch? Was wollen die von Carl? Er ist doch kein Giftattentäter!«

Rebekka begann zu weinen, und Ellers umarmte sie, um

sie zu trösten. »Die brauchen einen Sündenbock, die werden sagen, er sei verwirrt oder fanatisch – irgend so etwas!« Ellers fühlte sich im Augenblick ebenso hilf- und ratlos wie Rebekka, aber er war viel älter und hatte gelernt, so zu tun, als wisse er auf alles eine Antwort.

»Zumindest«, sagte er dann und ließ Rebekka aus seiner Umarmung, »müssen wir Carl warnen.«

»Er ist noch nicht wieder da«, schluchzte Rebekka, die, da ihre Emotionen nun hervorgebrochen waren, die Tränen kaum zurückhalten konnte.

»Ich werde ihn warnen!« Ellers drehte sich entschlossen zur Treppe. »Er kann ja nur am See entlang durch Nussdorf kommen, er wird kaum die Hauptverkehrsstraße entlangjoggen. Ich fange ihn ab. Ich kenne ein Bootshaus am See, wo er unterschlüpfen kann.«

»Wann sehen wir uns wieder?«

»Ich bin um 18 Uhr wieder hier. Erscheinen Sie am Fenster, und ich gehe nach unten. Dann sieht uns niemand zusammen.«

»Vielen Dank! Ich gehe jetzt besser wieder nach oben«, sagte Rebekka, die sich wieder gefangen hatte. »Ich packe ein paar Sachen für Carl ein.«

»In Ordnung. Ich warte noch fünf Minuten und trinke einen Kaffee. Dann suche ich Carl und zeige ihm die Hütte und sehe, was ich sonst noch tun kann.« Der alte Fischer schwieg einen Augenblick und berührte Rebekka dann an der Schulter. »Keine Sorge – wir schaffen das schon!«

Rebekka verzog ihren Mund zu einem vorsichtigen Lächeln und zuckte mit den Achseln. Sie wischte sich die Tränen aus dem Gesicht und stieg, ohne sich noch einmal umzudrehen, die Treppe zum Café empor.

Wie verhält man sich auf der Flucht?

Carl wusste es nicht. Er versuchte, eine möglichst neutrale Miene aufzusetzen und nicht allzu hektisch und gehetzt zu wirken.

Er achtete nun sorgfältig darauf, die 50-Meter-Sperrzone nicht zu betreten, und setzte sich bei dem Kloster Birnau auf einen Radweg mit Blick auf den See. Er sah einer Gruppe Enten zu, zwei großen und vier winzigen Vögeln, die am Ufer entlangpaddelten, dann einem Schwan, der weiter draußen über das Wasser glitt.

Plötzlich hatte er das seltsame Gefühl, angestarrt zu werden, er spürte förmlich die Blicke in seinem Rücken. Er sah über seine Schulter. Kaum hundert Meter entfernt lief jemand. Carl kannte diesen Menschen, seinen Gang – das konnte nur Meuger sein. Sein Doktorvater lief direkt auf ihn zu; Carl ging unwillkürlich in die Hocke, um sich kleiner zu machen, und wandte sich halb vom See ab. Obwohl er sich vorgenommen hatte, ganz entspannt und uninteressiert zu wirken, drehte er sich mehrmals nervös um, damit er erkennen konnte, wie nahe Meuger ihm schon gekommen war.

Meuger blieb in einiger Entfernung stehen. Carl war sich unsicher, ob er ihm winken sollte. Eines war eindeutig: Sein Doktorvater hatte ihn bereits in den letzten Tagen verfolgt und ausspioniert – zu welchem Zweck auch immer.

Carl beobachtete die Entenfamilie, als der Schwan plötzlich und ruckartig unter Wasser gezogen wurde, dann wieder hochkam, kreischte, wild mit den Flügeln um sich schlug, dann erneut hinabgezogen wurde und schließlich, sich immer noch heftig wehrend, in einem blutigen Strudel versank.

Wie ein Kind, das denkt, wenn es die Hände vor die Augen halte, sei es unsichtbar, wandte sich Carl ab und Meuger zu. Sein Doktorvater winkte, dann sprach er in ein Funkgerät. Was wollte er? Warum winkte er? Wieso hatte er am Tag zuvor vor Carls Wohnung gestanden und war dann plötzlich gegangen?

Carl sah zurück zu dem Schwan. Auf dem Wasser waren nur noch ein roter Fleck und einige weiße, blutigte Federn zu sehen, die sich im Kreis drehten. Das Dröhnen eines schwarzen Hubschraubers lenkte ihn ab. Der Helikopter hielt direkt auf ihn zu.

Meuger winkte mit sich überkreuzenden Armen, wie um den Helikopter zu sich zu leiten. Dann deutete er in Richtung Norden – weg von Carl.

Der Helikopter stand scheinbar minutenlang über Meuger, der ständig etwas in sein Walkie-Talkie brüllte, dann drehte er ab und flog in Richtung Ravensburg davon.

Carl wartete nicht, was Meuger tun würde – er floh. Er lief immer parallel zum Ufer und tauchte dann in einem Wäldchen unter. Eine Viertelstunde später fasste er sich ein Herz und kehrte zurück. Meuger war nicht mehr da. Der See lag still, auch am Himmel war keine Bewegung zu erkennen. Wo immer der Hubschrauber hingeflogen war – er war nicht zurückgekehrt.

Carl atmete tief ein. Er war ganz schweißgebadet, und in diesem Augenblick erschien ihm seine Lage so verzweifelt, dass er sich ins Gras setzte und weinte.

Um den Teufelstisch, die Felsformation, die vor Wallhausen bis dicht unter die Oberfläche des Bodensees ragt, ranken sich zahllose Legenden.

Eine davon behauptete Anfang der neunziger Jahre: »Am Teufelstisch gibt es riesige Welse (fast schon Seeungeheuer). Diese fressen die verunglückten Taucher auf, weshalb man sie auch nicht mehr wiederfindet.«

Noch im Februar 2006 sprach eine Ortszeitung von »vier Meter langen Riesenwelsen, die Taucher wie Seemonster angreifen«, an der Felsnadel im Überlinger See.

Es gab eine eigene Internetseite, um diese »Legende« zu widerlegen.

Und dennoch: Es muss Taucher gegeben haben, die dort lange, bedrohliche Schatten gesehen hatten – lebendig und mehr als doppelt so groß wie ein Mensch!

Die Frage, die sich Meuger stellte, lautete: Darf man Menschen belügen, um sie zu schützen? Und: schützen – wovor? Waren die Menschen am See etwa sicherer, nur weil sie noch nicht wussten, was sich auf dessen Grund verbarg?

Der Seenforscher hatte Carl wegen seiner Schuldgefühle geholfen, unüberlegt und aus einem Impuls heraus; dennoch war er froh, dass er es getan hatte. Schließlich hatte er sich als Bauer in diesem Spiel zur Verfügung gestellt, Carl aber hatte aus wissenschaftlicher Neugier gehandelt und war völlig unschuldig daran, dass er der Wahrheit auf die Schliche gekommen war – zumindest einer von vielen möglichen Wahrheiten.

Hier jedoch endete Meugers Verantwortung. Er hatte Carl verraten, und nun hatte er ihn gerettet, indem er den Hubschrauberpiloten in eine völlig falsche Richtung gelotst hatte. Man würde im Umland suchen, nicht am See, und das gab Carl eine Schonfrist, sich zu verbergen, wenn er schlau genug war, nicht nach Norden zu laufen, dorthin, wohin der Helikopter geflogen war, dorthin, wo ihm die riesigen Zäune der neuen Militärlager ohnehin den Weg verstellten.

Meuger schlich zu seinem Saab zurück. Er musste aufhören, Carl zu verfolgen, sonst konnte Tschiarnack – den er mittlerweile verfluchte – dessen Spur noch leichter aufnehmen. Der Forscher beschloss, später am Tag noch eine zweite Meldung zu machen, er könnte zum Beispiel angeben, er habe Carl bei Owingen oder Bracherreutte gesehen, jedenfalls nördlich vom See. Damit aber hätte er seinen Teil getan.

Dennoch ließ sich sein Gewissen nicht so einfach beruhigen.

Und schließlich blieb die Frage: Wer oder was war das da unten im See, und was bezweckten diese Wesen?

Vielleicht konnte nur jemand, der wie Carl wissenschaftlich gebildet war und trotzdem neugierig wie ein Kind, dieses Geheimnis lüften.

Und vielleicht war er es, der Carl dabei helfen musste.

»Mal was Neues vom Loch Ness«, plärrte die fröhliche Stimme der Moderatorin aus Ellers Autoradio. »Dort hat man seit fünf Monaten kein Ungeheuer mehr gesehen. Tja, vielleicht sind Boddy und Nessy einfach gemeinsam in Urlaub gegangen – mal schauen, wo sie demnächst auftauchen!« Ein Lachen vom Band zeigte an, dass dieser Beitrag eben komisch gewesen sein sollte. Dann erklang wieder Musik.

Ellers schaltete das Radio aus, als er auf den Parkplatz oberhalb der Birnau fuhr. Er hoffte, dass er Carl dort antreffen würde, wo Rebekka ihn vermutet hatte, und dass sie dort allein und unbeobachtet waren. Zumindest gab es noch keine Meldung, dass man ihn gefasst hatte.

Vor der Klosterkirche Birnau, die im fahlen Nachmittagslicht immer noch rot leuchtete, erstreckte sich zum See hin ein großer gepflasterter Platz, umgeben von einem niedrigen Mäuerchen. Nach Maurach am Ufer bedecken Weinberge den stark abfallenden Hang. Ellers blickte nach links, nach Osten. Auf Uhldingen zu erstreckte sich der ebenfalls steile, mit Obstbäumen bepflanzte Abhang. Die Landschaft war aufgeräumt, einsehbar, licht.

Auf den ersten Blick wirkte alles verlassen. Weiter draußen, knapp über dem Schweizer Ufer, flog ein Hubschrauber seine Runden, und in der üblichen Geschwindigkeit fuhren die grauen Militärboote durch den See, auf und ab, wie sie es seit Tagen taten. Es nieselte. Der Morgen war grandios gewesen, die Sonne warm und groß, doch gegen Mittag hatten sich Wolken über den Himmel gezogen.

Ellers klappte den Kragen hoch. Er blickte sich um. Auf dem Parkplatz standen einige Wagen, manche offenbar von den spärlichen Besuchern der Klosterkirche, aus einem anderen stieg ein Mann, zog Joggingschuhe an und lief dann schwer atmend auf dem Hochufer in Richtung Nussdorf davon. Ellers beobachtete ihn sorgfältig, bis er hinter einigen Büschen verschwunden war, er fand aber keinerlei Anzeichen dafür, dass es sich um einen Zivilbeamten oder Beobachtungsposten handelte.

Mit dem Nieselregen kamen Windböen, die sein Haar zerzausten. Ein Hund kläffte, und eine Familie – Vater, Mutter, zwei halbwüchsige Söhne – näherte sich einem geparkten Renault. Der Vater schloss auf, und die Familie nahm Platz.

»Ist es noch weit?«, fragte einer der Söhne.

»Wir sind gleich da, Jan«, antwortete die Mutter. Dann fuhren sie davon.

Jetzt war der Parkplatz wirklich menschenleer. Auch auf dem rebbestandenen Hang unterhalb der Wallfahrtskirche regte sich nichts mehr. Es begann heftiger zu regnen. Niemand würde hier spazieren gehen, wenn er nicht einen besonderen Grund hatte. Dann prasselte der Regen richtig herab. Ellers setzte eine Mütze auf und wollte schon die Wege absuchen, als der Jogger völlig durchnässt zurückkam, mit einem lauten »Scheißwetter« sein Auto aufschloss und ebenfalls davonbrauste.

Nun standen nur noch drei Wagen auf dem Parkplatz, das von Ellers und zwei weitere mit lokalen Kennzeichen. Obwohl der Regen unangenehm war, harrte Ellers weiter aus und wartete ab. Die Schiffe waren jetzt in Richtung Ludwigshafen verschwunden. Der Helikopter hielt sich weiter über der Schweiz auf. In dem heftigen Regen waren nur noch seine Positionslichter zu sehen.

Unvermittelt ließ der Regen nach, hörte dann ganz auf, und die Sonne brach durch die Wolken. Das Licht spiegelte sich in den Pfützen, und in Richtung Friedrichshafen stand ein großer, strahlender Regenbogen.

Etwas raschelte.

»Carl?«, fragte Ellers. »Carl, bist du das?«

Es tat sich nichts.

»Carl?«

Ellers hörte Schritte hinter sich und erschrak. Er drehte sich ruckartig um, und hinter ihm stand Carl. Er sah schrecklich aus – völlig durchnässt und schmutzig von der schlammigen Erde, auf die er sich im Gestrüpp gekauert hatte, um nicht entdeckt zu werden. Er fror und zitterte am ganzen Körper.

»Ich war das nicht«, sagte Carl mit jämmerlicher Stimme.

»Ich weiß«, antwortete Ellers beruhigend. »Natürlich warst du das nicht.«

Er ging zu seinem Auto und holte eine Decke von der Rückbank, legte sie Carl um und schob ihn dann auf den Beifahrersitz. Dann stieg er selbst ins Auto, bückte sich nach hinten und holte eine Thermoskanne mit einer Plastiktasse hervor.

»Kaffee – wird dich aufwärmen«, erklärte er.

Carl trank hastig.

»Nicht weit von hier«, flüsterte Ellers, »steht eine Fischerhütte mit Zugang zum See, ein altes Bootshaus. Es wird schon lange nicht mehr benutzt, niemand kümmert sich darum; von außen sieht es baufällig aus. Dort wird dich keiner suchen.«

Er reichte Carl eine große Plastiktüte mit frischer Kleidung. »Die Sachen sind von mir, aber sie könnten dir passen.«

Wortlos setzte sich Carl auf die Rückbank und zog sich um. Langsam erwachten seine Lebensgeister wieder. Trotzdem wusste er nicht, was er tun sollte, und war froh, dass Ellers das Denken für ihn übernahm.

»Gleich steigen wir aus und gehen ganz gemächlich den Radweg entlang in den Wald da hinten. Wir müssen etwa eine halbe Stunde laufen. Dann gehen wir unauffällig zu der Hütte. Dort wartest du alles ab. Heute Abend bringe ich Rebekka vorbei. Dann reden wir und überlegen uns, was wir tun. Hier stimmt etwas nicht. Die Polizei braucht dich als Sündenbock. Ich glaube nicht, dass es helfen würde, wenn du dich stellst. Ganz im Gegenteil …«

Carl zuckte hilflos mit den Schultern.

Ellers stieg aus, öffnete Carl die Tür und drückte ihm einen Regenschirm in die Hand.

»Und nun los«, sagte er und schlenderte, wie ein braver Vater beim Sonntagsspaziergang, auf dem Radweg in Richtung Wald.

Jetzt kreiste über Überlingen ein Helikopter.

Jörg N. aus Pfullendorf beobachtete an einem sonnigen Vormittag im März 1993 eine gewaltige Turbulenz auf dem spiegelglatten See zwischen Bodman und Ludwigshafen: Die seltsame Figur durchzog den See in Längsrichtung und glich in der Form einem Bischofsstab, es war eine langgezogene, gerade Welle, die in einer engen Spirale endete. N. betrachtete das eigenartige Phänomen eine Weile und schoss dann drei Fotos. Nach zehn Minuten löste sich die Welle wieder auf.

Da der Himmel wolkenlos war und Windstille herrschte, vermochte der Mann keine meteorologische Ursache für die unheimliche Erscheinung auszumachen, und da sich kein einziges Boot in der Umgebung befand, konnte es sich auch nicht um Kielwasser handeln.

Jörg N. war ratlos: Der Ausguck eines U-Boots konnte es nicht sein, und an Nessy, so schrieb er der Zeitung, als er seine Beobachtung mitteilte, wollte er nicht glauben.

Niemand wusste, ob die Kollision absichtlich oder zufällig erfolgt war.

Es war ein lautes, knirschendes Geräusch, als hätte ein Autofahrer seinen Stellplatz in einer Tiefgarage falsch eingeschätzt und wäre mit der Seite seines Wagens am Beton entlangschrammt. Metall gibt einen spitzen Schrei von sich, und dieser Schrei ließ bei der Mannschaft das Adrenalin hochschießen. Die Matrosen liefen zur Reling und starrten auf den See, der schon ganz finster wirkte. Dort, knapp unter der Wasseroberfläche, befand sich etwas ... etwas, das mit Sicherheit kein U-Boot und kein Treibholz war. Ein torpedoförmiges Objekt aus grauem, ledrigem Material saß wie festgeschraubt in der Tiefe und hatte ihre Fahrt gestoppt.

»Boot ist mit Unterwasserobjekt kollidiert!«, meldete ein Matrose.

Der Kapitän auf der Brücke wurde hektisch. Es war, nach Jahren auf dem Meer, das erste Mal in seinem Leben, dass er angegriffen wurde – und dann auf einem See! Er riss das Bordtelefon an sich und bat den Maschinenraum um Schadensmeldung.

Das große, fremde Objekt wirkte bedrohlich, weil es nichts tat. Es schwebte wie fixiert im Wasser und schien zu lauern.

Der Maschinenraum meldete keine Schäden. Die elektrischen Anzeigen auf der Brücke warnten nicht vor Beschädigungen der Hülle – die Kollision war noch einmal glimpflich abgelaufen, nicht einmal der Rumpf schien verbeult. Das Schiff war nicht beschädigt, es bestand keine Gefahr, dass es sank.

Dann tauchte das große, fremde Ding ab; ganz langsam

sank es in die Tiefe, wurde kleiner, bis es aufgrund der Lichtbrechung vom Wasser verschluckt wurde, obwohl es noch ganz nahe sein musste – keine zehn oder zwanzig Meter entfernt.

Der Kapitän schaltete das Sonargerät ein. Es registrierte nichts, und als handle es sich um ein schadhaftes Fernsehgerät, knipste er das Instrument einige Male aus und an, nur um sicherzugehen, dass es funktionierte. Es zeigte jedoch nichts an, und auch das Radar meldete nichts. Das Objekt war ohne Zweifel real, materiell, doch für die Überwachungsinstrumente der Menschen existierte es nicht. Alles, was das Sonar anzeigte, war ein Punkt, gerade einmal so groß wie ein durchschnittlicher Fischschwarm. Ein U-Boot hätte größer und, weil es aus Metall war, anders erscheinen müssen. Die Instrumente lieferten das Bild eines Riesenfischs, wenn man das Kontaktsignal so deuten wollte. Aber Wale, das wusste der Kapitän, gab es im Bodensee nicht.

Dem Kapitän lief es kalt über den Rücken. Er griff zum Telefon und wählte die rote Nummer, berichtete Tschiarnack dann atemlos, was sich eben ereignet hatte.

Das war eine Warnung, dachte Tschiarnack, die Maden wollen uns zeigen, dass sie uns überlegen sind! Dann gab er wohlbedacht den Befehl: »Mit Gegenmaßnahmen warten, auf keinen Fall provozieren!«

Vielleicht war es sicherer, den Maden die Initiative zu überlassen. Was aber, wenn es sich tatsächlich nur um unverständige Tiere handelte? Dann war eines dieser Ungeheuer so blöd gewesen, ein Patrouillenboot zu rammen.

Erst viel zu spät begriff Tschiarnack, dass er eine DNA-Probe hätte nehmen lassen müssen.

Rebekka verstand zuerst nicht, warum ihr Ellers im Keller des Cafés zwei Taucheranzüge zeigte.

»Ich kann das nicht«, meinte sie dann.

»Es ist nur gegen die Kälte«, antwortete der alte Fischer und erklärte ihr, dass er Carl in dem alten Bootshaus untergebracht hatte und dass der sicherste Weg war, am nicht gesperrten Ufer in Überlingen in den See zu gehen und dann bis zu dem Schuppen zu schwimmen. Er verschwieg ihr, dass die Strecke mehrere Kilometer betrug.

Schließlich war Rebekka in die Toilette gegangen und hatte sich den Neopren-Anzug übergezogen.

Der Himmel im Norden leuchtete hell von dem Widerschein der Laternen der Camps, die sich dort befanden, und so konnten sie sich gut orientieren. Im Süden lagen die Boote, deren Umrisse vor der finsteren Leinwand der Nacht nur noch durch die Deckbeleuchtung vage angedeutet wurden. In weiter Ferne hörte man einen Hubschrauber, doch die Geräusche des Windes, der Wellen und ihrer Schwimmstöße waren lauter als der Lärm der Rotoren. Rebekka konzentrierte sich darauf, in dem kalten Wasser und in der Dunkelheit ihre Kraft nicht sinnlos zu vergeuden. Am Himmel stand kein Mond, und die dichte Wolkendecke ließ nur vereinzelte schwache Sterne durch.

Rebekka beschloss, einfach nur Ellers zu folgen, in der Hoffnung, dass er sich nicht verirrte.

Direkt auf dem Wasserspiegel eines Sees sieht man nicht sehr weit, das Land wirkt stets, als befinde es sich in sehr großer Distanz. Die Boote sahen wie Spielzeuge aus, und nur unendlich langsam zog die fahl glimmende Hügelkette zu ihrer Linken vorbei.

Rebekka fühlte ihre Kräfte schwinden. Sie war es nicht gewohnt, so weit zu schwimmen, und sie fürchtete, dass sie es nicht schaffen würde. Trotz des Taucheranzugs kroch die Kälte in sie hinein, sie fühlte sich bald erschöpft. Dann begann es auch noch zu regnen.

»Ich kann nicht mehr«, flüsterte sie, doch Ellers schwamm unbeirrt in starken, kräftigen Zügen vor ihr her.

Auf einmal überkam sie Verzweiflung. »Ich kann nicht mehr!«, rief sie, fast am Ende ihrer Kraft.

Im Nu war Ellers bei ihr, schwamm hinter ihren Rücken, hakte sie ein und hielt sie über Wasser. »Schon gut«, flüsterte er, und sie konnte hören, dass auch seine Kräfte schwanden. »Wir haben es bald geschafft, es sind vielleicht noch zweihundert Meter.«

Da hörten sie das Lärmen eines Außenbordmotors. Stimmen schallten über den See, zuerst noch aus der Ferne und von der Nacht und der Dunkelheit gedämpft, dann kamen die Rufe näher, bis man verstehen konnte, was gesagt wurde.

»Da ist etwas im Wasser!«, rief ein Mann. »Fahrt mal näher ran!«

Rebekka wusste in diesem Augenblick, dass alles verloren war, dass das Militär sie finden und befragen würde, dass sie zu müde war und zu ausgefroren, um Carl lange decken zu können. Nur gut, dass sie die genaue Lage des Bootshauses noch nicht kannte.

»Halt mal den Scheinwerfer drauf!«

Ein Lichtfinger glitt über den See, erleuchtete die schwarzen, glasigen Wellen, tanzte darauf, weil er sich bei jeder Hebung und Senkung des Patrouillenbootes mit hob und senkte. Immer näher huschte er auf sie zu, bis er sie schließlich blendete. Das grelle Scheinwerferlicht schmerzte in den Augen.

»Objekte im Wasser!«, schrie der Posten, aber mehr passierte wider Erwarten nicht. Anscheinend wollte man bei den Militärs nur abwarten und Meldung machen. Oder man hielt sie für eines der fremden Wesen im See!

Im nächsten Moment wurde der Suchscheinwerfer ausgeschaltet, und das Boot entfernte sich, fuhr davon, bis sein Motorengeräusch in der Nacht verklang.

Rebekka und Ellers hatten keine Zeit, sich zu wundern,

warum das Militär sie nicht aus dem Wasser geholt hatte. Sie mussten weiter, beide waren sie am Ende ihrer Kräfte.

Ellers schob Rebekka auf den Strand zu. »Jetzt können Sie schon stehen«, flüsterte er ihr ins Ohr, immer noch ängstlich, dass die Streife sie hören könnte. Tatsächlich: Rebekka konnte kaum glauben, dass sie Boden unter den Füßen fand, als sie die Beine ausstreckte. Ganz langsam gingen sie auf das Ufer zu, unter den Holzbalken des Piers, dann streckte sich Ellers und klopfte an den Holzboden der Hütte.

Alte Scharniere knarzten, als Carl den Einstieg zum Bootshaus öffnete, dann zog er zuerst Rebekka, danach Ellers nach oben.

Plötzlich fiel ihm der Schwan wieder ein, den er beobachtet hatte, die kreisenden Federn im blutig strudelnden Wasser.

»Macht das nie wieder«, sagte er mit zitternder Stimme und schaute erst Rebekka und dann Ellers voller Ernst an. »Macht das niemals wieder!«

5. Teil
0811

Wenn der Himmel auseinanderreißt
und die Sterne verlöschen
und die Meere überlaufen …

Sure 82,1–3

9
29. Mai

Der Morgen begann für Brigadegeneral Tschiarnack mit einer guten Nachricht.

Man wusste definitiv, was die Maden waren!

Nun, vielleicht.

Es waren keine Aliens.

Es waren Feuersalamander.

Tschiarnack starrte ungläubig auf die Kladde mit den wissenschaftlichen Daten. Er war Militär und konnte wenig anfangen mit den Säulen verschieden markierter Striche, die nebeneinanderstanden wie zwei glatt gebügelte Regenbogen. Über der linken Farbsäule stand *Probe # 0811, Eriskirch*, über der rechten *Feuersalamander (Salamandra salamandra)*. Beide Farbcodes waren identisch oder, wie die wissenschaftliche Analyse sorgfältiger formulierte, mit an *Identität grenzender Wahrscheinlichkeit (= 99,999 %) vom selben Tier.* Tschiarnack konnte solche Einschränkungen nicht leiden, er wollte eindeutige Aussagen.

Er fand sie später im Text: *Die Analyse – sieht man von den bei solchen Untersuchungen üblichen Unschärfen ab – hat eindeutig ergeben, dass Probe 0811 von einer bislang unbekannten Unterart des europäischen Feuersalamanders stammt.*

Am Abend zuvor war der Mannschaft eines Patrouillenboots, das von den Helikoptern gemeldeten möglichen Verstößen gegen die Seesperrung nachging, bei einer Fahrt etwa zweihundert Meter südlich des Ufers von Eriskirch ein seltsames Objekt im Wasser aufgefallen – eine Art weißer Fußball, der auf der Seeoberfläche trieb. Der Kommandant hatte das Boot auf das Objekt zugesteuert. Es hob sich nicht mit der Bugwelle, sondern blieb tief im Wasser liegen, als das Boot drehte. Dann spülte es gegen die Bordwand. Es sah aus wie der Kopf eines grauen, menschenartigen und menschengroßen Wesens mit dürren Beinchen und Ärmchen. Als hätte es geschlafen und erwachte nun, paddelte es mit seinen Schwimmhänden gegen die Bootswelle an, wurde aber erfasst und gegen das Metall des Rumpfes geschlagen. Ein dumpfer Ton erklang. Der Mannschaft schien es, als schaue das Wesen sie verwundert an, dann versank die unheimliche und fremdartige Kreatur in den Tiefen des Sees.

Die Bootsbesatzung war schockiert: Das war nichts, worauf sie Tschiarnack vorbereitet hatte. Dann entdeckte der Kommandant Blutreste am Metall und reagierte richtig. Er drosselte den Motor und ließ das Boot treiben. Über Funk rief er Hilfe herbei. Ein Schiffsarzt nahm eine Probe mit der Nummer 0811. Wenig später brachte ein Helikopter sie in das molekularbiologische Institut der Universität Stuttgart. Dort hatten Tests recht schnell ergeben, worum es sich handelte: Das Blut stammte ohne jeden Zweifel von einem heimischen Molch.

Als Tschiarnack die Analyse anzweifelte, wurde die Probe darüber hinaus an drei weitere Labors geschickt. Die berühmtesten Genetiker der USA untersuchten sie.

Nun war per Fax der Bericht gekommen, den die vier Institute gemeinsam unterzeichnet hatten. Aus manchen Formulierungen ließ sich ableiten, dass sie so viel Aufwand für die Bestimmung des Bluts einer Unke für unnötig hielten.

Die Analysen der DNA des Blutes und mikroskopischer Hautfetzen, die später noch an dem Boot gefunden worden waren, stimmten überein. In den verschiedenen Instituten verglich man das Muster mit der DNA von Menschen,

Menschenaffen, Delphinen, Seekühen, Hechten, Lachsen, Krokodilen, Welsen, Aalen, chinesischen, japanischen und amerikanischen Riesensalamandern, mit Grottenolmen, Lungenfischen und verschiedenen Haiarten.

Das Ergebnis war stets dasselbe: Die Probe stammte von einem Amphib. Von einer in Europa heimischen Art. Von einem Feuersalamander.

Aber was bedeutete das?

Dass dieses große Militäraufgebot gegen schleimige Molche kämpfte?

Tschiarnack wusste nun, wer der Feind war, doch es brachte ihn nicht weiter.

Er saß an seinem Schreibtisch, den Kopf zwischen den Händen vergraben.

Feuersalamander!

Er konnte es nicht fassen.

Carl hatte schlecht geschlafen. Er musste sich erst noch an das Geräusch der gegen das Ufer schlagenden Wellen, an das Gurgeln des Wassers zwischen den Pfählen des Bootshauses gewöhnen. Sein Rücken schmerzte, er spürte das harte und unbequeme Klappbett noch lange nach dem Aufstehen. Außerdem vermisste er das Vertraute, den morgendlichen Kaffee und Rebekkas Nähe.

Dann überfiel ihn plötzlich erneut seine Panik: Man suchte ihn als Terroristen! Ausgerechnet er, der Greenpeace-Aktivist, der Umweltschützer, sollte den See vergiftet haben! Wie absurd! Und nun wurde er gejagt …

Carl versuchte kühlen Kopf zu bewahren, so zu tun, als sei das alles nicht ungewöhnlich, indem er ein frisches T-Shirt anzog. Rebekka hatte ihm am Abend auf die Schnelle einige eigene T-Shirts gebracht, die ihm allerdings viel zu eng waren.

Sein Magen knurrte. Er stand von dem Klappbett auf,

auf dem er saß, und ging die zwei Schritte bis zur Holzwand der Hütte. Zwei Schritte in jede Richtung, wenn er sie groß bemaß, dann war seine Welt zu Ende. Und doch gab ihm dieses seltsame Gefängnis erst einmal Sicherheit.

In Schottland hatte Carl einmal einen gestrandeten Delphin ins Meer zurückgezogen. Der Delphin schwamm eine Runde und warf sich dann wieder aufs Land. Carl und seine Kollegen zerrten ihn wieder ins Wasser, doch das Tier schwamm erneut auf den Strand. Das ging immer so weiter, bis Carl den Delphin verfluchte: »Du blödes Vieh, verdammt, geh ins Meer, du faules Vieh!«, schrie Carl den sterbenden Delphin an, bis das Leben aus ihm gewichen war. Nun war Carl der gestrandete Delphin, der nicht zurück ins Meer konnte.

Er betrachtete das Häuschen zum ersten Mal eingehend. Die Hütte war fast quadratisch, wohl zweieinhalb mal drei Meter, und sie stand auf Stelzen im Wasser. Von der Ostwand führte ein Steg ins seichte, schilfbestandene Wasser. Zum See hin befand sich ein Fenster, aber es war so schmutzig, dass es kaum Licht hereinließ und man wohl auch ganz nah herangehen musste, um hinauszuschauen. Das Inventar bestand aus dem Klappbett, einem Tisch, einem Hocker, einem Campingkocher und einem Regal. An der Wand hingen Angeln, ein Köcher und ein paar vergilbte Ausrisse aus dem »Seekurier« – Reportagen über Ellers Leben, eines der letzten hauptberuflichen Fischer am Bodensee. In den Fußboden war eine Klapptür eingelassen, sie führte zu dem Ruderboot, das unter der Hütte vertäut lag. Der alte Kahn stieß mit den Wogen gegen die Stelzen, es war nur eine Frage der Zeit, bis er sank.

Wann kam Rebekka? Würde Ellers ebenfalls kommen? Und wenn er Schläge gegen die Tür hörte – würde es das Klopfen seiner Freunde sein oder ein Zeichen dafür, dass die Polizei ihn aufgespürt hatte?

Carl setzte sich wieder auf das Klappbett und lauschte den Wellen. In der Ferne erscholl das Horn eines Militärboots.

Vorsichtig tappte Carl zu dem Fenster. Er wollte es nicht sauber wischen, um nicht auf sich aufmerksam zu machen. Er drehte den Kopf so lange, bis die Sonne richtig stand und er durch die schmutzige Scheibe auf den See sehen konnte. Die Schiffe fuhren weit draußen, vermutlich noch hinter Konstanz.

Carl setzte sich wieder. Er wartete auf Rebekka, wartete, dass irgendetwas geschah. Er stand auf und ging hin und her, presste dann sein Gesicht gegen die Holzwand. Das Stückchen See, das Carl durch die Ritze zwischen den Latten der Hütte sehen konnte, war manchmal grau, häufig bleiern, selten blau. Er ging zu dem Tisch zurück, las einige Sichtungsmeldungen. Legte sie gelangweilt zur Seite. Griff dann erneut nach dem Stapel, las die Berichte ein zweites Mal, konnte sich immer noch nicht konzentrieren. Schrieb ein paar Sätze für sein Buch. Die Sätze klangen alle mühsam, wollten nicht fließen. Sie enthielten einfach nicht das, was sie enthalten sollten. Er stand auf und lief in der engen Hütte hin und her. Dann ging er wieder zu dem schmutzigen Fenster und beobachtete das Wasser.

Plötzlich entdeckte er etwas. Etwas glitzerte im See, schwamm auf den Wellen, näherte sich – ein blinkender, schuppiger Rücken, den der See unter das Bootshaus trug. Carl öffnete vorsichtig die Falltür. Im Wasser lagen Hunderte von kleinen, toten Fischen.

Er beschloss, nicht mehr länger zu warten.

Im lokalen Bodenseesender »Oberschwaben-TV« sprach ein Zoologe des Instituts für die Erforschung des Bodensees. Ellers hatte seinen Namen nicht gehört, das Programm lief bereits, bevor er eingeschaltet hatte. Als er ihm später den Mann beschrieb, erkannte Carl ihn nicht. Es war ein mittelalter Mann, mit Glatze, aber schulterlangen Haaren, mit einem roten Sakko, das auch schon bessere Zeiten gesehen hatte. Der Wissenschaftler erklärte der Moderatorin, dass die schlimmste Gefahr des Giftangriffs gebannt, das Fischsterben unter Kontrolle und das Seewasser allgemein wieder sauber sei. Der Mann gehörte zu einer von der Landesregierung eingesetzten Kommission, die prüfen sollte, ob die Sperrung des Sees nicht aufgehoben werden konnte. Er wollte das auf jeden Fall empfehlen.

Natürlich: Die Sperrung schadete dem Tourismus, der Landwirtschaft, selbst der Industrie in Konstanz und Friedrichshafen, weil die Fähren mittlerweile überhaupt nicht mehr fuhren, die die Pendler an ihren Arbeitsplatz brachten. Vor Ort wurden die Leute unruhig, die Sperrung, die man zuerst noch hingenommen hatte, störte mittlerweile alle. Menschen vor Ort sind Wähler, und die Politiker wurden ängstlich.

Das ist gut für Carl, dachte Ellers, dass langsam Gras über die Sache wächst.

Zuschauer konnten anrufen, und gleich der Erste wollte nicht über tote Fische sprechen.

»Gestern habe ich so ein Urvieh im See gesehen, direkt hier, vor Lindau. Aber die Zeitungen schreiben nichts. Alle meine Bekannten haben schon was gesehen ...!«

Der Zoologe verzog das Gesicht. »Wenn Sie über die Sichtung eines Ungeheuers im Bodensee reden wollen, dürfen Sie nicht mit mir sprechen. Ich bin Zoologe, nicht Erich von Däniken.«

»Und ich bin kein Spinner!«, reagierte der Anrufer heftig. »Ich weiß doch, was ich gesehen habe!«

»Dass Sie etwas gesehen haben, daran zweifle ich überhaupt nicht. Nur können viele Dinge täuschen. Wir im Institut haben einige Beobachtungen von Boddy untersucht und festgestellt, dass man schon treibende Baumstämme, schwimmende Rehe und die Kielwellen von Schiffen …«

»Welche Schiffe denn?«, fragte der Anrufer aufgebracht. »Es sind ja keine mehr auf dem See!«

»Es muss kein Schiff gewesen sein«, entgegnete der Zoologe, sichtlich um Sachlichkeit und Ruhe bemüht, »es gibt viele Arten von Täuschungsmöglichkeiten. Bei Bregenz mündet der Rhein in den Bodensee, und auf mehrere hundert Meter mischen sich die beiden Gewässer nicht. Die Wellen des Sees schlagen dann gegen die Strömung des Flusses, das ist der sogenannte Rheinbrech – das könnte man für ein Ungeheuer halten, welches das Wasser aufwirbelt. Aber ich wollte über die Giftbelastung des Sees sprechen. Wer immer das Gift eingebracht hat, hat glücklicherweise die Dosis falsch berechnet. In diesem Fall können wir also aufatmen; wir sollten aber auch nicht vergessen, wie viele Schadstoffe jeden Tag durch Abwässer, Motorboote und Ähnliches gewöhnlich in den See gelangen …«

Ellers ging aus dem Zimmer, um den Müll nach draußen zu bringen. Als er zurückkam, sprach der Zoologe immer noch.

»… wir haben wirklich dringendere Sorgen.«

»Dringendere Sorgen als dieses Riesenvieh?«

Es war eine andere Stimme, offenbar ein zweiter Anrufer: »Wir haben es auch gesehen, gestern, im Obersee bei Bregenz. Wie ein Dinosaurier. Wie können Sie denn den See erforschen und dieses Riesenvieh übersehen?«

»Nun, wir analysieren z.B. die Mikroorganismen, die uns ermöglichen …«

Der Anrufer lachte verärgert auf. »Nehmen Sie statt der Mikroskope mal ein Fernglas!«

Die fröhliche Moderatorin, stets bemüht, keine Zuschauer zu verprellen, war darauf bedacht zu schlichten: »Könnte es nicht doch so ein Ungeheuer geben?«

»Sehen Sie«, antwortete der Zoologe etwas gönnerhaft, »natürlich gibt es große Tiere in Seen und Flüssen. Welse können bis zu drei Meter lang werden und Störe sogar noch länger. Aber wenn es ein Ungeheuer im Bodensee gibt – weshalb ist es dann nie zuvor aufgetaucht? Es müssten doch historische Berichte vorliegen, in alten Chroniken zum Beispiel, oder als Fresken in Kirchen …«

»Aber der See ist so groß, da könnte sich doch allerhand verbergen, meinen Sie nicht?«, unternahm die Moderatorin einen zweiten Anlauf.

»Nun, verglichen mit anderen Ökosystemen, etwa den großen Seen Nordamerikas, ist der Bodensee eine Pfütze. Und er ist einer der am besten erforschten Seen der Welt.«

»Aber es gibt hier doch genug Nahrung für Boddy.«

»Ich weiß natürlich nicht«, sagte der Forscher und lächelte, »wie viel Fische ein Dinosaurier am Tag frisst, aber das Fischsterben der letzten Woche hätte ihn auf jeden Fall sehr hungrig werden lassen.«

Ein Redakteur der Sendung blendete unvermittelt eine phantasiereiche Rekonstruktionszeichnung des Ungeheuers ein, die einer Boulevardzeitung entnommen war: ein Dinosaurier mit einem langen Hals, einem riesigen Kopf mit scharfen Zähnen und einem stachligen Kamm auf dem Rücken vor der Silhouette von Konstanz im Hintergrund. Der Zoologe sah das farbenfrohe Bild auf dem Monitor und lachte.

»Das ist natürlich sehr schön. Alles, was ich als Ökologe sagen kann, ist, dass das Gift eine große Zahl von Seefischen getötet hat, wenn auch nicht so viele, wie wir zuerst befürchtet hatten.«

»Auch Boddy?«

»Wenn das Gift unser eigenes Bodenseemonster nicht getötet hat«, sagte der Skeptiker schließlich schmunzelnd, »dann muss es nun wohl verhungern.«

Das Institut für die Erforschung des Bodensees in Langenargen war ein hässlicher Betonbau aus den siebziger Jahren. Grau, nur ein Stockwerk hoch, aus mit Kies dekorierten Betonplatten zusammengesetzt, lag es in einer großen Parkanlage. Zum See hinaus wiesen Panoramafenster, zur Landseite nur kleine Luken mit Milchverglasung – die Mitarbeiter scherzten oft, dass es so aussähe, als wendete das Institut der Stadt seine Toiletten zu.

Die Treppe zum Hauseingang war nur zwei Stufen hoch, links von ihr lag die Rampe für Rollstuhlfahrer. Der Weg durch den Park wurde von Sträuchern gesäumt, und in der Mitte stand, ganze vier Meter hoch, die Kopie einer Renaissancestatue des Neptun mit wallendem Bart und Dreizack, der auf zwei breitmäuligen Delphinen mit fleischigen Flossen ritt. Hinter dieser Statue kauerte Carl.

In seinen Händen hielt er einen zerknitterten Zettel, einen Computerausdruck, der fast nicht mehr zu lesen war.

»0811«, murmelte Carl wie ein Mantra. Diesen Geheimcode hatte man ihm zugespielt.

Viele Dinge, die Carl in den letzten Tagen zugestoßen waren, waren ihm völlig neu. So auch jetzt: Es war das erste Mal, dass er ein U-Boot stehlen wollte.

Es konnte aber nicht so schwer sein: Er musste den Mittag abwarten, wenn die Institutsangehörigen zwischen 12.00 und 12.45 Uhr Pause machten, in das Gebäude gehen, den geheimen Trakt betreten, in das Tauchboot steigen, sich in das Seewasser ablassen und davonfahren. So weit zumindest die Theorie!

Er kam aus seiner Deckung und betrat ohne Schwierigkeiten das Gebäude. Er ging den vertrauten Weg bis zu dem neuen Eingang zum U-Boot-Hangar: vorbei an der Küche mit der Kaffeemaschine, dem Serverraum, der Buchhaltung mit dem Gummibaum davor, dem Schwarzen

Brett mit den Postkarten, die Mitarbeiter aus dem Urlaub geschrieben hatten, und mit den Zetteln, die Mitfahrgelegenheiten für die Forscher anboten, die nur für einzelne Projekte hier arbeiteten und am Wochenende zu ihren Familien pendelten.

Der Flur schien endlos lang zu sein. Bald schon knickte er nach rechts ab. Carl wusste, dass dort am Ende die Tür zu dem unterirdischen Anbau sein musste, in dem er das Tauchboot finden würde. Er ging unwillkürlich langsamer. Jetzt sah er die Tür vor sich, über ihr befand sich ein Schild, *Bereich B*, links von der Tür, in Höhe des Knaufs, eine Art quadratische Telefontastatur mit Display.

Jetzt muss ich nur noch den Code eingeben, dachte Carl.

»Na, was machen Sie denn da?«

Das war Meugers Stimme – freundlich, aber bestimmt.

Carls Puls schnellte hoch. Erwischt! Gedanken rasten durch seinen Kopf. Was sollte er tun? So tun, als sei gar nichts? Weglaufen?

Carl blickte um sich – Meuger war nirgendwo zu sehen, aber er hörte Schritte hinter dem Knick im Flur. War sein Doktorvater vorbeigegangen, oder näherte er sich erst?

»Ich bringe die Unterlagen Untere Güll – Litzelstetten«, antwortete eine Stimme, die Carl nicht erkannte: Sie klang jung und etwas unsicher. Die Untere Güll, ein Flachwassergebiet bei der Insel Mainau, hatte sicherlich nichts mit ihm zu tun. Es musste ein neuer Assistent sein, der noch nicht allzu lange am Institut war, sonst hätte Carl die Stimme zuordnen können.

Meuger hat also nicht mit mir gesprochen, dachte Carl erleichtert. Der Forscher näherte sich aber, jeden Moment konnte er um die Ecke biegen.

»Bleiben Sie mal stehen.« Das war wieder Meuger. »Lassen Sie mal sehen.«

Carl ging eilig zum Ausgang des Instituts, dann rannte er los, durch den Park, über die Straße, weg in Richtung Bootshaus.

Man hatte ihm ein dringendes Fax gebracht, das ihn über eine besorgniserregende Entwicklung unterrichtete. Die Schweizer Erdbebenwarte Degenried hatte an diesem Morgen einen plötzlichen Anstieg von Mikrobeben verzeichnet, der über zwei Stunden andauerte und erst dann allmählich verebbte. Das Epizentrum dieses Bebenschwarms lag vor Egnach am Bodensee, knapp unterhalb der 100-Meter-Tiefenmarke.

Sie breiten sich aus, dachte Tschiarnack. Er ordnete den Stapel und besah die Berichte. Die eidgenössischen Behörden hatten gleich ein ferngesteuertes U-Boot in die Tiefen des Bodensees geschickt, das so gründlich wie möglich den Seegrund absuchte, doch es hatte keine Spur eines Erdrutsches oder eines Kraters auffinden können. Falls die Maden hier wühlten, dann musste ihr Ausgangspunkt nicht direkt am Epizentrum gewesen sein, dann gab es eigentlich keinen Zweifel mehr daran, dass ihre Krater viel größer und gewaltiger sein mussten, als Tschiarnack sich ausmalen konnte.

Für den General stand felsenfest fest, dass die Maden eine Invasion vorbereiteten: erst die Seen Europas, dann die Flüsse. Jeder, der nur über ein wenig Verstand verfügte, wusste, dass man diese fremdartigen Wesen jetzt stoppen musste, bevor es zu spät war – jeder bis auf seine Vorgesetzten.

Als ginge es um einen menschlichen Feind, hatte Tschiarnack ein Szenario ausgearbeitet. Es gab verschiedene Fakten, unabhängig, wie viele der weiteren Vermutungen zutrafen, die in den letzten Tagen geäußert worden waren. Erstens, der Eingang war verschüttet; zweitens, ein Boot der Bodenseeflotte war von einem Seeungeheuer gerammt worden, drittens häuften sich Angriffe von Maden – Feuersalamandern! – auf Patrouillenboote; viertens: Sie breiteten sich rasend schnell aus.

Es konnte für den General aus all dem nur eine einzige Schlussfolgerung geben: Die Maden bereiteten einen Angriff vor; und darauf gab es nur eine einzige Reaktion: Das Militär musste ihnen zuvorkommen! Tschiarnack konnte nur in Begriffen des Krieges denken, selbst wenn es wie hier um Tiere ging.

Seine Vorgesetzten bestätigten im Prinzip, dass sie seine Planspiele für richtig hielten und seine Konsequenzen ebenfalls.

Allerdings hatte man ihm nun einen Ausschuss vor die Nase gesetzt. Man wollte alles genau prüfen. Er sollte sich gedulden.

Jetzt wurde darüber diskutiert, ob die neue Lebensform nicht schützenswert sei, der Bodensee als Weltnaturerbe ausgewiesen werden sollte – und inzwischen nagten die Maden ein Drittel der Schweiz weg, um zum Zürichsee zu kommen!

Es war dringend notwendig, den neuen Bau zu finden.

Der 12. Februar 1864 ist ein trüber Tag am Bodensee. Noch um 11 Uhr morgens hängt dichter Nebel über dem Wasser. Vor Bottighofen bei Kreuzlingen, am Schweizer Ufer, betätigen zwar der bayerische Schaufelraddampfer »Jura« und der Schweizer Dampfer »Stadt Zürich« ihre Signalhörner, doch die Katastrophe lässt sich nicht mehr aufhalten. Mit voller Kraft rammt die »Zürich« die Seite der »Jura«, das stolze Schiff sinkt innerhalb von nur vier Minuten und reißt einen Matrosen mit in den Tod.

Seither liegt der Schaufelraddampfer, wie von feiner Hand auf dem Seegrund abgelegt, in 42 Metern Tiefe auf seinem Kiel.

Am 13. Mai 2001 treffen sich sieben Taucher des »Diving Club Basel« zu einer Erkundung des erst 1964 durch Zufall wiedergefundenen Wracks. Die Sicht ist schlecht, das Wasser trübe. In 25 Metern Tiefe sehen die Taucher kaum die Hand vor Augen. Dann klart es etwas auf, und – die Männer sehen »irgendetwas Schwarzes, Langes in einem Loch verschwinden ... Nessy lässt grüssen«.

Kurz darauf, im Dezember 2004, untersagt – angeblich aus Gründen des Denkmalschutzes – der Regierungsrat des Kantons Thurgau jeden Tauchgang zum Wrack der »Jura«. Es sei denn, man beantragt – und erhält! – eine Sondergenehmigung.

Im Dezember 2005 verschwindet ein Wiener Taucher, der trotzdem mit einem Freund zur »Jura« hinabgestiegen ist, plötzlich vor den Augen seines Tauchkameraden. Der Mann kann später nur noch tot geborgen werden.

Rebekka schrieb einen Brief an Carls Eltern, die in einem kleinen Dorf im Schwarzwald lebten. *Carl ist unschuldig, da bin ich mir ganz sicher.* Sie stellte sich vor, wie sehr Carls Eltern litten, weil man nach ihrem Sohn als Terroristen und Attentäter fahndete. *Leider weiß ich nicht, wo er sich versteckt*, beendete sie den Brief. Sicher ist sicher. Sie traute den Behörden zu, dass man ihn öffnen und lesen würde.

Sie nahm das Couvert, um es einzuwerfen. Im Flur des Erdgeschosses sah sie nach ihrer eigenen Post. Es steckte aber nur Werbung im Kasten.

Frau Alberta, ihre geschwätzige Nachbarin, lauerte ihr auf. »Ja, haben Sie denn keine Angst?«, fragte sie neugierig und aufdringlich. Die Alberta war jenseits der sechzig, sie hatte einen ständig nörgelnden Mann und schlich gewöhnlich mehrmals am Tag durchs Haus, um ja nichts zu verpassen.

»Etwas Angst hatte ich schon, als die Polizei kam«, erwiderte Rebekka ehrlich.

Frau Alberta stemmte die Arme resolut in ihre Seiten. »Doch nicht vor der Polizei! Vor Ihrem Freund, meine ich.« Ihre laute, sägende Stimme hallte durch das Treppenhaus. »Wo Ihr Freund doch ein Mörder ist!«

»Mein Freund ist kein Mörder!«

»Ich habe ihn doch immer gesehen am Ufer, da hat er mit seinen Ferngläsern auf den See gestarrt und mit der Kamera herumgefuchtelt.«

»Den See angucken ist doch kein Verbrechen!«

»Aber«, erklärte Frau Alberta und bohrte ihren rechten Zeigefinger drohend in die Luft, »es ist verboten. Strikt verboten!« Sie sprach in einem verschwörerischen Tonfall weiter: »Außerdem hat mir der Kommissar gesagt, dass ich auch ein Auge auf Sie haben soll …!« Bei den letzten Worten klopfte sie mit ihrem Zeigefinger auf ihren Blechbriefkasten.

»Es ist auch verboten, die Nachbarn zu bespitzeln«, entgegnete Rebekka wütend.

»Jedenfalls hat mir der Herr Kommissar seine Visitenkarte gegeben. Ich kann ihn jederzeit anrufen.«

»Und wenn Sie die Karte verlieren«, meinte Rebekka, »fragen Sie einfach mich. Ich habe auch eine!«

Hals über Kopf war Carl aus dem Institut gestürmt, durch den Park gerannt und gelaufen, bis er sich außerhalb Langenargens befand. Er lief dann immer weiter nach Westen, ein, zwei Kilometer weit. Erschöpft und frierend ließ er sich in einem Wäldchen zu Boden fallen. Er rang nach Atem und rechnete jeden Augenblick damit, dass man ihn verfolgte, aber lange Zeit geschah nichts. Dann näherte sich ein Hubschrauber über den See, aber als dieser nur noch wenige hundert Meter vom Ufer entfernt war, drehte er in Richtung Lindau ab.

Carl sah auf die Uhr: Es war über eine Dreiviertelstunde her, dass er sich hierher geflüchtet hatte, und noch immer hörte er niemanden.

Offenbar hatte man ihn nicht verfolgt.

Allmählich beruhigte sich sein Pulsschlag. Er stand auf und ging weiter auf dem Hügelkamm nach Westen, bis er an einem Straßenstück ankam. Er hielt, immer noch ganz aufgeregt, ein Auto an und ließ sich bis zu einem Waldparkplatz fahren, unterhalb dessen die Waldlichtung mit dem Bootshaus lag. Er sah sich um, aber noch immer konnte er niemanden erkennen, der ihm gefolgt war. Er eilte zur Hütte und ließ sich auf den harten Holzboden fallen.

Endlich löste sich seine Anspannung, er zitterte vor Kälte und Angst und schlief trotzdem irgendwann vor Erschöpfung ein.

Als er die Augen wieder öffnete, war die Sonne bereits gesunken. Er sah auf die Uhr: Viertel vor vier. Um sechs Uhr wollten Rebekka und Ellers kommen, um ihm etwas zu trinken, zu essen und die Zeitung zu bringen. Carl setzte sich an den alten Tisch, der vor dem kleinen, fast stumpfen Fenster stand, und sah auf den See.

Vor dem Bootshaus trieb ein Fußball im Wasser. Die Wellen warfen ihn hin und her, mal näherte er sich dem Steg, dann driftete er zur Seemitte weg. Carl war dankbar für jede Abwechslung, für alles, was ihn von seiner Angst ablenkte, und er betrachtete den auf den Wogen hin und her tanzenden Ball interessiert.

Schließlich wurde der Ball gegen das Pier geschwemmt. Carl prüfte, ob sich Boote in der Nähe befanden, dann überlegte er nicht lange, denn er hatte den seltsamen Verdacht, dass der Ball die Aufmerksamkeit von irgendjemandem auf die Hütte lenken konnte, deshalb nahm er sich Ellers Köcher, der an der Wand neben dem Fenster lehnte, und holte den Ball vorsichtig ein.

Carl ließ das nasse Ding auf den Steg fallen. Sofort verlor es seine Form und wurde flach.

Das war gar kein Ball.

Eine gallertartige Kugel, rund dreißig Zentimeter im Durchmesser, lag da vor ihm. Die Masse erinnerte in ihrer Konsistenz an Wackelpudding und war grau mit einem dunklen, länglichen Kern.

Erst dachte Carl, es handle sich um ein verwesendes Seetier, aber das Wesen stank nicht.

Dann bemerkte er, dass der Kern sich bewegte, langsam, dann ruckartig, dann hielt er wieder still. Carl legte sich flach auf den Steg und beobachtete das Wesen mit angehaltenem Atem. Es war faszinierend: Was da vor ihm lag, war Laich, wie der einer Unke, eines Frosches oder einer Kröte, nur eben riesig groß, und der sich schlängelnde Kern war ein Mini-Wesen, ein Drache in Kleinformat, ein molchartiges Tier mit Stacheln auf dem Rücken, einem langen Hals und Schwanz, vier paddelartigen Füßchen und einem Kopf, den wie eine Seeanemone ringsum Barteln umgaben. Auf dem Kopf saßen zwei Schneckenfühler, lange Hörner mit kleinen schwarzen Augen darin, die sich neugierig zu Carl hin streckten.

Seines Lebenselements beraubt, krümmte und wand sich das wurmartige Wesen.

Carl bugsierte das Wesen erneut in den Köcher und trug es vorsichtig in die Hütte, um es dort in einen Eimer mit Wasser zu legen. War es das Junge des Fisches, hatte er hier den Beweis in Händen?

Vorsichtig schob Carl seinen Zeigefinger in die Gallertmasse, um das Wundertierchen zu berühren. Es bemerkte seinen Finger, drehte sein Köpfchen in dessen Richtung. Dann schnellte der Hals des Drachens vor, und seine Zähne bissen zu.

Carl schrie erschrocken auf. Sein Finger blutete, er ließ

das Wesen fallen und beobachtete erschrocken, wie es über den Holzboden der Hütte rollte, auf die Luke zum See zu hin, und dann in den See hineinfiel und dort versank.

Rebekka ahnte instinktiv, dass sie beschattet wurde. Als sie – immer noch mehr als zwei Kilometer von dem Bootshaus entfernt – auf dem Seitenstreifen parkte, hielt ein metallic-blauer Audi hinter ihr, fädelte sich danach wieder in den Verkehr ein. Sie beschloss, vorsichtig weiterzufahren, und sah das Auto keine 500 Meter weiter stehen. Als sie an ihm vorbeizog, fuhr der Audi erneut an. Dann hielt sie erneut an, nun schon einen Kilometer hinter Carls Versteck. Sie stieg aus und tat so, als fotografiere sie den See.

Wieder fuhr der Audi langsam an ihr vorbei und hielt weiter vorn. Warum so auffällig? Vermutlich wollte man sie einschüchtern. Sollte sie mit quietschenden Reifen anfahren und lospreschen? Nein, es war besser, sich weiter unauffällig zu verhalten.

Rebekka steuerte ihren Wagen bis Kressbronn, wendete dort und kehrte in ihre Wohnung zurück. War ihr Wagen vielleicht verwanzt worden? Sie nahm, um sicherzugehen, das Fahrrad.

Sie sah um sich, als sie losradelte, aber der blaue Audi tauchte nicht mehr auf. Als sie Überlingen verlassen hatte, bemerkte sie einen Hubschrauber, der parallel zu ihr flog, so weit entfernt jedoch, dass sie ihn kaum hörte. Er beschleunigte sein Tempo und drehte nach Norden ab, in graue Regenwolken hinein.

Eine Kolonne aus Militärjeeps überholte sie. Einige Soldaten drehten sich nach ihr um und machten eindeutige Zeichen. Aber die Fahrzeuge blieben nicht stehen und warteten auch nicht hinter der Kurve auf sie.

Sie kettete ihr Rad in Oberuhldingen an eine Straßenlaterne und folgte dem Bachlauf entlang hinunter an den

See, blieb dabei immer wieder stehen, duckte sich und blickte nervös hinter sich.

Doch es war niemand zu sehen.

»Ich habe den Beweis – das heißt, ich hatte ihn!«, sagte Carl erst triumphierend, dann kleinlaut, als Rebekka am Abend pünktlich bei ihm eintraf. Ellers war bereits kurz zuvor gekommen.

»Was meinst du damit?«

»Den Laich des Fisches!«

»Den Laich?«

»Jedenfalls«, erklärte Carl, ohne auf ihre Verwunderung einzugehen, »kann das Fischsterben nicht so schlimm gewesen sein, wenn sich der große Fisch tatsächlich fortpflanzt.«

»Das hat dieser Zoologe heute im Fernsehen auch gesagt.«

Carl sah Ellers fragend an.

»Im Fernsehen hieß es, das mit dem Gift war nicht so drastisch wie befürchtet. Experten von der Uni fordern, dass man wieder auf den See darf.«

Carl nickte. »Und: Was Neues vom Fisch?«

Ellers warf ihm eine Zeitung zu, die Schlagzeile der großen Boulevard-Zeitung lautete: *UFO am Gardasee jagt deutsche Surfer.* »Nicht nur hier passieren seltsame Sachen«, meinte er.

»UFOs legen keine Eier«, brummte Carl missmutig. Jede Verbindung zwischen seinen Forschungen und den Spinnereien der Ufologen betrachtete er als Kritik.

»Das Ungeheuer legt also Eier?«, wollte Rebekka wissen.

»Nun, Amphibien, Fische, Vögel und Reptilien legen Eier, und wenn der große Fisch zu einer dieser Tiersorten gehört, dann wird er auch Eier legen. Ich könnte zwei Fliegen mit einer Klappe schlagen, wenn ich in den See tauche und das Ungeheuer fotografiere. Dann zeige ich, dass der angebliche Anschlag mit dem Gift auch nicht so schlimm war.«

»Und wie willst du tauchen?«

Carl erzählte von dem geheimen U-Boot und seinem Abenteuer in Langenargen.

»Das ist Irrsinn!«, rief Rebekka voller Entsetzen aus.

»Nein«, erwiderte Ellers, »es ist nicht irrsinnig, das Boot zu holen.« Sorgsam vermied er das Wort »stehlen«. »Irrsinnig war nur, was du heute getan hast, Carl, alleine ins Institut zu gehen und dann wegzulaufen und sogar ein Auto anzuhalten. Wie konntest du nur so unvorsichtig sein!«

»Ich muss in den See tauchen, um das Ungeheuer zu finden. Vielleicht kann ich auch beweisen, dass hier überhaupt kein Giftanschlag gewesen war, sondern irgendeine Vertuschungsaktion«, beharrte Carl.

»Das Ganze braucht eine genaue Planung. Du solltest ein paar Wochen untergetaucht bleiben und nicht hier herumspazieren. Wir versorgen dich schon. Lass dir einen Bart wachsen.«

Carl strich sich über sein unrasiertes Kinn. Er hasste Bärte und blickte Ellers kummervoll an.

»Mit Bart bist du nicht so einfach zu erkennen!«, stellte sein Freund kategorisch fest. »Also, wir lassen uns zwei Tage Zeit oder mehr, so lange wir brauchen. Du ziehst dich hierhin zurück. Wenn wir das Boot holen, sind wir auf alles vorbereitet. Ich ziehe meinen Blaumann an und mime im Institut den Hausmeister. Wir haben zwei Autos, meines und das deiner Freundin. Rebekka und ich können in zwei verschiedenen Fluchtrichtungen auf dich warten – ganz gleich, wohin du abhauen musst, einer von uns beiden wird auf dich warten.«

»Du könntest auch«, sagte Carl zu Ellers, »ein Feuer vor das Institut legen, damit ich unbemerkt eindringen kann.«

»Sei nicht kindisch!«

Beide lachten, und dann fiel auch Rebekka in das Gelächter mit ein. Es war die Aufregung, weil sie wussten, dass etwas Besonderes begonnen hatte, etwas Neues, etwas Aufregendes. Sie sprachen noch lange über Details, entwarfen Pläne und verwarfen sie wieder, bis spät in die Nacht hinein, in der sie verzaubert und verwirrt gewaltigen Blitzen eines Frühsommergewitters zusahen, die den finsteren See erleuchteten. Rebekka fröstelte; sie lehnte sich an Carl, der selbst verängstigt war von dem ungeheuren Schauspiel, von den unfassbaren Gewalten, die dort über dem Wasser tobten – urzeitlich und geheimnisvoll.

10
1. Juni

Der Bart war noch ungewohnt – er kitzelte, und die Haut juckte.

Die ersten Tage in dem Bootsschuppen waren unendlich lang und zäh gewesen, sie schlichen kaum vorbei. Dann kehrte der Alltag ein, und die Zeit lief schneller.

Rebekka, die jeden Tag vorbeikam, solange und sooft es ihr möglich war, zeigte Spuren der Sorge: tief eingeschnittene Ränder unter den Augen wegen der ständigen Furcht, dass die Polizei ihr folgte oder dass sie es sein könnte, die Carl unabsichtlich verriet. Oft saß sie bei ihm mit einem vor Aufregung geröteten Gesicht, mit fahrigen, nervösen Gesten. Carl bemerkte ihre Sorge kaum, er freute sich einfach nur über ihre Anwesenheit.

Carl stürzte sich wieder auf seine Arbeit mit dem Fisch. Bei Rebekkas Anzeigenblatt meldeten sich vermehrt Menschen, die das Tier gesehen haben wollten. Eine Frau berichtete gar von sechs großen Fischen, jeder über zehn Meter lang, die hintereinander durch die Wellen geglitten waren. Sicherlich rief nicht jeder, der etwas Seltsames beobachtet hatte, ausgerechnet im »Ravensburger Blättle«/»The Ravensburg Journal« an, doch Carl vermutete mit einiger Berechtigung, dass mittlerweile fast jeden Tag mehrere Sichtungen gemacht wurden. Er selbst hatte von dem Bootshaus aus zwei Mal einen großen, fremdartigen Höcker im See sehen können, und Ellers berichtete ihm von einer riesigen dunklen Form, die er am Tag zuvor bei Unteruhldingen unterhalb der Seeoberfläche bemerkt hatte.

Als Ellers in Carls Auftrag die E-Mails des Gästebuchs seiner Website über das Bodensee-Ungeheuer abfragen wollte, funktionierte die Seite zu beider Erstaunen nicht mehr. Immer wenn Ellers www.Boddy.de anwählte, zeigte ihm eine Fehlermeldung, dass die Seite »entweder umgezogen« oder »vom Netz genommen« worden sei: *Page not found.* Auch das Schlagwort *Boddy*, in eine Suchmaschine eingegeben, führte nicht mehr dorthin. Jemand wollte Carl offensichtlich im Internet aus dem Verkehr ziehen.

Dennoch war Carl nicht untätig gewesen. Er hatte die Berichte, von denen er seit der Beendigung der Grobversion seines Manuskriptes erfahren hatte, auf dem Laptop erfasst und ausgewertet. Der Fund des Laichs hatte ihn davon überzeugt, dass es wohl eine Art Molch war, die vermutlich seit Jahrtausenden auf dem Seeboden gelebt hatte und nun durch die Bohrversuche oder den Tsunami an die Oberfläche geholt worden war. Zudem hatte er auf einer topografischen Karte des Sees mit kleinen Pfeilen sämtliche ihm bekannten Sichtungen erfasst. Zu seinem Erstaunen zeichnete sich ein Muster ab: Es schien zwei Zentren zu geben. Wie die Speichen eines Rades deuteten die Pfeile auf zwei Mittelpunkte hin, einer lag zwischen Friedrichshafen und der Schweiz, etwa in Seemitte, ein zweiter zentrierte sich um Bregenz. Die Pfeile im Untersee wiesen sämtlich auf den Seerhein, die Verbindung zwischen dem flachen Untersee und dem tiefen Obersee, dem eigentlichen Bodensee. Ein drittes mögliches Zentrum befand sich nördlich des Teufelstischs im Überlinger See, war aber weniger ausgeprägt.

Als Carl verschiedene Farben für die Pfeile wählte, nämlich Rot für Sichtungen bis Mitte Mai und Grün für Beobachtungen ab Mitte Mai, ergab sich ein faszinierender Anblick: Der Kreis um die Seemitte war rot, der Fächer um Bregenz grün.

Der Zodiac schoss über den wogenden See. Das Boot sprang von Wellenkamm zu Wellenkamm, gab jeden Stoß ungedämpft an Tschiarnack weiter. Der General spürte jeden Schlag. Er saß auf der Holzbank und klammerte sich an einem Haltetau fest. Am Bug stand ein Posten mit Maschinengewehr. Schließlich bestand die Gefahr, dass sich in einem der Wellentäler der massige Leib eines der Ungeheuer zeigte.

Der lauwarme Regen prasselte Tschiarnack ohne Unterlass ins Gesicht, die von dem Schlauchboot aufgeworfene Gischt spritzte in Schüben von der Seite. Trotz der Ölhaut, die er trug, lief ihm das Wasser den Rücken hinab.

Endlich kamen sie an die Stelle vor Eriskirch.

»War es hier?«, schrie Tschiarnack, um das Dröhnen des Außenbordmotors und das Getöse des Sturms zu übertönen.

»Ja«, schrie ein Soldat zurück, »genau hier!«

Tschiarnack ließ den 7,5 PS starken Außenbordmotor drosseln und das Boot in einem Kreis langsam über den aufgewühlten See kreisen. Unter den Schaumkronen ging es 200 Meter in die Tiefe.

»Vor zwei Stunden, sagten Sie?«, schrie Tschiarnack.

»Genau um 8 Uhr 11«, brüllte der Soldat zurück.

Schon drei Zusammenstöße zwischen Militärbooten und den Maden hatte Tschiarnack dem Lageprotokoll entnehmen müssen. Mehrmals bereits hatten Maden versucht, in Streifenboote zu klettern. Und nun war an diesem Morgen ein Patrouillenboot von einem der Ungeheuer gerammt worden, es konnte gerade noch einen Funkspruch absetzen, bevor es plötzlich von den Radarschirmen verschwand. Tschiarnack war mit dem fünf Meter langen Schlauchboot unterwegs zu der Unglücksstelle, in der vagen Hoffnung, noch Wrackteile oder Überlebende zu finden.

Die Wellen warfen den Zodiac hin und her. Tschiarnack musste gegen seine Übelkeit ankämpfen. Auf der vom Wind aufgepeitschten Wasseroberfläche fanden sich keine Spuren mehr von dem Patrouillenboot.

Der graue Zodiac tanzte auf dem Wasser. Der General hielt sich an der Gummiwand fest, beugte sich darüber, spähte über den See. Er konnte keinen Ölfleck erkennen, keine Ausrüstungsgegenstände, die noch auf der Oberfläche trieben. Sie waren zu spät gekommen. Der General hoffte jedoch, dass sich vielleicht einige Besatzungsmitglieder an Land gerettet hatten – trotz der starken Wellen und der großen Entfernung von mehreren Kilometern zum Ufer.

»Wir kehren um«, befahl Tschiarnack, aber seine Worte gingen in dem Sturm unter. Mit dem ausgestreckten Arm wies er zum Ufer.

Bis das U-Boot überholt und wieder einsatzfähig war, blieb ihm nichts, als abzuwarten. Das Tauchboot lag noch immer in Langenargen im Dock, weil die Elektronik schadhaft war. Volmero, der italienische Pilot, meinte, sie bräuchten mindestens noch zwei Tage, um das Schiff auf Vordermann zu bringen. Weitere wertvolle Zeit ging verloren.

Im Fernsehen hatten Geologen unterdessen erklärt, dass der Einbruch der Bucht bei Rorschach ein ganz natürlicher Vorgang gewesen sei. Wie lange konnte Tschiarnack diese Fiktionen noch aufrecht erhalten?

Er gab sich selbst die Antwort: Nicht mehr allzu lange.

Carl erwachte, weil Rebekka, die über Nacht geblieben war, mit Geschirr hantierte. Regen prasselte gegen die winzige Fensterscheibe. Ellers deckte den Tisch für ein karges Frühstück.

Sie standen auf und aßen stumm. Ellers überreichte Carl

ein von ihm selbst gebautes Funkgerät. Es war nicht größer als ein Handy, bestand eigentlich nur aus einem schokoriegelgroßen Plastikteil mit einem grünen Knopf – ein umgebauter Garagentüröffner.

»Drück auf den Knopf«, erklärte er, »und mein Empfänger piepst. Damit sagst du uns, dass du Hilfe brauchst. Wenn du fünfmal drückst, wissen wir, dass du es geschafft hast.«

Dann krochen sie unter den Sträuchern durch und schlüpften in Ellers Ford Transit.

Der See bäumte sich in einem ungeheueren Wind auf: Die Boote stampften und schaukelten in den Wogen, und Regengüsse fegten über die grauen Decks.

Ein weiterer großer Sommersturm jagte über den See.

Unter finsterem Himmel, von Blitz und Donner begleitet, fuhren Carl und Rebekka von dem Feldweg oberhalb des Bootshauses zum Institut für die Erforschung des Bodensees in Langenargen. Ellers folgte ihnen in Rebekkas Smart. Sie hatten sich dieses Manöver ausgedacht, um die Polizei zu verwirren.

Konnten die Wellenberge, die die Militärboote hüpfen ließen wie Kinderkreisel, und die weißen Gischtkronen, die in den Böen hoch über den See geblasen wurden, als ein gutes oder ein schlechtes Omen gelten? Die Scheibenwischer jedenfalls konnten die Regenmenge kaum zur Seite schaufeln. Auf der Bundesstraße, mehr als 50 Meter vom Strand entfernt, schaltete Rebekka das Licht ein. Immer wieder musste sie abgerissenen Ästen ausweichen. Keine 100 Meter vom Institutseingang entfernt parkte sie in einer Nebenstraße. Carl war nervös. Sie küssten sich im Auto noch einmal, dann stiegen sie aus.

Carl plante, eine halbe Stunde zu warten, bevor er in das Gebäude eindrang, bis dahin sollte Rebekka das Fluchtauto von Ellers übernehmen. Sie wollte Carl noch einen

Kuss geben, aber er wich zurück. »Nicht jetzt«, sagte er, »später – wenn ich wieder zurück bin!« Er wollte keinen Abschiedskuss. Er durfte nicht einmal an Abschied denken.

Ellers wechselte vom Smart in den Transit, Rebekka ging zum zweiten Wagen, der einige hundert Meter entfernt geparkt worden war. In ihm fühlte sie sich wesentlich sicherer.

Eiskalte Wassertropfen peitschten ihr ins Gesicht, als sie vom Institut zum Hafen von Langenargen rannte. Dort hoben die schwarzen Wogen eine Jacht und schmetterten sie gegen die Ufermauer.

Rebekka wollte das Fluchtauto fahren, falls es Carl nicht schaffte, das Tauchboot zu stehlen und durch die Schleusen hinaus auf den See zu manövrieren. Und selbst wenn es ihm gelänge: War Carl erfahren genug, um das U-Boot durch den aufgepeitschten See zu navigieren und die kleine Fischerhütte zu finden?

Rebekka hatte Angst.

Anfang April 1997, morgens.

Zwei Taucher mit Sondergenehmigung, Eckart und Matze, steigen am Teufelstisch in die Tiefe. Vielleicht ist ihnen mulmig, darüber sagt das nach dem Tauchgang verfasste Protokoll nichts aus. Auf einen wunderschönen Tauchgang bei strahlendem Sonnenschein hätten sie sich gefreut, meinten die Zeugen später in ihrer »aktuellen Warnung … an alle, die am Teufelstisch tauchen«.

Anfänglich scheint auch alles einfach zu sein. Dann macht sich eine »bislang nie aufgetretene« starke Strömung in Richtung Wallhausen – und in die Tiefe! – bemerkbar. Die Taucher wollen dem Sog entkommen, bewegen sich erst ruhig, dann zunehmend verzweifelter nach oben, zum Licht. Es kostet sie ihre ganze Kraft. Fast, bemerken sie, wäre es am Teufelstisch zu einem weiteren Unfall mit tödlichem Ausgang gekommen.

Sie befinden sich in vierzig Metern Tiefe.

Plötzlich zeichnete sich ein riesiger dunkler Schatten unter ihnen ab. Es ist ein Fisch, daran besteht kein Zweifel. Die Taucher sind erfahren, sie schätzen seine Länge auf drei bis vier Meter – größer als ein Auto!

Momente später ist der Fisch ihnen ganz nah. Wenn wir jetzt die Hand ausstrecken, denken die Taucher, können wir ihn berühren. Dann schnappt der Fisch nach Matze. Der Sog zieht den Taucher in die Tiefe. Der Tauchkamerad packt ihn, zerrt, kämpft mit seinem Kollegen um dessen Leben.

Matze zieht sein Messer, sticht dem Ungetüm in den Kopf. Eckart kann Matzes Flossenband lösen und die Flosse seines Kameraden abstreifen, der Fuß ist befreit.

Schließlich zieht sich auch der unheimliche Fisch zurück, verschwindet im finsteren Abgrund.

Die Taucher leiten den Notaufstieg ein. Bei jedem Dekostopp schauen sie bang hinab, doch dort ist alles ruhig. Der Fisch ist verschwunden.

Endlich an der Wasseroberfläche angekommen, fliehen die beiden sofort an Land.

»Mit zitternden Händen und immer noch einem flauen Gefühl in der Magengegend« warnen die Taucher alle, sich an den Teufelstisch zu wagen, »da dies momentan lebensgefährlich erscheint«.

Carl ging in einem Blaumann einfach in das limnologische Institut hinein, in seiner rechten Hand hielt er einen Werkzeugkasten, in der Tasche seiner Jacke steckte der Piepser, den Ellers gebastelt hatte. Er betrat den Flur und erkannte, dass er bei seinem ersten Versuch einen Fehler gemacht hatte, als er zur Mittagspause eingedrungen war, denn wenn sonst niemand da war, fiel er auf. Jetzt aber, in der Geschäftigkeit, würde er keine Aufmerksamkeit auf sich ziehen, man würde ihn für einen Handwerker halten, der den Fotokopierer reparierte.

Hastig schritt er den Flur entlang, wendete sich nach rechts und blieb vor der Tür stehen, an der er den Code eingeben musste.

Jede Ziffer, die er drückte, ergab wie bei einem Telefon einen Ton. Tüüt – tüüt – tüüt – tüüt.

Es tat sich nichts, das Tor blieb geschlossen. War der Code geändert worden – waren all die Anstrengungen, war all das Risiko vergebens gewesen? War er so weit gekommen und musste wieder umkehren?

Er sah noch einmal auf das Display, es blinkte und zeigte abwechselnd »3811«, »false entry« und »access denied« – er hatte sich einfach nur vertippt!

Er atmete tief ein und aus. Beruhige dich!, dachte er. Konzentrier dich!, sagte er dann zu sich selbst und tippte den Sicherheitscode erneut ein: »0811« – tüüt – tüüt – tüüt – tüüt ...

Die Tür öffnete sich!

Carl blickte um sich und direkt in eine Überwachungskamera, die an der Decke befestigt war. Es war nun gleichgültig, ob er floh oder weitermachte, sein Bild hatte man auf jeden Fall.

Er stand auf einem Metallabsatz, der kaum einen Quadratmeter groß war. Von hier führten vier Treppenstufen zum tiefer liegenden Betonboden hinab. Er ging hinunter, leise, um hallende Fußtritte zu vermeiden. Der Raum war leer, und mittendrin, in einem Gerüst, hing das Tauchboot über einem Kanal, der in den See führte, das Mini-U-Boot, das er bereits aus den Blaupausen kannte. An der Decke führte ein Gewirr von Rohren entlang, daneben waren Schienen zu sehen, an denen große Hebekräne bewegt werden konnten; dazwischen drehten sich riesige Ventilatoren mit einem Durchmesser von mehreren Metern. Das Boot war nicht sehr groß, aber es wirkte funktionell und sicher.

Carl glaubte plötzlich zu wissen, dass er mit diesem Boot den Fisch finden und seine Unschuld beweisen würde.

Der Einstieg befand sich in der Mitte der Rumpfoberseite an einem konischen Turm. Vorn, an der Front, war ein bullaugengroßes Fenster aus Sicherheitsglas eingelassen. Unterhalb des Rumpfes starrten mehrere starke Strahler in alle Richtungen. Zur Einstiegsluke führte eine Art Trittleiter, wie die Gangway eines Flughafens, zehn Stufen etwa.

Plötzlich hörte Carl ein Geräusch – es war, als würde irgendwo eine Tür zufallen. Er zuckte zusammen, dann drehte er sich um, sah nichts, lief aber weiter und stolperte über eine Holzleiste, die auf dem Boden lag. Er stürzte und fiel ausgestreckt zu Boden. Der Piepser, mit dem er Ellers zu Hilfe rufen konnte, wurde aus seiner Tasche geschleudert und schlitterte über den Boden. Er prallte mit einem lauten »Klick« gegen den Rand der Wasserluke, über der das U-Boot hing, und versank dann im See.

Carl wollte aufstehen, doch sein ganzer Körper schmerzte, als wäre er auf einem Nagelbett gelandet. Er spürte Blut, das aus seiner Nase lief. Im nächsten Moment vernahm er Schritte, die sich näherten. Wer immer es war, stand nun ganz nahe bei ihm. Carl hatte das unangenehme Gefühl, dass von dem Moment auf den anderen all seine Pläne zunichtegemacht werden würden.

Er drehte sich um und sah Beine in blauen Bügelfaltenhosen, schwarz lackierte Schuhe.

Ein Mann in Uniform stand direkt hinter ihm. In der Hand hielt er eine Pistole.

»Lei è italiano?«

»No!«, stieß Carl überrascht und verwirrt aus.

»Ich hatte mir schon gedacht«, sagte der Mann dann, »dass Sie hier auftauche.«

Als Rebekkas Handy klingelte, war sie so aufgeregt, dass es ihr förmlich aus der Hand sprang und auf dem Boden des Autos landete. Es dauerte ein paar Sekunden, bis sie es wieder zu fassen bekam. Sie atmete tief durch.

Es war nicht Carl am Apparat, sondern Ellers. »Haben Sie schon was von ihm gehört?«, fragte er.

»Nein.«

»Mich hat er auch noch nicht angepiepst.«

»Es wird doch alles klappen ...«

»Er ist jetzt seit fünfzehn Minuten im Institut«, meinte Ellers. »Es scheint alles gutzugehen, von außen wirkt es ganz normal. Keine Aufregung, keine Polizei – vermutlich ist er durchgekommen.«

Sie verabredeten, in fünfzehn Minuten wieder zu telefonieren.

Ein neuer Regenguss prasselte nieder. Die Scheiben beschlugen. Rebekka wischte mit ihrem Ärmel ein Guckloch in die Frontscheibe, dann kurbelte sie das Seitenfenster ein wenig herab. Sie sah auf die Uhr – es war nun bereits eine halbe Stunde vergangen, seit Carl in das Gebäude getreten war.

Nach weiteren zehn Minuten rief sie Ellers an.

»Ich habe noch immer nichts von ihm gehört«, sagte der alte Fischer. Die Sorge war seiner Stimme deutlich anzuhören.

»Wenn er sich in dreißig Minuten noch nicht gemeldet hat«, flüsterte Rebekka hastig und atemlos in ihr Handy, »ist er entweder draußen oder verhaftet worden. Ich fahre dann zur Hütte. Falls er dort ist, melde ich mich wieder.«

»Haben Sie noch Geduld«, beschwichtigte Ellers. »Wenn ihm etwas passiert wäre, dann hätte er mich schon längst angepiepst.«

Ellers war ein unverbesserlicher Optimist.

»Sie kenne mich«, sagte der Mann in Uniform.

Carl schüttelte müde den Kopf.

»Doch, doch! Sie habe vor ein paar Tage Post von mir erhalten. Eine CD. Mit Plänen …«

Sofort wusste Carl, wovon der Mann sprach – die Blaupausen der U-Boot-Bunker, die Pläne des U-Boots, der Code. Es war alles eine Falle gewesen!

»Hören Sie, Ghuimin, Sie müsse mir vertraue!«, sagte der Mann in einem leisen, aber bestimmten Ton. »Me chiama Volmero, ich bin U-Boot-Pilot. Hier passiert etwas, was Leute wissen sollte – und Sie können es den Leute sagen. Nehmen Sie das Tauchboot, und filmen Sie alles …«

»Sie sprechen von dem Fisch?«

»Fisch spielt keine Rolle – oder doch. Ich habe ein ganze Horde davon gesehen, unten an dem Krater.« Was den See betraf, war Volmero an seinen Diensteid gebunden, Carl war das nicht.

»An welchem Krater?«

»Sie wisse weniger, als ich dachte … Am besten, wir fangen von vorn an.«

Carl nickte. »Ja.«

Volmero half Carl aufzustehen.

Dann erklärte Volmero, was er bei seinem kurzen Briefing eine Woche zuvor erfahren und später seinen Unterlagen entnommen hatte. Carl begann zu verstehen, was am See geschah. Eigentlich hatte von Anfang an jeder gewusst, dass man mehr darüber in Erfahrung bringen musste, was diese Wesen im See suchten oder taten. Daher hatte man beschlossen zu handeln. Es war die Stunde der Militärs: Sie finanzierten das Institut für die Erforschung des Bodensees. Man hatte festgestellt, berichtete Volmero, dass der Seeboden sich auf unnatürliche Weise veränderte. Der zivile Leiter der ganzen Operation war Carls Ex-Chef, Meuger. Systematisch war den Winter über der ganze Seegrund abgesucht worden.

Carl nickte erneut, er kannte die genauen Sonarkarten, die damals erstellt wurden.

»Was hat das mit dem Fisch und mir zu tun?«, unterbrach er den Italiener.

»Bene, der Fisch hat mit der ganze Operation nix zu tun, er kümmert Militär nicht – man vermutet, glaub ich, dass er ist Fata Morgana.« Dann erklärte er weiter: Meuger fand heraus, dass die Quellen, die Zentren all dieser Veränderungen in mehreren flachen Vertiefungen auf dem Grund lagen. Man spürte fremde Wesen auf, die Maden, die im See wühlten und die Schlammschichten unterhöhlten. Er, Volmero, war als einer der besten U-Boot-Piloten der Welt aus Italien herbeibeordert worden. Er war zu einer der bizarren Mulden, dem Krater, getaucht und hatte dort eine unwirkliche Prozession von Maden und Seeungeheuern erlebt. Dann war er noch einmal mit einem Sprengsatz, der die Öffnung im Seeboden zuschütten sollte, in die Tiefe hinabgefahren, hatte den Krater aber verlassen vorgefunden. Er finde, man habe die Pflicht, die Bevölkerung zu warnen. Daher habe er behauptet, das Boot sei nur eingeschränkt funktionstüchtig. Nun hoffe er, Carl könne das Rätsel lösen, wie all diese Phänomene zusammenhingen, Aufnahmen machen und die Bevölkerung warnen.

Carl verstand nicht alles, was Volmero in seinem gebrochenen Deutsch hervorbrachte, doch den groben Rahmen begriff er nur allzu gut. Deswegen also hatte der Italiener ihm den Umschlag zugesandt.

»Gli pesci, die Fische sind gefährlich. Sie habe bereits zwei Leute zerfleischt, von denen ich weiß, und glaube Sie mir, ich weiß längst nicht alles.«

»Und warum hat man mich zum Attentäter erklärt?«

»Ich nehme an, dass man befürchtet hat, dass Sie bei Suche nach dem Ungeheuer auf die wahre Gründe all dieser Aktione stoßen …«

»Und darum haben Sie all das mit dem U-Boot eingefädelt?«

»Ich bin ja an meinen Vertrag gebunden, der mich zu absolutem Stillschweigen verpflichtet, aber die Situation ist kritisch. Ich glaube, dass Bevölkerung unterrichtet werden muss.«

»Inwiefern kritisch?«

»Seit ein paar Tagen ist der Krater verschwunden, zugeschüttet. Ich war dort unten, es ist alles oscuro … dunkel …«

Carl saß wie auf glühenden Kohlen. Er wollte hier weg, möglichst schnell, bevor man ihn fassen und festnehmen konnte. Nervös trippelte er mit den Füßen.

Volmero merkte es und lachte: »Si, dann fahr …«

Er verstummte mitten im Satz und legte den Zeigefinger auf die Lippen. Dann flüsterte er »Schritte« und sprang hinter das U-Boot, um sich dort zu verbergen. Carl hastete ihm nach, ging ebenfalls in Deckung.

Jemand war in den Raum gekommen.

Harte, zielstrebige Schritte näherten sich und hallten in der Halle wider.

Am 1. Juli 1996 meldeten die Zeitungen, ein weißer Hai habe im Bodensee mehrere Touristen angegriffen.

Mindestens zwei Menschen, so wurde aus Konstanz berichtet, habe der riesige Raubfisch bereits getötet – es handle sich um einen 16 Jahre alten Jungen und eine 34 Jahre alte

Frau. »Drei weitere Touristen werden schon 14 Tage vermisst.« Die Angriffe erfolgten nicht in tiefer Nacht, sondern mitten am Tag.

Ein Augenzeuge war noch ganz schockiert: »Ich schwamm neben der Frau, vielleicht drei oder vier Meter entfernt. Plötzlich verschwand sie in der Tiefe, und das Wasser färbte sich rot. Mein Gott, es hätte doch auch mich erwischen können!«

Obwohl Polizeitaucher über eine Woche lang nach den Vermissten suchten, fand sich keine Spur von ihnen. Das Rätsel löste sich erst, als ein 29 Jahre alter Mann von dem Hai angegriffen wurde – und überlebte: »Also, ich schwamm da so rum, da sehe ich plötzlich diese Haifischflosse. … Und da habe ich dem Vieh eins verpasst. Ich war ihm Auge in Auge gegenüber: Kein Zweifel, es war ein weißer Hai!«

Der Leiter des Meeresbiologischen Instituts in Bremen, Gunnar Streten, vermutete, der Hai sei über den Rhein in den Bodensee gelangt. »Die Behörden«, berichteten die Tageszeitungen, »haben inzwischen den Bodensee gesperrt. Einheiten der Bundesmarine, Berufsfischer und eigens aus den USA eingeflogene Haiexperten machen Jagd auf den Killer: Bisher ohne Erfolg.«

Im April 2006 – meldeten sowohl die »Basler Zeitung« als auch der Konstanzer »Südkurier« – setzte eine deutsche Herstellerfirma »ein Tauchboot zur Erforschung von weißen Haien« im westlichen Bodensee ein. Maximale Tauchtiefe: 50 Meter.

Was erhoffte man zu finden? Oder: Was befürchtete man zu finden?

Meuger stand plötzlich da. Carl stieß überrascht die Luft aus. Volmero rollte mit den Augen und duckte sich weiter hinter das Boot.

»Ich habe Sie gesehen!«, rief Meuger.

Volmero griff fester nach seiner Pistole, Carl wurde plötzlich ganz übel bei dem Gedanken, dass er gleich schießen könnte.

»Ghuimin, ich habe Sie gesehen!«, wiederholte Meuger, »Sie brauchen sich nicht zu verstecken.«

Carl blickte Volmero fragend an, aber er erkannte im Blick des Italieners nichts, was ihm eine Entscheidung abnahm. Offenbar war er ebenso überrascht und verwirrt wie Carl.

»Wenn Sie die Absicht haben«, rief ihnen Meuger zu, »das Tauchboot zu entwenden, dann tun Sie es! Ich werde Sie nicht daran hindern. Wenn ich Alarm auslösen wollte, hätte ich es längst getan – aber ich will es nicht.« Meuger hielt plötzlich inne und wandte den Kopf, als habe er ein Geräusch vernommen. »Ist da jemand bei Ihnen? Wenn da jemand ist, sind Sie sich sicher, dass Sie ihm trauen können? Tschiarnack hat Sie zum Sündenbock gemacht. Passen Sie auf!«

Volmero stand auf und richtete seine Waffe auf Meuger. Meuger blieb wie erstarrt stehen, man konnte ihm ansehen, dass er damit nicht gerechnet – und dass er Angst hatte.

»Lassen Sie das«, flehte er.

Volmero sah ihn fest an. Seine Pistole bewegte er keinen Millimeter. Meuger wurde bleich. »Bitte«, bettelte er, »hören Sie mir zu.«

Volmero verzog keine Miene.

Carl trat zwei Schritte nach vorn und sah den Italiener an: »Lassen Sie ihn reden, bitte.«

»Ich weiß nicht, wer Sie sind«, stieß Meuger unsicher hervor, und dabei blickte er auf Volmero, »aber ich weiß, dass Sie mit dem militärischen Projekt zu tun haben. Hören Sie, wenn Sie Ghuimin festgenommen haben, sperren Sie mich am besten mit ein.«

Volmero ließ die Waffe langsam sinken. Meuger schien es jedoch gar nicht zu registrieren. »Ich habe«, redete er weiter wie jemand, der um sein Leben redet, »diese ganzen Analysen gemacht, die Kartografierung, Wasserproben. Ich habe gedacht, das wäre ein fairer Deal – ich liefere den Militärs die Daten, die sie von mir wollen, und im Gegenzug habe ich unerschöpfliche Finanzmittel, mit der ich grundlegende Seenforschung betreiben kann. Das war ein Fehler. Ich wusste doch nichts von den Maden – wer konnte denn wissen, dass wir an diesem See, hier, mitten in Europa, so etwas entdecken würden? Ich meine: Wie viele Millionen Touristen sind denn jedes Jahr hierher gekommen, ohne etwas zu merken? Ich selbst habe erst später begriffen, was hier vor sich geht, lange nach Bilderberger und Tschiarnack – und ich habe verstanden, dass man das geheim halten muss. Aber jetzt ...«, Meuger rang offensichtlich nach Worten, »jetzt hat sich doch die Lage so zugespitzt, dass man die Leute informieren muss! Sie müssen eine Chance haben, von hier zu verschwinden. Wer weiß, ob die Maden nicht ...«

Volmero entschloss sich, die Waffe endgültig zu senken, sie aber nicht loszulassen. Wenn Meuger gekommen war, um sie zu fassen, dann müsste mittlerweile längst Verstärkung eingetroffen sein. Oder er war ein genialer Schauspieler und führte etwas im Schilde.

Meuger wandte sich an Carl. »Ghuimin, ich hatte gedacht, Sie wären längst auf der Spur der Maden. Sie haben mir gesagt, Sie wüssten, was auf dem Seeboden sei ...«

Carl sah ihn entsetzt an. Langsam begriff er.

»Ghuimin, dabei haben Sie die ganze Zeit nur diesen blöden Fisch gejagt! Und ich habe Tschiarnack gesagt, dass Sie alles wissen, und er hat diese Giftgeschichte erfunden, und dann mussten Sie untertauchen.«

»Sie stecken dahinter!«, stieß Carl hervor.

»Bitte«, hauchte Meuger, »verzeihen Sie mir.«

Carl zuckte mit den Schultern.

»Denken Sie daran«, Meuger sah ihn beschwörend an, »wie ich Ihnen am ersten Tag Ihrer Flucht geholfen habe. Ich war im Suchtrupp, und ich habe den Hubschrauber nach Norden geschickt, weit weg von Ihnen.«

Carl nickte.

»Gut«, sprach Volmero zum ersten Mal. »Was wolle Sie?«

»Ich habe die Überwachungskameras abgeschaltet, als ich Ghuimin auf dem Monitor sah, wie er den Code eintippte. Ich nehme an, er will das Boot.« Meuger atmete tief ein und aus und ließ Volmeros Pistole keine Sekunde aus den Augen. »Ich warne Sie vor Tschiarnack, Ghuimin. Der General will Bomben einsetzen, um die Maden zu vernichten.« Er griff in seine Jacke, Volmero hob die Pistole. »Ich hole nur ein Foto hervor.« Er zog eine Aufnahme von Tschiarnack heraus und warf sie in Carls Richtung. »Nehmen Sie sich vor ihm in Acht – er kann Ihnen wirklich gefährlich werden.« Meuger sah zu den Ketten, an denen das Tauchboot hing. »Wir sollten Ghuimin da reinsetzen und in den See hieven. Jeden Moment kann die Wachmannschaft auf ihrer Runde hier vorbeikommen.«

Volmero bedeutete Carl, dass er die Metallleiter hoch und in das Boot steigen sollte.

Carl selbst fühlte sich wie gelähmt. Langsam und schwerfällig trat er auf die Stiege, ging Stufe um Stufe hinauf. Er setzte sich in das U-Boot.

Meuger kletterte auf das Gestell, an dem das Tauchboot schaukelte, und klappte den Kasten mit den Knöpfen auf, durch die sich das Boot absenken ließ. Er blickte von oben zu Carl hinab. »Machen Sie Bilder«, flehte er, »schicken Sie die an die Presse, meinetwegen auch anonym, aber die Welt soll wissen, was hier vorgeht.«

»Essatto. Genau«, pflichtete Volmero bei.

»Was in aller Welt«, wollte Carl noch von Meuger wissen, »meinen Sie mit ›die Maden‹?«

»Wesen. Fremde Wesen. Menschengroße Frösche oder Salamander. Sie haben da unten einen Bau und unterwühlen die Ufer. Sie schaffen sich einen größeren See. Und …«, Meuger hob die Augenbrauen, »niemand weiß, warum sie das tun.«

Sie drückten die schwere Einstiegsluke zu, Carl drehte sie von innen mit einem Rad fest. Das Boot schaukelte, als es ins Wasser gelassen wurde. Das Sichtfenster vor ihm zeigte nur noch eine trübe Brühe. Bald war er allein, vom Wasser nur durch ein paar Zentimeter Metall getrennt.

Er hörte sein Herz schlagen. Alles, was er tat, erfolgte rein instinktiv. Er startete den Elektromotor und folgte dem Kompass Richtung Westen. Ein Instrument zeigte die Seetiefe, und ein unsichtbarer Computer errechnete seinen Kurs und zeigte ihn auf einem Monitor an, eingeblendet in eine dreidimensionale topografische Karte des Sees.

Da saß er nun im U-Boot, ein Held wider Willen, und tauchte in die Tiefen hinab.

Der Sturm hatte nachgelassen.

Tschiarnack war einer der wenigen, der ganz legal einen Spaziergang am See machen konnte. Er schlenderte am Strand entlang, vorbei an Schilfbündeln, an gemauerten Uferstrichen und Kiesstreifen. Irgendwo hier, keine drei Kilometer westlich, war Bilderberger verschwunden. Tschiarnack wusste noch immer nicht, ob das ein Fluch oder ein Segen gewesen war. In einiger Entfernung stand eine Fischerhütte. In solch einem alten Bootshaus würde er jetzt gern – frei von allen Sorgen – einige freie Tage verbringen, angeln, nachdenken, vielleicht lesen.

Vor dem Bootshaus lagen einige große Steine im Wasser,

schwarz und rund. Tschiarnack sah auf den Fußweg, der hundert Meter oberhalb der Hütte entlangführte. Dort stand ein Liebespaar – Carl und Rebekka.

Rebekka war, als Carl sich auch eine weitere halbe Stunde später noch nicht gemeldet hatte, panisch zur Hütte gerast, voll Furcht, dass Carl etwas zugestoßen sein könnte. Seit über zwei Stunden schon war der Kontakt abgerissen, ihre einzige Hoffnung war, ihren Geliebten – mit oder ohne Tauchboot – dort anzutreffen.

Carl kam auf sie zugestürmt. Er hatte das Schlagen der Autotür auf der Straße über sich gehört, durch eine Ritze in den verbogenen Holzbalken des Schuppens geschaut und Rebekka gesehen, die sich vorsichtig durch die Büsche näherte.

Sie umarmten sich.

»Ich habe das Boot«, rief Carl überglücklich.

»Wir müssen Ellers Bescheid sagen«, flüsterte Rebekka ein wenig später, nachdem sie sich wieder geküsst hatten.

Carl nickte. Die gefährliche Fahrt in dem unbekannten Tauchboot hatte ihn erschöpft. Er hatte, nachdem er im Bootshaus angekommen war, nur noch das Bedürfnis verspürt zu schlafen. Nach der überschwenglichen Begrüßung war nun beiden die Anspannung ins Gesicht geschrieben. Sie gingen schweigend ein paar Schritte nebeneinander her.

Dann zog Rebekka ihr Handy aus der Tasche, um Ellers anzurufen. Sie hoffte, dass sie weit genug von der Hütte entfernt waren, sodass man nicht auf sie aufmerksam wurde, selbst wenn man ihren Anruf verfolgte.

Als sie zurückkehrten, sahen sie einen Mann, der am Ufer in Richtung der Hütte lief.

Carl begriff. »Das ist dieser Tschiarnack!«, rief er unwillkürlich aus. Er zeigte Rebekka das Foto.

»Ja, das ist er«, stimmte sie zu.

Das U-Boot lag nun vor der Hütte im Wasser. Möglicherweise hatte Tschiarnack es bereits entdeckt, aber dann hätte er sich anders verhalten müssen. Sie mussten es darauf ankommen lassen.

Carl und Rebekka duckten sich hinter einen Busch, ihre Herzen schlugen vor Aufregung. Sie lagen flach auf dem Boden im nassen Gras und beobachteten Tschiarnack, wie er langsam am Ufer entlangschlenderte und ab und zu stehenblieb, um nachdenklich auf den See zu blicken, bis er im Westen hinter einer Biegung des Uferwegs verschwunden war.

Im Jahr 2001 schrieb die Schweizer Hafenstadt Romanshorn einen Wettbewerb zur Umgestaltung ihres Bahnhofplatzes aus. Die Künstler M. Gossolt und Johannes M. Hedinger entdeckten im Archiv der Gemeinde eine alte Sage, die sie als Vorlage für ihre Plastik nahmen, die Statue eines Seeungeheuers.

Die Sage erzählt, dass Mogmok, halb Fisch, halb Einhorn, von dem Waisenjungen Roman aus einem Netz gerettet wurde. Als im Dorf ein Brand ausbrach, schenkte das Seeungeheuer Roman sein Horn, mit dem er die Einwohner warnte. So entstand der Ortsname.

Sie wussten nicht, wie viel Zeit vergangen war. Jede Minute erwarteten sie, dass Tschiarnack zurückkehrte, dass ein Landungsboot des Militärs anlegte oder dass die Hubschrauber kamen, um das Gebiet abzusuchen. Aber nichts geschah: keine Helikopter am grauen Himmel, kein Patrouillenboot in den bleiernen Wellen des Sees. Nur das Brausen der Blätter im Wind, das Gekreische der Krähen auf der Wiese, das Knarzen der Bäume im nachlassenden Sturm.

»Wir sollten es versuchen«, sagte Rebekka schließlich.

Carl sah auf die Uhr. Es war eine Stunde vergangen, seit Tschiarnack am Ufer verschwunden war. Er nickte. »Also los!«

Es war nicht einfach, über die sumpfige Wiese zur Hütte zurückzugehen, denn jeder Schritt im Schlamm fiel schwer.

Sie näherten sich vorsichtig der Bootshütte. Carl nahm einen abgebrochenen Ast von der Wiese und prüfte mit angewinkeltem Knie dessen Festigkeit. Er hielt den Finger vor den Mund, um Rebekka zu bedeuten, sie solle ganz still sein, aber das wusste sie natürlich selbst.

Sie schlichen zu der einfachen Holztür der Hütte, die zu dem Steg führte, der in den See hineingebaut war. Die Balken knarrten, aber das Rauschen der Wellen war lauter und übertönte ihre Geräusche.

Carl sah Rebekka an, sie rollte mit den Augen. Mit ihrem Mund formte sie ein »Tsch«.

Carl nickte. Falls Tschiarnack unbemerkt zu der Hütte zurückgekehrt war, mussten sie ihn überraschen. Carl öffnete die Tür langsam und ein wenig ängstlich. Rebekka duckte sich hinter ihn. Als die knarrende Holztür einen Spaltbreit offen stand, schaute er vorsichtig in den dunklen Raum hinein, aber er sah niemanden darin. Dann stürmte Carl in den Raum – er war leer. Lediglich der durchdringende Gestank von Fisch wehte ihnen entgegen.

Carl musste würgen. Seine Aufregung kam und ging in Wellen. Bis sich ihre Augen an das wenige Licht gewöhnt hatten, das durch die Tür fiel, vergingen einige Momente, dann erkannten sie schemenhaft das Klappbett mit dem alten Schlafsack mit großen orangenfarbenen Blumen darauf, den Wandkasten und das Bord mit verschiedenen Angelgeräten. Nichts deutete auf Tschiarnack hin.

Rebekka bückte sich und überreichte Carl dann schweigend ein Stück Papier mit Schriftzeichen und Zahlenkolonnen darauf.

Carl schloss knarrend die alte Holztür.

Rebekka zündete zwei Kerzen an, doch sie brachten kaum Licht. Schatten schienen umherzuflatterten und Dunkelheit zu verbreiten.

Carl umarmte Rebekka. Durch ihr nasses T-Shirt konnte er ihre festen kleinen Brüste spüren. Dann überkam ihn erneut schier übermächtige Angst. Er zitterte und spürte, dass auch ihr Herz heftig schlug.

»Das ist ein Teil der Skizze des U-Boots«, flüsterte Carl.

Das Stück Papier stammte also nicht von Tschiarnack.

Rebekka ging nach draußen und bewunderte den großen schwarzen Schatten des Mini-U-Boots, dessen abgerundeter Turm neben dem Steg aus dem See ragte. In dem Dämmerlicht wirkte es wie ein vorsintflutliches Ungeheuer. »Es hat nur für einen Platz«, sagte Carl, um Rebekka gleich von der Idee abzuhalten, mitfahren zu wollen.

»Es sieht unheimlich aus«, flüsterte Rebekka. »Willst du wirklich ...?«

»Es muss sein.«

Sie gingen in die Bootshütte zurück und setzten sich an den Tisch, um auf Ellers zu warten.

Mit einem gewaltigen Knall schlug etwas gegen die Fensterscheibe. Carl und Rebekka zuckten zusammen. Kam jetzt das Militär oder die Polizei, um sie zu verhaften? Aber es war nur ein Ast, den der Wind abgerissen und gegen die Scheibe geschleudert hatte.

»Ich glaube, ich bin verdammt nervös.« Carl seufzte.

Rebekka kochte auf dem Campingkocher eine Tütensuppe. Sie aßen hastig und hungrig. Die Nacht kroch über die Alpengipfel am anderen Ufer, streckte sich über dem See aus und verbarg alles im Dunkel. Die Wogen brandeten gegen den Strand, der Wind rüttelte an den alten Brettern. Der See blieb schwarz und leer.

Ellers kam nicht.

»Warum erfahre ich das erst jetzt!«, schrie Tschiarnack.

Eben erst, ganze zehn Stunden nach der Tat, war er telefonisch von dem Diebstahl des U-Boots unterrichtet worden. Ein Assistent legte ihm eilfertig eine Mappe vor, auf die ein Foto des Gefährts geklebt war. Der General schlug die Tür lautstark hinter sich zu.

Nachdem er das Konferenzzimmer verlassen hatte, fiel die Wut von ihm ab wie eine lästige Maske.

Er trat in den Technikraum und winkte einen der dort wachhabenden Soldaten zu sich.

»Empfangen Sie die Signale des Zielobjekts?«, fragte er, nun wieder in seinem knappen, neutralen Tonfall.

»Ja, technisch funktioniert alles einwandfrei.« Der Soldat deutete auf ein Leuchtdisplay.

»Gut!« Tschiarnack blickte auf die Bodenseekarte mit dem winzigen Blinkpunkt. »Anders wäre es mir lieber gewesen«, meinte er dann, »aber es läuft auch so nach Plan.«

»Sollen wir eingreifen?«

Tschiarnack betrachtete den Schirm lange und schweigsam. »Nein, nein, lassen Sie mal. Wir warten ab«, sagte er dann und ging.

Im Jahre 2001 berichtete ein Meteorologe seinen Fachkollegen, dass er im Herbst drei oder vier Jahre zuvor im Bodensee surfen gegangen war. Er befand sich zwischen Staad und der Anflugpiste des Flughafens Altenrhein, als er etwa einhundert Meter von sich entfernt »etwas Ungewöhnliches« beobachtete.

Vor ihm entstand eine Walze aus Wasser, zwischen zehn und zwanzig Meter im Durchmesser und »zu hoch«, um vom Wind aufgepeitschtes Wasser zu sein.

Es ging sehr schnell. Plötzlich fand er sich mitten in dieser Wasserwalze wieder, wurde von ihr fortgeschleudert und segelte buchstäblich durch die Luft. Sein Brett wurde von ihm weggerissen, dann schlug er auf der Seeoberfläche auf. Er sah sein Surfbrett einhundert Meter entfernt im Wasser treiben und beobachtete dann, dass die Walze sich »von unten nach oben« auflöste.

Die ganze unheimliche Begegnung, so schätzte der Mann, hatte nur 15 bis 20 Sekunden gedauert.

Der Zeuge schloss aus, dass es sich um vom Föhn aufgewirbeltes »fliegendes Wasser« gehandelt haben konnte; ebenso war er überzeugt, dass es keine Wasserhose gewesen war.

6. Teil
Jagd

Du schleudertest mich in die Tiefe, inmitten des Meeres, die Fluten umschlossen mich. All deine Wogen und Wellen gingen über mich hin.

Jonas 2,4

11

2. Juni

Carl kehrte aus dem Wald zurück, wohin er gegangen war, um sich zu erleichtern. In der Hütte gab es keine Toilette, und er wollte den See nicht verunreinigen. Es war unangenehm und auch gefährlich – jeden Moment konnte er von Polizeistreifen oder Patrouillenbooten entdeckt werden. Bereits am Abend zuvor hatten Rebekka und er in der Dämmerung das Tauchboot mit Schilfbündeln und vom Sturm abgerissenen Zweigen zugedeckt und in eine kleine Insel verwandelt.

Der Morgen war klar, aber kühl. Es regnete noch immer.

Der See lag grau da, und die Wellen, vom Wind aufgepeitscht, trugen weiße Schaumkappen. Über die Alpen quollen dicke schwarze Wolken, die sich in immer neuen Formationen übereinanderdrängten.

Der Regen schlug hart auf den Boden. Carl versuchte vom Waldrand aus durch den heftigen Regen das Bootshaus zu sehen, aber die graue Wand war undurchdringlich.

Innerhalb von Minuten war er nass bis auf die Haut.

Der Weg schien frei zu sein.

Carl hatte nichts Verdächtiges bemerkt.

Im Jahr 2002 gab das Fremdenverkehrsamt von Radolfzell am Westende des Bodensees einen Prospekt heraus, der die touristische Qualität der Stadt und ihrer Umgebung anpreist.

Der Seite 13 konnte der geneigte Leser folgende kuriose Information entnehmen:

»Am Mindelsee, einem Relikt aus der letzten Eiszeit und eines der bedeutendsten Feuchtgebiete Baden-Württembergs, findet man Romantik ungeschminkt. Was man nicht sehen kann: In 15 Metern Tiefe des Sees sollen sich riesige, fast zwei Zentner schwere Welse tummeln.«

Carl hatte sich einen dicken Pullover und darüber einen Anorak angezogen. Ihm war kalt, aber der See war noch viel kälter und feindlicher. Bis jetzt hatte er das Tauchboot lediglich knapp unter der Wasseroberfläche durch den See gesteuert. Bald würde er weit tiefer gehen müssen, und es würde sein, als wäre er auf einem anderen, feindlichen Planeten.

Schweigend ging er auf Rebekka zu, um sich zu verabschieden.

»Nimm dich in Acht!«, bat sie und umarmte ihn ganz fest. »Denk dort unten an mich.«

»Das werde ich, versprochen«, flüsterte er und wand sich aus ihrer Umarmung. Ihm war mulmig: ein U-Boot, das er kaum zu fahren gewohnt war, und ein See, der voller Rätsel und Gefahren steckte. Trotzdem – er wusste auch, dass jemand die Wahrheit herausfinden musste.

Er kletterte in das Boot, schloss die Luke, startete die Motoren und glitt hinab in den See.

Rebekka schaute Carl nach, bis er mit dem Boot im See verschwunden war. Sie wartete noch eine Weile, dann stieg sie durch das Wäldchen zum Uferweg hoch und weiter zur Straße, die am See entlangführte. Sie zog das Handy aus der Tasche und wählte Ellers' Nummer.

Man hörte dem alten Fischer an, wie sehr der Anruf ihn erleichterte. Er hatte am Vorabend, erzählte er hastig, noch zum Bootshaus fahren wollen, doch es hatte kein Durchkommen gegeben: Die B 31 wurde gerade abgesperrt, als er sich etwa zwei Kilometer östlich der Abfahrt zur Birnau befand, überall standen Fahrzeuge mit Blaulicht, vielleicht Polizei, mehrere große Transporthubschrauber landeten.

»Ich dachte schon«, sagte Ellers, »die hätten euch geschnappt.«

Im Hintergrund dudelte sein Radio. »Neues von Nessy«, sagte der Moderator, »ein Ungeheuer wurde im Lago Maggiore gefangen. Mehr nach der nächsten Musik.«

»Sagte der eben: Ungeheuer im Lago Maggiore?«, fragte Rebekka verblüfft.

»Ja, ich glaube schon ...«

»Schalten Sie bitte mal lauter!«

Ellers drehte die Lautstärke hoch. Musik lief, dann kam wieder der Moderator: »Heute ist der Traum aller Nessy-Fans wahr geworden.« Er berichtete über den Fund einer Seeschlange am Lago Maggiore, einer fünf Meter langen schwarzen Eidechse, die noch heftig um sich schlagend in einem Fischernetz bei den Brissago-Inseln aus zwanzig Meter Tiefe geholt worden war. Niemand kannte die Art, selbst die ältesten Fischer hatte nie zuvor so etwas gesehen.

»Schreiben Sie das auf!«, rief Rebekka, selbst ein wenig aufgeregt von dieser Nachricht, »für Carl und sein Buch ...«

Der Radiomoderator kicherte plötzlich. »Und das Monster trug einen schottischen Kilt und hatte eine Landkarte vom Bodensee bei sich!«

Rebekka und Ellers, angespannt, wie sie waren, überhörten das Ende der Meldung.

Rebekka dachte an Carl, der irgendwo, nur wenige Kilometer von ihr entfernt, in einem winzigen U-Boot durch einen See fuhr, in dem riesige Ungeheuer und unheimliche Froschwesen lebten.

Ein riesiger Buckel zerschnitt die Seeoberfläche, keine 500 Meter entfernt, dahinter ein zweiter, dann ein dritter.

Drei riesige Fische schwammen träge auf das Ufer zu, der mittlere hob seinen Kopf aus dem Wasser und drehte ihn nervös herum. Dann, wie auf ein geheimes Kommando, sanken die Urzeitriesen zurück in die Tiefe.

Genau dort, vielleicht nur hundert Meter unter der Herde, steckte Carl in seinem Boot.

Rebekka schrie auf.

Oder waren es doch nur Wellen und Schatten gewesen, die wie Seeungeheuer aussahen?

Im Abgrund des Sees herrschte beinahe absolute Finsternis. Die Scheinwerfer vermochten kaum zwei Meter vor dem Tauchboot zu erhellen.

Wer Auto fährt, hört das Brausen des entgegenkommenden Verkehrs, wer segelt, das Knattern des Leintuchs und das Klimpern der Leinen gegen den Mast. Carl in seinem kleinen U-Boot hörte nichts, als er in die Tiefe driftete, nichts als sein eigenes Atmen und ab und an das Surren des Elektromotors, wenn er dem Boot einen Richtungsschub gab.

Er erreichte den Grund und fuhr mehrere Minuten lang weiter Richtung Osten. Plötzlich lag auf dem schlammigen, ebenen Felsboden, dessen Monotonie nur von Gesteinsbrocken und den Spuren kriechender Krebse unterbrochen wurde, eine Ruine aus gewaltigen Steinblöcken vor ihm. Zuerst erkannte Carl nur eine chaotische Trümmerlandschaft, allmählich, nachdem er die Felshaufen mit den Scheinwerfern abgetastet hatte, bemerkte er einzelne aufeinandergeschichtete Steinlagen! Der Steinhügel schien sich so weit wie ein Häuserblock oder ein Fußballfeld zu erstrecken. Er wurde umgeben von einer Art Stadtmauer – zumindest von gewaltigen Steinplatten, jede etwa drei Meter hoch und zwei Meter breit, die dicht an dicht in den Boden gerammt worden waren. Das Gebiet, das sie begrenzten, war über und über mit Geröll überzogen, doch wirkte es nicht ungeordnet, sondern strukturiert. Die Trümmerstücke wurden in regelmäßigen Abständen größer und auch zahlreicher – etwa alle fünf Meter zog eine Wand von Mauer zu Mauer: das Innere der Umgrenzung wurde von einem Wabenmuster überzogen wie in einem Bienenstock. Waren das Behausungen gewesen? In der Mitte der Struktur, auf einer leichten Erhebung stand etwas, das aussah wie ein runder Turm, fast drei Meter hoch.

Carl hatte Mythen und Legenden von Städten, Dörfern und Pyramiden gehört, die in Seen versunken sein sollten und die Hobbyforscher entdeckt haben wollten. Aber das hier sah er mit eigenen Augen, und es konnte keine Laune der Natur sein, dafür war es zu regelmäßig, zu ordentlich angelegt, und der völlig runde Turm war definitiv errichtet worden. Hier handelte es sich auf keinen Fall um Moränenschutt, der – seiner feineren Sand- und Schlammteile beraubt – wie ein künstliches Bauwerk wirkte, wie es bei den angeblichen Pyramiden des amerikanischen Rock Lake der Fall war, die Carl einmal auf einer geologischen Exkursion besucht hatte.

Er verstand es nicht: Er befand sich hier in fast 80 Meter Tiefe – dieser Teil des Sees hatte niemals über Wasser gelegen. Erst war hier der Gletscher gewesen, dann der See. Carl hatte ähnliche Gebäude in Büchern gesehen, Großsteinbauten der Steinzeit wie Stonehenge, aber selbst wenn man diese viel älter ansetzte, als die Archäologen das taten, hätte niemand sie je an dieser Stelle bauen können, an der sie sich befanden.

Carl ließ die Stätte hinter sich und fand schon bald darauf eine zweite kreisförmige Anlage, schlechter erhalten, die Platten der Mauer umgestürzt, die inneren Strukturen völlig verwüstet, doch darin stand erneut ein Trümmerturm aus Steinschutt wie der erste, drei Meter hoch!

Carl hatte sich, als er noch an seiner Doktorarbeit über Tsunamis im Bodensee schrieb, gewundert, dass er hier, im Gegensatz zu vielen anderen Seen, keine Überlieferungen von versunkenen Städten gefunden hatte, obwohl doch gerade das badische und das Schweizer Seeufer von den Resten von Pfahlbausiedlungen gesäumt war, die beim Niedrigstand des Seewassers sichtbar wurden. Wohl gab es die Überlieferung, dass Meersburg einmal in ferner Zukunft vom See verschlungen werde, doch das war eine Prophezeiung, kein Mythos aus vergangenen Zeiten. Das Einzige, was entfernt an solche Sagen erinnerte, war die Legende von der »Kaiserstraße«, die – nun im See versunken – einst eine Verbindung zwischen Radolfzell und der Insel Reichenau gewesen sei. Im Januar 1954, bei einem extremen Niederstand des Wassers, war diese Landverbindung, dieser alte Weg, wieder aufgetaucht, und Forscher hatten festgestellt, dass es sich um eine natürliche geologische Formation handelte.

Aber das hier waren auf jeden Fall Ruinen, Bauwerke, wenn auch nur unbeholfen aufgeschichtete Steine.

Das stellte ein Rätsel dar, das er nun weder lösen noch ergründen konnte, er musste weiter, immer in Richtung des roten Kreises auf seinem Computerdisplay – des Kreises, der die Position des neuen Kraters anzeigte.

Zwischen den grauen Trümmern blitzte plötzlich etwas im Scheinwerferlicht auf. Carl zuckte zusammen: Es war ein Schädel – ein menschlicher Schädel. Ein schwarzer Schemen vor einem hellen, gelben Quadrat – es war das Symbol für Gift, und es befand sich auf einem verbeulten Fass, das aus den Steinschichten herausragte, braun, durchgerostet.

Im Sommer 2003 begaben sich rund 25 Pfadfinder aus Hasenburg bei Biel in der Schweiz bei ihrem Lager in Altnau

»auf die Suche nach dem Bodnessy«, nachdem sie die Schlagzeile »Ungeheuer im Bodensee ...« gelesen hatten.

Ab dem 7. Juli 2003 hielt die Truppe, nachdem Nessyalarm gegeben worden war, nach dem Bodnessy Ausschau.

Am 9. Juli 2003 erkundeten die jungen Monsterforscher auf der Insel Mainau »die Futterquellen des Bodnessy«. So weit klingt alles nach einem harmlosen Scherz.

Am 10. Juli 2003, im schweizerischen Baden, erhielten die Pfadfinder »über Funk einen Hinweis (Koordinaten), wo sich das Bodnessy befinden könnte.

Schlussendlich haben wir (nur) Bodnessy-Eier gefunden.«

Nach neun Tagen fand man endlich die Leiche. Eines der Patrouillenboote, die jeden Tag die gesamte Küstenlinie befuhren, entdeckte den Toten im Wasser. Zuerst glaubte die Mannschaft, sie sehe eines der seltsamen Tiere bei einem Schwimmausflug – das kam öfter vor und war bereits ein gewohnter Anblick –, dann aber stellte der Ausguck fest, dass sich der Körper mit den Wellen hob und senkte. Er trieb im Schilf, dort, wo die Pflanzen weniger dicht standen und der Riedgürtel in die Wasseroberfläche überging.

Das Boot drehte bei. Einer der Matrosen griff nach einer langen, an einem Ende mit einem Haken versehenen Stange und zog die Leiche näher heran. Sie lag auf dem Bauch, das Gesicht im Wasser. Mit einiger Anstrengung konnte er sie auf den Rücken drehen.

Es war ein älterer Mann, weißhaarig. Er wirkte bleich und wächsern.

»Ich kenne den Mann«, sagte einer der Matrosen.

»Wie, aus dem Fernsehen?«

»Ja, vielleicht, oder von Fotos.«

»Ich würde ja sagen, dass das ein Urlauber ist, der

ertrunken ist, aber welcher Tourist wäre so blöd, bei dem Sturm gestern schwimmen zu gehen?«

»Von unseren Schiffen kann er nicht sein. Für einen Matrosen ist er zu alt.«

Mittlerweile hatte sich eine ganze Traube Matrosen an der Reling gebildet. Alle redeten durcheinander. Einige ergriffen die Initiative, liefen zur Kajüte und holten weitere Stangen. Gemeinsam zogen sie den Mann an Bord. Ein Arzt eilte herbei und sah, dass es sinnlos war, ihn wiederzubeleben. Der Mann wies schwere Verletzungen auf.

»Die »Körpertemperatur entspricht der Wassertemperatur«, stellte der Arzt fest. »Der Mann ist schon lange tot.« Dann ging er, um eine Kamera zu holen und ein Foto von dem Toten zu machen, das er dann zur Polizei funkte.

Wenige Minuten später war die Leiche des alten Mannes identifiziert – und bald darauf wusste ganz Deutschland, wer da ertrunken war.

Die Nachrichten erwähnten nicht, dass in seiner Seite ein Loch von der Größe eines Krokodilrachens klaffte. Ein Arm fehlte. Etwas hatte ihn abgebissen.

Rebekka hielt bei ihrer Fahrt zurück nach Überlingen in Bad Schachen an, um ein letztes Mal auf den See zu sehen, in dessen Tiefen Carl verschwunden war. Sie stieg aus und starrte auf die grauen Wogen.

Wer auf dem Gipfel eines 250 Meter hohen Hügels steht, der kann ins Tal hinabschauen und erkennt dort, wenn auch zu Spielzeuggröße geschrumpft, Häuser, Bäume, Autos, selbst Menschen.

Nicht so bei einem See – ein See gibt seine Geheimnisse nicht preis. Wer am Ufer eines 250 Meter tiefen Gewässers steht, sieht nicht einmal, was nur einen Meter unter ihm geschieht – er sieht nur die in stetiger Bewegung begriffene Oberfläche, die je nach Stand der Wolken den blauen oder grauen Himmel widerspiegelt, so, als sei das Tal mit Nebel und Wolken gefüllt.

Wie sehr wünschte sich Rebekka, hinter die Oberfläche sehen zu können, wie sehr hoffte sie, dass sich dieser Nebel lichtete, damit sie hinabblicken konnte auf Carl in seinem U-Boot, seine Fortschritte verfolgen konnte! In der Entfernung, fast schon am anderen Ufer dümpelten die Militärschiffe unter regenschweren, aufgebauschten Wolken dahin.

Am Horizont blitzte es. Rebekka zuckte zusammen. Da – ein Höcker! Dann ein langer, heller Hals, weit draußen, bei dem Schiffen. Nein, kein Hals, ein Wasserschlauch wand sich zu den Wolken empor.

Ein weißer Kreis aus Gischt formte sich auf dem See, dann schoss Wasser brodelnd nach oben, in einer großen Säule, fast hinauf bis zu den tief hängenden Wolken, doch sie erreichte sie nicht, stürzte in sich zusammen und sank hinab zur Oberfläche.

Gleich darauf wiederholte sich das Schauspiel nur wenige Meter entfernt, dann wieder und wieder. Das waren seltsame Wasserhosen!

Rebekka zählte insgesamt sechs weitere Fontänen; eine davon so nahe an einem der Boote, dass dieses heftig schlingerte, gegen die aufgeworfenen Wellen kämpfte und fast zur Seite kippte.

Sie musste dringend etwas über Tornados am Bodensee erfahren. Während ihrer journalistischen Ausbildung hatte Rebekka einen Stormchaser auf seinem Weg zum See begleitet, der ihr von Wasserhosen und von der Großwetterlage erzählt hatte, die diese erzeugten. Da prallten Luftmassen aufeinander, aber heute war kein Tornado-Tag.

Jemand tippte ihr auf die Schulter. Es war ein Polizist. Sein blinkender Streifenwagen stand am Fahrbahnrand hinter ihrem Smart.

»Sie«, sagte der Polizist, »sollten das hier nicht sehen. Und außerdem« – dabei zeigte er auf die Autos, die sich stauten, weil sie sich mühsam einzeln durch den vom Smart gebildeten Engpass quälen mussten – »sollten Sie hier auch nicht parken!«

Rebekka entschuldigte sich, stieg hastig in das Auto und fuhr zurück in die Wohnung. In Überlingen schaltete sie ihren Laptop an und wählte die Homepage des Tornadojägers an.

Sie fand eine lange, fast endlose Liste von Meldungen. Fast jedes Jahr, wurde ihr klar, sah man eine oder mehrere Wasserhosen über dem See. Die Liste der bekannten Wasserhosen begann mit den Berichten, die der berühmte Alfred Wegener, der Begründer der Plattentektonik, gesammelt hatte, und ging bis zum aktuellen Jahr:

26. Juni 1835, »Constanz«, eine »Wettersäule« im See;
4. Juli 1872, am »oberen See« toben eineinhalb Stunden lang drei vollständige und eine unvollständige Wasserhose, die aus einem horizontalen Wolkenwulst herabragten, über dem See;
29. Juli 1898, 17.30 Uhr, Langenargen, Wasserhose im See;
August 1905, 6 Uhr früh, Wasserhose im See;
6. Juli 1906, 11 bis 12 Uhr, Wasserhose im See;
31. August 1910, 15 Uhr, eine »Röhre« vom badischen Seeufer aus beobachtet;
16. September 1912, Wasserhose vom Thurgauer Ufer aus gesichtet …

Die Liste war vier Seiten lang und schloss mit Berichten aus der jüngsten Vergangenheit:

8. November 2004, von 10.19 bis 10.23 Uhr eine Wasserhose vor Friedrichshafen, sie bewegte sich Richtung Osten und wurde von Münsterlingen aus fotografiert, die Wolke bildete zwei Mal einen Rüssel aus;

11. Juni 2005, ein sogenannter Funnel, also ein Tornadorüssel, über dem Bodanrück, der vermutlich den Boden nicht berührte;

2. Oktober 2005, von einem Segler bei Romanshorn in Richtung Friedrichshafen gesehen;

4. August 2006, im Dreieck Altenrhein, Lindau und Friedrichshafen entstehen vormittags zwei Stunden lang immer wieder Wasserhosen über dem See, mehrere Meter hoch, einen Meter im Durchmesser;

5. Oktober 2006, ein kleiner, dünner Funnel über dem Bodensee, vom Rorschacher Berg aus um 10.30 Uhr fotografiert;

21. Oktober 2007, zwischen 16 und 17 Uhr Wasserhose über dem östlichen See;

Jeden einzelnen Bericht konnte man eigens anklicken, dann fand man Zeitungsmeldungen, alte Stiche und Fotos. Für die neueren Sichtungen gab es sogar Videos. Diese Funnels, gewaltige schwarze Wolkenschlangen, die in den See tauchten und das Wasser aufspritzen ließen, manches Mal drei oder vier in einer Linie, waren unheimlich und beeindruckend zugleich.

Dennoch: Rebekka begriff, dass das, was sie gerade gesehen hatte, kein Naturphänomen gewesen war.

Es musste sich um etwas anderes gehandelt haben – Detonationen von Wasserbomben! schoss es ihr durch den Kopf.

Sie jagen Carl! dachte Rebekka.

Sie ging zum Fenster und schaute voller Furcht über den großen grauen See.

»Lieber Gott, schütze Carl!«, betete sie.

Am 27. Juli 2003 war der erfahrene Segler Dr. Ernst Gut aus Konstanz auf dem Rückweg über den See von einer Feier in Kressbronn. Es war Sonntag, und es war ein Sonnentag: Temperatur bis 36 °C hatte der Wetterbericht gemeldet.

An einem solchen Tag war Dr. Gut natürlich nicht allein auf dem See. Das Segelboot »Moana« etwa legte nur eine Stunde nach ihm in Kressbronn ab. Seine Crew meldete ideales Segelwetter, »nur mittelmäßiges Kleingewell«. Nicht so Dr. Gut.

Er befand sich auf der Seemitte, etwa auf der Höhe des Schweizer Städtchens Altnau. Schon seit einer halben Stunde hatte der Wind aufgefrischt, jetzt wehte er kräftig bis sehr kräftig.

Plötzlich stand direkt vor dem Boot eine Riesenwelle. Sie war über einen Meter hoch. Sie war schwarz, wirkte glatt, gar, wie sich Dr. Gut später erinnerte, »gefroren«. Der Segler war entsetzt, hielt das Ruder fest in seinen Händen. Das Schiff erzitterte, als es gegen die Welle schlug und sie überwand.

Dahinter kam eine zweite Monsterwelle, »gut und gerne einen Meter und zehn Zentimeter ... vom Kamm bis ins Wellental«. Sie war ebenso finster wie die erste gigantische Woge, am Kamm brach sie sich in einem hellen Kranz aus Gischt.

Das Schiff überwand auch sie, und verwirrt, aber glücklich erreichte der Skipper schließlich den rettenden Hafen Staad im Überlinger See.

Dort traf er auf andere Boote, die kurz nach ihm einliefen. Deren Crews hatten nichts gesehen – eben nur mittelmäßige Wellen.

Als am 5. Juli 2006 ein orkanartiger Sturm den Bodensee mit Windgeschwindigkeiten bis zu 110 Kilometern pro Stunde aufpeitschte, erzeugt diese enorme Kraft zwei bis drei Meter hohe Wellen. Rein rechnerisch beträgt die größte Wellenhöhe, die im Bodensee erreicht werden kann, viereinhalb Meter.

Um eine Welle von über einem Meter Höhe zu erzeugen, hätte Sturm herrschen müssen – doch von einem Sturm hatte der Segler nichts bemerkt.

Vor ihm war alles finster, dann kam Dämmerlicht, in der Mitte, direkt vor ihm, das harte, blendende Licht der Scheinwerfer, das sich in jedem Schwebeteilchen reflektierte, dann erneut eine Zone der Dämmerung und jenseits davon ewige Dunkelheit.

Unter ihm lag Schlamm, Geröll, lagen Trümmerstücke – riesige, von einer gewaltigen Explosion zerborstene Trümmerstücke.

Carl sah auf sein Display: Er war noch zwei Kilometer von dem Krater entfernt. Soweit er beurteilen konnte, bildeten die Felsen eine Art Wall, der kreisförmig nach links und rechts weiterlief.

Im Boden steckten große Kalksteinblöcke, daneben lagen sogenannte Strahlkegel: Gestein, das für einen Impaktkrater typisch ist.

Carl erinnerte sich an Aufsätze in geologischen Fachzeitschriften der siebziger Jahre, in denen ähnliche Befunde aus dem St. Gallener Alpenvorland als Indizien für einen Meteoriteneinschlag in den Bodensee gedeutet worden waren – ein Ereignis, das auf 15 Millionen Jahre vor unserer Zeit datiert wurde. Die Geologen vermuteten, der Krater sei in dem lockeren Sand der Molasse längst verwittert – oder eben auf dem Grunde des Bodensees zu finden.

War er auf diesen Krater gestoßen?

Hinter dem großen Trümmerwall wurde der Boden erneut flach, nur hier und da zeigte sich ein leichter Hügel. Carl sah auf die Temperaturanzeige. Der See draußen war fast 7,5 °C warm – 4 °C wären normal gewesen!

Der Grund verlief leicht abschüssig und senkte sich auf einen Mittelpunkt zu. Carl befand sich am Rande eines gewaltigen Trichters. Das Zentrum des gewaltigen Meteoritenkraters, das konnte er nun auf dem Monitor erkennen, sah wie ein Tor aus.

Plötzlich schüttelte etwas das Tauchboot so kräftig, dass er mit dem Kopf gegen die Seitenwand stieß.

Es schmerzte höllisch, Adrenalin pumpte durch seinen Körper. Das U-Boot musste sich gedreht haben. Aus dem Fenster sah er nur noch Schwärze. Fieberhaft versuchte er, die Scheinwerfer zu justieren. Schließlich hatte er sie so weit ausgerichtet, dass sie den See vor dem Bullauge beleuchteten – aber selbst jetzt war alles finster, bis auf Staub und Schwebeteilchen, die im Licht funkelten wie ferne Galaxien am Nachthimmel.

Carl bemerkte ein Icon auf dem Monitor, es zeigte an, dass das Boot mit dem Bug nach oben wies, mit den Schrauben in Richtung Seeboden. Er tarierte das Schiff aus, bis es erneut waagerecht stand. Während dieses Manövers drückte ihn die Strömung immer weiter auf das Zentrum des Kraters zu, mit einer Geschwindigkeit, die alles übertraf, was die Motoren aus eigener Kraft zu leisten vermochten.

Das Boot rüttelte sich wie ein alter Zug auf schlechten Gleisen, es glitt knapp über dem Seegrund entlang. Mehrmals musste Carl das U-Boot schnell zur Seite lenken, um nicht mit einem aus dem Boden ragenden Felskoloss zu kollidieren. Einmal streifte eine Felsnadel die Außenhaut.

Noch so ein Zwischenfall, dachte Carl, und da oben hört nie wieder jemand etwas von mir.

Plötzlich stoppte das Boot. Carl wurde nach hinten in den Sitz gedrückt. Das Boot schwebte wenige Meter über einem Loch im Seeboden. Metallteile rieselten herab, zerfetzte Fische, dann größere Gesteinsbrocken.

Carl konnte einen scharfen Kraterrand erkennen, von dem aus schwarze Speichen aus Geröll ins Zentrum liefen. Die Strahler erfassten mit ihrem Licht verschiedene glatt polierte Steine, die wie Katzenaugen glitzerten. Die Struktur war verwüstet und verlassen.

Langsam tastete sich Carl vorwärts, um die Mitte zu suchen, den Eingang in die Welt unter dem See – eine Welt, die etwas mit dem großen Fisch zu tun haben musste. Der Platz war eindeutig ohne Leben. Die Trichteröffnung schien mit Geröll und Schlamm verfüllt zu sein. Dünne Schlammschichten bedeckten die Gerölltrümmer. Ein langer, durchsichtiger Fisch schlängelte träge zwischen den Felsbrocken umher. Selbst im harten Licht der Strahler wirkte alles grau und schwarz, wie vulkanische Asche.

Der gläserne Fisch schwamm zu einem Felsen und begann, daran zu knabbern.

Carl lenkte das Boot näher heran, bis er den Felsen erreichte. Es handelte sich um ein langes, dunkles, weiches Objekt, eine Art Röhre; fleischig, aufgequollen – der Schwanz eines Monsters, schlangenförmig und mit einem hauchzarten Flossensaum!

Carl fuhr die Teleskoparme des Bootes aus, um diese Trophäe zu bergen und an die Oberfläche zu bringen.

Sein Herz raste. Nichts war zu hören bis auf das Geräusch seines eigenen, aufgeregten Atems. Er langte mit den Greifarmen nach dem fleischigen Brocken und hievte ihn an. Der Schwanz löste sich von den Greifern und fiel auf den Boden. Fetzen wurden losgerissen, sofort kamen weitere Fische, um sich einen Happen zu schnappen.

Carl fasste den Schwanz erneut mit den Armen des Bootes. Er hielt die Luft an, versuchte, möglichst präzise zuzugreifen, hob den Kadaver, doch er entglitt der Umklammerung erneut.

Ein drittes Mal versuchte Carl es.

Der Schwanz wurde aus den Greifern gerissen, von einer Strömung erfasst und weggewirbelt. Langsam verschwand er in der Dunkelheit.

Plötzlich fielen Carl die Schleifspuren auf, die wie die Abdrücke von Schlittenkufen überall um das verfüllte Tor zu sehen waren. Er schaltete die Motoren an und steuerte das Tauchboot in eine Position, aus der er besser sehen zu können glaubte. In nächsten Moment erfasste ihn die starke Strömung, die ihm die Reste des großen Fisches entrissen hatte, und riss ihn auf das Loch im Boden zu.

Er wurde mit dem Sog fortgezogen, als sei das Loch das Maul eines riesenhaften Wals, der ihn verschlingen wollte. Der Sog war so stark, dass es kein Entrinnen geben konnte. Carl wusste, dass nun sein Boot zerschellen würde. Er schloss die Augen und dachte an Rebekka. Sie schwamm auf den Wellen, der Wind spielte mit ihren Haaren, ihre gebräunte, nasse Haut glänzte im Sonnenlicht, winzige bunte Fische umkreisten sie mit ruckartigen Bewegungen.

Fühlst du das? flüsterte er. Ich denke an dich, meine Liebe.

Jeden Moment musste der Aufprall kommen. Carl würde in der eisigen, nassen Tiefe nach Luft schnappen, dann würde der See seine Lungen füllen und der Druck der Wassersäule seinen Körper zerquetschen.

Doch das Boot schlug nicht auf. Der Sog kam zum Erliegen. Carl musste sich dazu zwingen, die Augen wieder zu öffnen und durch das Bullauge zu sehen. Die Strahler beschienen hart den Seegrund, der sich keine zehn Zentimeter entfernt befand. Scharfe, spitze Felsbrocken ragten ihm entgegen.

Einen Moment blieb das U-Boot in der Schwebe, dann schoss es in der entgegengesetzten Richtung vom Loch im Krater davon, bis es so weit vom Boden entfernt war, dass seine Scheinwerfer den Grund nicht mehr erfassten. Carl sah durch das Fenster nur noch schwarze Nacht, in der die millimetergroßen, angestrahlten Schwebeteilchen tanzten wie taumelnde Sterne.

Ein Ruck ging durch das Boot. Carl biss sich auf die Lippen und schmeckte das warme Blut, das ihm in den Mund lief. Erneut raste das U-Boot unkontrolliert auf den Felsgrund zu. Der Boden bäumte sich zu ihm auf, um ihn, den Eindringling, endgültig zu vernichten. Wieder rieselten Fischkadaver am Bullauge vorbei. Irgendwo über ihm fraß etwas. Carl würgte. Ihm wurde schwindlig. Er schrie auf. Er musste etwas tun, durfte nicht zulassen, dass sein Leben von seltsamen Strömungen oder Seeungeheuern ausgelöscht wurde.

Fieberhaft suchte er nach den Knöpfen und Schaltern für den Elektromotor. Er musste doch gegensteuern können, zumindest seitwärts, heraus aus diesem charybdischen Sog.

Schon wieder schoss die Strömung gegenläufig, als hätte das Loch im Boden das Tauchboot ausgespien, dann zog ihn die Strömung erneut auf den Krater zu. Es war, als wäre da ein Wesen, eingegraben im Boden, das ein und aus atmete. Die Abstände zwischen dem Ein- und Ausatmen verringerten sich immer stärker, auch wurde die Strecke, die das U-Boot dabei zurücklegte, immer kürzer.

Carl schaltete den Elektromotor hektisch auf die höchste Stufe des Rückwärtsgangs. Schweiß lief ihm über die Stirn, gleichzeitig fröstelte ihn, aber nach einer Zeit, die ihm wie Stunden erschien, die aber nur wenige Minuten gedauert haben konnte, vermochte er sich aus dem Sog zu lösen und in ruhigeres Wasser zu stoßen. Eine metallische Kugel sank neben ihm herab: Jemand hatte eine Wasserbombe abgefeuert! Ihre Explosion weit unter ihm riss das Boot ein letztes Mal in seiner Strömung mit sich.

Dann erst sah er ein Display aufleuchten: *Battery runs out in approx. 20 minutes.*

Er musste hier weg! Carl pumpte das Wasser aus den Tanks und flutete sie mit Pressluft. Langsam glitt er zur Oberfläche zurück. Er wollte die Motoren möglichst wenig anschalten, um noch genug Energie in der Batterie zu haben, damit er später knapp unter der Seeoberfläche zu dem Bootshaus zurückkehren konnte. Er durfte auch nicht zu schnell auftauchen, musste die Rekompressionszeit einhalten und die Zeit nutzen, um ganz langsam und allmählich aufzutauchen, damit der plötzliche Druckunterschied seine Lungen nicht zerriss. Dabei musste er sich dem Bootshaus nähern, ohne entdeckt zu werden.

Es wurde ihm schmerzlich bewusst, dass er unverrichteter Dinge an Land zurückkehrte: Sein erster Tauchgang war missglückt.

Natürlich wisse er, so schreibt Clemens Meier vom Wassersportverein St. Gallen am 2. Februar 2004 über das Schwimmen im Bodensee, dass Wassersaurier längst ausgestorben seien und Nessy nur in Schottland heimisch sei, Haie den Rheinfall nicht überwinden könnten. Hechte oder Aale seien für Menschen auch nicht wirklich gefährlich.

Dennoch sei das Schwimmen im Bodensee stets von einer gewissen Furcht begleitet: »Ein langer Schatten, der sich in der Tiefe windet, kann schon mulmige Gefühle hervorrufen.«

Aber was lebt im See, das als langer, sich windender Schatten gesichtet wird?

General Bilderberger ertrunken aufgefunden.

Lindau (dpa) – Wie ein Sprecher des Bundesverteidigungsministeriums in Berlin mitteilte, ist am Morgen der General und frühere Leiter zahlreicher Bundeswehreinsätze, Walter Bilderberger, tot im Bodensee aufgefunden worden.

Bilderberger war einer der führenden Strategen der Bundeswehr. Er koordinierte mehrere NATO-Einsätze und diente vier Bundeskanzlern und einer Bundeskanzlerin als Berater. Wie es zu dem Unfall kam, ist noch nicht bekannt. Zurzeit ist der Bodensee militärisches Sperrgebiet.

General Bilderberger war am 25. Mai spurlos verschwunden und seither nicht wieder aufgetaucht. Die Behörden haben Ermittlungen eingeleitet.

Keine fünf Minuten nachdem diese Meldung über die Newsticker gelaufen war, gab es bereits drei von Verschwörungstheoretikern geleitete Foren im Internet, die sich ausschließlich mit Bilderberger, seinem Verschwinden und seinem Tod beschäftigten. Aber darunter war keines, in dem je ein Beitrag gepostet wurde, der der Wahrheit überhaupt nahe kam.

Während des Auftauchens bemerkte Carl erst vereinzelte Fische, dann ganze Schwärme, und schließlich drang das Tageslicht von oben schon zu ihm herab.

Er schaltete die Kamera ein: Der Fischreichtum sollte das Gerede vom gefährlichen Giftanschlag widerlegen können.

Bei dem letzten Blick, den er noch auf den Krater hatte erhaschen können, sah er einen fußballgroßen weißlichen Kopf, der daraus hervorlugte, froschartig und bleich, und der schnell wieder verschwand. War das das kleine Ungeheuer, das Ellers gesehen hatte, eine der Maden, von denen Volmero und Meuger sprachen?

Hatte er es überhaupt gesehen, war es ein Traum gewesen oder nur eine Luftblase? Er wusste es nicht zu sagen. Die menschliche Vorstellungskraft füllt die Dunkelheit mit Bildern, weil sie die Leere nicht ertragen kann.

Schließlich tanzte das Boot wie ein Korken auf der Seeoberfläche. Carl schaltete die Motoren an und steuerte langsam zur Hütte. Als das Wasser zu flach wurde, um weiterzufahren, drosselte er den Elektromotor und ließ das Boot in den Schilfgürtel gleiten. Er stellte die Motoren ganz aus und atmete tief durch.

Er fühlte sich völlig erschöpft, mutlos und vor allem verwirrt. Vieles von dem, was er gesehen hatte, begriff er erst jetzt – oder besser gesagt: Erst jetzt wurde ihm klar, was alles geschehen war in den letzten fünf Stunden. Mühsam kroch er aus dem Tauchboot, sprang in den See, watete ans Ufer und schleppte sich in die Hütte. Als er die Tür aufstieß, sprang ihm Rebekka entgegen.

»Du bist ja ganz nass«, rief sie erschrocken.

»Ich habe so viel gesehen, aber ich verstehe gar nichts ... da waren Ruinen, riesige Erdwälle, der Kadaver eines Seeungeheuers. Da passiert etwas, und ich Idiot stecke mitten drin«, sagte Carl kraftlos.

»Man hat im Gardasee so einen Riesenfisch gefangen«, erklärte Rebekka, »Ellers hat es aufgeschrieben.«

»Ich will nur noch essen und schlafen! Was ist mit Ellers?«

»Mit Ellers ist alles in Ordnung. Er kümmert sich um ein Aggregat für Motorjachten, damit wir die Batterien des U-Boots wieder aufladen können.«

Rebekka kochte im Tauchsieder Wasser und goss es, als es heiß war, in eine Tasse mit Suppenpulver.

Carl trank gierig ein paar Schlucke. »Ich habe mal ein Buch gelesen«, flüsterte er müde, »über Ungeheuer im Gardasee, im Comer See und im Lago Maggiore ...«

»Im Lago Maggiore war das«, unterbrach Rebekka, »nicht im Gardasee.«

Carl fühlte eine bleierne Erschöpfung. Was bedeuteten schon diese Ungeheuer? Was er gesehen hatte, dieses Loch im Krater, die Ruinen, das war ein viel größeres Geheimnis – und es stellte das Selbstverständnis des Menschen in Frage. Und wenn das Militär den ganzen See gesperrt hatte, um mehr über diese fremdartige Lebensform herauszufinden, und ihn als Bauer im Spiel benutzte, als Sündenbock, dann half es wenig, einen Fischschwarm zu filmen, um seine Unschuld zu beweisen.

Ein greller Lichtstrahl drang ins Fenster und erleuchtete den Raum taghell. Carl zuckte zusammen. Dann wanderte der Scheinwerfer weiter. »Sie haben das Boot …«

»Nein, nein«, beruhigte Rebekka und griff nach seiner Hand. »Die haben nur die Patrouillen verstärkt, seit dieser General gefunden wurde …«

Carl blickte sie verblüfft an.

»Der General«, erklärte sie, »ist heute Morgen ertrunken im See gefunden worden. Das wurde im Radio gemeldet. Jetzt fahren sie alle halbe Stunde vorbei und leuchten das Ufer ab. Die kommen nicht wegen uns.« Sie stand auf, gab einen weiteren Teelöffel Suppenpulver in Carls Tasse und goss kochendes Wasser darüber.

Carl nickte dankbar. »Wenn sie mir das nur nicht auch noch anhängen.«

Rebekka ignorierte die Bemerkung. »Was war denn jetzt da unten?«, fragte sie nach. »Du hast ein totes Ungeheuer gefunden?«

»Ein Ungeheuer … einen Schwanz. Ich wollte ihn mitbringen, aber ich habe es nicht geschafft. Da unten sind starke, unberechenbare Strömungen, es hätte mich fast zerschmettert.«

»Um Himmels willen! Und jetzt?«

»Ich weiß es selbst nicht. Vielleicht sollte ich einfach abwarten, bis sich die ganze Aufregung gelegt hat.«

»Also hattest du den Beweis, dass es den Fisch gibt?«

Carl antwortete nicht mehr, er hatte die Augen geschlossen.

Rebekka holte eine Decke und legte sie um ihn. Sie betrachtete ihn lange, wie er verwildert aussah, verschwitzt und mit einem wirren, entstellenden Bart. Sie hätte ihm so gern geholfen, aber das hier überstieg ihre Kräfte.

Tschiarnack spürte zum ersten Mal Angst, eine den ganzen Körper und das ganze Denken erfassende Angst. Wohl wusste er, dass fremdartige Wesen den Grund des Bodensees besiedelten, die der Entdeckung durch den Menschen wohl schon seit Jahrhunderten getrotzt hatten. Niemand konnte auch nur ahnen, was sie vorhatten – und dass es ohnehin, da nun so viele Staaten und Gremien involviert waren, nie zu einer Aktion, sondern höchstens zu einer Reaktion kommen konnte. Das alles wusste er, und doch erschrak er bis ins Mark, als er verstand, zu was diese Wesen fähig waren.

Tschiarnack hatte kurz zuvor den vorläufigen Autopsiebericht der Ärzte gelesen, die den General untersucht hatten. Bilderberger war buchstäblich aufgefressen worden!

Irgendjemand – die Maden, wie Tschiarnack vermutete – hatte den Körper ausgeweidet. Vielleicht hatten sie ihn in ihren Bau gezerrt. Als die Maden dann das Loch im Krater geräumt hatten, wurde er einfach weggeworfen. Er trieb zur Oberfläche und war ans Ufer geschwemmt worden. Bilderberger war nicht ertrunken, und das war es, was Tschiarnack so beunruhigte – die Maden hatten ihn zerfleischt, noch bevor sie ihn unter Wasser zogen.

Gleich nach der Entdeckung der Leiche hatte Tschiarnack seine Berater zusammengerufen und die Anweisung gegeben, dass sämtliche Militärschiffe und Boote die Frequenz der Streifen erhöhten und in regelmäßigen Abständen das Ufer patrouillierten.

Dann gab er Befehl, Wasserbomben mit Zeitzünder über dem Krater in den See zu werfen, in der Hoffnung, die Wesen auszurotten. Ein Dutzend war knapp unter der Seeoberfläche explodiert, aber der Rest sollte seine Aufgabe erfüllt haben. Wenn es nicht bereits zu spät war: Die Mikrobeben mit Stoßrichtung Zürichsee hatten nach dem Bombardement an Zahl und Intensität zugenommen.

Wo immer diese Wesen herkamen, was immer ihre Pläne waren, es war nur eine Frage der Zeit, bis sie sich über den Bodensee hinaus ausbreiteten, bis diese Ungeheuer jeden See der Erde befielen! Ein Sieg im Bodensee wäre, als schlüge man im Sommer einen Moskito tot und glaubte, damit für immer sicher zu sein.

12

3. Juni

Der See lag still da wie ein Mühlteich. Das lärmende Geräusch einer wütenden Brandung, das Carl in den letzten Tagen beinahe konstant gehört hatte, war verschwunden. Nun schwappten sachte Wellen gegen den Kies am Ufer.

Neben ihm saß Rebekka auf einem Stuhl und schaukelte vor und zurück. Beide schwiegen, und nur die sanften Geräusche des Wassers und das Knarren des Stuhls erfüllten die Hütte.

Es war ein scheinbarer Friede: Carl war in dieser Hütte gefangen. Gab es denn einen Unterschied zwischen seinem derzeitigen Zustand und der Aussicht, von der Polizei geschnappt, als Giftattentäter verurteilt und ins Gefängnis gesteckt zu werden? Hätte er vor Gericht nicht wenigstens die Möglichkeit, sich zu verteidigen und eventuell sogar seine Unschuld zu beweisen? Was konnte er, was sollte er tun?

Carl fühlte sich niedergeschlagen. Rebekka wusste um seine düstere Stimmung und sprach ihn nicht an, war aber da, falls er reden wollte. Carl liebte sie umso mehr dafür.

Rebekka stellte Carl ein Käsebrötchen hin. »Du musst was essen.«

»Ich fühle mich so eingesperrt.« Carl starrte auf das Brötchen. »Ich will hier raus!«

»Das geht nicht.« Rebekka sprach mit ihm wie mit einem unverständigen Kind.

»Ich weiß«, murmelte Carl vor sich hin.

»Wir finden einen Weg, es wird schon …«

Carl seufzte. »Mein ganzes Leben ist ... mein Leben ist ... ein Trümmerhaufen.«

»Ich bin aber da«, hauchte Rebekka und küsste ihn. »Denk immer daran!«

Carl nickte. Er biss in das Brötchen und blickte zur Tür, weil er ein Geräusch gehört hatte.

Ellers trat ein, mit einer großen Tüte voll heißer Brötchen unterm Arm. Zumindest er ließ sich von dem allgemeinen Trübsinn nicht anstecken, er hatte wie immer praktisch gedacht und gehandelt und die Motorbatterien des Tauchboots bei einem befreundeten Autohändler aufladen lassen. Jetzt konnte Carl wieder in den See tauchen.

Das Wasser plätscherte gegen das Ufer. Rebekka knarrte mit dem Stuhl. Carl betrachtete die Karte, die er von den Sichtungen angefertigt hatte.

»Das ist es!«, sagte er plötzlich, sprang aufgeregt auf und zeigte nervös auf die grünen und roten Pfeile, die die Orte markierten, von denen Sichtungen von Boddy gemeldet worden waren.

»Alle Sichtungen«, schrie er Rebekka an, und sein Gesicht bekam rote Flecke, »die schon älter sind, zentrieren sich auf den Krater, den ich aufgesucht habe und der längst verlassen war – aber alle Berichte, die in den letzten Wochen gemeldet wurden, liegen kreisförmig um einen Punkt bei Bregenz. Weißt du, was das bedeutet?«

»Nein«, antwortete Rebekka. Sie war viel zu verwirrt, um einen klaren Gedanken zu fassen.

»Sie haben ihren Bau geschlossen und eine neue Basis errichtet. Dort muss ich hin!« Carl schrie seine Entdeckung förmlich heraus, und Ellers nickte. »Dort isses!«

»Ich muss da hin.«

»Das kannst du auch«, sagte Ellers trocken.

Carl blickte ihn fragend an. »Aber Bregenz ist zu weit von hier mit dem Boot. Das ist nicht leistungsstark genug –

wenn man das bei Bregenz einsetzen will, braucht man ein Wartungsschiff, das das Tauchboot dorthin bringt.«

»Oder man fährt in zwei Etappen ...«

»Und wie soll das gehen?«

Ellers kannte einen Mann, der ein Bootshaus mit Fahrrinne am Seeufer von Lindau besaß. Er rief ihn an. Das Haus wurde nicht benutzt – man konnte ja ohnehin nicht mehr auf dem See fahren. Der alte Fischer zeigte auf einer Karte, an welcher Stelle der Insel sich ihr neuer Stützpunkt befand.

»Ich will hier nicht mehr eingesperrt sein!«, sagte Carl und breitete dazu theatralisch seine Arme aus. »Lasst uns nach Lindau gehen, ich bringe das Boot dahin, und dann bummeln wir durch die Stadt!«

Die anderen nickten. Carl sprang ins Schilf, befreite das Boot von seiner Tarnung und tauchte ab. Rebekka und Ellers fuhren in die Inselstadt, um ihn dort zu treffen.

Im Gegensatz zu dem Boden in der Tiefe war der Grund des Sees hier bunt, nicht grau und öde: Es gab Kieselsteine in allen Farben des Regenbogens, schwirrende, glitzernde Fische, goldenen und gelben Sand und vielerlei grüne Wasserpflanzen von moosartigen Wiesen bis zu solchen mit langen Stengeln und breiten Blättern. Gelegentlich leuchtete eine Plastiktüte oder eine weggeworfene Getränkedose aus dem Schlick heraus. Der Boden fiel leicht ab, manchmal reichte die Steilkante bis nahe ans Ufer, an dem Carl entlangsteuerte.

Er hatte ein Unterwassermikrofon entdeckt und eingeschaltet. Er hörte das Stampfen der Militärboote, doch es blieb in der Ferne.

Carl fuhr mit dem U-Boot knapp unter der Seeoberfläche, um Energie zu sparen. Der Weg nach Lindau war weit, in dem hellgrünen Wasser fühlte sich der See ganz anders an als in der Tiefe. Lichtfinger fluteten von oben herab, und vor seinem Bullauge erschienen immer wieder neue Schattierungen von Blau und Grün, Türkis, manchmal gar Violett. Immer wieder kamen Fische neugierig herangeschwommen, um dann vor dem U-Boot zu fliehen oder von dessen Wasserdruck zur Seite geschwemmt zu werden. Carl pfiff vor sich hin – das war beinahe wie eine Fahrt mit einem Ausflugsdampfer.

Fasziniert starrte er aus dem Fenster, er bemerkte die Videokamera nicht, die ihn mit einem automatischen Echolot lokalisiert hatte und die nun automatisch die Bewegungen des Boots aufzeichnete und per Funk an die Beobachtungsstellen des Militärs weitergab. Das Objektiv erfasste das U-Boot, bis es mit dem grünen Wasser ganz eins geworden war.

In der hier trüben Uferzone unweit der Argenmündung ragte plötzlich ein riesiges, urzeitliches Gerippe mit krummer Wirbelsäule und gewaltigem, schwarz vermodertem Brustkorb aus dem Sand. Einige Rippen waren geborsten und auf den Boden gesunken, sie lagen übereinander wie Mikadostäbchen. Überall wucherten Wasserpflanzen, Algen bedeckten die Knochen.

Carl fuhr näher heran, sorgfältig darauf bedacht, dass das Boot unter der Wasseroberfläche blieb. Die Stelle war recht seicht. Er kam den Gebeinen zu nahe; unter dem Gewicht des Tauchboots und dem Aufprall – selbst wenn Carl praktisch nur mit der Strömung trieb – zerbröselten sie. Bröckchen regneten auf den Grund hinab wie Schneeflocken. Einige Fische schwammen verstört zu dem U-Boot hin, das sie ihres Schutzes und ihrer Deckung beraubt hatte.

Aber es war kein Skelett, es war nur ein Wrack, die Rippen waren in Wirklichkeit die Spanten eines alten Ruderboots.

Dass er sich getäuscht hatte, schrieb Carl seiner Aufregung zu. Schließlich konnte er jederzeit entdeckt werden, schließlich hatte er selbst gerade eine wichtige Entdeckung auf der Karte gemacht – und wer wollte schon sagen, was ihn am Ort des neuen Kraters erwartete.

Er fuhr enttäuscht weiter. Ein Schwarm winziger Fische, der sich um das Boot gesammelt hatte, als er das Wrack inspizierte, stob aufgeregt davon.

Plötzlich bemerkte er, dass sich etwas verändert hatte. Das Stampfen und Rollen der Militärsboote war lauter geworden, es kam ihm näher und hielt direkt auf ihn zu.

Carl ließ das Tauchboot auf den Grund sinken und wartete. Nicht jetzt, flüsterte er, bitte nicht jetzt. Dann entfernten sich die Schiffe wieder, zu früh, um auf sein Abtauchen reagiert zu haben. Sie zogen wohl ihre festgelegten Kreise, ihn hatten sie nicht bemerkt.

Den Rest der Fahrt legte Carl in etwa zehn Meter Tiefe zurück. Erst als er sich Lindau näherte, stieg er höher. Er sah durch das Periskop schon von weitem das große offene Eisentor, das das Seehaus gewöhnlich zum Wasser hin abschloss, es war gar nicht zu verfehlen, so gut hatte Ellers es beschrieben.

Carl fuhr in das Dock unter der Hütte. Dann brachte er das Boot hoch, öffnete die Luke und kletterte mühsam aus dem Tauchboot heraus. An der Dockwand befand sich eine metallene Leiter, er zog sich Sprosse um Sprosse nach oben, bis er auf einer kleinen Terrasse oder einem Balkon ankam, der auf den See hinausführte.

Das Tageslicht blendete ihn.

Er sah in Richtung Bregenz – und dort war plötzlich ein gewaltiger Schaumstreifen, der durch den See nach Osten pflügte. Carl hatte den Fisch als einer der Ersten mit eigenen Augen ganz aus der Nähe gesehen, er hatte dessen Laich in Händen gehalten, er war in der Tiefe auf seinen verrotteten Schwanz gestoßen – trotzdem schlug sein Herz ganz aufgeregt. Dann erkannte er seinen Irrtum. Es war der Rheinbrech, die Brandung des Sees gegen die Strömung des Rheins. Rhein- und Bodenseewasser mischten sich – man konnte es auf Luftfotos sehen, auf denen der Rhein als breiter brauner Strom mitten im See zu erkennen ist – auf mehreren hundert Metern nicht, und die beiden Wassermassen brandeten aufeinander. Jetzt, da es seit Tagen mit wenigen Unterbrechungen geregnet hatte, führte der Fluss ein Vielfaches seines üblichen Wasservolumens – die abgeholzten Hänge im Rheintal speicherten keine Flüssigkeit mehr, das kanalisierte Flussbett musste ohne ausgleichende Auen alles Wasser aufnehmen, die betonierten Trassen leiteten es an den rasenden Strom weiter, und so tosten die gewaltigen Regenmassen ohne Puffer in den See, führten Schlamm und ganze Baumstämme mit sich. Trübeströme nannte der Fachmann die große Menge an Schlamm, sie würden im weiten Umkreis den Seeboden bedecken wie eine Lawine aus Schnee und das Leben dort ersticken. Aber den Rheinbrech ließ das zusätzliche Wasser so deutlich hervortreten wie Brandung an der Küste.

Carl zog sich in die Hütte zurück.

Rebekka und Ellers kamen bald darauf an.

»Wie war die Fahrt?«, fragte Ellers. »Und wie gefällt dir das Häuschen?«

Das Bootshaus war innen hübscher als erwartet, nicht unaufgeräumt und durcheinander wie die Holzhütte zuvor. An der Wand hingen Netze und ein antiker Kupferstich »Der Bodensee um 1750«. Auf Regalbrettern lagen Kartons und ein Werkzeugkasten. An der auf die Gasse zuführenden Wand neben der Eingangstür befand sich ein Tisch, daneben ein Schrank mit Konserven. Das Bootshaus stand auf Stelzen im See, zwischen diesen lag die Schleusentür, durch die Carl das Boot ins geflutete Dock gesteuert hatte. Im Erdgeschoss – wollte man die Reede für das Boot als Keller bezeichnen – ragte eine Veranda vor, die auf den See hinausging, mit einem herrlichen Blick auf den schneebedeckten Säntis, der sich hinter dem See erhob. Das Wasser, das gegen die Metallschleuse schlug, erzeugte im Rhythmus der Brandung ein dröhnendes Geräusch.

»Es lässt sich hier gut wohnen«, sagte Carl lachend und strich sich über den blonden Stoppelbart.

Rebekka deutete auf eine Matratze, die hochkant hinter den Tisch geschoben war, und kicherte: »Wir haben hier alles!«

Ellers klappte drei Stühle auf und platzierte sie um den Tisch. Licht drang nur durch zwei breite, verglaste Spalten direkt unter dem Dach, die sich über die gesamte Länge der Hütte hinzogen. Es war dämmrig in der Stube, aber tagsüber hell genug.

»Licht dürft ihr keins anschalten«, bemerkte Ellers, »sonst habt ihr sofort die Polizei am Hals!«

Rebekka packte einen Wasserkocher und Pulverkaffee aus ihrer Tasche. »Ich mache uns mal was zu trinken.« Sie blickte sich um, sah aber keinen Wasserhahn.

»Du kannst Wasser aus dem See nehmen«, stellte Ellers fest, »das Wasser wird ja gekocht.«

»Ich weiß was Besseres«, rief Carl aus, »wir gehen in die Stadt und feiern!«

»Was zum Teufel!«, rief der Techniker und drehte sich zu seinem Kollegen an den Monitoren um. »Das ist der gleiche Ton, den wir schon einmal geortet haben – ein U-Boot. Es bewegt sich in Richtung Lindau.«

»Und ich habe hier Sonarkontakt«, rief ein zweiter Soldat aufgeregt dazwischen. Ihr Boot stampfte im östlichen Obersee.

»Wir sollten sofort Meldung machen!«

Der Techniker nahm das Telefon ab und erstattete seinem Vorgesetzten Bericht. Der stellte unmittelbar an Tschiarnack durch.

Der General nahm die Meldung, die ihn eigentlich hätte in Aufregung versetzen sollen, gelassen entgegen. »Melden Sie«, sagte er trocken ins Telefon.

Der Soldat war aufgeregt. Er sprach nicht jeden Tag mit jemandem wie Tschiarnack. Aufmerksam und angespannt beobachtete er den Bildschirm des Sonargeräts, den harten roten Return, der ein technisches Ziel zeigte, sehr wahrscheinlich ein U-Boot, das sich von seinem Patrouillenboot wegbewegte, während er mit Tschiarnack telefonierte, und mehrere softe grüne Returns – vermutlich biologischer Natur, also entweder Fischschwärme oder sehr wahrscheinlich große Ungeheuer.

»Wohin ist das Ziel jetzt unterwegs?«, fragte ihn der General.

»Richtung Lindau, möglicherweise Bregenz.«

»Beobachten Sie das weiterhin und erstatten Sie Meldung, wenn nötig.«

Der Soldat sah verwirrt auf.

»Und halten Sie Ausschau nach Maden und Seeungeheuern!«

Der Soldat versuchte geduldig zu erklären, dass die Richtmikrofone im See die Motoren- und Schraubengeräusche eines Tauchboots registriert hatten, dass zudem eine Videokamera einen Schemen gefilmt habe, der sicher dieses Boot sei, und dass er es für seine Pflicht halte, diesen Verstoß gegen das Fahrverbot den zuständigen Stellen weiterzumelden. Und er betonte mehrmals, dass das Sonarecho nicht von einem Fahrzeug der Bundeswehr stammen konnte.

Tschiarnack reagierte unbeeindruckt.

»Was sollen wir wegen des U-Boots unternehmen?«, versuchte es der Soldat ein letztes Mal. Er fürchtete, dass man ihm irgendwann Pflichtvergessenheit vorwerfen würde, wenn er jetzt nicht so eindringlich insistierte.

»Nichts, das ist in Ordnung. Wir haben alles unter Kontrolle. Wahrscheinlich ist es eines unserer eigenen Boote.«

Der Soldat wusste, dass das nicht stimmte. Aber er konnte nur mit den Schultern zucken und den Hörer auflegen.

Rebekka hatte Carl die Haare raspelkurz geschoren, damit ihn niemand erkannte. Der Bart würde das Übrige tun.

»Wir gehen in so ein richtiges Oma-Café«, wünschte sich Carl, »mit Zeitungen an Holzstangen, Schlagermusik in den Lautsprechern, gepolsterten Stühlen und dunklen, spießigen Möbeln!«

»Das ist eine klasse Idee«, stimmte Rebekka zu und blickte Ellers an. »Sie wissen doch sicher, wo es so etwas gibt.«

Ellers schmunzelte. »Na, das richtige Alter dafür habe ich schon, oder? Da drüben, ein, zwei Straßen weiter, gibt es ein Café, das euch gefallen wird.«

Sie traten auf die Straße. In Lindau herrschte Betrieb, endlich regnete es nicht mehr, und die Sonne schien durch die Wolken hindurch. Die Straßen waren voll. Vom Ufer schlenderten sie eine kleine Gasse entlang und gelangten zum Markt.

»Hübsch hier!«, stellte Rebekka bei einem Blick über den Platz fest, so als wäre sie zum ersten Mal auf der Insel.

»Kaffee! Kaffee!«, rief Carl belustigt aus. »Ich brauche dringend Kaffee!«

»Wir werden es doch wohl noch rechtzeitig schaffen?«, gab sich Ellers besorgt. »Unser Herr Forscher braucht Koffein!«

Carl zog Rebekka hinter sich her wie ein ungezogenes

Kind. »Mach mal schneller, oder das wird heute nie mehr was mit meinem Kaffee.«

»Ich bin doch klein«, gab Rebekka zurück, »ich muss mehr Schritte machen. Schau mal«, dabei deutete sie auf einen Marktstand, »die schönen Blumen. Kaufst du mir eine Rose?«

»Immer diese Jugend«, seufzte Ellers und zuckte mit den Schultern. »Früher hätte es das nicht gegeben!«

Rebekka sprang aufgeregt auf und ab. »Ich bin noch jung, ich darf das!«

»Nein, nein«, sagte Ellers ernst und erhob drohend seinen Zeigefinger, »die Polizei sagt: Das darfst du nicht!«

Rebekka wollte protestieren, als sie ein lautes Räuspern hörten. Keiner von ihnen hatte in dem ganzen Übermut den Polizisten bemerkt, der sich ihnen in den Weg stellte, eine Hand auf dem Griff seiner Pistole, die andere am Funkgerät. Der Beamte war noch jung, höchstens dreißig Jahre alt, eigentlich eine auffällige Erscheinung mit seinen roten Haaren und dem roten Schnauzer. Er steckte das Funkgerät in eine Tasche seiner Uniformjacke und zog dann ein gefaltetes Stück Papier aus seiner Hemdtasche.

Ruhig entfaltete er das Papier: Es war der Steckbrief, mit dem Carl gesucht wurde.

»Darf ich bitte Ihre Ausweise sehen?«

Sie waren so unvorsichtig gewesen, so überdreht von den ersten normalen Stunden seit langem, nun wurden sie von dem Polizeibeamten, der sie kontrollieren wollte, vollkommen überrascht. In der Menge hatten sie sich sicher gewähnt.

»Was hatten Sie am Seeufer zu tun?«

Der Polizist hielt in seiner Hand immer noch den kleinen gefalteten Steckbrief mit Carls Foto.

Carl lief automatisch los, die anderen folgten ihm. Der Polizist nahm die Verfolgung auf.

Es war nicht einfach: Überall standen Marktbuden und Tische mit Obst und Gemüse. Carl und die anderen schlängelten sich dazwischen durch. Die Häuser an der Straßenseite schienen bei jedem Schritt auf und ab zu hüpfen.

Seltsam, dachte Carl, wie schnell man untrainiert wird, wenn man zwei Wochen eingesperrt war. Aus den Augenwinkeln nahm er das prächtige Portal eines Renaissancehauses wahr.

Der Polizist rannte in eine Gruppe Touristen, die die Wandmalerei am Haus zum Cavazzen fotografierten. Das gab ihnen eine Verschnaufpause.

»Wir trennen uns«, rief Carl. »Ich laufe nach links, du« – er zeigte auf Ellers – »nach rechts und Rebekka geradeaus.«

Die Gasse, in die Carl lief, war menschenleer. Er kam gut voran, vorbei an Dennis Kirschsteins Computerbedarf, an Christel's und Rita's Wollladen – aber auch dem Polizisten würde niemand im Weg stehen. Carl beschleunigte sein Tempo. Rief da jemand? Sein Verfolger?

Er rempelte einen Mann an, der aus einem Laden kam, und schlug ihm die Einkaufstüte aus der Hand. Carl rief »Entschuldigung« und rannte aber weiter. Rennen, laufen, nichts wie weg, wiederholte er immer wieder in seinem Kopf. Er hörte, wie der Mann schrie und drohte, aber er drehte sich nicht um. Er sprang über eine Hundeleine, wich einem Kind auf einem Dreirad aus.

An der nächsten Kreuzung hielt er sich erneut links, vorbei am Trommlerbrunnen, einer Nazi-Scheußlichkeit.

Er atmete falsch, nicht im Rhythmus seiner Schritte. Er spürte deutlich sein Seitenstechen. Sein Schnürsenkel hatte sich gelöst.

Er bog wieder nach links ab, Bismarckplatz. Er hörte Schnauben, es war sein eigenes Schnauben. Das Laufen forderte ihn, es war hart. Seine Füße rannten automatisch, er kam an einem Platz mit einem Denkmal – Mann auf Pferd – und dem Alten Rathaus mit seinem hohen Renaissancegiebel und der von Wandmalereien eingerahmten Fensterreihe vorbei.

Nur nicht stolpern, dachte Carl.

Die Insel Lindau ist nur einen Quadratkilometer groß. Weit konnte Carl also nicht kommen, bald schon, nach einem halben Kilometer Spurt, lief er, an einem Café vorbei, auf den Hafenplatz.

Lief ihm der Polizist noch nach? Carl versuchte sich darauf zu konzentrieren, ob er Schritte hinter sich hörte, aber er konnte nichts wahrnehmen, er fühlte nur den eigenen, regelmäßigen Tritt, seine Angst und seinen schnell gehenden Atem.

Er sah zum Hafen, dort bewachten ein gutmütiger alter Löwe und der Leuchtturm mit dem grünen Metallpavillon die Hafeneinfahrt.

Wasser schwappte träge an die Kaimauer. Kein Schiff legte an, zwei Fähren schienen an langen Ketten zu schlafen, die Fenster mit Plastikschablonen winterfest gemacht. Er sah hoch zur spitzen, mit grüngelben glasierten Ziegeln gedeckten Dachpyramide des Mangturms, am Turm dort hing ein großes Transparent: *WEG MIT DER UFERSPERRE. BEISPIEL ÖSTERREICH.* Die Wut der Gastwirte und Pensionsbesitzer wuchs. Die Amerikaner waren nicht mehr so ausgabefreudig, sie blieben eher in ihren Camps, das Verbot, am Ufer entlangzuspazieren, betraf sie ebenso wie die Anrainer; und die Fähr- und Ausflugsbetriebe hatten ihre Einbußen mit oder ohne Soldaten.

Carl lief zum Jachthafen. Hier blieb er keuchend stehen, hielt sich an einer Hauswand fest. Er konnte nicht mehr. Vor ihm war niemand, nur ein leerer Platz. Er war ganz allein.

Er brauchte alle Kraft, um sich umzudrehen und hinter sich zu schauen: Auch dort war niemand. Das Laufen hatte ihn so angestrengt, dass Wasser in seine Augen schoss, es war so kalt, er wischte mit dem Handrücken über die Augen, um wieder besser sehen zu können.

Im Hafen schaukelten ein paar edle Jachten und mehrere Boote, manche davon winterfest gemacht, andere dümpelten mit offenen Fenstern auf dem Wasser – wie musste der Regen und Sturm in ihnen gewütet haben!

Der Polizist, dachte Carl, wird in Richtung Bahnhof gerannt sein, wo er mich vermuten muss. Das ist doch der ideale Platz, um die Stadt wieder zu verlassen.

Er entschloss sich, zur Hütte zurückzukehren, und drückte sich über den Uferweg, am Stadttheater und an der Gerberschanze vorbei, zum Bootshaus und zu dem U-Boot zurück. Er öffnete die Tür eine Handbreit und schlüpfte dann schnell ins Innere der Hütte.

Die Zeit drängte, er musste handeln.

Wem konnte Carl noch trauen?

Er konnte Rebekka trauen.

Er konnte Ellers trauen.

Vielleicht konnte er auch Meuger trauen, doch sein Doktorvater hatte einmal die Seiten gewechselt, er konnte es jederzeit wieder tun.

Konnte er Volmero trauen? Er wusste es nicht. Vielleicht war all das arrangiert, vielleicht brauchte das Militär einen Trottel, der blöd genug war, zum neuen Krater zu tauchen – vielleicht hatte Volmero das als Kamikaze-Job abgelehnt.

Carl wartete auf Rebekka und Ellers in der Lindauer Hütte. Sie mussten hierher kommen, denn er konnte ja nirgendwo anders hingehen, zu Fuß war es viel zu weit zurück zum alten Versteck. Rebekka und Ellers würden sich schon einfinden.

Wenn sie nur endlich kämen …

Seine Niedergeschlagenheit wich einer plötzlichen Euphorie. Er war verfolgt worden, aber er war entkommen! Bald schon würde er an dem neuen Krater sein, genauer gesagt, in wenigen Stunden.

Die Luft war kalt. Der See lag schwarz unter der finsteren Nacht. Der Mond, der schon nahe am Horizont stand, spiegelte sich als verwaschene rote Säule im Wasser, inmitten der reflektierten Lichter der österreichischen und Schweizer Dörfer an der gegenüberliegenden Seite. Der Wind wurde heftiger, schließlich ließen starke Böen weiße, im Licht funkelnde Schaumkronen entstehen, und der See schlug an die gemauerten Ufer.

Rebekka stand mit vor der Brust gekreuzten Armen auf der hölzernen Terrasse der Hütte. Sie fror. Ihre Haare wurden vom Wind zerzaust. Carl fror nicht, er trug einen gefütterten Anorak, der die Kälte fernhielt. Später, tief unter der Seeoberfläche, würde es noch kälter sein.

Rebekka und Ellers waren doch noch gekommen. Carl hatte einige Zeit warten müssen, es war schon dunkel. Ellers kam als Erster, und als er an die Tür pochte, rief er gleich, bevor Carl sich erschrecken konnte, dass er es war. Carl öffnete, und Ellers erklärte ihm, dass ihm niemand gefolgt sei – er nehme auch an, dass niemand hinter Rebekka hergelaufen war.

Er hatte an diesem Tag noch eine teure Digitalkamera gekauft, die er Carl in die Hand drückte, damit der unten am Seeboden dokumentieren konnte, was immer er dort vorfand.

Ellers war kein Mann vieler Worte, und so saßen beide still beieinander, bis auch Rebekka eintraf, die stundenlang in Lindau hin und her gelaufen war, bis sie die Sicherheit hatte, dass ihr niemand folgte. Selbst dann wartete sie noch die Dämmerung ab, bis sie, auf vielen Umwegen, endlich auch das Bootshaus erreichte.

Sie trafen Carl euphorisiert an, jede Depression war von ihm gewichen. Er hatte keine Ahnung, keine Vorstellung davon, was nach seinem Tauchgang geschehen würde, aber er musste hinab in den See, musste herausfinden, welches Geheimnis dieser neue Krater barg.

Dann wollte er wieder auftauchen, Rebekka überreden, mit ihm zu fliehen, vielleicht mit dem U-Boot in der nächsten Nacht in die Schweiz fahren und sie dort treffen. Und dann würden sie gemeinsam irgendwohin gehen, wo sie sicher waren, und all das hier vergessen.

Schließlich sagte Carl, so bestimmt, dass es keinen Widerspruch duldete: »Ich fahre jetzt.«

Rebekka und Ellers standen um das Boot herum. Es roch kühl und feucht.

»Es ist saukalt!«, sagte Ellers, nickte in Rebekkas Richtung und stellte eine Flasche Sekt in das Tauchboot. Carl sah ihn verwundert an.

»Du nimmst den Sekt mit da runter, und dann bringst du ihn wieder mit hoch«, sagte er und grinste. »Und dann trinken wir alle zusammen auf deinen Erfolg. Dann musst du gehen.«

Carl drückte Rebekka fest zum Abschied, Ellers gab ihm die Hand. Dann fuhr Carl los. Er tauchte nicht sofort in den See, weil er sich umblicken und Rebekka so lange wie möglich sehen wollte, so lange, bis er sie nur noch als schwarzen Umriss zu erahnen vermochte. Sein Boot lag, selbst im aufgetauchten Zustand, sehr tief im Wasser. Die Militärboote befanden sich auf ihrer täglichen Runde weitab, er konnte die Lichter am Schweizer Ufer kaum ausmachen, also drohte von ihnen keine Gefahr. Er glitt bis etwa einen Kilometer von der Insel entfernt in Richtung Seemitte.

Der Bayrische Löwe auf seinem hohen Podest und der lange, zylindrische neue Leuchtturm im Lindauer Hafen wurden angestrahlt, zeichneten sich gelb gegen den schwarzen Himmel ab.

Carl ließ das Boot sinken. Es würde drei bis vier Stunden dauern, bis er an dem Krater ankam.

7. Teil

Die Tiefe

Da sah ich, wie ein Tier aus dem Meer stieg, und es hatte zehn Hörner und sieben Köpfe.

Johannesoffenbarung 13,1

13

4. Juni

Der Mond war nicht hell genug, um das Wasser zu durchdringen. Direkt unter der Oberfläche wurde es stockfinster. Carl schaltete die Scheinwerfer ein. In deren Kegel leuchteten Schwebteilchen auf, die von oben auf den Seegrund hinabregneten. Kleine Fische kamen neugierig hergeschwommen und stoben aufgeregt wieder von dem Metallungeheuer weg.

Nun ging es daran, in die Tiefe zu tauchen, hin zu dem neuen Krater – wenn es ihn denn gab.

Carl schloss die Augen und ließ das Boot sinken.

Unterwasserfilme bestehen aus Höhepunkten. Ein Kamerateam besucht wochen- oder monatelang das Great Barrier Reef, die südafrikanische Küste oder den Golfstrom vor Florida oder den Bahamas und stellt schließlich aus Tausenden von Stunden 45 Minuten zusammen, in denen Fische balzen, Muränen mit den Zähnen fletschen und weiße Haie gefährlich nahe an Tauchern vorbeischwimmen.

Der Bodensee ist nicht das Great Barrier Reef, es gibt Felchen, Egli, Zander, Aale und gelegentlich einen großen Hecht. Die meisten Fische halten sich nahe der Oberfläche auf, in Zonen, die das Licht bei Tag noch erreicht und wo Wasserpflanzen wuchern.

Jetzt, da Carl im Sinken begriffen war, da er den flachen Uferbereich längst hinter sich gelassen hatte, gab es nichts zu sehen. Immer, wenn er die Scheinwerfer einschaltete, erblickte er durch das Bullauge vor sich eine alles verschlingende Schwärze, nur hin und wieder unterbrochen von reflektierenden, tanzenden Kleinstteilchen.

Vor Bregenz ist der See keine 250 Meter tief. Schon nach einer Dreiviertelstunde stieß Carl auf Grund. Er stellte das Echolot an und sah auf den Falschfarben-Monitor. Das Sonargerät erfasste ein ovales Gebilde, Carl schaltete die Scheinwerfer ein.

Das spindelförmige Artefakt – das zeigte die Skala am Monitor an, die für die Kalibrierung der Bilder zuständig war – maß 15,30 Meter in der Länge und an der breitesten Stelle fünf Meter. Quer zur Längsachse wies es eine seltsame, regelmäßige Schraffur auf, und in unmittelbarer Nähe deutete ein großer Pfeil auf sein Zentrum hin.

War das schon der neue Krater?

Nein, dafür war das Objekt zu klein.

Carl lenkte das Tauchboot näher heran. Es war ein Wrack, die verrotteten Reste eines kleinen Bodenseeseglers, eines sogenannten Segners, vielleicht 300 Jahre alt. Das Boot war stark beschädigt, an einigen Stellen ragten die Spanten weit aus dem Schiffsrumpf heraus. Was Carl als Pfeil gedeutet hatte, war der Mast, der an mehreren Stellen zerbrochen war.

Weiter zum Krater …

Carl fuhr in Richtung des Ortes, an dem er aufgrund der Sichtungen der Seeungeheuer den Eingang in den Bau der Wesen vermutete. Nun schwebte er über einer Trümmerlandschaft, die ihm seltsam vertraut vorkam. Nicht, weil er hier schon einmal gewesen war, sondern weil er etwas sehr Ähnliches bereits auf seinem ersten Tauchgang zum alten Krater gesehen hatte: Unter ihm erstreckten sich archaische Unterwasser-Ruinen, Hütten und Wälle und stallartige Einfriedungen mit sechseckigem Grundriss, die nur schemenhaft von den Lichtern der Strahler erfasst wurden. Diese Stadt, dieses Dorf, bedeckte eine um ein

Vielfaches größere Fläche als die erste Ruinensiedlung, die er entdeckt hatte. Hütte reihte sich an Hütte, die großen, schweren Felsbrocken bildeten immer noch recht ansehnliche Mauern.

Jetzt war da eine Umfriedung, die neu erschien – Algen überwucherten die gewaltigen Felsbrocken noch nicht, zwischen den Steinschichten lag noch kein Sediment. Eine grauschwarze Masse rollte in der Strömung hin und her. Carl fuhr näher heran und erkannte den aufgedunsenen, gallertartigen Schwanz eines der Fische. Nun erhellten die Scheinwerfer einen dunklen Hügel in dem Gehege, das waren weitere Schwänze, ein ganzer Haufen in der Ecke, überzogen von kleinen Krebsen, die an den Kadavern knabberten.

Plötzlich verdunkelte ein gewaltiger Schatten die Szenerie. Ein riesiger Fisch kam nahe an das Tauchboot heran. Mit gewaltigen Zähnen biss er Brocken aus dem Haufen von Schwänzen, mit seinem eigenen wedelte er aufgeregt hin und her.

Carl senkte das Tauchboot auf den Seegrund, um dort aufzusetzen. Er wollte eine bessere Position erreichen, um das Tier genauer beobachten zu können. Feine Schwaden aus Schlamm wurden aufgewirbelt, die sich erst allmählich wieder legten. Gebannt starrte Carl auf das vorsintflutliche Schauspiel.

Ein zweiter Urzeitkoloss schwamm heran, stieß mit dem kleinen Kopf an seinem langen Hals nach dem anderen und schnappte zu. Eine Flüssigkeit floss aus, offenbar Blut. Die Riesen kämpften unbeholfen miteinander, ein eigentümliches Tiefseeballett, in Zeitlupe. Sie verbissen sich gegenseitig in ihre Hälse.

Offenbar unterlag der zweite Riese, denn der Angreifer paddelte träge, aber majestätisch in die Finsternis davon. Der Siegreiche fraß weiter.

Carl schaltete das Sonargerät an. Im selben Augenblick reagierte das Ungeheuer, richtete seinen Kopf in Richtung des Tauchboots und bleckte die Zähne. Carl knipste das Echolot sofort wieder aus. Das Wesen drehte sich weg und paddelte ebenfalls davon. Mächtige Wunden in dem Kadaver zeugten von einem gewaltigen Gebiss.

Sie orientieren sich in der Dunkelheit mit Sonar, fuhr es Carl durch den Kopf, wie Delphine!

Er betrachtete noch eine Zeitlang die stumme Bühne, auf der gerade der Titanenkampf stattgefunden hatte. Dann traf sein Tauchboot ein gewaltiger Schlag. Ein furchterregendes Knarren und Knirschen des Metalls war zu hören. Das U-Boot wurde herumgeschleudert, drehte sich mehrfach um die eigene Achse und wirbelte meterweit davon, bis es schließlich auf seinem Dach liegen blieb.

Carl prüfte sofort den Druckmesser, das Licht blinkte grün, alles schien in Ordnung zu sein. Er schwitzte so sehr, dass die Scheibe beschlug. Er rieb sie mit dem Ärmel sauber – und sah das haifischartige Gebiss des Ungeheuers, das nach dem Boot schnappte.

Das Seeungeheuer hatte das Tauchboot angegriffen!

Carl schaltete die Motoren auf höchste Leistung – er wusste nicht, ob das ungeschlachte Wesen aus Absicht handelte oder ob es ihn nur zufällig gestreift hatte, aber er musste hier weg. Er hatte keine Ahnung, in welche Richtung er steuerte. Dann aber stoppte er und drehte das Boot einmal um 360°, dabei brannten die Scheinwerfer mit aller Kraft, doch er konnte nichts mehr erkennen. Wo war oben? Wo war unten?

Die Scheinwerfer erleuchteten eine surreale Szenerie: Am abschüssigen Hang kauerte eine Myriade von bleichen Froschwesen, die mit ihren Hinterbeinen Erde wegschaufelten, bis der Hang nachgab, abrutschte und sie begrub. Nach der nächsten Drehung hatten sich einige bereits aus der losen Erde herausgewühlt und gruben sofort weiter.

Jetzt bemerkte Carl hinter einer kleinen Anhöhe einen schwachen Lichtschein. Er hielt darauf zu.

Vor ihm befand sich eine riesige Öffnung im Boden. Kleine Fische schienen ein und aus zu fliegen, gewaltige Herden von Ungeheuern wanden sich in den Steinwaben entlang der Peripherie.

Aus der Öffnung kommender Schlammnebel reflektierte die Scheinwerfer des Tauchboots. Die ganze Umgebung hüllte sich in eine fahle, infernalische Dämmerung.

Er war also an dem Loch im Krater angekommen.

Nichts hatte ihn auf das vorbereitet, was ihn hier erwartete.

Es hätte die Nachricht des Jahres werden können – wären danach nicht so viele sensationelle Ereignisse eingetreten. Österreich hatte in Eigenregie die Sperrung des Sees aufgehoben, um die Seebühne Bregenz vor dem drohenden Bankrott zu retten; zum Ausgleich für den bisherigen Verdienstausfall wurden drei Vorstellungen angesetzt: eine Morgen-, eine Mittags- und eine Abendvorstellung.

Die Wiedereröffnung der Open-Air-Bühne wurde – gerade wegen der Unzeit, in der sie stattfand – als große Sensation gefeiert, aber sie galt nicht als Glamour-Event. Welcher Star lässt sich schon gern vom Nieselregen die Frisur ruinieren? Das Wetter hatte sich bislang ja noch nicht von seiner besten Seite gezeigt. Die Reichen und Schönen der Klatschspalten jedenfalls wollten nicht frieren; der Giftalarm und die schwierige Verkehrslage schreckten zudem ab. Gerade einmal für ein Zehntel der insgesamt 6 800 Sitzplätze waren Karten verkauft worden.

Auf dem Spielplan stand eine romantische Oper aus dem Jahr 1845, Albert Lortzings »Undine«. Als Kulisse schwamm ein surreales Märchenschloss aus gigantischen Muschelschalen und Seesternen auf dem Wasser.

Leute in Mänteln und Regenschutz, mit Schirmen und Kapuzen in den Händen, mit wärmenden Decken und dicken Sitzpolstern unter dem Arm nahmen auf den Rängen der Seebühne Platz, tuschelten und plauderten. Manche schienen mit ihren Operngläsern nicht die Bühne, sondern die Seeoberfläche abzusuchen – in der vagen Hoffnung vielleicht, einen Blick auf die einstmals berühmte Boddy oder die geheimnisvollen Manöver des Militärs zu erhaschen.

Die Wiener Symphoniker begannen zu spielen. Trotz der feuchtkalten Luft lauschten die Besucher gebannt dem Schwanenchor der Wassergeister am Ende der Ouvertüre, schwelgten in der kristallinen Klarheit der Melodien.

Dann kam der erste Akt. Hugo von Ringstetten, den es um 1450 auf eine Insel im See verschlägt, trifft den Fischer Tobias und dessen Pflegetochter Undine. Eine Liebesgeschichte nimmt ihren Lauf. Ihrem Vater jedoch, dem Wasserfürsten Kühleborn, passt die Liaison nicht, aber was kann er schon tun?

Der zweite Akt im Schloss des Herrn folgte, dann der dritte. Nach allerlei Ränken und Eifersüchteleien seitens Berthaldas, die dem Hugo versprochen war, bricht Undine am Ufer des Sees zusammen.

Die berühmte Sopranistin Verena Hüther, bekannt für ihre sensible Darstellung der zarten Holdheit der Undine, sang ihre Arie mit einer solchen Inbrunst und Leidenschaft, dass das Publikum aufstand und in *Standing Ovations* ausbrach.

Dann geschah es: Zuerst erklang ein alles durchdringendes Knistern. Dann brüllte das Metall auf, und Teile der Dekoration bewegten sich. Die Bühne neigte sich, Wasserfinger griffen nach dem armen, am Seeufer in sich zusammengesunkenen Geschöpf.

Mit einem Ruck kippte die schwimmende Bühne zur Seite, und das Bühnenbild rutschte ins Wasser. Dann brandeten schäumende Wassermassen über die Szene und schwemmten die Schauspieler in den See.

Das Publikum hielt es für einen gelungenen und aufwendigen *Special Effect*. Man applaudierte freudig, dann standen einzelne Zuschauer auf, riefen »Hoch! Hoch!« und klatschten frenetisch.

Aber es war kein *Special Effect*.

Als die ersten Schreie der im kalten Wasser gegen das Ertrinken kämpfenden Schauspieler in die Ränge hallten, begriffen das endlich auch die Zuschauer.

Eine landläufige Meinung besagt, dass wir uns vor dem am meisten fürchten, was wir nicht kennen. Aber ist das tatsächlich so? Was Carl sah und wovor er sich fürchtete, war eine große Stadt. Nur, dass dies keine von Menschen gebaute Stadt war, sondern von den eigenartigen weißen Froschwesen.

Keine zehn Minuten zuvor war er durch eine Öffnung in der laichartigen, gallertigen Membran hindurch in das Loch im Krater hineingetaucht. Er hatte über ihr geschwebt, unsicher, was er tun sollte, und im Licht seines Bootes erblickte er einen riesigen, etwa hundert bis hundertzwanzig Tiere umfassenden Schwarm der Fische. Die Giganten schwammen außen, jeder gut seine sechs bis acht Meter lang, in ihrer Mitte, gut geschützt, befanden sich die kleineren Tiere, gerade einmal zwei bis drei Meter lang.

Die großen Fische, vermutete Carl, waren Bullen, die kleinen Kühe.

Was war das Geheimnis der Fische? Hielten die Froschwesen den Fisch als Haustier, zum Schlachten, so wie wir Rinder halten?

Carl tauchte durch das Loch im Krater hinab in einen

unterirdischen See. Er schaltete das Sonargerät ein, es zeigte, dass sich die Aushöhlung mindestens acht Kilometer in Richtung Westen erstreckte, dann machte sie einen Knick nach links, nach Süden. Endete sie dort gleich, oder lief sie weiter bis zum Zürichsee? Carl dachte an die Sage, dass der Bodensee unterirdisch mit dem schwedischen Vättersee verbunden war, dass in Italien der Lago Maggiore, der Comer See und der Gardasee durch Tunnel miteinander vernetzt seien. Lag ein Körnchen Wahrheit in diesen Geschichten?

Wie weit sich die Aushöhlung in seinem Rücken unter den Alpen bei Bregenz erstreckte, mochte er nicht einmal schätzen. Wenige hundert Meter oder viele Kilometer?

Schnell schaltete er das Sonargerät wieder aus, um nicht auf sich aufmerksam zu machen. Aber er erregte die Aufmerksamkeit der Tiere nicht. Es waren offenbar so viele, dass ein paar Schallimpulse mehr sie nicht alarmierten.

Weit reichte sein Licht nicht, aber es genügte, um zu erkennen, dass auf dem Boden Gebäude aus großen, aufgeschichteten Felsstücken standen, den Ruinen ähnlich, die sich auf dem Seegrund erstreckten. Carl drückte sich mit seinem U-Boot an eine Wand, um den zahlreichen, geschäftig umhertauchenden Fischwesen auszuweichen.

Unter ihm hockte eines der dürren Froschwesen, scharrte mühsam Steine und Erde zusammen, bis es ein sechsseitiges Gehege errichtet hatte, und laichte dort ab.

Es tut nichts anderes als ein Aal oder ein Wels, fuhr es Carl durch den Kopf. Was er für eine planmäßige Stadt gehalten hatte, war nur eine viele tausend Quadratmeter umfassende, zufällige Anhäufung von Brutnestern. Aber was er gesehen hatte – hier und außerhalb des Baus – bedeutete, dass es Tausende, vielleicht Millionen solcher Gehege gab, jedes mit Tausenden von Eiern, und aus jedem Ei würde ein Seeungeheuer schlüpfen!

Carl sah nach unten. In den Gelegen waberte Laich, in einem enormen Nest daneben schlängelte sich Exemplare des Fisches, von ganz kleinen bis sehr großen.

In einem weiteren Gelege schwammen nur ausgewachsene Exemplare, sie wanden und krümmten sich und streiften mit ruckartigen Bewegungen ihren Schwanz ab. Froschmännchen kamen und führten die Nessys, die ihren Schwanz verloren hatten, in einen Eingang. Viel konnte Carl nicht erkennen, doch die schwanzlosen Monster richteten sich auf. Er stellte fest, dass sie keine Flossen mehr hatten, sondern Ärmchen und Beine und statt des langen Halses mit dem kleinen Kopf große runde Gesichter.

Natürlich, dachte Carl, es sind Amphibien, sie beginnen als Kaulquappen, werfen ihre Schwänze ab, schrumpfen und verwandeln sich in Frösche oder Kröten. Die bleichen, froschartigen Gesellen, die arbeitsam die riesigen Käfige versorgten, diese fremdartigen, außerirdischen Wesen waren ausgewachsene Tiere! Boddy, die Bodensee-Nessy, der Fisch, war die Jugend- oder Larvenform der Wasserleute, eine ins Monströse gesteigerte Kaulquappe!

Die Froschwesen durchliefen einen Zyklus: Aus dem Laich schlüpften Wesen, die Seeschlangen ähnelten, immer größer wurden, sich dann vermutlich zurückzogen, den Schwanz abstreiften und zu Froschwesen wurden.

Die Froschwesen beachteten Carl nicht, im Gegensatz zu den Kaulquappen, die ihn ja schon während der Tauchfahrt angegriffen hatten. Sie leben offenbar in einer Art Insektenstaat als Kollektiv. Brüteten sie immer so intensiv?

Warum waren dann aber auf einmal so viele Sichtungen von Seeungeheuern im Bodensee gemeldet worden?

Und was war mit all den anderen Seen der Welt, in denen man gleichfalls Ungeheuer gemeldet hatte? Die letzte Zählung nannte fast 1000 Gewässer mit Legenden oder

Sichtungen von ungewöhnlichen Wesen. Gab es dort überall solch Laichplätze?

Was hatten diese Wesen vor?

Wollten sie nur in Ruhe gelassen werden?

Oder wollten sie neues Territorium erobern?

Carl kam zu keinem Ergebnis. Dies war eine fremdartige Welt.

Doch dann begriff er, was hier geschah: Seeungeheuer, die im Boden wühlten, Froschwesen, die Steine zu Waben stapelten … Das Loch war nicht das Tor zu einer anderen Dimension, die Froschwesen und die Seeungeheuer nicht das Ergebnis eines bizarren genetischen Experiments, sie hatten schon immer hier gelebt. Bis sie jetzt die veränderte Dynamik des Sees zum Handeln zwang.

Eine Spezies, die in einer ökologischen Nische isoliert wird, tendiert zum Riesenwuchs. Den gewaltigen Komodowaran gibt es nur auf einer winzigen Insel im Indischen Ozean, Riesenschildkröten findet man auf Galapagos und auf den Seychellen, nicht aber im afrikanischen Urwald. Hier war eine Molchart in den Tiefen des Sees zu enormer Größe herangewachsen, und nun wurde sie bedroht durch die Umweltgifte, die sich im Sediment noch lange hielten, sowie durch den Sauerstoffmangel, weil der See sich nicht mehr alljährlich umwälzte, durch die Erwärmung des Tiefenwassers, die dem Menschen vielleicht bedeutungslos schien, für sie aber eine Katastrophe darstellte.

Und wenn eine Spezies bedroht ist, reagiert sie auf den Druck. Sie beginnt, verstärkt Nachkommen zu produzieren, um ihr Überleben zu sichern, und sie fängt an, sich neue Lebensräume zu erschließen. Daher plötzlich die ansteigende Zahl von Sichtungen, daher das unaufhörliche Unterwühlen der Ufer.

Diese Wesen hatten über Jahrhunderte, ja Jahrtausende neben dem Menschen gelebt, so friedlich, dass sie überhaupt nur vereinzelt aufgefallen waren und ihre Spur nur in Mythen und Märchen hinterlassen hatten – bis sie sich jetzt zu wehren begannen, sich vielleicht sogar wehren mussten. Sie planten nichts – sie folgten nur dem Diktat ihres Instinkts. Nichts hier erfüllte einen diabolischen Masterplan, die Wesen hatten keine Invasion im Sinn, sie reagierten nur mit einem Jahrmillionen alten und bewährten Programm, ohne Intelligenz, ohne böse Absicht – aber mit verheerenden Folgen.

Das also war die sensationelle Entdeckung, die er sich sein ganzes Leben über ersehnt hatte!

Man sollte sich nie etwas wünschen, dachte Carl, weil die Gefahr besteht, dass Wünsche in Erfüllung gehen.

Plötzlich war er umzingelt. Kaulquappen schwammen auf ihn zu und umstellten ihn – ein Kranz aus Seemonstern mit aufgeregt hin und her peitschenden Schwänzen hielt ihn in Schach. Über ihm schloss sich die Membran des Eingangs wie eine Kamerablende. Gallertartige Fetzen schoben sich langsam, aber stetig übereinander. Es konnte nur noch Minuten dauern, bis ihm die Rückkehr verwehrt war.

Er war gefangen!

Carl fühlte, wie ihn die Panik überkam.

Jetzt nur keine Angst!, dachte er.

Aber das Adrenalin war schon in jeder Ader seines Körpers.

In der Bregenzer Bucht trieben überall Trümmerstücke, wie nach der Schneeschmelze, wenn vom Alpenrhein hereingeschwemmtes Treibholz auf dem See dümpelte: Bretter, Teile des Bühnenbildes, Musikinstrumente, Kleidungsstücke, sogar einige Plastiktüten. Der ganze See vibrierte, konzentrische Wasserrippel, von einem Mittelpunkt etwa einhundert Meter vom Strand entfernt ausgehend, pulsierten und schoben die Reste wieder auf die Tribüne zu, kleine Brecher rollten ans Ufer.

Aus dem Wasser tauchten die mächtigen Rücken der Fische auf. Die Bühne sank gurgelnd immer tiefer, Luftblasen stiegen auf, es wallte und brodelte, als wäre das Wasser erhitzt. Einige Möwen stießen auf das Treibgut herab, fanden heraus, dass es nichts zu fressen war, und zogen wieder ab.

Das panische Publikum drängte zu den Ausgängen, welche die Menge aber nicht fassen konnten: Sie waren hoffnungslos verstopft.

Die Menschen schrien, riefen durcheinander.

Schauspieler paddelten hilflos im kalten Wasser; wer konnte, erreichte das Ufer aus eigener Kraft. Dort standen einige Menschen aus dem Publikum und warteten auf sie, zogen die Leute aus dem See und hüllten sie sofort in Decken und wärmende Mäntel. Ein Cellist klammerte sich an sein Instrument und stieß sich mit den Beinen wie ein Surfer in Richtung Land. Ein beherzter Mann sprang in den See und zog die Sopranistin heraus, die schon ganz bleich im Gesicht war und am ganzen Leib zitterte.

An den Ausgängen gab es Tumult: »Lassen Sie mich durch!«, schrie eine junge, hagere Frau und versuchte sich vorzuschieben. Jemand riss sie aus dem Pulk und schleuderte sie auf die Ränge zurück.

Plötzlich ertönte ein markerschütternder Schrei. Eine Eisenstrebe der Bühne hielt der Belastung nicht mehr stand und brach in der Mitte. Mehrere Stahlseile rissen, es klang wie Feuer aus Maschinengewehren, beide Teile des zerborstenen Stahlträgers sanken schäumend in den See. Glücklicherweise trafen sie niemanden, der dort noch um sein Leben rang.

Man warf Schwimmringe ins Wasser.

Was fühlt man, wenn man in Todesgefahr schwebt? Angst oder Furcht? Zieht das Leben vorbei wie ein Film?

Nichts von alldem. Carl fühlte sich wie ein nüchterner, kalter Beobachter seiner selbst, stand praktisch neben sich, beobachtete und analysierte seine Taten.

Alles schien unwirklich. Die Zeit lief langsamer ab, wie in Zeitlupe. Carl hoffte, die bedrohliche Situation würde sich ändern, aber er konnte nicht aktiv in das Geschehen eingreifen, er blieb Zuschauer. Er sah über sich die quallige Membran, die sich endgültig geschlossen hatte. Hier gab es keinen Ausweg.

Um ihn herum peitschten die Seeungeheuer lauernd mit ihren Ruderschwänzen. Ihre starren Augen reflektierten die Scheinwerfer, kaum einen Meter von dem Tauchboot entfernt. Carl versuchte, Intelligenz in den Augen zu entdecken, eine Reaktion. Aber sie schwebten nur da vor ihm. Er schaltete die Scheinwerfer aus, dann wieder ein. Auch das hatte keine Auswirkung.

Dann tauchte Carl mit voller Kraft ab.

Die Fische folgten ihm nicht. Sie verharrten an der Stelle. Von seiner Position am Seegrund konnte Carl sie noch als spindelförmige Walzen, knappe fünfzig Meter über ihm, erkennen.

Plötzlich stoben die Ungeheuer durcheinander, mal hier-, mal dorthin, verwirrt und ziellos und knapp aneinander vorbei. Dann schossen sie davon, in verschiedene Richtungen, kehrten zurück, formierten sich neu, tanzten aufgeregt durcheinander – aber zu ihm herab kamen sie nicht.

Carl fand wieder den Mut, nach oben zu sehen. Jede Bewegung konnte den Wesen seinen Standort verraten, doch abzuwarten konnte den Tod bedeuten. Die Membran öffnete sich erneut, offenbar tat sie das in bestimmten Abständen.

Jetzt oder nie!

Carl steuerte das U-Boot in einen abgeworfenen Schwanz, der neben vielen anderen auf dem Felsgrund lag; als schwebendes Aas entkam er durch das offene Tor. Niemand schien ihm zu folgen. War er in Sicherheit?

Den Seeboden übersäten Trümmer, verborgene Metallteile, Holzbretter ... Hatte das Militär angegriffen? Hatte das seine Verfolger verwirrt?

Aber: Unter den Konstruktionsresten, die den Boden in der Umgebung des Baus überzogen, war auch ein Schlossturm, mittelalterlich, mit Zinnen. Carl konnte sich nicht erinnern, so etwas je am Seeufer gesehen zu haben. Was war geschehen?

Plötzlich fühlte er sich unendlich verlassen und allein. Er hatte Antworten gesucht und nur weitere Fragen gefunden. Er wünschte sich Rebekka an seine Seite.

Er erschrak. Was war, wenn die Wesen ihm folgten? Er musste auftauchen. Der Tiefenmesser zeigte bereits 60 Meter – da fiel ihm ein, dass er in dem Bau völlig vergessen hatte, Bilder zu machen. Die Kamera lag unbenutzt vor ihm auf dem Boden.

55 Meter.

Bald hatte er es geschafft. Trotz der Kühle klebte Carl das T-Shirt am Körper. Er schwitzte, wischte sich den Schweiß aus der Stirn. Die Scheibe des U-Boots beschlug, die Welt draußen verschwamm. Carl putzte das Bullauge mit dem Ärmel trocken und starrte in das aufgerissene Maul eines Ungeheuers, das zum Angriff überging. Wütend rammte es seine scharfen Zähne gegen das Tauchboot, aber es wollte nichts von ihm, es biss nur in das Aas, mit dem er sich getarnt hatte.

Carl drehte das Boot, bis die Nase nach unten zeigte und der Kadaver abfiel und in die Tiefe glitt, das Seeungeheuer immer hinterher, riss Fetzen und Brocken aus dem Schwanz.

Carl sah auf den Tiefenmesser. 20 Meter. Bald war er oben.

Plötzlich wurde das U-Boot von einer starken Strömung erfasst. Eine Strömung, hier? Carl wurde zur Seite geschleudert. Durch das Bullauge sah er erst ein, dann zwei Boddys, dann viele, die ihn in einer ungeordneten Formation umgaben. Kolonnen von Seeungeheuern zogen an seinem Boot vorbei, aber sie ignorierten ihn.

Der Schwarm – wie immer man diese Zusammenrottung von vorsintflutlichen Riesenmolchen nennen wollte – brachte das Wasser zum Kochen. Carl hatte alle Hände voll allein damit zu tun, das Boot zu steuern.

Plötzlich schoss ein mehrere Meter langer Eisenträger an ihm vorbei in die Tiefe. Es war eine Unruhe in dem See, die immer stärker wurde und das Tauchboot hin und her wirbelte.

Ich will noch nicht sterben, dachte Carl.

Im nächsten Augenblick gab das Boot dem Druck nach. Eine Schraube löste sich und sank knapp an ihm vorbei, dann brach Wasser in das Boot.

Rebekka konnte es nicht länger ertragen, in dem Bootshaus auf Carl zu warten.

Sie entschloss sich, in die Überlinger Wohnung zu fahren. Sie nahm wahllos ein paar Bücher aus dem Regal, Peter Costellos *In Search of Lake Monsters*, mit einem gelben Post-it, das Carl aufgeklebt hatte. *Boddy nicht erwähnt*, stand darauf. Da war Claude Gagnons *Lake Monster Traditions*, mit drei Post-its bei alten Stichen, die Boddy bei Konstanz und Friedrichshafen zeigten, und bei einem Zitat aus einem alten Sagenbuch, in dem von einem Taucher berichtet wurde, der im See auf ein Monster getroffen war.

Sie interessierte sich nicht eigentlich für solche Sachen, aber in einer gewissen Weise war sie – seitdem sie in der

Redaktion Anrufe von Augenzeugen erhalten hatte – an der Suche beteiligt gewesen, selbst bevor sie Carl getroffen hatte.

Eigentlich hatte das Ungeheuer sie sogar zusammengebracht, und diese Bücher, diese Sammelordner mit Zeitungsausschnitten, all das war auch ein Teil ihrer gemeinsamen Geschichte.

Sie ängstigte sich um Carl und verstand, warum er die Wahrheit herausfinden musste.

Sie nahm einen Ordner mit Zeitungsschnipseln aus dem Regal. Sie strich die Ausschnitte sorgsam glatt, es waren Zeichen von Carl, Symbole für seine Anwesenheit, Zeugen seiner Tätigkeit.

Fischsichtungen, glaubhaft u. zweifelhaft stand auf dem Rücken des Ordners, den die Polizisten, warum auch immer, nicht konfisziert und mitgenommen hatten, und die Meldungen, sorgfältig chronologisch arrangiert, waren farblich in zwei Kategorien unterteilt, in Fischmonster nahe am Ufer und solche, die weiter draußen im See gesehen worden waren.

Rebekka betrachtete die erste Kategorie. Manches war offensichtlich als Scherz gemeldet worden, eine Seejungfrau vor Lindau, ganz am Anfang der Aufregung von ein paar Jugendlichen von einem Segelboot aus gesehen, mit einem Fischschwanz und nacktem Oberkörper. Die Jungs hatten eine Zeichnung mitgeliefert, die maßgeblichen Details offenbar aus einer einschlägigen Zeitschrift durchgepaust.

Dann wurde es plötzlich interessant. Rebekka verstand zum ersten Mal die Faszination, die diese Geschichten auf Carl ausübten. Immer wieder und wieder stieß sie auf die gleichen Ortsnamen, von denen Sichtungen berichtet worden waren. Sie holte sich ein Blatt Papier. Ungeheuer, die ganz nahe am Ufer schwammen, sodass man sie deutlich erkennen konnte, und die dann untertauchten und ihre mächtigen Ruderschwänze über die Seeoberfläche hoben, waren immer wieder bei Nonnenhorn, Friedrichshafen, Meersburg und Überlingen gesichtet worden, und jeweils an den Plätzen, an denen sie gehäuft bemerkt worden waren, hatte später das Ufer nachgegeben, war eine Straße gesperrt worden, sackten Häuser in den See. Jeweils rund zwei Wochen lagen zwischen dem Massenauftreten der Fische und den Erdrutschen und Geländesenkungen. Es musste also einen Zusammenhang geben. Eine letzte Häufung hatte es gegeben. Sie lag zehn Tage zurück und konzentrierte sich auf die Insel Lindau und die Bucht von Bregenz.

Nass und frierend saß Carl auf dem Steg. Er zitterte vor Kälte und Aufregung.

Er kroch in die Bootshütte, rieb sich mit einem Handtuch ab, aber das war auch kalt und klamm. Wenn doch nur Rebekka bald käme!

Mit letzter Kraft war er entkommen. Als sein Boot schon halb vollgelaufen war mit Wasser, hatte er die Ausstiegsluke aufdrehen und mit kräftigen Stößen schwimmend entkommen können. Es war noch weit bis zum Bootshaus, aber er hatte es geschafft, irgendwie, er fragte sich selbst, wie es gelungen war.

Er streifte sich frische Sachen über, ein T-Shirt, einen Pulli darüber und noch einen Pullover. Den Winteranorak hatte er im See schon abgestreift, er hinderte ihn am Schwimmen, sog sich voll mit Wasser und drohte, ihn in den See hinabzuziehen.

Carl wurde wieder wärmer, und doch zitterte er noch am ganzen Körper.

Plötzlich drängte Blaulicht durch die Dachritzen der Hütte, dröhnten Polizeisirenen. Instinktiv sprang er aus der Hütte durch das Dock in den See, tauchte unter, schwamm ein paar Meter, tauchte dann wieder auf. Er war zu erschöpft, um davonzuschwimmen.

Als er auftauchte, blickte er direkt in das Licht großer Scheinwerfer, die am Ufer aufgebaut waren. Das Licht blendete ihn.

»Kommen Sie mit erhobenen Händen heraus!«, rief eine Stimme aus der Dunkelheit.

Carl gehorchte.

Wer an diesem Abend in den Himmel sah, der sich finster und wolkenlos über dem See ausbreitete, konnte jede Menge Lichter sehen.

Es waren Dutzende von Helikoptern.

Als Rebekka nach Lindau zurückkehrte, hatte sie schon ein eigenartiges Gefühl. Sie parkte den Wagen, ging hinunter zum Ufer, zur Bootshütte. Sie kam nicht weit. Überall standen Polizisten. Streifenbeamte gingen systematisch am Straßenrand auf und ab. Scheinwerfer waren auf die Hütte gerichtet. Irgendwo im Dunkeln waren Lautsprecher zu hören. Ihr Echo hallte von den Wänden wider.

Weiterfahren! befahl sich Rebekka selbst.

Nun saß sie in der Wohnung und hörte die Nachrichten im Radio. Der Untergang der Seebühne wurde zwar gemeldet, aber auf »technisches Versagen« zurückgeführt. Sie lügen immer noch, dachte sie.

Rebekka ging auf den Balkon. Wie Libellen zogen die Lichtpunkte durch die kalte Nacht. Dann regnete es Sterne in den See hinab, Fontänen zeigten an, wo Bomben explodierten.

Eine Welle schwappte ans Ufer. Es war ein majestätischer, aber auch schrecklicher Anblick.

Rebekka war müde. Einsam. Verzweifelt. Es war kalt. Sie suchen Carl, dachte sie entsetzt.

14
5. Juni

»Ich habe die Trinkwasserversorgung nicht vergiftet!«, schrie Carl, als ihn zwei Soldaten morgens in das Verhörzimmer brachten.

Tschiarnack sah ihn unbewegt an. Carl konnte dem Militär nicht ansehen, was er dachte. Der General schien zu lächeln, aber das mochte eine Täuschung sein. Carl beruhigte sich, setzte sich auf einen Stuhl an einem langen Metalltisch. Wortlos nahm Tschiarnack ihm gegenüber Platz. Er schwieg weiter, nickte Carl aber aufmunternd zu. Carl wusste nicht, was er sagen sollte, jedes seiner Worte konnte sich schnell gegen ihn richten. Die Polizei hatte ihn am Abend zuvor, gleich nach seiner Verhaftung, an das Militär übergeben. Welche Chancen blieben ihm überhaupt? Er atmete tief ein und aus und wartete darauf, dass Tschiarnack den Anfang machte.

Schließlich sprach Tschiarnack, aber er wiederholte mehr oder weniger nur das, was Carl sowieso schon gesagt hatte: »Sie haben die Trinkwasserversorgung also nicht vergiftet …?«

»Warum hätte ich es tun sollen?«

»Sie sind ein seltsamer Mensch …«

Der Raum maß gerade einmal zwei mal vier Meter, der Tisch und die beiden Stühle nahmen einigen Platz ein. Zu Carls Linken befand sich die Tür, durch die man ihn hereingeführt hatte. Die Wände waren einförmig grau, es gab keine Fenster, der Boden war ebenfalls grau, irgendein Kunststoff. Der Boden roch nach Bohnerwachs. Es irritierte

Carl, dass er vermutlich in eine streng geheime Militärbasis verschleppt worden war. Er versuchte, ruhig zu bleiben und sich nicht anmerken zu lassen, wie ungeordnet sinnlose Gedanken und Assoziationen durch seinen Kopf rasten. Ich muss mich konzentrieren, konzentrieren, dachte er.

An der Decke liefen zwei lange dünne Neonröhren unter einem Metallgitter entlang, weiß übermalt. Eine der Röhren flackerte und gab dabei ein britzelndes Geräusch von sich. Carl schob sich auf seinem Stuhl näher an den Tisch heran, er bemerkte, dass er schwitzte. Dann sagte er etwas, was in Filmen immer gesagt wird: »Ich möchte sofort meinen Anwalt sprechen!« Er verbesserte sich: »einen Anwalt«.

»Aber«, meinte Tschiarnack fast amüsiert, »wir reden doch nur miteinander …«

Carl schwieg.

»Also, warum haben Sie es getan?«

Du Wicht, dachte Carl, du jämmerlicher, erbärmlicher Wicht! Was willst du von mir? Gleichzeitig fühlte er sich unfassbar schwach. »Ich hatte doch keinen Grund!«, entgegnete er kläglich.

»Nun«, meinte Tschiarnack, und seine Stimme klang bedrohlich, »Sie hatten auch keinen Grund, ein geheimes U-Boot zu stehlen, und Sie haben es trotzdem getan.«

Carl rutschte auf dem kalten Stuhl hin und her. Wie sollte er die Sache mit dem Tauchboot erklären? Wer würde ihm glauben? »Sie«, presste er letztlich hervor, »Sie müssen mir glauben!«

»Angenommen«, antwortete Tschiarnack gönnerhaft. Er lehnte sich dabei zurück und verschränkte seine Arme hinter dem Rücken. »Angenommen, ich glaube Ihnen. Dann lassen wir das U-Boot bergen und untersuchen es.« Er nippte an einem Glas Wasser, und Carl bemerkte, dass er selbst keines hatte. »Wissen Sie, was wir finden werden?«

Carl blickte ihn mit großen Augen an. Er kannte die Antwort nicht, dennoch fühlte er sich immer unwohler.

»Wir finden«, fuhr Tschiarnack fort, »Kratzer am Boot. Reste vom Metall der Seebühne. Und so stellt sich das Problem ...«

Carl schluckte und starrte Tschiarnack unverwandt an. Er begriff immer noch nicht, worauf der Mann hinauswollte.

»Wenn ich Ihnen glaube, dass Sie das Wasser nicht vergiftet haben ... es war immerhin ein recht dilettantischer Versuch ...« Tschiarnack hielt inne und drückte einen Knopf, der offenbar für Carl nicht sichtbar unter der Tischkante befestigt war. Ein Uniformierter trat in das Zimmer, und der Militär gab ihm ein Zeichen. Dann wandte er sich erneut Carl zu. »Also, was wir daraus schlussfolgern müssen, ist, dass Sie die Seebühne sabotiert und zerstört haben ...«

Carl schrie auf.

»Soll das eine Art Geständnis sein?«, wollte Tschiarnack wissen. Er blieb völlig ruhig, ein Marionettenspieler, der die Fäden zog.

»Nein!«, rief Carl, »um Himmels willen, nein. Das waren die ... es waren die ...« Er zögerte, das Offensichtliche auszusprechen und tat es dann doch: »Die Seeungeheuer haben das getan.«

Tschiarnack begann zu lächeln, doch seine Augen blieben so ausdrucksleer wie zuvor.

Lacht er mich aus, oder hat er mich da, wo er mich haben wollte? fragte sich Carl.

Tschiarnack gab nun dem Uniformierten mit einem Handzeichen etwas zu verstehen, und der klopfte an die Wand, die sich einen Moment später hob und den Blick auf ein großes Fenster freigab.

Im Nachbarraum sah er Rebekka in einem Stuhl mehr kauern als sitzen. Sie wirkte angespannt, verängstigt sogar. Jemand schien auf sie einzuschreien.

Jeder Besucher des Internets kann sich Satellitenbilder seiner Heimat downloaden – dank einer eigenen Webseite.

Mitte März 2006 entdeckte jemand auf einem Satellitenbild, das am 20. Juli 2002 aus dem All aufgenommen wurde, »etwas im Bodensee«. Die Koordinaten, die der künstliche Erdmond verzeichnete – 47°42' N, 9°12' O – weisen auf eine Stelle im See auf halbem Wege zwischen der Blumeninsel Mainau und den Pfahlbauten in Unteruhldingen hin. Der See ist an dieser Stelle rund 70 Meter tief.

Das Bild zeigt im blauen, leicht gewellten Wasser des Sees ein großes rundes weißes Ding mit unregelmäßigen Innenstrukturen.

Was immer es ist, das fotografierte Objekt gleicht einer Qualle.

Eine Qualle, die man aus dem Weltall sehen kann? Das Bild ist mit einer Skala versehen, die dem Benutzer ermöglichen soll, die Größe der fotografierten Objekte zu bestimmen: Die Qualle hat einen Durchmesser von 130 bis 150 Metern!

Um wenigstens eine rationale Erklärung vorweisen zu können, wurde vorgeschlagen, es könnte sich um eine riesige Methanblase gehandelt haben …

Rebekka war gerade dabei gewesen, die Wohnung zu verlassen, um zum Bootshaus zu fahren, wo sie Carl endlich treffen wollte, doch vor der Tür hatten vier Polizisten auf sie gewartet, die sie festnahmen, zu Tschiarnacks Basis brachten und sie dem Militär übergaben.

Nun saß sie in dem Verhörzimmer und wusste nicht, worum sie sich mehr sorgen sollte: um Carl, der sicherlich erschöpft und allein in der Hütte am See lag und auf sie wartete, oder um sich selbst, die sie ohne Grund festgesetzt worden war. Wie es Carl wohl ging? War er überhaupt schon im Bootshaus? Was hatte er entdeckt? Hatte er überhaupt etwas entdeckt? Was wollten die von ihr? Wer waren die überhaupt?

Es dauerte eine ganze Weile, bis jemand zu ihr in den Raum kam. Er setzte sich auf die Tischkante vor ihr.

Der Soldat, der Rebekka verhörte, wirkte jung, unsicher und unerfahren. Als Zeichen seiner Autorität und um älter zu wirken, trug er einen Vollbart. Immer wieder fragte er sie, was sie über Carl wisse, und ebenso monoton und etwas naiv antwortete sie, dass er ein guter Mensch sei.

Damit war das Frage-und-Antwort-Spiel beendet, und Rebekka fragte sich zunehmend, warum sie hier war und was das Ganze bedeutete. Sicher war nur eines: Aus eigener Kraft kam sie hier nicht so schnell heraus.

Auf einmal trat ein weiterer Soldat hinzu, ebenso jung, aber mit einem harten Gesicht. Sollte das eben der »gute Cop« gewesen sein, spielte der den »bösen Cop«. Unvermittelt kam er auf General Bilderbergers Verschwinden zu sprechen.

Der böse Cop knallte ein Bild des Generals auf den Tisch. Rebekka betrachtete es aufmerksam, sie erkannte den Mann aber nicht.

»Was wissen Sie über ihn?«

Rebekka schwieg.

»Wir können Sie hier mehrere Tage lang festhalten«, drohte der böse Cop.

»Ich weiß nicht, wer das ist …«, meinte Rebekka fast flehend.

»Sie haben einen Artikel über ihn geschrieben!« Das war halb eine Feststellung, halb eine Beschuldigung.

Ja, Rebekka hatte einen Artikel über Bilderberger geschrieben, aber der war nie erschienen. Woher also wusste der böse Cop davon?

»Ja, aber deswegen habe ich doch nichts mit seinem Tod zu tun!«

Der böse Cop trug einen Knopf im Ohr. Offenbar erteilte man ihm darüber Befehle, er drehte sich zu dem großen Spiegel an der Längswand des Zimmers, dann schrie er Rebekka an: »Jetzt Schluss mit den Spielchen und raus mit der Wahrheit!«

»Das ist die Wahrheit!«, presste Rebekka hilflos hervor.

Der böse Cop drehte sich vom Spiegel weg und ging wortlos aus dem Raum. Rebekka blickte den netten Cop fragend an. Er schwieg gleichfalls und verließ dann auch das Zimmer.

Rebekka saß da, starrte an die Wand. Sie konnte nicht sagen, wie viel Zeit vergangen war, als der gute Cop wieder in den Raum trat, dann nickte und zur Tür deutete. Sie verstand zuerst nicht, aber er brachte ihr ihren Mantel und ließ sie aufstehen.

Damit entließ man sie.

Analysen des Fotos der Riesenqualle bei Überlingen ergaben im Sommer 2006, dass das Bild zusätzlich zu der seltsamen Blase eine weitere Anomalie vor der Mainau aufweist, eine Seeschlange – zehn oder fünfzehn oder noch mehr Meter lang, schlängelt sich das weiße Monster in der Flachwasserzone auf eine Landspitze der Blumeninsel zu.

Als die Diskussionen immer heftiger wurden, entfernte der Internet-Anbieter im Dezember 2006 die Riesenqualle sofort und retuschierte die gesamte Seeoberfläche – jetzt ist auf den Luftbildern nur noch eine plane grüne Ebene zu sehen – ohne Sandbänke, ohne Fähren, ohne Segelschiffe … und ohne Riesenqualle.

Nachdem man ihm einen kurzen und entsetzten Blick auf Rebekka gewährt hatte, senkte sich die Wand erneut. Carl wurde in seine Zelle zurückgebracht – zwei mal zwei Meter Grundfläche, hohe Wände, mit einer Metalltoilette, einem Waschbecken, einem Stuhl und einer einfachen Liege, auf der er die Nacht in dem stockfinsteren Raum verbracht hatte, sowie einem Fenster aus Glasbausteinen ganz weit oben unter der Decke, durch die trübe ein diffuses Licht fiel.

Die Zelle hatte man offensichtlich vor kurzem frisch getüncht, es roch noch nach Farbe, es fanden sich auch keine Kritzeleien an den Wänden. Vermutlich, überlegte Carl, bin ich der erste Insasse. All dies ist neu.

Er blickte auf die Uhr: Gerade einmal zwei Stunden waren vergangen. Er machte sich Sorgen um Rebekka. Die Zeit dehnte sich und schob sich zusammen, er verlor jedes Zeitgefühl. Er hatte tatsächlich einfach nur seine Zelle inspiziert, beobachtet, betrachtet, ohne über irgendetwas nachzudenken. Er hatte keine Furcht – er hatte nichts. Er war. Ein eigentümliches Gefühl. Erst das metallische Geräusch eines Schlüssels, der sich in der Tür drehte, holte ihn zurück in die Gegenwart, und gleich darauf ging schon die Tür auf, und die beiden Uniformierten traten ein.

Carl, der sich in der Zelle nicht gesetzt hatte, lief einfach mit, den langen Korridor entlang und dann hinein in den Vernehmungsraum. Tschiarnack saß schon da, auf einem Rolltisch stand ein Fernsehgerät vor ihm.

»Was soll das?«, schrie Carl sofort, als er in den Raum gestoßen wurde. »Sie haben doch mich! Was wollen Sie von Rebekka?«

»Schauen Sie einfach«, antwortete Tschiarnack kühl, »dann reden wir weiter. Ich habe hier etwas für Sie.« Er ergriff eine Fernbedienung und drückte eine Taste. Unwillkürlich blickte Carl auf den Bildschirm. Dort sah er in bester Aufnahmequalität den Bodensee, im Hintergrund die noch schneebedeckten Gipfelgrate des Säntis und im leicht kabbeligen Wasser davor den mächtigen schwarzen Rücken eines der Ungeheuer, das sich quer durch das Bild bewegte und einen gewaltigen Schaumstreifen nachzog, bis es langsam untertauchte. Einige Sekunden blieb der Monitor schwarz, dann erschien eine neue Aufnahme, die flachen Ufer verrieten einen Ort irgendwo im Untersee. Carl erschrak, als plötzlich ein riesiger schwarzer Hals aus dem See schoss, sich schüttelte, seine gefährlichen Kiefer aufriss und dann wieder unter den Wogen versank.

Woher stammten diese Aufnahmen? Wohl von den Militärbooten. Aber was bezweckte Tschiarnack? Warum zeigte er ihm das Material?

Wieder ein schwarzer Bildschirm, dann ein etwas wackliger Film, aus großer Entfernung mit einem starken Teleobjektiv aufgenommen. Zuerst erkannte Carl nur einen weißen Ball auf einer grauen, sich stetig verändernden Unterlage. Je näher das Bild herankam, desto deutlicher löste sich die eintönige graue Fläche in Wellen auf, manche so hoch und steil, dass sie in sich zusammenfielen und weiße Gischtstreifen an der Bruchkante entstanden. Der Ball flackerte kurz scharf in der Mitte des Bildes auf, nur für Sekundenbruchteile erkannte Carl zwei finstere Augen und einen Mund, der kaum mehr als ein angedeuteter Schlitz war. Der Kopf tauchte unter, dann wieder auf. Man merkte den Aufnahmen die Nervosität des Kameramanns nur allzu deutlich an – der Kopf ging immer wieder verloren und hüpfte aus dem Bild, musste dann gesucht und gefunden werden. Das Bild verzog in diesen Augenblicken zu hektischen Schlieren. Schließlich verschwamm das Wesen vor Carls Augen, wurde eins mit dem grauen See – der Kameramann hatte es so stark herangezoomt, bis es zum undeutlichen Klecks geworden war.

»Das sind nur einige unserer Filme«, erklärte Tschiarnack. »Wir haben noch mehr.« Dabei machte er eine breit ausholende Geste, um zu zeigen, wie viele Filmaufnahmen es gab.

Wieder unterbrachen mehrere Sekunden Schwarz die

Filme, dann sah Carl ein undeutliches Bild in der Art der frühen Computerspiele: Ein knallroter Leuchtpunkt bewegte sich diagonal von links oben nach rechts unten, umgeben von einigen weniger starken grünen Punkten.

Carl sah Tschiarnack fragend an.

Der General lächelte. »Sonar«, sagte er und lehnte sich verschwörerisch zu Carl herüber. »Sehen Sie«, meinte Tschiarnack in einem fast väterlichen, aber doch eher herablassenden Tonfall, »wir wussten ja jede Sekunde, wo Sie waren.«

Es mussten Aufzeichnungen von seinem Tauchgang am Vortag sein. Carl identifizierte den roten Punkt als sein Tauchboot – der metallische Rumpf ergab ein deutliches Signal. Die grünen Punkte, weniger präzise und weniger mechanisch in ihrer Bewegung, konnten nur Seeungeheuer sein. Sie reflektierten den Schall in geringerem Maße als das U-Boot.

»Wir mussten nur sicherstellen«, erklärte Tschiarnack und zeigte auf den roten Punkt, »dass Sie mit dem Boot in den See tauchen und herausfinden, was da passiert. Für meine Soldaten wäre das zu gefährlich gewesen …«

Carl beobachtete, wie das U-Boot auf einem dunklen Strich aufsetzte, dann verschwand. Noch bevor er richtig verarbeitet hatte, was Tschiarnack gerade gesagt hatte, lachte der General.

»Wissen Sie«, meinte er, »Sie sind näher dran gewesen als irgendjemand von uns …«

Plötzlich musste auch Carl laut lachen. Er verstand, dass ihn die Militärs ebenso brauchten wie er sie.

Das Lachen irritierte Tschiarnack. »Gut«, sagte er, »ich schlage Ihnen einen Deal vor!«

»Gut«, antwortete Carl selbstsicher.

»Sie helfen uns?«

»Ich sage Ihnen alles, was ich weiß.«

Tschiarnack lächelte. »Also gut, was haben Sie dort unten gesehen?«

Carl entschloss sich zu reden, weil es für ihn offenbar der einzige Ausweg war. Tschiarnack hatte ihn in der Hand. Er beschloss, dem Militär die Lösung zu verraten, weil er wusste, wie man das Problem beenden konnte. Er verdankte die Lösung Joe, dem Frosch.

»Hören Sie«, sagte Carl mit der selbstsichersten Stimme, die er in dieser Situation aufbieten konnte, »da ist dieser Bau ...«

»Wir wissen von dem Bau.«

»Die Ungeheuer vergrößern den See«, meinte er müde und zur gleichen Zeit froh darüber, welche Wendung das Gespräch nun nahm. »Es sind viele, und sie werden jeden Tag mehr. Sie tun nur, was sie tun müssen, weil wir ihren Lebensraum zerstören. Der Bau ist so gewaltig, dass er einbrechen muss, und dann wird hier alles verwüstet.«

»Wieso sind sie so plötzlich aufgetaucht, ich meine ...« Tschiarnack klang plötzlich wie ein neugieriger Kollege, seine Stimme sanft und aufmerksam.

»Jedenfalls vermehren sich diese Tiere. Tiere reagieren auf Umweltdruck immer mit einer verstärkten Produktion von Nachkommen – das erhöht die Überlebenschance ihrer Spezies.«

»Das wissen wir schon.«

»Diese Wesen sind«, erklärte Carl geduldig weiter und ignorierte Tschiarnack, der ja offensichtlich weniger über die Seetiefe wusste, als er sich anmerken ließ, »wenn sie erwachsen werden, eine Art Riesenfrosch, jedenfalls eine Amphibienspezies. Sie bauen sich Nester, in denen sie ihren Laich ablegen und wo die Kaulquappen schlüpfen. Weil wegen der Klimaerwärmung die Umwälzung des Sees gestört ist, leiden sie an dem Sauerstoffmangel und der Überhitzung ihrer Umgebung. Sie müssen sich flachere

Seegebiete erschließen, sie müssen die Gebiete vergrößern, in denen der See flach ist und wo sie ausreichend Sauerstoff finden. Als ich unten war, in ihrem Bau, hatten sie wohl bereits begonnen, ihren Lebensraum zu erweitern, indem sie die Ufer unterhöhlten und zum Einsturz brachten. Das erzeugte den Tsunami, auch den letzten, großen von Rorschach. Da ist keine Strategie dahinter, kein böser Wille, kein Plan – das alles diktiert einzig ihr Instinkt. Es sind so viele, und jedes Tier wühlt …«

»Worauf wollen Sie hinaus?«, unterbrach ihn Tschiarnack.

Da war sie schon wieder, diese Ungeduld und Arroganz, diese scheinbare Überlegenheit.

Carl atmete tief durch. »Nun, worauf ich hinauswill, ist die Tatsache, dass diese Wesen eigentlich harmlos sind. Wir haben sie dazu getrieben, das zu tun, was sie getan haben …«

»Wir haben Anzeichen dafür, dass sie in Richtung Zürichsee die Erde aushöhlen.«

»Sie folgen nur ihrem Instinkt.«

»Heißt das, wir sollen Mitleid haben wie die Naturschützer, die Kröten über die Straße tragen, und den See einfach räumen und warten, bis halb Deutschland ein Sumpf geworden ist?«

»Na ja … es führt wohl kein Weg daran vorbei, sie loszuwerden, wenn wir weiter am See wohnen wollen.«

Carl sah, wie Tschiarnack nervös mit den Fingern auf die Tischplatte trommelte.

»Worauf ich hinauswill«, sagte er schließlich, »ist der Fakt, dass Molche nur im Süßwasser leben können, in Meerwasser gehen sie ein.«

»Aber der Bodensee ist Süßwasser!«, wandte Tschiarnack ein.

»Und doch kann man Salz hineinschütten!«

Tschiarnack lächelte. Er hatte verstanden.

Der gute Cop hatte Rebekka noch bis zur Tür begleitet und dann allein gelassen. »Warten Sie noch eine halbe Stunde«, hatte der Cop im Gehen geflüstert, »wir haben noch eine Überraschung für Sie ...«

Als er Rebekkas entsetztes Gesicht sah, hatte er schnell hinzugefügt: »Eine gute!«

Sie wartete vor der Anlage auf ihn. Er kam, Stunden später. Erschöpft, aber nicht mehr als Gefangener, schloss er Rebekka in die Arme. Sie drückte sich an ihn. Endlich frei! Sie sagten kein Wort. Carl weinte.

Ein Militärjeep fuhr sie zurück nach Überlingen.

Später saß Carl vor seinem Fernseher und fühlte sich wie ein Schweigemönch, der nicht über das reden kann, was ihn bewegt. Über den Schirm flimmerte eine Großaufnahme des Bodensees, dann schwenkte die Kamera zu Tschiarnack, der am Ufer stand. Der General lächelte und hielt die Phantomzeichnung in die Höhe, die nach Carls Beschreibung der Ungeheuer angefertigt worden war.

Carl griff sofort nach der Fernbedienung und stellte den Ton lauter. Tschiarnacks harte und selbstsichere Stimme jagte ihm einen Schauer über den Rücken. Unwillkürlich zuckte er zusammen. Als er hörte, was Tschiarnack sagte, unbeweglich in seiner Uniform vor der eintönig grauen Masse der Seeoberfläche stehend, erschauderte er noch mehr.

Tschiarnack schilderte Carls Entdeckung, als sei es seine eigene, er erwähnte auch die Lösung, die unvermeidbar sei, auch wenn sie vorerst nur Unannehmlichkeiten – er sprach tatsächlich von Unannehmlichkeiten, als er die Vergiftung und damit verbundene Zerstörung des gesamten Ökosystems des Bodensees ankündigte – für die ansässige Bevölkerung mit sich brächte.

Epilog

Wenn der Himmel zerrissen wird,
wenn die Sterne ausgestreut werden,
wenn die Meere ausgegossen werden …
Was lässt dich wissen, was der Tag des Gerichts ist?

Sure 82

10 Jahre später, Sommer

Carl goss die Blumen auf dem Balkon, genoss den Blick über den See und legte seine Hand auf Rebekkas Schultern, als sie ihm ein Schälchen Erdbeeren brachte und sich dann neben ihn setzte. Wie viel war geschehen in der Zwischenzeit ... und wie bizarr wirkte die Vorstellung, dass in dem ganzen großen Bodensee so lange Zeit nichts mehr gelebt hatte – nicht nur die Seeungeheuer und ihre ausgewachsene Form, die Froschwesen, sondern auch kein Fisch mehr, kein Krebs, keine Schnecke und keine Muschel mehr, nur noch winzigste Mikroorganismen.

Mittlerweile war viel Wasser den Rhein hinabgeflossen, hatten die Hunderte von Bächen und Flüsschen das Wasser des Sees wieder erneuert.

Das Salz war damals eingebracht worden. Tagelang fuhren mit der tödlichen weißen Fracht beladene Lastkraftwagen ans Ufer. Auf der Seeoberfläche trieben schließlich die grotesk verzerrten und zusammengekrümmten Kadaver von über zehntausend Seeungeheuern, kaum einen Monat nachdem man sie entdeckt, nachdem man erkannt hatte, dass es sich um eine neue Spezies handelte. Nun wurden sie ausgerottet.

Einen Monat lang stellten Tierkadaver das Hauptexportprodukt der Bodenseeregion dar – bis die Ungeheuer als Dünger zu den Obstbauern in Oberschwaben und im Allgäu zurückkehrten. Baden-Württemberg war dann mehrere Jahre lang ohne großflächige Trinkwasserversorgung. Die Kommunen errichteten Entsalzungsanlagen, viele Privathaushalte erwarben Trinkwassergewinnungsanlagen, bohrten eigene Brunnen. Ein neuer Industriezweig entstand im Südwesten – bald exportierten die Betriebe ihre Produkte in das restliche Deutschland, nach Frankreich, Belgien und die Niederlande.

Es dauerte über vier Jahre und vier Monate, bis der See das Salz wieder ausgespuckt hatte, verdünnt durch Regen und Zuflüsse, abgeführt durch den Rhein.

Vom Bodensee floss das Salzwasser in den großen deutschen Strom. Mit einer Geschwindigkeit von fünf Kilometern pro Stunde tastete sich das Salz nach Basel vor. Dreißig Stunden nachdem es die Häfen von Basel versalzt hatte, erreichte es Mannheim und tötete jedes Leben im Fluss. Hinter Mainz wird der Rhein schneller, mit über eineinhalb Metern je Sekunde näherte sich die tödliche Flut Köln, bis sie sich – nach mehr als 860 Kilometern – der niederländischen Grenze näherte und sich schließlich ins Meer ergoss. Weitere fünfzig Millionen Menschen hatten nun kein Trinkwasser mehr.

So starb der Rhein und wurde zum Salzstrom. Als sich der Bodensee bereits erholt hatte – bis auf das Tiefenwasser, das nach wie vor salzig war, weil sich der See nicht mehr umwälzte –, lebten noch Meeresfische bei Köln, dann drängte sie das Süßwasser zurück in die Nordsee.

Danach war wenige Jahre alles gut. Fische, Schnecken, Wasserpflanzen, einige eingesetzt, andere aus den Zuflüssen eingewandert, eroberten erneut den See. Auch die Touristen kehrten zurück: Der Bodensee galt wieder als Ferienregion.

Das Buch über den Fisch schrieb letztlich nicht Carl, sondern Rebekka. Schließlich war sie am nächsten dran gewesen. Sie schilderte Carls Tauchgänge und die Vertuschungen in der Presse. Sie hatte lange recherchiert, jeden Blickwinkel beleuchtet; doch seit wann und aus welchem Grund das Militär ursprünglich an den See gekommen war, fand auch sie nicht heraus. Carl steuerte ein Kapitel bei, in dem er die Ansicht vertrat, dass es sich bei dem Fisch um eine im Bodensee endemische Art handelte – es gab sie nirgendwo sonst, es gab sie überhaupt nicht mehr.

Für eine bestimmte Zeit wurde Rebekka zu einem Lieblingsgast der Talkshows, dann flachte das Interesse merklich ab, und man brauchte sie nur noch für die üblichen Rückblicke zum Jahrestag der Katastrophe. Für beide begann endlich ein normales Leben.

Dann entdeckte Carl die Bakterie. Es war eine harmlose Bakterie gewesen, aber als fast einzige Spezies im See war sie in der Lage gewesen, mit dem Salz fertig zu werden. Die Bakterie wurde zur Königin des Sees, konnte sich ohne Konkurrenz und Fressfeind vermehren. Und sie erreichte solch eine Konzentrationsdichte, dass sie, als das normale Leben zurückkehrte, dieses wie eine Gottesgeißel heimsuchte. Jeder Fisch, der sich in das salzige Tiefenwasser wagte, infizierte sich und verendete.

Vor ein paar Monaten entdeckte Carl, mittlerweile Leiter des Instituts für die Erforschung des Bodensees, die Bakterie in der Brackwasserschicht, die über dem Tiefenwasser lag; und nun machte sie sich daran, erneut das Süßwasser, dem sie entstammte, zu kolonisieren. Dort vernichtete sie die Fische, die sorgsam eingesetzt worden waren, die zögerlich den See erneut in Besitz nehmen wollten, verätzte Menschen, Taucher, Surfer und Segler bei Hautkontakt.

Carl sah, was kommen würde: Schwimmer mit Pestbeulen am Leib, Badeverbote – und erneut: Trinkwasserprobleme für mehrere hundert Millionen Menschen.

Der See hatte noch lange nicht aufgegeben. Der See war stärker als die Menschen.

»Die Bakterie vermehrt sich«, erklärte Carl Rebekka.

»Gestern Morgen hatten sie einen Anteil von 2 % an der Biomasse in 200 Meter Tiefe, gegen Mittag 5 %, zwei Stunden später 20 % – es ist wie bei der alten Erzählung von dem Schachbrett, bei dem man auf das folgende Feld die doppelte Zahl Körner legt, und auf dem 64. Feld ist die gesamte Ernte der Welt verbraucht.«

Vermutlich war es nur eine Frage von Monaten, eher Wochen, vielleicht nur Tagen, bis das Brack-, dann das Süßwasser ähnliche Werte ergaben.

Bald schon würden die Bakterien den Rhein kolonisieren.

Und dieses Mal würde selbst Salz nicht helfen.

Das Bodensee-Fischbuch des Gelehrten Mangold aus dem 17. Jahrhundert berichtet, auf dem Grunde des Überlinger Sees lebten die Welinen, die »größten und fürnehmbsten« Fische des Bodensees. Sie werden nur selten gefangen, und nur dann, wenn es gewaltige Umwälzungen im Land gibt.

Dank

Ganz besonders danke ich Susanne, die mein Leben wundervoll macht, meinen Eltern für alles, meinen Testlesern Jutta Edinger, Rainer Magin und Susanne Noll, weil sie mich nicht geschont haben, Dirk Meynecke, der vieles erst möglich machte, und Reinhard Rohn von der Aufbau Verlagsgruppe für seine fachkundige Unterstützung.

Lesetipps

Wenn Sie mehr über manche der hier angeschnittenen Themen wissen wollen, können Sie weitere Informationen in diesen wissenschaftlichen Aufsätzen finden.

Der Zusammenhang zwischen der North Atlantic Oscillation (NAO) und der Erwärmung des Tiefenwassers (Hypolimnion) des Bodensees (und elf weiterer großer europäische Seen) wird gezeigt in:

Dokulil, M. T., Jagsch, A., George, G. D., Anneville, O., Wahl, B., Lenhart, B., Blenckner, T., Teubner, K. (2006): *Twenty years of spatially coherent deepwater warming in lakes across Europe related to the North Atlantic Oscillation.* Limnol. Oceanogr. 51(6), 2787–2793

Speziell zum Bodensee:

Straile, D., Jöhnk, K., Rossknecht, H. (2003): *Complex effects of winter warming on the physiochemical characteristics of a deep lake.* Limnol. Oceanogr. 48(4), 1432–1438

Tsunamis hat es in den meisten großen europäischen Seen in historischer Zeit mehrmals gegeben. Vom Bodensee kennt man tatsächlich nur nacheiszeitliche Flutwellen, die durch Dammbrüche des durch Bergrutsche aufgestauten Alpenrheins entstanden und die in ferner Vergangenheit liegen:

Schneider, J.-L., Polle, N., Chapron, E., Wessels, M., Wassmer, P. (2004): *Signature of Rhine Valley sturzstrom dam failures in Holocene sediments of Lake Constance, Germany.* Sedimentary Geology 169, 75–91

Im Zürichsee finden sich nur noch geologische Belege für drei unterseeische Hangrutsche vor 2200, 11500 und 13840 Jahren, die Flutkatastrophen auslösten:

Strasser, M., Anselmetti, F. S., Fäh, D., Giardini, D., Schnellmann, M. (2006): *Magnitudes and source areas of large prehistoric northern Alpine earthquakes revealed by slope failures in lakes.* Geology 34, 1005–1008

Im Vierwaldstätter See liegen geologische Beweise für mehr als ein Dutzend katastrophaler Tsunamis vor. Mindestens drei dieser Katastrophen fanden in den letzten 400 Jahren statt, die Stadtchroniken von Luzern berichten ausgiebig über die Tsunami-Wellen und ihre Auswirkungen vom 18. September 1601, 23. September 1687 und von 1774:

Schnellmann, M., Anselmetti, F. S., McKenzie, J. A., Giardini, D. und Ward, S. N. (2004): *Ancient earthquake at Lake Lucerne*, American Scientist, 92, 46–53

Schnellmann, M., Anselmetti, F. S., Giardini, D. und McKenzie, J. A. (2006): *15,000 years of mass-movement history in Lake Lucerne: Implications for seismic and tsunami hazard.* Eclogae Geologicae Helvetiae, 409–428

Noch am 24. April 1996 kam es zu einem Tsunami im Brienzer See:

Girardclos, S., Schmidt, O., Sturm, M., Ariztegui, D., Pugin, A. und Anselmetti, F. S. (2007): *The 1996 AD delta collapse and large turbidite in Lake Brienz.* Marine Geology 241, 137–154

Und nicht zuletzt ereigneten sich in historischen Zeiten, nämlich im 6. und im 12. Jahrhundert, verheerende Tsunamis im Comer See:

Fanetti, D., Anselmetti, F. S., Chapron, E., Sturm, M., und Vezzoli, L. (2007): *Megaturbidite deposits in the Holocene basin fill of Lake Como (Southern Alps, Italy).* Palaeogeography, Palaeoclimatology, Palaeoecology (in Druck)

Den Einfluss der nordatlantischen Oszillation auf die Erwärmung des Tiefenwassers und wie dieses zur Vermehrung giftiger Bakterien beiträgt, zeigt am Beispiel des Gardasees:

Salmaso, N. (2005): *Effects of climatic fluctuations and vertical mixing on the interannual trophic variability of lake Garda, Italy.* Limnol. Oceanogr. 59(2), 553–565

Die in die Romanhandlung eingefügten Kurzberichte von Boddy-Sichtungen sind alle tatsächlich gemeldet worden – keiner davon wurde eigens für den Roman erfunden. Zu den Ungeheuersichtungen im Bodensee und ihren möglichen Erklärungen kann man meine – nur noch antiquarisch erhältlichen – Bücher konsultieren:

Trolle, Yetis, Tatzelwürmer. C.H. Beck, München 1993, erweitert nachgedruckt in:

Ausflüge in die Anderswelt. Königsfurt, Krummwisch 2000

Oder meine folgenden Artikel:

Lake Constance Phenomena. Fortean Studies 1, 1994

Ungeheuer vom Rhein. Pterodactylus 15, II/2003

Der »Blubb« im Bodensee. Skeptiker 4/2006, S. 150–151